서른 번의 힌트

서른 번의 힌트

하승민	강성봉	박서련	장강명	서진	박정애
김희재	김유원	강화길	최진영	조영아	한창훈
	서수진	한은형	주원규	조두진	김연
		강태식		권리	
				심윤경	

차례

유전자	하승민	7
잠도 가는 길	김희재	31
진홍: 박수 외전	강성봉	57
힌트	김유원	77
정말 괜찮으세요?	서수진	99
옥이	박서련	119
종이탈	강화길	137
빵과 우유	한은형	153
모든 고릴라에게	강태식	171
서강대교를 걷다	장강명	187

무명	최진영	209
외계인	주원규	225
웰컴 투 더 로스트앤드파운드	서진	241
말레이곰이 우리 집에 왔다	조영아	259
표범	조두진	283
어나니	권리	299
너를 응원해	심윤경	313
불의 말	박정애	337
홍합, 이시죠?	한창훈	357
길 위의 에트랑제	김연	373

유전자

하승민

하승민

장편소설 《멜라닌》으로 제29회 한겨레문학상을 수상했다.
장편소설 《콘크리트》《나의 왼쪽 너의 오른쪽》《당신의 신은 얼마》
《발끝이 바다에 닿으면》 등이 있다.

방패구나.

아니, 창인가. 그래서 저 검고 뾰족한 끄트머리가 사람들을 찌르는 건가. 하지만 저건 무기가 아니잖아. 이동식 안전 발판이잖아. 그게 휠체어를 밀어내고 있잖아.

출입문과 스크린 도어가 차례로 닫혔다. 날카로운 고함 소리가 뭉개졌다. 누군가 혀를 찼는데 그 질책이 누구를 향한 것인지 알 수 없었다. 손잡이를 잡지 못한 승객들이 수조 속 물이 출렁거리는 것처럼 한꺼번에 휘청거렸다. 열차가 속도를 높이자 스크린 도어 건너편은 몇 배속으로 재생한 영상 같았다. 시위대와 경찰이, 장애인이, 서울교통공사 소속 보안관이 뒤엉키고 있었다. 다리를 쓰지 못하는 이들이 끌려가다 화면 밖으로 사라졌다. 삼각지역 간판이 얼핏 보이다가 휙, 그러자 깜깜한 터널이었다. 화장으로도 가려지지 않는 옅은 파란색 피부 위로 땀이 스며 나왔다. "다음 역은 숙대입구역입니다. 우리 열차, 시위로 인해 예정된 시간보다 도착이 다소 지연되고 있습니다. 승객 여러분의 양해 바랍니다." 가방을 고쳐 멨다. 가방 앞주머니에 임산부 배지가 들어 있지만 꺼내지는 않았다. 이 시간의 지하철에서는 양보도 쉬운 일이 아닐 것이다. 만다리나덕 백팩을 멘 남자가 거칠게 몸을 비틀었다. 승강장의 소란에서 벗어난 승객들이 한숨을 내쉬거나 헛기침을 하거나 "아 좀 밀지 마세요."라고 말했다.

혜화역에서 내려 성균관대학교로 향하는 학생들과 반대 방향의 출구로 나왔다. 오래선에는 마로니에공원을 따라 걷는 길에 연극 포스터가 가득했다. 지상 변압기부터 공사장 가벽까지, 새로운 포스터가 청테이프로 덕지덕지 붙곤 했다. 이제는 코미디, 공포, SF, 죽이고 살리고 지지고 볶는 이야기들이 문화게시판에 정갈하게 매달려 관객의 선택을 기다리고 있었다. 나는 포스터 앞에 서서 본 적도 없는 연극을 상상하며 그 결말을 짐작해보곤 했다.

학교에 도착해 행정실로 직행했다. 컴퓨터 전원을 켜자 쿨링 팬이 회전하며 끼어 있던 먼지가 나풀거렸다. 창문을 살짝 열었다가 아직 추운 듯하여 이내 닫았다.

"안녕." 실장이 말했다.

"안녕하세요."

실장은 코트를 벗어 옷걸이에 걸고 의자에 털썩 앉았다. 낡은 시디즈 의자가 삐걱거렸다. "춥네, 추워." 손에 입김을 호호 불던 실장이 불룩한 내 배를 보며 물었다. "예정일이 언제라고 했지?"

"두 달 남았어요."

"빠듯하네."

급식비 정산부터 시작했다. 미상계 금액에 대한 결재를 올렸다. 조달청에 제출할 서류도 쌓여 있었다. 용역 대금 송금까지 마치면 오후가 다 가겠지 싶었다. 겨울방학 동안 크고 작은 공사가 진행될 거라 했다. 실장 말이 맞았다. 시간이 빠듯했다.

*

낙산고등학교는 과거에 여고였고 지금은 남녀공학이 됐다. 내가 학생이었을 때는 없던 급식실이 생겼고 전자 칠판이 설치됐다. 행정실 직원에게 유쾌한 일은 아니었다. 설비가 늘면 관리 비품 목록도 늘어난다. 회계장부가 길어진다.

"난리네요." 폰을 들여다보던 막내 주무관이 말했다.

"뭐가요?"

"남태령이요. 트랙터가 올라왔는데 경찰이 차 벽을 친다잖아요."

"밥 먹죠." 실장이 일어섰다. 시디즈 의자가 저만치 뒤로 밀려 나갔다.

우리는 식판을 들고 아이들과 함께 줄을 섰다. 교육행정직의 점심시간은 업무 시간에 포함되기 때문에 느긋하게 즐기는 식사는 사치다. 감자양파조림을, 갈릭돼지훈제슬라이스를, 부추샐러드를, 김치와 김치말이국수를 담아 자리에 앉았다. 밥을 한 술 떠 입에 넣는데 테이블 너머로 파란 얼굴이 보였다. 나와 같은 파란색이었고 나보다 스무 살은 어려 보였다. 내게는 그렇게 어색하던 연청색 교복이 아이에게는 맞춤복처럼 어울렸다. 아이는 식판을 들고 미끄러지듯 걸어와 자리에 앉았다. 친구들 무리에 위화감 없이 섞였다. 아이와 마주친 시선이 이내 갈라졌다.

"그러게, 난리네." 폰을 보며 김치말이국수를 후루룩 먹던 실장이 말했다.

"뭐가요?"

"남태령."

일찍 식사를 끝내고 학교를 걸었다. 세 바퀴 정도 돌아 행정실로 복귀했다. 창문을 조금 열었다가, 이내 닫았다.

*

"요새 폐렴 많이 걸리더라. 독감이 그렇게 돈대. 따뜻하게 하고 다니니?"

"괜찮아요."

"맨날 집에만 있으니까 괜찮다 그러지. 너 교회 좀 나가봐."

"교회요?"

"싫어?"

"네."

"왜? 예전에는 교회 나갔잖아. 지금 학교 앞에도 교회 하나 있다면서."

"엄마."

"왜."

"싫다니까요."

"너 어디야? 소리가 왜 이렇게 울려. 화장실이니?"

"네."

"몸은 괜찮아?"

"괜찮아요."

"이번에 상가 하나 봐둔 거 있는데 좀 넣어볼래? 통장에 얼마 있어?"

"엄마, 나 그런 거 안 해요. 돈도 없고요."

"대출받아서 하면 되지."

"엄마."

"넌 왜 그러니 대체. 주변 사람들 다 이걸로 돈 버는데 너는 어떡하려고 그래. 애도 태어날 건데 셋이 같이 굶어 죽을 거야?"

"엄마."

"됐다. 그만해."

엄마가 일방적으로 전화를 끊었다. 이번에는 또 얼마나 연락이 없을지 궁금했다. 반년 동안 왕래를 끊고 살았던 적도 있었다. 당시 걱정과 홀가분함 사이를 부유하던 나는 임신 소식을 전하기 위해 전화기를 들었다. 다음에는 출산이 핑계가 되어주려나.

오후 4시 30분에 학교를 나왔다. 퇴근길에는 학교 앞 인도가 한산하지만 일요일 오후가 되면 근처 필리핀 마을 사람들이 장터를 연다. 혜화동성당에서 진행되는 필리핀 신부의 타갈로그어 미사에 참석하기 위해 사람들이 모여든 것이 시작이라고 했다. 나는 장터를 구경하고 싶어 일부러 일요일에 학교에 나온 적이 몇 번이나 있었다. 벽돌 담장에 조르르 기대선 표정 많은 얼굴들이 자기 나라 말로 이야기하며 웃고 있었다. 나는 캔에 담긴 코코넛 음료를 사서 100미터 남짓한 장터를 걸으며 나와 저들 중 누가 이 나라에 더 큰 소속감을 느끼며 살고 있을지 궁금해하곤 했다.

*

사방에서 겨울 맛이 났다. 신선한 공기, 콧속이 바스락거리는 감각, 입을 살짝 벌리면 혀에 닿는 뾰족한 냉기. 화장을 하지 않아도 좋은 계절이었고 마음껏 몸을 가려도 좋은 영하의 날씨였다. 왕복 8차선의 동작대로와 남부순환로 위로 사당고가도로가 큼지막하게 하늘을 가리고 있었다. 다이소에 들러 모서리 보호대를 산 뒤 길을 건넜다. 먼저 퇴근한 남편은 멍이 든 정강이를 드러낸 채 침대에 앉아 있었다. 나는 모서리 보호대를 새로 설치한 수납장에 부착했다. 남편이 물었다.

"《30》이라는 책 읽어봤어? 무슨 문학상 후보라는데?"

"읽었지."

"무슨 내용인데?"

"바스티유를 닮은 작은 성에서 축제를 준비하는 사람들

이야기야."

"유럽인가."

"동유럽쯤 되는 것 같던데. 서른 번째 축제는 전쟁 중에 진행돼. 단체는 어느 때보다 성대한 축제를 열고 싶어 하고. 재미있어. 읽고 싶으면 전자책 사놓을게."

"오디오북은 없지?"

"아직은."

"나는 TTS 기능이 별로더라. 기계음이 맘에 안 들어. 자기가 읽어주면 좋은데."

나는 고개를 끄덕였다. "그래도 되고. 라면 끓일 건데 같이 먹을래?"

"아니, 복지관 다녀오려고."

"오늘 수영하는 날인가?"

"응."

"남태령에서 시위한대. 복지관 가는 길에 지나가지?"

"맞아."

"일 있으면 연락해."

"무슨 일?"

"무슨 일이든."

"알았어. 나 늦을지도 몰라. 회원들이랑 밥 먹고 올 것 같아."

남편은 여러 겹으로 접혀 있던 지팡이를 펴고 집을 나섰다. 나는 베란다로 나가 복지관 차에 오르는 남편을 확인한 뒤

식탁으로 돌아왔다. 휴대전화를 열어 뉴스를 확인했다. 남태령 집회 소식이 온 지면을 장식하고 있었다. 광화문 집회 인원이 남태령으로 이동 중이라 했다. 누군가는 난방 버스를 보냈고 누군가는 배달 음식을 보냈다. 그런 식으로 응원한다고 했다. 어쩜, 기발하기도 하지. 태동을 느꼈다. 아기가 발을 굴렀다. 아니, 손이었으려나. 아기의 움직임을 따라 파란 피부가 밀려나고, 돌아왔다. 파도 같았다.

남편은 조금 늦게 귀가했다.

"왔어?"

"응, 차가 막혔어. 경찰이 8차선 도로를 다 막았대. 그런데도 사람들이 많이 모였대. 응원봉을 들고 왔대."

"괜찮아?"

"엄청나겠지?"

"뭐가?"

"그냥, 다. 실제로 보면."

남편이 떨었다.

"추워?"

"추워. 엄청 추워."

*

같은 해 태어난 두 사람이 있다.

파란 여자의 이름을 '알파'라고 하자.

엄마는 알파를 하늘색 아이라고 불렀다. 높고 깊은 가을 하늘색. 그런데 하늘이 연청색 하나인가. 붉기도 하고 노랗기도 하고 검기도 하지. 알파는 케이스에 고양이와 강아지가 그려진 24색 크레파스를 보면서 이 중 몇 개가 사람의 피부색을 그려 낼 수 있을까 생각했다.

파란 피부를 위한 코디나 화장법이 있을 리 만무했으므로 알파에게는 옷을 고르는 일이 고역이었다. 베이지색 맨투맨, 갈색 후드티, 진회색 셔츠는 알파가 걸치는 순간 인형 옷을 입은 양 따로 놀았다. 차라리 피부색을 가리는 쪽이 속 편했다. 알파는 여름에도 긴소매 셔츠에 라텍스 장갑을 착용했다. 미샤에서 구입한 파운데이션을 얼굴과 목에 두껍게 바르면 불쾌한 파란색을 조금은 감출 수 있었다.

열일곱, 알파는 낙산고에 배정됐다. 예쁘기로 소문난 교복은 연청색이었고 체육복은 하얀 줄무늬가 들어간 파란색이었다. 입학 전 집에서 혼자 교복을 입어본 알파는 남몰래 눈물을 흘렸다. 다들 마네킹이 걸어가는 것 같다고 하겠네.

예상대로 어딜 가나 알파에게 시선이 몰렸다. 거친 유년을 지나온 알파는 은근한 거절과 배척에 익숙해져 있었으나 노골적인 멸시까지 수용할 만큼 영글지는 못했다. 알파가 사용한 정수기는 아무도 사용하지 않았으므로 알파는 물을 잘 마시지 않았다. 더운 여름날이면 때로 속이 메스껍고 울렁거렸다. 명치에 돌멩이가 박힌 것처럼 갑갑하기도 했다. 모기가 많던 어느 밤, 알파는 까무룩 잠이 들었다가 한밤중에 깨어나 화장실로 달려갔다. 변기를 붙들고 신물을 토해냈다. 더부룩한 느낌은 사라지지 않았다. 밤새 오른 열도 떨어지지 않았다. 응급실을 찾은 건 새벽이었다. 충수염이라고 했다. 사흘간 입원했고 일주일 동안 학교에 가지 못했다. 그 붕 뜬 시간이 좋았다.

알파는 언제나 자신이 소수자이며 박해받는 계층이라 여겼지만 그런 집단에게 부여되는 혜택을 얻지 못했다. 알파는 국가보훈 대상자의 자녀가 아니었고 농어촌 출신도 아니었으며 특별 전형으로 지원할 수 있을 정도의 장애를 가진 사람으로 분류되지도 않았다. 서울 소재 행정학과에 입학한 알파는 졸업과 동시에 교육행정직 시험을 준비했다. 그즈음부터 엄마는 알파에게 집착했다. 알파가 자신의 죄를 사해줄 존재라 여기는 것 같았다. 안정된 직장, 좋은 배우자, 저축과 투자를 강요하며 그것이 딸을 위한 조언이라고 집착을 합리화했다. 그 관심이 피로했다. 엄마를 붙들고 답답한 심정을 털어놓은 적도 있었다. 그때 엄마는 느릿느릿 고개를 저으며 대답했다.

"내가, 예전에는 너 같은 애를 어떻게 키워야 하는지 몰랐어. 어렸을 때 잘해주지 못한 게 미안해서 이러는 거야."

그 말은 사과처럼 느껴지지 않았다. 다만 유년이 악몽처럼 끝나지 않는 기분이었다.

남자의 이름은 '베타'라고 하자.

베타는 중학생일 때부터 힙합 커뮤니티에서 활동했다. 다른 사람이 만든 랩만 따라 부르는 걸로는 성이 차지 않았다. 엄마를 졸라 큐베이스와 마스터 키보드를 구입해 비트를 만들고 녹음을 했다. 커뮤니티에 자작곡을 올리기도 했는데 좋은 평가는 받지 못했다. 리듬감, 호흡, 비트 메이킹, 톤에 대한 지적이 잇따랐다. 그 모두를 묶어 '네가 하는 건 힙합이 아니야'라는 평가로 해석할 수 있었다.

열일곱, 베타는 지하철에서 눈앞이 흐려지는 현상을 경험했다. 성에가 낀 것처럼 앞이 보이지 않더니 며칠 사이 상태가 급속도로 악화됐다. 대학 병원에서 내린 진단명은 레베르유전성시신경병증이었다. 모계로 내려온 미토콘드리아 유전자 돌연변이 때문에 발생하는 질환이라고 했다.

베타는 다니던 학교를 자퇴하고 신교동에 위치한 서울맹학교에 입학했다. 촉각과 청각에 의존하는 생활이 시작됐다. 청와대가 가까웠는데 수시로 열리는 집회 소리는 수업에 방해가 됐다. 청각에 많은 에너지를 할애해야 했으므로 귀가 쉬이 피곤해졌다. 베타는 언젠가부터 귓속에서 이물감을 느꼈다. 작은 씨앗이 뿌리를 내린 것 같았다. 그 작은 것이 점점 몸집을 키우며 베타를 부식시켰다. 순식간에 귀 안쪽이 부었다. 베타는 고열에 시달렸다. 눈에 이어 귀까지 잘못되는 것일까 걱정했지만 누구에게도 그 사실을 말하지 않았다. 의사에게 듣게 될 진단이 두려워서였다. 이물감은 어느 새벽에 흐르기 시작한 고름과 함께 사라졌다. 베개가 축축하게 젖어 있었다. 베타는 그 색깔이 누런색일지 붉은색일지 궁금했다. 열이 내리고 나니 체중이 줄었다. 그 줄어든 무게 속에 이타심이나 배려, 유쾌한 감정이나 쾌활함 같은 것이 조금은 섞여 있을 것 같았다.

알파와 베타는 교직원공제회에서 진행된 결혼식 테이블에서 만났다. 그 결혼식의 신랑은 낙산고의 지리 교사로 학생들 사이에서는 '지리보이'라고 불렸다. 기리보이를 닮았다나. 지리보이는 알파의 직장 동료였으며 베타의 사촌이었다. 베타의 엄마가 잠시 화장실에 간 사이 테이블 위를 손끝으로 더듬는 베타를 보고 알파가 입을 열었다.

    "여기요."

    "네?"

    "물컵이요."

    "아, 고마워요."

    알파는 베타가 쥐기 쉽게 나이프와 포크의 위치를 옮긴 다음 메뉴를 설명했다. "가운데 큰 접시는 스테이크고 왼쪽 작은 접시는 샐러드예요. 드레싱은…… 발사믹 좋아하세요?"

    "좋아하죠. 그쪽은요?"

    테이블에 있던 모두가 둘의 대화를 엿듣고 있었다. 둘만 그 사실을 알지 못했다.

    "좋아하죠." 알파는 베타 가까이 접시를 밀어주었다.

    베타는 알파가 '블루멜라닌'이라는 사실을 엄마에게 전해 들었다. 엄마의 착 가라앉은 목소리에 담긴 의도를, 예민한 베타는 쉽게 알아차렸지만 개의치 않았다. 베타는 지리보이에게 연락해 알파의 연락처를 얻었다. 지리보이는 알파가 좋은 사람이라고 말했다. 베타는 알고 있다고 대답했다.

    신라호텔에서 망고빙수를 맛보는 데이트가 둘에게도 있

었다. 클럽에반스나 천년동안도 같은 재즈 바도 방문했다. 야간 산책과 미식 투어, 클래식 공연 감상 같은 평범한 일상을 즐겼다. 베타는 알파의 얼굴을 더듬어 그 윤곽을 확인했다. 알파는 누군가가 자신의 얼굴을 이토록 섬세하게 오랜 시간 만지는 것이 처음이라는 사실을 깨달았다.

"어때요?" 알파가 물었다.

"생각대로예요." 베타가 대답했다.

"생각대로⋯⋯ 괜찮아요? 아니면 별로예요?"

"그냥, 내가 생각했던 그대로요."

알파는 베타의 회색 눈동자 너머에 있는 폭발적으로 광활한 세계를 간접적으로나마 체험했고 베타는 알파를 통해 자신이 접촉하지 못하는 세계의 형상에 대해 이해할 수 있었다. 둘은 서로의 취향이 아니었을지 모르나 친숙함과 편안함을 느꼈다. 때로 그 결합의 전형성이 불편하게 느껴질 때가 있었다. 둘은 전형성에서 벗어나길 원했으나 전형적이었고, 그 전형적인 결합이 자신들을 상징하는 요소가 되지 않기를 바랐다.

둘의 교제 사실을 알게 된 알파와 베타의 부모는 자식의 상대를 남몰래 분석하며 비교했다. 때로는 안도했으나 때로는 이것이 최선일까 고민하기도 했다. 그런 생각을 입 밖으로 꺼내지는 않았는데, 자식이 보일 신경질적인 반응과 주위의 비난이 걱정되어서였다. 그러거나 말거나. 두 사람은 다음 단계로 나갈 준비를 끝마쳤다. 혼인신고는 했지만 결혼식은 열지 않았다. 파란 피부에 하얀 웨딩드레스라니 '스머페트'도 아니고 말이지.

베타는 캐주얼한 결혼식이라도 하는 게 어떻겠느냐고 제안했지만 알파는 어떤 식으로든 자신을 전시하고 싶지 않다고 대답했다.

〈휴먼다큐 그날〉〈인간극장〉 같은 프로그램에서 출연 제의를 받았지만 응하지 않았다. 잡지사 인터뷰와 광고도 거절했다. 산문집을 내보자는 제안과 강연 요청 역시 마다했다.

결혼 후 둘은 매입임대주택에 입주했다. 청년버팀목 대출을 받아 보증금을 해결했다. 신혼여행은 다녀오지 않았다. 첫 번째 결혼기념일에 베타가 물었다.

"자기, 〈지하철 1호선〉 본 적 있어?"

"그럼, 많이 타봤지."

"아니, 연극."

"아, 본 적 없어. 나 연극은 한 번도 본 적 없어."

"어째서?"

"싫어하니까."

"왜?"

"연극은 주로 소극장에서 하잖아. 무대보다 내가 더 주목받는 게 싫어."

"알겠어. 그런데, 이거 언제 종연할지 모른대. 같이 가볼래?"

알파는 피식 웃었다. "자기가 가면 푯값은 반만 받으라고 해야겠다."

따라 웃던 베타가 중얼거리듯 말했다. "우리, 언젠가 아기를 갖게 될 거야."

"갖고 싶어?" 알파가 물었다.

"그렇게 될 거라는 거야."

"지금은 아니야?"

"넌 준비가 됐어?"

"너는?"

두 사람은 출산 이후의 커리어와 정부의 자녀 지원 정책과 난자 냉동 보관 절차에 대해 논의했고 언젠가 갖게 될 아이라면 최대한 빨리 준비하자는 결론을 내렸다. 산부인과를 찾은 알파는 양쪽 나팔관이 막혀 있어 자연 임신이 힘들 거라는 소견을 들었다. 난임센터의 의사는 시험관 시술을 권유했다. 체외수정과 배양, 이식이라는 과정이 자신의 신체를 도구로 삼아 벌어진다는 사실이 달갑지는 않았으나 평범한 사람들이 경험하는 일이라면 자신도 하지 못할 이유가 없다고 생각했다. 알파는 일주일에 걸쳐 과배란 유도 주사와 배란 주사를 차례로 맞았다. 고생은 대개 알파의 몫이었으나 베타에게도 난감한 순간이 있기는 했다.

"정액채취실에 들어가면 성인물을 틀어주는 거 알아? 그런데, 그게 나한테는 별 소용이 없잖아?"

알파는 세 번째 시도 만에 임신했다. 1, 2차 기형아 선별 검사와 임신성 당뇨 검사에서 문제가 없다는 답변을 들었다. 초음파검사를 받던 날 베타가 물었다.

"초음파에 아기 색깔은 안 나오나?"

"안 나오지."

"초록색이겠지? 노란색이랑 파란색을 섞었으니까?"

둘은 웃었고 곧 굳었다. 알파와 베타는 아이가 걱정이었다. 태어나지도 않은 아이가 아플까 봐 걱정이었다. 언젠가 유치원에 갈 아이가 상처받을까 봐 걱정이었다. 학교에 갈 아이가, 친구를 사귈 아이가, 맹인 아빠를 둔 아이가, 파란 몸에서 태어날 아이가, 세상에 무방비로 던져질 아이가, 둘은 걱정이었다.

*

"쿠팡 광고 진짜 싫어요." 막내 주무관이 말했다. "나는 요새 테무 광고가 그렇게 뜨더라." 실장이 대답했다. 둘은 각자 모니터를 보고 앉아 혼잣말처럼 대화했다. 딸깍. "장난감 광고가 계속 떠요." "애들 걸 계속 사니까 그래. 나는 신발 광고만 보이네." 딸깍 딸깍. "요새도 러닝 하세요?" "추워서 안 해. 날 풀리면 다시 해야지." 딸깍.

인터넷 신문 기사에 도배된 광고를 하나씩 닫았다. 블랙헤드 제거 크림, 성기 확대 수술 전문 비뇨기과, 성인 만화 포털⋯⋯ 많기도 했다. '다시 보지 않기' 항목을 클릭하다 팝업을 열어버리는 일이 잦았다. '닫기' 버튼은 또 얼마나 작은지. 광고밭을 헤치고 나와 겨우 본문에 도달했다. 비트코인이 나흘 만에 하락세가 멈췄고 일론 머스크는 독일대안당(AfD)을 지지한다는 메시지를 보냈다. 트럼프는 취임 첫날부터 트랜스젠더를 스포츠 행사와 군대에서 추방하겠다는 선언을 했다. 어째서인지 신세계그룹의 정용진 회장이 트럼프를 만나고 왔는데 내용은 공개되지 않았다. 그 모든 소식을 무시하고 시선을 낚아챈 기사는 정치인을 상대로 한 테러 사건이었다. 한 농민이 구미시의원의 양곡법 반대표 행사에 불만을 품고 범행을 저질렀다고 했다. 농민은 낫을 들고 있었으나 휘두르지는 않았다. 다만 쌀을, 던졌다. 여러 개의 작은 낟알을, 양곡법을 통과시키라는 구호와 함께. 얼굴을 감싸 쥐고 과장스레 넘어진 시의원의 행동이 가벼운 접촉 사고 현장에서 뒷목을 움켜쥐는 억지와 뭐가 다르냐는 댓글이 더러 있기는 했지만 대중의 관심을 스펀지처럼 흡수한 것은 농민의 파란 피부였다. 범행 후 붙들려 가는 이의 팔과 목이, 모자이크 처리된 얼굴이, 파랬다. 나는 저절로 움츠러들었다. 광고 팝업을 끌 때보다 빠른 속도로 기사를 닫았다.

언젠가 일산에서 용산으로 가는 경의중앙선 열차에서 자리에 앉아 있던 외국인 노동자의 멱살을 쥐고 일으켜 세우던 노인을 본 적이 있었다. 그날 한국을 떠나고 싶다고 남편에게 말했다.

"미국에는 파란 피부가 모여 사는 '셰인빌'이라는 마을이 있대. 채석장이었던 곳에 빗물이 고여서 만들어진 호수가 있는데 겨울이 되면 얼어붙은 강에서 축제를 열고 사진을 찍는대. 가장 인기가 많을 때는 핼러윈이래. 좀 슬프지? 이태원에서 말이야. 안 좋은 일이 있었잖아."

"미국이라고 다 좋기만 한가." 남편이 말했다.

"그건 그렇지."

나는 2021년 1월 6일, 대선에 불복해 의사당을 점거했던 트럼프의 지지자들을 기억한다. 현장에서 사망한 폭도 네 명과 경찰관 한 명을 기억한다. 잠들기 전 그 기사를 보며 가만히 생각에 잠기던 때를 기억한다. 사건이 벌어지고 얼마 후 스스로 목숨을 끊은 경찰관 네 명의 이름을 소리 내 말해본 적도 있었다. 정작 머리에 박힌 이름은 무장 정치 단체 프라우드보이스의 전 리더인 헨리 엔리케 타리오였다. 트럼프는 이들을 폭도가 아닌 애국자라 칭했고, 사건이 벌어진 당일을 '사랑의 날'이라 표현했다. 사망한 폭도는 순교자가 됐다.

실장이 에휴, 하고 한숨을 쉬었다. "좀 참지."

무슨 일인지 물어보니 학생회에서 대자보를 붙인 모양이었다. 자진 철거하겠다고 밝혔으나 학교 측에서 빠른 철거를 요청했다고 했다.

"무슨 내용이었대요?" 내가 물었다.

"모르지, 뭐."

"모르는데 왜 한숨을 쉬세요?"

"뻔하잖아."

"뭐가요?"

실장이 눈을 동그랗게 떴다.

세상이 뒤집어졌으면 했다. 헬리콥터가 뜨고 야간 투시경을 쓴 군인들이 의사당에 난입하고 집에서 쉬고 있던 사람들이

거리로 뛰쳐나가 몸으로 장갑차를 막아서던 그날, 그 못된 소식의 결말이 변혁이기를 기원했다.

"먼저 갈게요."

마스크를 쓰고 장갑을 꼈다. 오후 4시 30분이었다.

*

잘 크고 있다고 의사가 말했다. 해의 마지막 토요일이었다. 의사는 이즈음 태아의 키가 40센티미터에 몸무게는 1.3킬로그램 정도가 된다고 했다. 나는 가만히 손을 펼치고 그 위에 누운 아기를 상상했다. 두 뼘이 조금 넘겠네. 몸무게는 마트에서 파는 작은 밀가루 봉투 하나 정도 되려나. 작고 따뜻한 생명체가 주름진 손바닥 위에서 꼬물거리고 있는 것 같았다.

"엄청날 거야, 실제로 보면."

진료실 문을 열고 나오다 얼굴을 덮치는 히터 열기에 무심코 마스크를 내렸다. 수십 개의 눈동자가 나를 향했다. 짐짓 모르는 척 피하는 시선도 포크처럼 나를 찔렀다. 가까운 지하철역을 지나 일부러 먼 길을 걸었다. 걸으면서 많은 것을 생각했다. 방패 같던 안전 발판이라든지, 마로니에공원의 연극 포스터라든지, 학교에 붙은 대자보라든지. 또 치르지 못한 결혼식과 내 몸에 이식된 배아를, 곧 태어날 아이를, 또 한 번도 보지 못한 연극을 생각했다. 후회할 것 같은 일에 대해 생각했다. 생각하는데, 심장을 쿵쿵 울리는 진동이 느껴졌다. 커다란 구호와 지축을 울리는 발 구름 같은 것이었다. 질식할 것 같은 군중의 파도 뒤로 경찰 버스가 보였다. 구급차가 대기 중이었고, 커다란 스피커와 화면이 있었고, 무대가 있었다. 쩌렁쩌렁 소리를 지르는 사회자가 있었다. 소속을 알 수 없는 사람들이 무리 지어 서 있었다. 약속이나 한 것처럼 검은색 롱패딩 차림이었다. 마스크 사이로 드러난 내 파란 피부를 발견한 사람들이 독버섯을 본 것처럼 흠칫 물러났다. 나는 재빨리 사람들이 쥔 깃발을 살폈다. 어느 쪽에 선 사람들일까. 지레 움츠러드는 것은 내 쪽이었다. 내가 어떻게 하길 원하세요? 나를 반으로 쪼개 채색할까요? 빨간색과 파란색으로? 태극기처럼? 검은색으로 줄을 죽죽 그을까요? 나는 임산부 배지를 꺼내 들고 사람들 사이를 지나갔다. 핑크색이 내 보호색인 것처럼, 동그란 배지가 방패인 것처럼, 창인 것처럼 내세웠다. 그러니까, 저출생이 문제라면서요?

"와, 진짜 파랗네. 나 처음 봐." 누군가 말했다. 고개를 돌려보니 연단에 선 블루멜라닌을 두고 한 말이었다. 카메라가 연청색 교복을 입은 파란 아이를 비췄다. 영상 속에서 우리는 언제나 좀 이상해 보였다. 조명 탓이겠지. 헤어스타일이나 화장법이 문제일 수도 있겠고. 평범한 피부색을 가진 사람들을 위한 보정 때문인지도 모른다. 화이트 밸런스, 노출, 뭐 그런 것들. 우리를 위한 세팅이 필요하다는 걸 사람들은 알까. 아타카마사막에는 버려진 옷들의 무덤이 있다고 하던데. 나는 쇼핑하듯 그곳을 걷는 상상을 했다. 내게 맞는 옷이 수두룩할 것이다.

걸려오는 전화를 핑계로 군중에게서 멀어졌다. 돌아서니 시청역이었다. 지하로 내려가면서 전화를 받았다.

"네, 엄마."

"왜요."

"아, 엄마."

"내가 그거 싫다고 했잖아요."

"됐어요. 됐다니까요."

사람들이 뒤를 돌아봤다. 나는 목소리를 죽였다.

"엄마."

"아니, 엄마."

"엄마, 좀."

아기가 꿈틀거렸다. 달래듯 배 위에 손바닥을 얹었다.

잠도 가는 길

김희재

김희재

장편소설《탱크》로 제28회 한겨레문학상을 수상했다.
단편소설《화성과 창의의 시도》가 있다.

자정이 되기 10분 전, K역 7번 출구 앞에 네 명의 사람이 모였다. 육십대 후반 정도로 보이는 늙은 남자, 삼십대로 보이는 젊은 남자, 많이 봐줘야 이십대 초반으로 보이는 여자애. 그리고 올해로 환갑이 된 그녀까지. 그녀는 역 앞을 서성이는 두 남자와 여자애를 보자마자 그들이 그녀의 동행임을 알았다. 그들 역시 마찬가지인 눈치였다. 하지만 네 사람은 서로에게 인사를 건네지 않았고, 혹여 눈이라도 마주칠까 두려운 듯 하나같이 허공만 쳐다보며 서 있었다. 그녀는 이곳에 나오기 전 읽었던 내규 사항을 곱씹었다. 거기에 '서로 알은척하지 말 것'이라는 항목이 있었던가. 있다 하더라도, 지금 이 상황은 퍽 부자연스럽게 느껴졌다. 그러나 그녀는 잠자코 있었다. 그곳에 가려고 예약을 한 것도, 이렇게 셔틀 차량을 기다리는 것도 모두 처음이었기 때문이다.

셔틀 차량은 자정을 10분이나 넘겨서 나타났다. 시커먼 6인승 SUV가 그들 앞에 비상등을 깜빡이며 천천히 정차했다. 기사가 창문을 내리며 물었다.

"잠도 가시는 분들 맞죠?"

네 사람이 동시에 고개를 끄덕였다. 마치 그게 잠금장치를 푸는 암호라도 되는 것처럼 차량 문이 자동으로 스르르 열렸다. 사람들은 SUV의 안쪽부터 자리를 채웠다. 맨 뒷좌석에 나이 많은 남자와 젊은 남자가 앉았고, 운전자 바로 뒤쪽엔 여자애가 탔다. 가장 나중에 올라탄 그녀는 조수석 뒷자리에 착석한 뒤, 차 문을 끌어당겼지만 문은 제대로 닫히지 않았다. 기사가 어깨 너머로 그녀를 흘끔 쳐다보며 말했다.

"가만 계셔도 돼요. 자동으로 닫힙니다."

그 말에 그녀는 황급히 차 문에서 손을 뗐다. 문이 저절로 움직이더니 닫혔다. 그녀는 괜히 민망해져 고개를 숙였다. 차는 문의 움직임만큼이나 부드럽게 출발했다. 기사가 말했다.

"다들 좀 주무세요. 네 시간 정도 걸립니다."

여자애가 놀란 숨소리를 냈다. 뒤에 앉은 늙은 남자가 말했다.

"뭘 그렇게 놀래? 가서 배도 타야 돼."

"그건 알아요."

"그래? 그건 또 어떻게 알았대. 낚싯대는 준비했어?"

늙은 남자의 말에 젊은 남자가 풋 하고 바람 빠지는 웃음소리를 냈다. 자신이 놀림거리가 됐다고 생각했는지, 여자애는 인상을 찡그리며 두 팔로 아랫배를 감쌌다. 그녀는 그 모습을 유심히 보다가 조용히 고개를 돌렸다.

밤의 고속도로는 생각만큼 조용하지 않았다. 웅웅거리는 바퀴 소리는 은근히 신경을 긁었고 창문에 부딪치는 바람 소리도 요란했다. 그녀는 검게 물든 창밖을 쳐다보았다. 가로등 불빛이 물결처럼 지나갔고 간혹 그 위로 그녀의 일그러진 얼굴 윤곽이 겹쳐졌다. 그녀는 아주 오랫동안 거울을 본 적이 없었다. 늙어감에 대한 두려움 때문이 아니라 자신 안에 담겨진 누군가의 모습을 잃어간다는 것에 대한 공포, 혹은 불안 때문이었다. 그 책에도 이러한 감정을 묘사한 문장이 있었다. '자신 안에 있던 사랑하는 이의 얼굴마저 사라지는 건 슬픈 일이었다.'

그 책. 그녀의 죽은 아들에 대한 이야기가 쓰인 책. 저자는 그 책을 완성하자마자 가장 먼저 그녀에게 보내주었다. 아이가 스스로 세상을 등진 지 꼬박 2년 후였다. 놀랍게도 그 책엔 그녀의 남편에 대한 이야기도 있었다. 그렇지만 아이에 대한 이야기는 사실에 가까운 반면, 남편에 대한 이야기는 많은 부분이 미화되어 있었다. 그녀는 그게 저자의 '의도'라고 넘겨짚었다. 남은 사람의 삶에 대한 배려나 위로. 그렇지만 저자는 알까? 남편이 그 책을 펴보지도 않았다는 걸? 남편은 도저히 그걸 읽을 수 없다고 말하면서 그 책을 멀리 치워버렸다. 참 나. 책을 펴보지도 않고 읽을 수 있는지 없는지 어떻게 안단 말인가. 그녀는 지난 5년 동안 그 책을 백 번도 넘게 정독했다. 그렇지만 남편이 힘들어할 만한 구절은 단 하나도 찾을 수 없었다. 오히려 책 속의 남편은 실제와 달리 거의 피해자처럼 보였다. 분명 누군가는 그 책을 읽고, 죽은 그녀의 아들만큼이나 멀쩡히 살아 있는 그녀의 남편을 불쌍하게 여길 것이었다. 아마 남편도 그 책을 읽고 나면, 자책을 멈추고 자기 연민을 시작할지 모른다. 그러나 남편은 끝끝내 그 책을 펴보지 않았다. 사면 대신 벌을 선택한 것이다. 쯧쯧, 불쌍한 사람. 물론 그녀도 알고 있었다. 자신이 여태까지 남편과 헤어지지 않았던 가장 큰 이유는 남편이 벌을 선택했기 때문이라는 것을. 만약 남편이 시도 때도 없이 그 책을 들여다보고 앉았더라면 그녀는 진즉에 남편을 떠났을 거였다.

디지털시계가 '01:45'에서 깜박거릴 때 기사가 사람들을 깨웠다.

"자, 일어나세요. 휴게소 들를 겁니다."

자고 있었던 사람은 아무도 없었다. 내리고 싶었던 사람 역시 아무도 없었을 거라고, 그녀는 생각했다. 하지만 그녀는 차가 서자마자 재빨리 문을 열고 뛰어내렸다. 나머지 사람들도 줄줄이 내려 차 옆에 옹기종기 모여 섰다. 기사는 차에서 내리자마자 화장실로 달려갔다. 그걸 본 젊은 남자도 천천히 화장실로 걸어갔다. 늙은 남자는 호주머니에서 연초를 꺼내 불을 붙였고 여자애는 여전히 두 팔로 아랫배를 감싼 채 땅을 보고 서 있었다. 그 모습에, 그녀는 명치끝이 딱딱하게 굳는 것 같았다. 그녀는 여자애에게 조심스럽게 물었다.

"화장실 안 가도 돼요?"

여자애가 그녀를 흘끗 쳐다보고는 다시 고개를 숙였다. 그녀는 재차 물었다.

"밥은 먹었어요?"

여자애는 한참 땅만 보더니 이내 천천히 고개를 가로저었다. 그 반응에 고무된 그녀는 선뜻 여자애의 어깨를 감싸 안으며 말했다.

"휴게소 들어가서 뭐 좀 먹죠."

여자애는 흠칫 놀라 자신의 어깨를 감싼 그녀의 손과 얼굴을 번갈아 보았다. 그리고 불안한 듯 차를 돌아보았다. 그녀는 속삭이듯 말했다.

"괜찮아요. 뭐라도 먹어야 힘을 내지."

여자애는 못 이기는 척 천천히 걸음을 옮겼다. 그때 차 뒤편에서 소리가 들려왔다.

"아니, 차 놓치면 어떡하려고!"

담배를 피우고 있던 늙은 남자였다. 그녀는 부드럽게 대꾸했다.

"이게 뭐 고속버스예요? 네 명 중에 두 명이 없는데 출발해버리게? 게다가 시간도 충분하잖아요. 아침 배라던데."

할 말이 없어진 늙은 남자가 허, 참, 뭐 그건 그렇긴 한데, 하고 중얼거렸다. 그녀는 여자애를 다시 휴게소 쪽으로 이끌었다. 그러자 큰 소리 치던 늙은 남자도 몇 번 헛기침을 한 후 두 사람을 따라오기 시작했다. 멀리, 화장실에서 나오던 기사가 그들을 보고 잠시 멈춰 섰다. 그녀의 시야에도 기사의 모습이 들어왔지만 그녀는 일부러 그쪽을 쳐다보지 않았다.

30호 탱크가 창원시 진해만의 잠도에 세워진 것은 지난해 4월이었다. '탱크의 시대' 회원들은 즉시 불만을 터뜨렸다. 도심 한가운데에 세워도 예약 때문에 가기 힘든 마당에 섬이라니. 게다가 잠도는 해군 소유의 군사훈련장이었다. 일반 주민들도 살고 있었지만 섬은 엄연한 국유지였고 외지인의 출입이 까다로웠다. 그런 곳에 무슨 수로 탱크를 들여다놓을 수 있었을까. 그 내막을 아는 이는 단 한 명도 없었다. 그러나 어찌 됐든 잠도 안쪽엔 탱크가 있었다. 선착장에서 내려 그림이 그려진 담벼락을 따라 첫 번째 마을로 들어서면 건너편 해안으로 통하는 내리막길이 나온다. 그 길을 따라 쭉 내려가면 해안 도로가 나오고 얼마 가지 않아 섬 끝단에서 도로가 끊긴다. 그 끊긴 지점에서 숲 쪽으로 난 오솔길을 따라 5분가량 올라가면 소나무가 우거진 숲 속에 짙은 초록색으로 칠해진 컨테이너가 있다. 그것이 일명 '잠도 탱크'라고 불리는 30호 탱크였다.

　잠도 탱크는 전망이 좋았다. 탱크의 아래쪽에 해안 도로가 위치한 덕에 소나무 사이로 푸르게 펼쳐진 남해를 감상할 수 있었고 오른쪽으로는 가덕도가, 왼쪽으로는 진해항이 보여 어쩐지 아늑한 기분도 들었다. 바다도 늘 잔잔하여 숲 안쪽까지 반짝거리는 윤슬의 빛이 들이쳤다. 그러나 아무리 전망이 좋다고 해도 잠도는 쉽게 갈 수 있는 곳이 아니었다. 잠도로 가는 배는 하루에 딱 한 번 떴다. 진해 속천항에서 아침 8시에 뜨는 잠도호가 그것이었다. 잠도호는 오후 4시에 다시 속천항으로 돌아왔는데 그걸 놓치면 다음 날까지 꼼짝없이 잠도에 갇히게 되었다. 언젠가 한 사람이 그런 식으로 잠도에 갇힌 적이 있었다. 해가 길어지기 시작한 5월이었다. 아침에 잠도로 들어간 그는 느긋하게 해안 도로를 산책하고 바다를 보며 샌드위치를 먹었다. 그리고 정오를 넘겨 탱크로 들어갔다(그날 예약자는 그 사람

뿐이었다). 그는 자신이 기도할 것이 많지 않다고 생각했다. 그러나 모든 이가 그러하듯, 탱크에 가만히 앉아 있는 동안 머릿속의 생각이 끝도 없이 증식했고 4시가 다 되어서야 정신을 차리고 시계를 보았다. 결국 배를 놓친 그는 탱크에서 밤을 꼬박 새웠다. 그리고 다음 달, 그 경험을 탱크의 시대 커뮤니티에 후기로 올렸는데 그 글은 근 2년간 올라온 게시물 중 가장 반응이 뜨거웠다. 그가 후기 말미에, 잠도에 다녀온 이후로 자신의 인생이 완전히 달라졌다고 썼기 때문이다.

그날 이후, 잠도호에 오르는 사람이 많아졌다. 탱크 예약자들은 의심을 피하기 위해 모두 낚시 장비를 들고 배에 올랐는데, 그 때문에 선장은 요즘 낚시하는 사람이 많아졌다고 생각했고 진짜 낚시꾼들은 고기가 많아졌나 보다고 생각했다. 반면 잠도 주민들은 외지인들이 집 근처에 똥이나 누고 가지 않았으면 좋겠다고 생각했다. 그도 그럴 것이, 잠도엔 공중화장실이 없었다. 그래서 간혹 진짜 낚시꾼들이 탱크를 공중화장실로 오해하는 일도 일어났다. 한번은 어떤 낚시꾼이 탱크의 문을 잡고 흔든 적이 있었다. "아니, 누가 공중화장실에 도어록을 달아놨어······." 그때 안쪽에서 문이 벌컥 열리며 눈물범벅이 된 얼굴이 튀어나왔다. "여기 볼일 보는 곳 아닙니다."

문제는 낚시꾼들만이 아니었다. 컨테이너 주변을 서성이는 사람이 늘어나자, 잠도 주민 몇몇이 탱크에 찾아와서 차례를 기다리고 있는 예약자들에게 여긴 뭐 하는 곳이고 당신들은 뭐냐고 물어댔다. 대부분은 침묵을 지켰지만 당황한 한 명이 횡설

수설하다가 그만 실수를 했다. 그건 기밀이라 말해줄 수 없다고 멋대로 둘러대버린 것이다. 그 말을 들은 주민 중 한 명이 굳은 표정으로 되물었다. "군사훈련과 관련된 겁니까?"

상황이 복잡하게 돌아가자 결국 탱크의 시대 운영진은 잠도 탱크에 들어갈 수 있는 날을 일주일에 두 번으로 제한하고 하루 수용 인원도 다섯 명을 넘지 않도록 했다. 심지어 그날 예약 인원이 한 명뿐이면 그 예약은 자동으로 취소되었다. 혹시라도 탱크 안에서 무슨 일이 생겼을 때 그것을 신고할 사람이 없기 때문이었다(잠도의 탱크 매니저는 일주일에 한 번 탱크에 가보는 것이 전부였는데 일각에선 그 매니저가 군사훈련장을 관리하는 해군 소속이라고 했다). 그러자 누군가 커뮤니티에 질문을 올렸다. '그러면 애초에 다섯 명을 모아서 가도 됩니까?' 운영진은 잠도의 경우 그것을 허가한다고 답글을 올렸다.

다섯 사람은 휴게소 테이블에 둘러앉아 조용히 컵라면이 익기를 기다렸다. 가장 먼저 침묵을 깬 건 컵라면을 손난로처럼 두 손으로 붙잡고 있던 늙은 남자였다.

"나는 4개월 전에 예약을 걸어놨어요. 뒤로 1년까지 예약 꽉 찼다는데?"

젊은 남자가 늙은 남자의 말에 깜짝 놀랐다.

"1년까지요? 대단하네요. 사실 저는 며칠 전에 1호에 다녀왔습니다."

"뭐? 1호? 거길 갔다고?"

"네, 거기도 예약이 많아서 엄청 기다렸어요. 그래도 제일 기도발 좋다고 하니까."

"아무래도 거긴 좀 그렇지 않아? 사람도 죽었잖아."

다들 잠시 침묵했다. 그녀는 도저히 가만히 있을 수가 없어서 컵라면 뚜껑을 열었다. 그것을 본 늙은 남자가 아직 안 익었을 텐데, 하고 참견했다. 그녀는 못 들은 척 젓가락으로 면을 풀어서 입에 넣었다. 늙은 남자 말대로 아직 면이 딱딱했지만 못 먹을 정도는 아니었다. 그때 여자애가 처음으로 입을 열었다.

"저는 잠도가 세 번째예요."

젊은 남자가 또 깜짝 놀랐다.

"지금 우리 가는 데요? 거길 두 번이나 갔었다고요?"

"네, 그때는 예약 전날 진해에서 하루 묵었어요. 셔틀 생기기 전이라."

늙은 남자가 오지랖을 부렸다.

"이야, 무슨 사연이 있어서 그랬을까?"

여자애는 대꾸 없이 조용히 컵라면 뚜껑을 열었다. 늙은 남자는 쩝, 하고 입소리를 내며 가장 끝 쪽에 앉은 기사를 향해 웃어 보였다.

"그나저나 기사님 덕분에 편하게 갑니다. 셔틀 없었으면 저는 아예 갈 엄두도 못 냈겠죠."

기사는 꾸벅 고갯짓을 한 후 계속 커피를 홀짝였다. 그녀는 그런 기사를 흘끗 쳐다보았다. 괜히 신경이 쓰였다. 커피만 먹으면 속 아플 텐데. 밥은 먹고 다니나. 밤샘 운전이 힘들진 않을까. 늙은 남자가 뒤늦게 그녀의 시선을 눈치채고 저열한 농을 쳤다.

"아, 왜요. 젊은 남자한테 자꾸 눈이 가나? 허허."

그 소리에 기사가 그녀 쪽을 쳐다보았다. 그녀는 화들짝 놀라 다시 컵라면을 흡입하기 시작했다. 그러나 늙은 남자는 계속 허허 웃으며 깐족거렸고 그녀는 그에게 뜨거운 라면 국물을 끼얹지 않기 위해 얼른 뚜껑부터 닫아야 했다.

그녀가 잠도 탱크에 가보기로 결심한 것은 아이의 네 번째 기일 때였다. 그녀는 그날도 남편과 따로 출발했다. 먼저 출발한 건 그녀였다. 오전 6시, 먹구름이 잔뜩 낀 어두운 아침이었다. 그녀는 납골당 정문에 도착했다. 문은 9시에 열릴 터였지만 상관없었다. 그녀는 그때까지 아이를 혼자 두고 싶지 않았다. 아이는 오전 6시 23분에 태어났다. 춥지도 덥지도 않은 완연한 가을날이었고 의사는 우렁차게 우는 아이를 보며 가을 태양의 기운을 타고났다고 해주었다. 그 한마디가 그녀의 산고를 완벽하게 상쇄해주고도 남았다. 그녀는 정문 근처 벤치에 앉아 준비해 온 보온병 뚜껑을 열었다. 대추차의 뜨거운 김이 서늘한 아침 공기 사이로 얇게 피어올랐다. 그녀는 종이컵을 두 개 꺼내 차를 따르며 말했다.

"너 한 잔, 나 한 잔."

아이는 어렸을 때부터 그녀와 티타임 갖는 걸 좋아했다. 학교에서 돌아오면 꼭 그녀와 마주 앉아 차를 마셨다. 그 티타임을 통해 그녀는 아이를 속속들이 알아갔다. 아이가 알리기 힘들어하는 것까지 모두. 그렇다. 그녀는 이미 모든 것을 알고 있었다. 모를 수가 없었다. 그녀는 종일 아이의 표정을 살피고 아이의 얘기를 곱씹었다. 그래서였을까. 가끔 그녀는 자기 자신보다 아이에 대해서 더 많이 아는 것 같기도 했다. 만약 그녀가 아이를 생각하듯 자기 자신에 대해 생각했더라면 그녀는 지금과 아주 다른 삶을 살았을 것이다.

    아이는 열여덟 살이 되던 해, 처음으로 남자친구 얘기를 했다. 그녀는 찻잔을 쥔 아이의 손이 가늘게 떨리는 것을 보고 생각했다. 오늘이 그날이구나. 그녀는 아이가 누굴 얘기할지 알 것 같았다. 최근 들어 대화에 빠지지 않고 등장하는 같은 반 친구가 하나 있었다. 아이는 그 친구 얘기를 할 때 유독 눈빛이 반짝거렸다. 언젠가 그녀도 그 친구를 본 적이 있었다. 남편과 장을 보고 돌아오는데 아이 또래의 남자애가 집 앞에서 서성이고 있었다. 그녀는 그 애가 '그 친구'라는 것을 직감적으로 알아채곤 살갑게 말을 걸었다. 그러나 그 애는 그녀와 남편을 보더니 당황하여 인사도 제대로 못 하고 도망쳤다. 남편은 쯧쯧거렸다. "요즘 애들은 인사도 제대로 할 줄 몰라." 그러나 그녀는 그 애가 왜 그렇게 도망쳤는지 너무나 잘 알 것 같았다. 그래서 그 일이 두고두고 마음에 걸렸다. 딱히 들은 것도 없는데 왠지 아이와의 약속을 어긴 것만 같은 기분이 들었다.

    어쨌거나 아이는 그녀가 알고 있다는 것을 몰랐다. 그래서 그 친구를 아주 좋아하고 있다고, 그냥 좋아하는 것이 아니라 사랑하고 있다고 말하며 찻잔 위로 눈물을 뚝뚝 떨어뜨렸다. 그것을 보자 그녀도 눈물이 났다. 앞으로 아이의 인생에 이렇게 울 일이 많을까 봐, 그때마다 사무치게 외로울까 봐 막막해졌다. 그녀는 아이의 손을 잡고 함께 울었다. 무슨 말을 해줘야 좋을지 하나도 생각나지 않았다. 일부러 아무 말을 하지 않을 작정이기도 했다. 이런 상황에선 침묵이 최선일 거라 생각했기 때문이다. 그러나 그녀는 결코 알지 못했다. 그 침묵이 아들의 곡해를 일으킬 줄은. 그리하여 길고 깊은 오해가 시작될 줄은.

주변이 조금 밝아졌지만 하늘은 여전히 짙은 먹구름에 뒤덮여 있었다. 그녀는 하늘을 향해 건배하듯 종이컵을 올렸다. 이제는 너도 모든 걸 알고 있겠지. 그 순간, 종이컵으로 물방울이 똑 하고 떨어졌다. 그녀는 하늘을 향해 다른 한 손을 뻗어보았다. 손바닥 위로 빗방울이 하나둘 떨어졌다. 그게 꼭 아이의 눈물 같다는 생각에 그녀의 온몸이 저릿해졌다.

그녀는 한참 동안 비를 맞았다. 아니, 사실 그렇게 한참은 아니었다. 트렌치코트의 어깨가 조금 젖고 검은 단화 안쪽에 물이 차는 것을 느낄 수 있을 정도였다. 이상하게도 정수리가 차가워지는 기분은 없었다. 왜 그럴까. 우리 아들이 엄마 머리 위로는 일부러 눈물을 안 떨구나. 그녀가 그런 생각을 하고 있는데 난데없이 그녀의 오른팔 안쪽으로 우산 손잡이가 내려왔다. 그녀는 얼결에 우산을 잡으며 고개를 들었다. 어떤 남자가 그녀에게 우산을 넘겨준 후 멀어지고 있었다. 그녀는 벌떡 일어나 그를 불렀다. "저기요!" 그러나 그는 뒤도 돌아보지 않고 성큼

성큼 걸어갔다. 그녀는 왠지 그를 잡아야 할 것 같은 생각이 들었다. "저기, 잠깐만요!" 그러나 그녀가 아무리 애타게 불러도 그는 끝까지 돌아보지 않았다. 절대 돌아보지 않는 뒷모습. 그녀는 울컥 눈물이 솟았다. 그 뒷모습이 꼭 아이의 것 같아서였다. 아이보다 덩치도 크고 키도 컸지만 그녀에게 그런 건 중요하지 않았다. 지금 이 시간에, 이곳에, 그것도 갑자기 그녀 옆에 나타나 우산을 건네주는 사람이라면, 아무리 불러도 뒤돌아보지 않고 그대로 사라지려 하는 사람이라면, 백발이 성성한 노인의 모습이어도 그 안엔 아이가 들어 있을 터였다. 그녀는 큰 소리로 아이의 이름을 외쳤다. 남자가 우뚝 걸음을 멈추었다. 그것을 보고 그녀는 생각했다. 옳지, 그럼 그렇지! 우리 애구나! 우리 애가 날 보러 왔구나. 그녀는 남자를 향해 전속력으로 달려갔다. 그리고 남자의 어깨를 홱 잡아 돌렸다.

배불리 먹은 후라 그런지, 차 안에 노곤한 기운이 퍼졌다. 어디선가 코 고는 소리도 들렸다. 그녀는 슬쩍 고개를 돌려 여자애를 보았다. 여자애는 여전히 아랫배를 두 팔로 감싸고 웅크린 채 눈을 감고 있었다. 그 뒤엔 늙은 남자가 팔짱을 끼고 고개를 뒤로 젖힌 채 잠들어 있었다. 그녀는 몸을 완전히 돌려 자신의 뒤를 보았다. 젊은 남자 역시 팔짱을 낀 채 자고 있었다. 코 고는 소리는 젊은 남자가 내는 소리였다. 그녀는 속으로 외쳤다. 드디어! 차 안엔 오로지 그녀와 기사만 깨어 있었다. 그녀는 설레는 마음으로 기사의 어깨를 쳐다보았다. 그리고 용기를 내어 시선을 위로 올렸다. 룸미러로 기사의 퀭한 눈과 오뚝한 코가 보였다. 기사는 피곤한 표정으로 앞만 주시하고 있었다. 모두가 잠들어 있다는 것을, 그녀만 또랑또랑하게 깨어서 그와의 대화를 기다리고 있다는 것을 전혀 모르는 것 같았다. 그녀는 다시 한번 주변을 둘러보았다. 사람들은 미동도 하지 않았다. 왠지 기회는 지금밖에 없을 것 같았다. 그녀는 용기를 냈다.

"저기, 피곤하죠?"

기사의 어깨가 움찔했다. 그는 룸미러로 그녀를 슬쩍 쳐다보고는 다시 앞을 봤다. 그녀는 그를 안심시키기 위해 말했다.

"다들 자고 있어요. 졸리지 않아요?"

기사가 조심스럽게 대답했다.

"괜찮아요."

그의 목소리는 낮고 거칠었다. 그와 대화를 나눠본 적 없었더라면 그녀는 그의 목소리가 원래 그렇다는 사실을 몰랐을 것이다. 그저 장시간 말하지 않아서 목이 잠긴 거라고 멋대로 넘겨짚었겠지.

넘겨짚는 것. 상대가 그러하겠거니, 그것이 당연하겠거니 멋대로 추측하고 그 추측이 사실이라고 생각하는 것. 그건 그녀의 천성이었다. 상대가 아니라고, 그녀의 생각이 틀렸다고 짚어주어도 그녀는 자신이 넘겨짚은 게 진실이라고 생각했다. 남편은 그게 바로 억지라고 했다. 그 억지가 사람을 지치게 한다고. 그러면서 이렇게 경고했다. 당신 언젠가 그것 때문에 큰일 치를 거야.

아이는 여러모로 남편을 닮았다. 선이 부드러운 생김새도, 루틴을 정해 생활하는 똑 부러진 성격도, 몸에 밴 차분한 다정함도. 그러나 딱 한 가지, 그녀를 닮은 것이 있었으니, 함부로 넘겨짚는 천성이었다. 아이는 어렸을 때부터 뭐든 잘 넘겨짚었다. 부모의 표정을 보고 기분을 넘겨짚었고 친구의 농담을 듣고 속내를 넘겨짚었다. 그녀는 그게 그렇게 큰 문제라고 생각하지 않았다. 그래봤자 주변 사람들의 의중을 헤아리려는 것 아닌가. 그녀는 아이가 그저 감수성이 예민하고 타인을 지나치게 배려하는 성향이라고 생각했다. 그러나 사춘기를 보내면서 아이의 성향은 점점 좋지 않은 방향으로 발달했다. 아이는 세상의 모든 어긋남과 고통 앞에서 인생의 경로가 '비극적으로' 뻗어나가리라고 넘겨짚었다. 살다 보면 골백번도 겪기 마련인 온갖 불운이 자신의 미래를 망치리라고 넘겨짚었다. 남편이 아이의 고백에 충격을 받고 아이를 피하기 시작했을 땐 아버지가 자신을 완전히 버릴 생각이라고 넘겨짚었다. 그래서 어느 날부터 방에 들어가 아예 문을 걸어 잠그고 나오지 않았다. 그녀는 애타게 방문을 두드리며 밥이라도 먹으라고 사정했지만 문은 열리지 않았다. 결국 어느 날, 그녀는 억지로 방문을 따고 들어갔다. 아이는 침대 구석에 웅크리고 앉아 있었다. 두 팔로 아랫배를 감싸고 등을 한껏 구부린 자세로. 오랫동안 난방을 켜지 않았는지, 방이 냉골이었다. 그녀는 다른 무엇보다 그게 가장 화가 났다. 왜 이렇게 추운 곳에서 웅크리고 있는가. 왜 아무도 내리지 않은 벌을 스스로 받고 있는가. 그녀는 그게 신경질이 나서 견딜 수가 없었다. 그래서 아이에게 한바탕 퍼부었다. 대체 뭘 잘했다고 이런 시위를 하는 거냐고. 네가 옛날의 그 모습으로 돌아오지 않으면 우리도 너를 제대로 받아줄 수 없다고. 그러니 이기적으로 굴지 말고 정신 차리라고. 사실 그건 호통이 아니라 부탁이었다. 예전처럼 밝고 씩씩하게 살아달라는, 부모의 몰이해를 뛰어넘고 앞으로 나아가라는, 그러면 우리도 어떻게든 너를 따라가지 않겠느냐는 애원이었다. 아이는 말없이 그녀의 이야기를 다 듣고는 천천히 몸을 일으켰다. 그리고 조용히 화장실로 향했다. 그걸 보고, 그녀는 아이가 드디어 말을 알아들었다고 생각했다. '모든 게 해결되었다'라고 넘겨짚었다……. 아이는 정확히 4개월을 더 버티다가 아예 집을 나갔고 비가 억수같이 내리는 날 잠시 작별 인사를 하러 들렀다. 그리고 다시는 돌아오지 않았다.

아이의 장례는 매우 길었다. 아이의 죽음이 일으킨 파장이 오래도록 이어졌기 때문이다. 먼저, 아이가 삶의 마지막 순간을 보낸 컨테이너의 실체가 세상에 알려지면서 탱크는 단박에 논란의 중심이 되었다. 사이비 종교의 유해성과 수많은 피해사실이 기다렸다는 듯 수면 위로 드러났고, 그에 따른 경각심도 제고되었다. 결국, 그 일로 인해 탱크의 창립자가 수감되면서 탱크 커뮤니티도 사라졌다. 사람들은 아들의 죽음에 대한 대가가 성대하게 치러졌다고 생각했다. 그렇지만 그녀에게 아이의 죽음은 사회적인 이슈나 책임자에 대한 단죄로 보상받을 수 있는 종류의 상실이 아니었다. 그 상실은 또 다른 시작이 뒤따르지 않는 영원한 끝이었다. 죽음과도 같은 종말. 그러나 종말은 오직 그녀만의 것이어서, 세상은 계절이 돌고 도는 것처럼 다시 시작되었다. 아이가 죽은 곳엔 새로운 '1호 탱크'가 들어섰고 탱크 커뮤니티도 다시 만들어졌다. 심지어 탱크는 들불처럼 여기저기 번져나갔다. 이 일련의 사건들을 소재로 한 책도 나왔다. 바로 그 책이었다. 그 책은 아이의 죽음을 중심적으로 다루었지만 그것을 아무도 막을 수 없는 불가피한 비극에 가깝게 묘사했다. 누구도 어쩔 수 없었던 일. 그래서 결국 받아들일 수밖에 없는 일. 그러나 그것은 사실이 아니었다. 그녀는 알고 있었다. 그녀의 넘겨짚음이, 그 넘겨짚음의 유전이, 그로 인한 곡해와 오해의 연쇄가 아이를 죽음에 이르게 했다는 사실을. 큰일을 치를 거라던 남편의 경고는 정확한 통찰에 근거한 예언이었다는 사실을. 그렇다. 아이의 죽음은 그녀의 잘못이었다. 그녀는 그것을 이미 다 알고 있었다.

그러나 자신의 예언을 잊어버린 남편은 이 모든 일이 본인의 잘못인 양 행동했고 그 책임을 한 톨도 빠짐없이 다 짊어질 것처럼 굴었다. 그것 때문에 그녀는 미쳐버릴 것만 같았다. 가끔은 남편이 그녀의 죄책감을 가중시키기 위해 연극을 하고 있는 게 아닐까, 하는 생각마저 들었다. 그러나 한편으론 자신이 그걸 원하고 있을지도 모르겠다는 생각도 했다. 자신이 저지른 죄의 무게를 덜기 위해 죄책감의 희생양이 되기를 바라고 있는 걸지도 모른다고.

그녀가 남자의 어깨를 잡아 돌렸을 때, 남자는 죄를 지은 것마냥 고개를 푹 숙였다. 그녀는 또 한 번 아이의 이름을 불렀다. 남자는 천천히 고개를 들더니 어처구니없는 표정으로 그녀를 보았다. 그 순간, 그녀의 머릿속에 어떤 이미지가 스쳐 지나갔다. 아이의 장례식장. 바닥에 주저앉아 있던 어느 젊은 남자. 절 한 번 하지 않고 남편과 함께 장례식장을 나가던 그의 굽은 등. 그제야 그녀는 그를 알아보았다. 그는 아이가 사랑했던 사람이었다. 마지막 순간까지 함께 있었던 사람이었다. 그녀는 그가 아이를 가장 먼저 발견했다는 사실을 알고 있었다. 화마에 휩싸인 탱크에서 아이를 빼내주었다는 것도. 그러나 장례식장에선 그를 모르는 척하고 싶었다. 내 아들은 죽었는데 그는 살아 있다는 사실이, 살아서 명복을 빌러 왔다는 사실이 견딜 수 없었기 때문이다.

지금은 아니었다.

그녀는 남자의 등에 손을 얹었다. 손바닥 밑에서 미미하게 심장박동이 느껴졌다. 그녀의 가슴이 떨려왔다. 이 등이 아이를 마지막으로 업은 그 등이겠지. 아이의 마지막 온기를 느꼈을 그 등일 테지. 그녀는 그 등을 얼싸안고 싶은 충동을 가까스로 누르며, 가만히 빗물만 털어주었다.

그녀는 남자와 우산을 같이 쓰고 납골당의 정문이 열리길 기다렸다. 기다리는 동안 대추차도 한 잔 권했다. 남자는 종이컵을 받아 들면서 꾸벅 인사했다. 그 모습에 괜히 마음이 동한 그녀는 안부를 물었다.

"잘 지내고 있었어요?"

그는 대답하지 않았다. 하지만 그녀는 집요하게 그를 쳐다보며 대답을 기다렸다. 그의 안부가 궁금해서가 아니라, 그의 안부를 아이에게 전해야 했기 때문이다. 그녀는 그 순간에도 믿고 있었다. 아이가 지금 어딘가에서 이 장면을 다 지켜보고 있을 거라고. 그들의 대화를 전부 듣고 있을 거라고. 그는 잠시 망설이다가 네, 하고 짧게 대답했다. 그녀는 대화를 이어가기 위해 아무 말이나 꺼냈다.

"책에서 읽은 거랑 인상이 다르네요."

그녀의 말에, 남자가 대놓고 얼굴을 찌푸렸다.

"그 책은 사실이 아닙니다. 사실도 있지만 거의 지어낸 얘기죠. 아시잖아요."

"아, 그래요? 사실도 적지 않다고 생각했어요. 그냥 내가 우리 애에 대해서 잘 모르는 게 많다고……."

남자가 살짝 놀란 듯 호흡을 멈추었다가 입을 뗐다.

"그러기엔, 이름도 너무 멋대로 지어놨잖아요. '둡둡'이라뇨. 아무리 가명이어도 그렇지."

그녀는 속으로 작게 웃음을 터뜨렸다. 둡둡. 그것은 아이의 태명이었다. 임신 후 별생각 없이 지내다가 주변에서 태명이 뭐냐고 하도 물어보는 통에, 뱃가죽을 울리는 아이의 발차기 소리를 듣고 서둘러 지은 것이었다. 그녀는 아들의 이야기를 쓰고 싶다는 작가에게 그걸 가장 먼저 말해주었다. 그러나 지금은 왠지 태명 얘기를 하고 싶지 않았다. 그녀는 말했다.

"맞아요. 하지만 탱크가 여기저기에 계속 생기게 된 건 사실이었죠. 한번 가봤어요, 우리 애가 그렇게 된 그곳에. 도저히 들어갈 순 없을 것 같아서 멀리서 보기만 하자고 마음먹었죠. 그런데 생각보다 산이 가파르더라고요. 그 길을, 애가 몇 번이고 오갔을 걸 생각하니까 다리에 힘이 다 빠졌어요. 가슴이 답답하고 숨도 안 쉬어지는 게 딱 죽을 거 같더라고. 그때 이후로 여기저기 접근성 좋은 탱크가 많이 세워지는 걸 알게 됐을 때도 똑같은 감정이 들었어요. 우리 애는 그 깊은 산속을 혼자 올라갔을 텐데. 힘들여 그 길을 걸었을 텐데. 만약 지금까지 살아 있었더라면 어땠을까. 가기 쉬운 탱크에 갈 수 있었더라면 어땠을까. 그러면 그만큼 절망적일 일도 없지 않았을까."

남자는 고개를 돌렸다. 그녀의 말을 계속 듣기가 힘든 것 같았다. 하지만 그녀는 말을 멈출 수가 없었다. 이런 얘기를 이 사람이 아니면 누구에게 한단 말인가? 그녀는 계속 말했다.

"탱크가 새로 생길 때마다 그곳에 가는 교통편이나 소요 시간부터 찾아봤어요. 이상하게 가기 힘든 곳에 세워진 탱크만 보면 가보고 싶더라고요. 왠지 우리 애라면 힘들게 가야 하는 곳의 탱크를 선택했을 것 같거든요. 최근엔 어떤 섬에 탱크가 생겼어요. 배편도 하루에 하나밖에 없다고. 우리 애는 분명 거기로 갔을 거예요."

그녀는 또 자신이 멋대로 넘겨짚었다는 것을 알았다. 하지만 그녀의 넘겨짚음이 전부 틀린 것은 아니었다. 그녀는 아이에 관해서만큼은 적중률이 꽤 높았다. 남자가 조용히 물었다.

"그 섬이 어딘데요?"

그녀는 그 섬의 이름을 알려주었다. 그리고 다시 한번, 그 애라면 정말 그곳에 갔을 거라고 말했다. 자신은 그걸 알 수 있다고. 엄마는 다 안다고.

그로부터 반년 뒤, 그녀는 메시지를 하나 받았다. 잠잠한 바다 위에 작은 선박 하나가 떠 있는 사진과 셔틀에 자리를 하나 마련해줄 수 있다는 내용이었다.

그녀는 몸을 앞으로 슥 빼며 속삭였다.
"귤 있는데, 귤 줄까요?"
그는 대답하지 않았다. 그녀는 재빨리 가방을 열어 제일 말랑말랑한 귤을 꺼냈다. 날랜 손짓으로 귤껍질을 까서 운전석 너머로 귤을 내밀자 기사는 조심스럽게 귤을 받았다. 그리고 룸미러로 그녀의 눈치를 보더니 귤을 한입에 다 넣어버렸다. 그녀는 그것을 보며 자신도 모르게 웃고 말았다. 룸미러 속 기사의 눈도 그녀를 따라 살짝 휘어졌다. 그녀는 자신이 잘못 봤나 하고 룸미러를 다시 들여다보았다. 그러나 그는 분명 미소를 짓고 있었다. 그녀는 온몸에 힘이 풀렸다. 그 미소가 예상치도 못한 선물처럼 느껴졌기 때문이다. 이를테면, 용서와 이해를 담은 선물. 적어도 원망만큼은 덜어낸 선물. 그녀는 자신도 귤을 하나 까서 먹었다. 그리고 차에 올라 처음으로 좌석에 몸을 푹 묻었다. 가죽이 그녀의 등을 감싸 안으며 차체 바깥에서 들려오는 온갖 소음을 막아주었다. 그녀는 여자애처럼, 아니, 그녀의 아이처럼 양팔로 아랫배를 감싸며 눈을 감았다.

사람들이 모두 잠들어 있을 때, 기사는 터미널 바깥의 자판기에서 따뜻한 캔커피를 두 개 뽑았다. 양손에 캔커피를 든 채로 잠시 바닷가를 바라보았다. 아침 햇빛이 잔잔한 바다의 표면 위에서 하얀 밀가루처럼 곱게 부서지고 있었다.

그 사건이 일어난 후, 기사는 탱크 쪽으로 영원히 발길도 하지 않으리라 마음먹었다. 그러나 그 책을 읽은 후로 생각이 바뀌었다. 그 책에 적힌 것은 여러모로 사실과 달랐지만 딱 한 가지, 그가 죽은 연인을 이해하기 위해 최선을 다하지 않았다는 것만큼은 사실 그대로였다. 그는 충격을 받았다. 그 사실이 활자로 남아버렸다는 것에. 그의 잘못이, 그의 후회가 영원히 지워지지 않으리라는 것에. 그날부터, 그는 대한민국에 세워진 모든 탱크를 찾아다녔다. 늦게나마 죽은 연인을 이해해보기 위해서가 아니라, 활자로 각인되어버린 어떤 사실을 사실이 아닌 것으로 만들고자 하는 마음 때문이었다. 탱크는 총 서른여덟 개가 있었다. 그중 설악산에 위치한 13호 탱크와 지리산에 위치한 21호 탱크는 두 번 다시 가고 싶지 않을 정도로 찾아가기 힘들었다. 반면, 도심에 위치한 탱크들은 찾아가기는 쉬웠지만 문을 닫아도 바깥의 번잡스러움이 스며들어 전혀 집중이 되지 않았다. 30호 탱크는 그 모든 단점이 상쇄된 공간이었다. 배편이 하루에 하나밖에 없을 뿐이지, 찾아가기도 어렵지 않았고 사람이 별로 살지 않는 섬에 있어서 다른 탱크들보다 조용했다. 게다가 그곳엔 바다가 있었다. 죽은 연인은 이탈리아의 고대 도시를 가고 싶어 했지만 그는 늘 바다를 꿈꾸었다. 연인과 함께 하얀 요트를 타고 바다를 누비는 꿈. 뜨거운 햇빛 아래에서 차가운 물보라를 맞으며 파도의 덜컹거림을 느끼는 꿈. 처음으로 속천항에 섰을 때, 아침 햇빛에 막 깨어나 넘실거리는 바다를 보며 죽은 연인의 부활을 생각한 건 그래서였다. 그는 연인과 함께 요트에 오르는 모습을 그렸다. 흔들리는 갑판 위에 발을 디디는 순간 서로의 팔에 매달리며 크게 웃음을 터뜨리는 모습도. 그때였다. 바다 쪽에서 부드러운 바람이 훅 불어오며 나지막한 웃음소리가 들렸다. 그는 소스라치게 놀라 고개를 획 돌렸다. 주위엔 아무도 없었다. 삐거덕거리는 작은 선박들과 고요히 밀려와 잘게 부딪치는 파도밖엔. 그러나 바람은 계속 불어왔고, 언제라도 그 안에서 다시 웃음소리가 들릴 것 같았다. 그는 문득 연인의 어머니가 한 말을 떠올렸다. 그 애라면 정말 그곳에 갔을 거예요. 엄마는 다 알아요.

그날, 그는 집으로 돌아가자마자 바로 잠도와 서울을 오가는 셔틀 차량의 운전기사 일에 자원했다. 이미 자리가 다 차 있어서 4개월을 기다려야 했지만 결국 그는 매주 화요일 셔틀을 배정받았고 밤 운전이 익숙해진 후에 바로 그녀에게 메시지를 보냈다.

눈을 뜨니 창밖이 온통 하얗게 변해 있었다. 마치 눈이 온 것처럼. 그녀는 눈을 게슴츠레 뜬 채로 한참 동안 주변을 살폈다. 가장 먼저 보인 건 '진해유람선터미널'이라고 적힌 간판이 세로로 붙어 있는 건물이었다. 그 너머에 색색깔로 칠해진 선박들이 반짝이는 바다 위에서 작게 흔들리고 있었다. 그녀는 그 모습을 보다가 천천히 몸을 돌려 차 안을 살폈다. 여자애와 늙은 남자와 젊은 남자는 세상모르고 잠들어 있었다. 잠든 그들의 얼굴이 너무나 평화로워 보여서 그녀는 문득 의아해졌다. 저들은 대체 낡은 컨테이너에서 무엇을 기도하려는 걸까. 그저 저렇게 잠든 것처럼 살 수는 없었을까. 어쩌면 그들은 자고 있는 동안에만 찾아오는 평온을 깨어 있는 순간에도 쥐어보려 탱크를 찾는 것일지도 몰랐다. 그 점에 있어선, 그녀도 그들과 크게 다르지 않았다. 창밖으로 시선을 돌리자 멀리, 터미널 입구에 서 있는 기사가 보였다. 그는 양손에 캔커피를 든 채 바다를 보고 있었는데, 조금 미친 사람처럼 혼자 실실 웃고 있었다. 이상하게 그 모습을 보니 그녀도 슬쩍 웃음이 나왔다. 그녀는 그의 옆에 서서 함께 웃고 싶다고 생각했다. 아이가 떠나고 나서, 한 번도 마음 편히 웃었던 적이 없었기 때문이다. 그녀는 몸을 일으켰다. 그리고 처음 차에 탔을 때처럼, 두 손으로 손잡이를 잡아 차 문을 세게 당겼다. 문이 덜컹 열리면서 바닷바람이 훅 들어왔다. 어디선가 나지막한 웃음소리가 들렸다.

진홍: 박수 외전

강성봉

강성봉

장편소설 《카지노 베이비》로 제27회 한겨레문학상을 수상했다.

인간이라면 육압(肉壓)이라는 것이 있어 크든 작든 솟구치든 가라앉든 무슨 기미라도 느껴지기 마련인데, 이상하게도 아무 기운도 느껴지지 않아 박수는 다시 그의 얼굴을 보았다. 지장사 주지의 넙데데한 등 뒤에 숨은 자주색 재킷. 저런 철 지난 가죽을 입는 자가 요즘에도 있나. 신당에 들어온 뒤로 그는 한마디도 하지 않았고 그 앞에 앉은 주지 혼자서만 말을 이어가는 중이었다.

"49일 안에 천도를 해야 하네."

박수가 히죽 웃었다.

"나보고 천도재를 하라고?"

"진오기 한판 한다 생각하면 되잖나. 절차는 우리 천도재를 따라야 해서 그러지."

"그러니까 당주는 네가 맡고, 난 청송을 하면서 굿이나 하란 말이지?"

"당주, 청송은 무슨. 신격들 청하고 망자와 놀아주기만 하면 되는걸."

"개판, 것도 상개판. 허투루 하다가는 저승에서 노할 텐데?"

"언제부터 그런 걸 따졌다고. 대주님 뜻이 그렇다는데. 우리야 저승길 잘 열어주기만 하면 되는 거 아닌가."

제 일 아니라고. 쯧, 법도가 없어도 너무 없는 주지의 말에 박수가 혀를 찼다.

"자비로운 부처님은 적당히 공양하면 눈감아줄지 몰라도, 굿판은 가차 없지. 굿 한번 잘못했다가 제 발등을 작두로 찍은 무당만 한 트럭이야. 어찌저찌 마치더라도 신당이 막혀 입에 풀칠이나 할 수 있게? 굿판을 열어 신령을 불러오면 누구 하나는 저승으로 데려가야 끝나."

괜히 하는 말이 아니었다. 떨어진 신기로 굿을 했다가는 신령들에게 어떤 해코지를 당할지 모를 일이었다. 어디 산천 유람이라도 떠나신 건지 장군신은 몇 달째 감감무소식이었고, 방 안에 가만히 누워 있으면 어째 넓은 관 속에 갇혀 있는 기분이었다. 의욕도 떨어지고 점괘도 영 신통치 않아서 칠일기도라도 올려 신과의 거리를 다잡아야 하나 고민도 많았다. 이상하구나, 역시 이상해. 박수는 고개를 저으며 주지 뒤편에 앉은 낯선 자를 다시금 보았다. 개고기와 뱀술에 절어 곧 아귀도로 직행할 중놈이야 신경 써서 뭐 할까마는 살았는지 죽었는지 모를 저놈은 왜 여기까지 와서 아무 말도 안 할꼬. 참다못한 박수가 손에 쥔 붉은 구슬을 바닥에 던지자, 구슬은 주지의 무르팍을 지나 또르르 뒤편으로 굴러갔다.

주지가 자세를 고쳐 앉으며 말했다.

"예의를 좀 갖추게. 서울서 오신 분이야."

"서울 땅이 죄다 저분 것인가 보네. 땡중이 돈 냄새를 기가 막히게 맡은 걸 보면."

"허허, 이 사람." 주지는 잿빛 소매를 펄럭이며 곤혹스러운 눈빛을 보냈다. 앞에서 퍼덕대는 주지 뒤로, 박수가 던진 말에 낚여 이제는 한두 마디 받을 법도 한데, 자주색 재킷은 연못의 늙고 영악한 물고기인 양 미끼를 물지 않고 잠잠했다. 에이, 이러면 재미없지, 하고 박수는 드리운 낚싯대를 거둔 뒤 주지가 내민 종이를 들여다봤다. 흰 메모지에는 이렇게 휘갈겨져 있었다.

丙子(병자) 4월 7일 양

박수가 고개를 저으며 물었다.
"생시가 없네……. 망자가 젊은이인가 늙은이인가?"
"삼육 년생이네."
흠, 삼육 년 쥐띠면 일제와 전쟁을 겪고 군부와 문민의 시대를 지나 끈질기게 살아온 생이로구나. 그 연명이 기특하기도 하다만, 이렇게 천도까지 해야 하는 처지라면 억울한 사연이 있을 수도 있는데 함부로 말해서는 되겠나. 게다가 서울서 여기까지 온 걸 보면 한 장은 너끈히 받아낼 수 있을 터. 그건 당장 내일 문을 닫아도 섭섭지 않은 이 시절에 1년은 족히 버틸 돈일 것이다. 에라, 모르겠다. 나는 신나게 놀아주기만 하면 되고 나머지는 저 중놈이 알아서 해주겠지, 그게 수수료값이니까. 천도라는 게 따지고 보면 지장이 열고 바리가 끄는 합작 전술이 아니던가. 그렇게 박수는 두 눈을 질끈 감아보려 했으나, 흰 종이 위로 검은 구멍이 자꾸만 어른거려 저도 모르게 신음을 내뱉고 말았다.

"속이 시커멓구나, 시커매."

그때 주지의 뒤편에서 붉은 구슬이 박수 쪽으로 또르르 굴러왔다. 주지와 같이 온 자가 저쪽에서 이쪽으로 구슬을 되돌려 보낸 것이었다.

*

박수가 구슬을 굴리면, 내방객들은 무릎 꿇고 기어 와 두 손으로 구슬을 바치고 뒤로 물러나는 것이 보통이다. 그런데 어찌 이자는 이리도 태연하게 그 자리에서 꼼짝도 않고 구슬만 다시 굴려 보낸단 말인가. 아무리 신기가 떨어졌다 해도 무당 밥을 먹은 지가 40년. 들어오는 걸음걸이만 봐도 뭣 때문에 왔는지 알아차리는 건 일도 아니었는데, 갑자기 까막눈이라도 된 양 박수는 그의 심중이 한 자도 읽히지 않았다.

"어서 날이나 잡아보지. 빠르면 빠를수록 좋으니."

주지는 박수가 속 타는 줄도 모르고 졸랐다.

"망자가 언제 어떻게 떠나셨는지 알아야 보내든가 말든가 하지."

박수는 혀를 차며 주지가 가져온 종이를 다시 살폈다. 두 눈을 부릅뜨고 생년월일을 보니 검은 글자들이 거미 떼처럼 바글바글 흰 종이 위를 어지럽게 움직였다. 먹물을 헤치듯 한 읍내의 풍경이 그 안에서 가물가물 펼쳐졌다. 옳지, 나 아직 안 죽었다. 읍내를 관통하여 흐르는 하천이 온통 검은 것이 낯설지가 않았다. 하천의 돌들도, 뒤엉킨 잡초도 먹물을 빨아들인 듯 검은데, 까치발을 딛고 선 기다란 시멘트 축대 위로 합판 비닐 판잣집들이 다닥다닥 붙어 마치 고장 난 기차가 벼랑 끝에 멈춰 선 꼴이었다. 왜 이리 익숙한가. 내가 언젠가 보았던 풍경인가, 아니면 망자가 생전에 보았던 풍경인가. 문이란 문은 죄 닫아걸어 사방에 폐문의 그림자가 드리웠건만, 아직은 살아 있는 목숨이다. 진즉에 갔어야 할 팔자인데 살지도 못하고 죽지도 못하고 버텨온 세월이 수십 년. 그렇다면 병상에 누워 의식을 잃은 자란 말인가. 설마 산 자를 천도해야 한다는 말인가.

"그래서, 지금 이자를 죽이기라도 하려고?"

박수가 비꼬듯 슬쩍 떠봤지만 돌아오는 답이 없었다. 뭐라 덧붙이지 않고 가만히 기다리니 곧 마른 목소리가 뒤편에서 들려왔다.

"그래도, 자연사에 가깝지요."

자연사에 가깝다니, 이건 또 무슨 개소리인가. 박수가 고개를 갸웃하던 그때, 눈앞에 갑자기 몰락의 풍경이 사라지고 구체적인 사람의 형체가 나타났다. 그건 하나가 아니라 여럿. 아니, 여럿이 아닌 수백수천 목숨이 울부짖는 지옥도였다.

"하나가 아닌데? 어? 이거 뭐야. 너네, 이거 사람 아니지?"

박수가 종이를 가리키자 자주색 재킷이 길게 휘파람을 불었다.

"역시, 범바위 박수네요."

"역시?" 그 비릿한 추임새에 박수의 목소리가 날카로워졌다. "망자도 아니고, 사람도 아닌데 천도를 하겠다?"

"이제 말이 트이나 본데, 뭐가 보이는지 얘기나 해보시죠."

그러면서 자주색 재킷은 또다시 뭔가를 박수 쪽으로 굴려 보냈다. 이번엔 붉은 구슬이 아니라 황금빛으로 반짝이는 칩. 카지노에서 사용하는 최고액 칩이었다. 박수는 또르르 굴러오는 칩을 손바닥으로 탁 덮어 세우고는 저편을 노려보았다.

"깊고 시커먼 구멍. 사람들의 비명이 갇힌 구멍. 하나가 아니야, 수천수만, 헤아릴 수 없는 원귀들이 여기 붙잡혔구나. 이건 진혼굿이 아니라 집단 위령제를 올려야 할 판인데?"

그렇게 말하고서 박수는 멈칫했다. 손가락으로 집어 올린 황금빛 칩 너머로 검은 시체들이 어른거렸고, 순간 그 사이로 아는 얼굴 하나가 스쳐 갔다. 어, 어, 이상하다. 그 얼굴은 박수가 오래전 알던 사내였다. 얼굴이 온통 검었지만 귀를 덮은 곱슬 장발, 긴 눈매와 날렵한 코는 여전했다. 늘어진 작업복의 오른쪽 소매에 금실로 새겨진 나비 문양도 선명했다. 그이인가, 그래, 그이 맞지? 아무리 어둠 속이라 해도 어찌 얼굴을 몰라본다는 말인가. 잊었다고 생각했는데, 제 안에서 진혼굿을 수없이 올리며 저 멀리 떠나보냈다고 생각했는데, 불쑥 나타난 그이의 모습에 박수는 그야말로 속수무책이었다. 트라라라락 트라라라락, 종이 위로 점점 커지는 소리에 박수는 참았던 숨을 길게 토했다.

*

트라라라락 트라라라락. 흘러간 꿈의 한 자락인가. 어째서 이 소리는 세월이 흘러도 잊히지 않는가. 멀리서 들려오는 재봉틀 소리에 박수는 심장이 툭 내려앉는다. 박수가 무인의 길로 들어서기 전, 석공회관 2층에서 광부복을 짓던 시절이 있었다. 재단사가 원단을 들여와 초벌 재단을 끝내면 재봉실에서 열 명의 시다가 마감을 했다. 가슴팍에 커다란 주머니를 박고, 그 위에 은색 반사 띠도 달고. 광부 한 명당 세 벌씩, 달마다 수백의 인부가 드나드는데, 인근 광업소의 주문까지 밀려 하루에 천 벌 넘게 지어야 끝나는 날도 있었다. 하루하루 고단했지만 까만 재봉틀 앞에 앉았을 때에야 박수는 비로소 신명이 넘치고 자신다웠다. 난생처음 꿈을 좇던 시절, 범바위 박수가 박희원이란 속명으로 불리던 시절이었다.

광부들은 탄가루를 마셔 진폐증에 걸린다지만, 저 아이는 천 가루를 마셔서 걸리겠어요. 부모가 한날한시에 목숨을 끊어 홀로 버려진 아이. 얼굴에 탄칠 하기가 싫어 어린 희원은 원단 창고에 얹혀살며 재봉 일을 배웠다. 죽은 아버지의 탄광 동료였던 재봉사가 거두어 꼼꼼히 가르쳤는데, 손끝 감각이 좋아 재봉질에 소질이 있다는 말을 곧잘 들었다. 이유 없이 피부에 고름이 생기고 배 속을 창으로 쑤시듯 아픈 날만 없었다면 그 일을 천직으로 여겼을지도 모른다. 원인 모를 고통이 찾아올 때면 희원은 손목에 재봉 바늘을 박아 넣고 싶은 충동에 시달렸다. 그럴 때마다 작업복 소매 안쪽에 자신만 알아볼 수 있는 나비 문양을 몰래 새겨 넣으며 아픔을 달랬다.

고통 속에서 새겨 넣은 나비 한 마리가 희원을 예상치 못한 꽃밭으로 이끌었으니, 그건 컴컴한 잿빛의 꽃밭이었다. 퇴근하는 광부 무리 속에서 나비가 박힌 작업복을 맞닥뜨린 것이다. 그이를 처음 본 순간 희원의 가슴이 울렁였다. 특별히 잘생겨서 그런 것은 아니었다. 생김생김이 썩 마뜩하지는 않았으나 소매 안쪽에 달라붙은 나비 덕에 그이의 얼굴이 달리 보였다. 그런 감정은 어디서 오는 것인지. 희원의 마음 깊은 곳에서 갈망하던 것인지, 그이에게서 흘러나와 희원을 이끄는 것인지. 어린 희원은 갈피를 잡을 수 없었다.

그이가 일을 마치고 회관 구판장에 들를 때면 희원은 몰래 뒤를 따랐다. 그때 느꼈던 감정을 다시 확인하려고. 어떤 날은 한껏 가슴이 부풀었다가도, 또 어떤 날은 그런 자신이 초라해져 그만 접겠다고 다짐하면서. 그러나 우연히 그이를 맞닥뜨렸을 때, 그러니까 콧노래를 부르며 회관 층계를 내려가는 그이를 반 층 위에서 내려다보았을 때 곱슬곱슬한 머리칼이며 날렵한 뒤태가 눈에 들어왔고, 순간 저도 모르게 발이 먼저 따라나섰다. 아래층으로 내려왔는데 그이가 보이지 않았다. 희원이 두리번거리니 벽 속에서 그이가 스륵 나타나 희원의 어깨를 꽉 붙잡았다. 너 왜 날 따라다녀. 누가 시켰어? 그 두려움 섞인 물음에 희원은 그이의 작업복 소매를 살며시 붙들었다.

그날 그이가 그렇게 두려움에 떨며 희원을 다그친 데는 이유가 있었다. 누군가에게 쫓기고 있는 처지였기 때문이다. 그해 4월 지음에서 경찰들과 싸움을 벌인 광부들이 빨갱이로 몰려 잡혀간 뒤, 한 달도 채 되지 않아 남쪽에서 수많은 시민이 죽어나갔다. 나라가 홱 뒤집혀서 젊고 목소리 큰 사람들이 서울을 떠나 숨을 곳을 찾아야 했는데, 전국 각지에서 사람들이 몰려드는 탄광촌만큼 훌륭한 은신처가 또 없었다. 특별한 기술이 없어도, 가짜 이력서를 써내도 깊고 어두운 갱도로 몸을 숨길 수 있었고, 숨어든 시간만큼 돈까지 손에 쥐여주었으니. 갈 데까지 간 막장이라 군인이나 형사도 웬만한 각오 없이는 그곳에 발을 들이려 하지 않았다.

그이는 광업소에서 무료로 제공하는 댓 평짜리 판잣집에서 살았다. 그 집으로 어린 희원을 불러다 밥도 해 주고, 라디오로 최신 유행가도 들려주었다. 서울에 두고 온 아내와 두 살배기 딸의 사진, 그들에게 부치지 못한 편지도 보여주었는데, 희원은 글을 읽을 줄 몰랐다. 그래서 그이가 희원을 앉혀놓고 읽고 쓰는 법을 가르쳤다. 어찌나 영특한지 낫 놓기 전에 기역 자를 먼저 알았고, 한 자를 가르치면 열 자를 깨우쳤다. 글이면 글, 노래면 노래, 춤이면 춤, 하나만 가르쳐도 줄줄이 꿰차버리니 그 무궁한 가능성에 그이는 희원을 다시 보았다. 넌 참 다른 사람들과 다르다. 희원은 그 말을 가슴에 새겼다. 그이는 탄광촌에서 유일하게 희원을 알아보는 사람이었고, 그이를 만날 때마다 희원은 비로소 숨다운 숨을 쉴 수 있었다.

희원과 그이의 만남은 서로에게 어떤 의미였을까. 사랑이나 우정으로 이름 붙일 수 없다고 해서 그들이 느낀 감정마저 존재하지 않는 것은 아니다. 희원은 그 감정을 받아들인 적이 없고, 또 그런 사실을 그이가 알기를 원치도 않았지만, 끊임없이 무언의 표현을 하며, 자신이 생각하는 만큼 그이 또한 자신을 생각하길 바라는 그런 부질없는 마음을 키웠다. 매일 밤 희원은 그이와 함께 걷는 꿈을 꾸었다. 새하얀 메밀 들판 너머로, 자작나무 숲으로. 바지 밑단을 걷고 맨발로 숲 사이를 걷다 보면 그이가 말했다. 나는 친구로서 너를 사랑하는 것이다. 나는 나의 외로움으로서 너를 사랑하는 것이다. 우리는 함께 있으니 사랑하는 것이다……. 옳고 그름도 없이, 아름답고 추함도 없이, 그저 고르게 빛나던 햇빛으로 눈부신 숲의 기억. 그건 살았던 기억이 아니라 살지 않았던 기억이고, 과거에서 미래가 아니라 미래에서 과거로 흐르는 시간이었다. 이루지 못한 열망, 그 잔상들이 만들어내는 꿈들은 한 경계를 넘어가면 살았던 기억과 별 차이가 없었다.

박수는 이제 그때의 꿈들을 마치 하늘에서 내려다보듯 되짚어본다. 한낮에 월차를 내고 함께 간 극장이며, 감기에 걸린 그이가 안쓰러워 광업소로 찾아가 얼굴만 보고 돌아설 때 손을 흔들어주던 모습이며, 곧 돌아오겠다는 말만 믿고 주점에 홀로 앉아 견뎌야 했던 소음들. 무력하게 나누었던 대화("주지도 못

하고 받지도 못하는 사랑이 무슨 소용이 있나요?"), 작은 손짓, 그 때의 공기. 시절은 저편으로 흘러가버렸고, 언젠가 보았다고 생각했던 것들과, 들었다고 생각했던 것들과, 생각했다고 생각했던 그 모든 것이 환영이란 사실을 알게 되기까지 박수는 이를 악물고 버텨야 했다. 넌 참 다른 사람들과 다르다. 그이가 다시 그 말을 했을 때, 그건 칭찬이 아니라 비난이었고, 어린 희원은 애써 모른 척했다.

내일은 만근이니, 모레 정암사에 수마노탑이나 보러 가지. 그날 다투고 나서 달래듯 그이가 건넨 말은 끝내 지켜지지 않았다. 나비가 새겨진 작업복 소매를 꼭 붙들고 보내지 말았어야 했는데. 사람을 삼킨 구멍은 말이 없고, 살아남은 자만 두 손을 부여잡고 기도할 뿐. 부러진 지주, 무너진 갱도, 탄차에 실려 나오는 시신들. 막장이 무너지며 나는 휘파람 소리는 귀신을 부르고, 돌덩이에 파묻히는 생지옥 속에서 광부들은 울부짖었다. 그 소리가 귓가를 떠나지 않아서 밤마다 희원은 금천(黔川) 귀신내를 떠돌았다. 그러다 마침내 여시밭골 아이들 무덤가를 손으로 파헤쳐 색색의 맑은 구슬 일곱 개와 진홍검 한 자루를 얻었다. 외가 부리의 조상 중에 무당이었던 자가 오래전에 묻어둔 무구들이었는데, 희원이 찾아오기를 기다렸다는 듯 흙 한 점 묻지 않고 깨끗했다. 결국 재봉틀을 내려놓고 신칼을 휘둘러야 할 운명이었던가. 잡신이 아니라 큰 신이 들어서, 내림굿을 받지 않으면 그 시커먼 구멍이 그이를 삼켰듯 또다시 희원의 사람들을 삼켜버릴 터였다. 부모가 무슨 악심을 품고 한날한시에 어린 희원을 버린 것이 아니라 자신 때문에, 자신을 위해 그들의 목숨이 버려졌다는 사실을 알게 된 것도 그즈음이었다. 떠나간 사람들에게 죄스러워서, 남겨진 제 운명이 가혹해서 희원은 밤새 통곡했다. 사람 목숨으로 이어진 다리를 밟고 저 아래 흐르는 흙탕물을 내려다보니, 죽음을 기억한다는 건 지나간 생의 머리채를 잡아끌고 와 고통스럽게 대면하는 일이었다. 머리로도, 가슴으로도 받아들일 수 없어서, 그저 피부 가죽 한 치 아래 있는 영혼을 파르르 떠는 일이었다. 사흘 밤낮 이어진 울음 끝에 희원이 선택할 길은 이제 하나밖에 없었다.

    누구셔요? 오래 기다렸어요. 어서 들어와 이 모든 걸 제자리로 돌려주셔요. 그렇게 땅바닥의 돌을 가르듯 시작된 무인의 삶은 죽은 자의 기억을 서서히 지워갔다. 슬픔 속에서 살던 자신에게 가장 먼저 손을 내밀어준 그이를 망각하며, 과거는 없고 현재만 있는 인간인 양 살아왔으니, 그곳은 인간의 좁은 벼랑이 아니라 신의 너른 품속이었을까. 주지와 자주색 재킷이 천도해달라며 가져온, 인간도 아닌 그것, 살지도 죽지도 않은 그 깊은 구멍을 들여다본 지금, 박수는 다시 벼랑 끝에 섰다. 그랬구나, 그리 오래 잊고 잘도 살아왔구나. 박수는 부푼 소매를 접고 자리에서 천천히 일어났다. 그리고 벽에 걸린 진홍검을 내려 단단히 쥐고는 스르렁, 어둠 속 자줏빛을 향해 겨누었다.

*

진홍은 진혼(鎭魂)이다. 박수가 고통 속을 헤맬 적에 신엄마는 말하였다. 진홍검은 진혼검이니, 사람 죽이는 데 쓰지 말고 사람 살리는 데 써라. 박수가 애동제자 시절부터 되새긴 당부는 그것만이 아니었다. 이 길을 걸어보면 아는 것이, 세상에 궁금증이 없어지고 사람을 함부로 대한다는 거다. 하지만 한 사람의 운명이 미리 정해진 건 아니다. 하나의 미래는 여러 사람으로 결정되고 그 결정은 지금도 진행 중이지. 그러니 오늘, 신이 섰다고 함부로 내뱉지 마라. 내일은 비가 내리니 우산 갖고 가라, 모레는 맑으니 나가서 놀라 하면 되는 것을. 무당이 무슨 벼슬이 아니다. 명이 모자라 신을 불러서 덤을 사는 것일 뿐. 신의 이름으로 세상 해코지 말고, 마음으로도 이해 안 되면 그저 낮추고, 걸레로 바닥을 닦듯 하루하루 마음을 닦으며 살면 되는 거다.

이제 머리가 허옇게 센 박수가 진홍의 칼날을 겨누며 그때의 말을 되새기니 잃었던 신명을 되찾은 듯 온몸이 가벼워졌다. 산천 유람 떠나신 장군신이 돌아온 것은 아니었다. 오랜 세월 잊었던 그이가 되돌아온 것 같았다. 서슬 퍼런 진홍을 들고 다시 인간의 벼랑 끝에 서자 박수의 몸이 떨리며 저도 모르게 구송이 흘러나왔다. 우여 슬프시다. 나는 너를 버렸는데 너는 나를 찾았도다.

갑자기 터져 나온 소리에 주지는 살진 몸을 꿈틀거렸다.

뒤에 앉은 자주색 재킷도 동요하는 기색이 역력했다. 진혼굿을 당장 여기서 한다고? 큰머리도, 몽두리도 없이? 박수가 내민 번뜩이는 칼날에 화들짝 놀라기도 했지만, 그보다 더 주지의 간담을 서늘케 한 것은 박수가 애초에 했던 말, 일단 굿판을 벌이면 누구 하나는 저승으로 가야 끝난다는 말이었다. 주지가 재빨리 몸을 굴려 방구석으로 피하자 박수는 처음으로 자주색 재킷을 똑바로 마주 보았다.

"너는 참말로 인간이 아니구나."

육압이 느껴지지 않는 것도, 태연히 구슬과 칩을 굴려 보낸 것도 그래서였나. 이제 박수의 눈에 보이는 것은 인간이 아니라 기다란 자줏빛 형상이었다.

"독사는 껍질이 같아도 심보가 다르지. 그래, 네가 돈 귀신인 걸 나는 이제 알아보았다."

박수의 말이 끝나기가 무섭게 자줏빛이 자리에서 스르륵 일어났다. 머리가 천장에 닿을 듯 뱀과 같이 길어지며, 뱀의 눈으로 보고 뱀의 혀로 말하였다.

"너는 네가 무엇을 해야 할지 이미 알고 있다. 그 일을 하라!"

박수는 가슴이 울렁거려 귀를 닫았다. 적에게 일단 검을 겨누었다면 말에 현혹되어서는 안 되는 법. 그러자 사는 내내 귓가에 맴돌던 소리가, 갱도가 무너지며 사람의 영혼을 물어뜯던 소리가 사라지고, 잊었던 소리가 되살아났다. 인간의 소리인지 신령의 소리인지, 산 것의 소리인지 죽은 것의 소리인지 가늠할 수 없는 그 소리가. 상여가 아닌 꽃가마를 타고 까르르 웃는 소리, 떠나간 줄 알았던 그이가 돌아와 가슴 두들기는 그 소리가. 우여 슬프시다. 나는 너를 죽였는데 너는 나를 살렸구나.

"너는 네가 무엇을 해야 할지 이미 알고 있다. 그 일을 하라!"

자줏빛이 같은 말을 반복했지만, 박수는 진홍을 꽉 쥐고 눈을 감았다. 그러자 어둠 속 굽이굽이 도는 고갯길, 선탄장에 들어와 천천히 멈춰 서는 화차, 노란 안전모 아래 검댕이 묻은 얼굴들이 번갈아 나타났다. 그 선연한 풍경과 무리 속에서 그이의 얼굴이 또렷하게 보였다. 나는 이리 늙었는데, 그이는 젊은 그대로구나. 그이는 양 볼과 턱 밑에 탄을 묻힌 채 활짝 웃으며 입을 뻐끔거렸는데, 무슨 말을 하는지 박수는 알아들을 수 없었다. 우여 슬프시다. 나는 사람이 아니건만 너는 사람이로구나.

"너는 네가 무엇을 해야 할지 이미 알고 있다. 그 일을 하라!"

자줏빛이 같은 말을 세 번째 내뱉었고, 박수는 이제 무엇을 해야 할지 똑똑히 알았다. 가만히 두어라. 억지로 흔들지 마라. 내버려두면 혼탁한 흙이 가라앉고 맑은 물이 떠오를지니. 그 맑은 물이 마중하는 지극한 기쁨과 슬픔마저 버리는 것이 이생의 굴레를 끊는 일이다. 그러니 사람 목숨으로 이어진 다리를 밟고 섰을 때는, 보내겠다는 말도 보내지 않겠다는 말도 하지 마라. 그제야 박수는 이어오던 구송을 멈추고 완전한 침묵에 잠겼다.

세 번을 말해도 박수가 흔들리지 않자, 자줏빛은 신당의 문 쪽 모서리로 걸어가 머리를 쿵쿵 짓찧으며 욕설을 뱉다가 스스로 물러났다. 주지도 황망한 눈으로 박수를 보다가 인사도 없이 서둘러 신당 밖으로 뛰쳐나갔다. 박수가 진홍을 다시 벽에 걸어두니 산중의 신당은 마치 아무도 다녀가지 않은 듯, 아무 일도 없었던 듯 고요했다. 유월의 삼십 날, 어둠을 기다리는 달빛만이 창밖에서 고요히 비춰드는 밤이었다.

  신당에 홀로 남은 박수는 법상 앞에 정좌하고 앉았다. 촛불 하나를 켜놓은 방 안에서 숨을 가다듬으며 상 위에 놓인 종이에 눈을 두자 그제야 지나온 삶이 훤히 보였다. 그대의 이름은 장암(長巖)이라, 장성(長省)과 철암(鐵巖) 두 이름이 합쳐진 말이로다. 장성은 천하장승처럼 한자리를 오래 지켜왔고, 철암은 쇠바위를 품고서 인간에게 이로움을 주는 삶을 살아왔다. 수천수만의 혼이 깃든 병자년 망제님이시여, 길이 끝나도 끝은 아니오, 죽음 끝에서도 다시 살아갈 수 있으니, 이제 그 설운 눈을 감고 왕생극락 잘 가소서.
  박수가 종이를 촛대로 가져가 불을 붙이자 불꽃이 화르륵 공중으로 날아올랐다. 불붙은 종이는 천장에 닿을 듯 떠올랐다가 실타래 같은 날개를 너풀대며 떨어졌고, 박수는 가슴속 묵은 울음을 토해냈다. 우여 슬프시다. 나는 한때를 살건만 너는 영원히 살겠구나. 진홍의 불꽃이 모두 타올라 무복의 소매 끝에 검은 나비로 내려앉으니 이제 박수는 혼자가 아니었다. 그이와 함께 있었다.

* 1936년 4월 태백시에 문을 연 국내 최대 탄광 장성광업소는 2024년 6월, 88년 만에 폐광되었다. 2025년 그 일대에는 '연구용 지하연구시설'이라는 이름의 새로운 사업이 진행 중인데, 이는 기존 탄광의 폐갱도를 활용해 고준위 방폐장 시설을 연구하는 사업이다.

* 망자를 천도하는 진오기굿 말미에는 "우여 슬프시다"로 시작하는 〈바리공주〉 본풀이를 읊으며 망자를 떠나보낸다. 여기서 박수의 구송은 서사무가 〈바리공주〉(배규범·주옥파, 《외국인을 위한 한국고전문학사》, 하우출판사, 2010, pp. 616~617)에서 빌려 왔다.

힌트

김유원

김유원

장편소설 《불펜의 시간》으로 제26회 한겨레문학상을 수상했다.
장편소설 《미확인 홀》이 있다.

그 무렵 진호는 야구의 신이 자기를 떠난 것 같다는 생각을 자주 했다. 성적이 나쁜 건 아니었다. 중학교 2학년 유격수로서의 성적은 훌륭했다. 얼마 전에 끝난 중학 리그 준결승전에선 3학년 선배를 제치고 처음으로 선발 출전해 4타수 2안타를 쳤다. 수비도 안정적이었다. 투수들의 불안정한 제구로 경기는 아쉽게 졌지만, 서림중학교의 이진호가 주전 유격수감이라는 눈도장은 충분히 찍은 날이었다. 하지만 진호는 그날도 불안했다.

준비하고 노력한 만큼의 실력은 나왔다. 수천, 수만 번 연습한 대로 깨끗한 스윙을 했고, 바지에 구멍이 날 정도로 구른 덕에 자기 앞으로 오는 공은 모두 깔끔하게 처리했다. 다만 그 이상이 없었다. 초등학교 3학년 때 야구를 시작한 후로 시합을 할 때마다 항상 있었던 행운이 따르지 않았다. 빗맞은 타구가 수비수들 사이에 떨어져 안타가 된다거나 평범한 땅볼이 베이스를 맞고 튕겨 나와 안타로 기록되는 것 같은 확실한 행운을 말하는 게 아니었다. 배트를 휘두르는 타이밍이 늦었다고 생각했는데 공이 배트의 중심에 맞는다거나 송구하는 순간 방향이 어긋났다고 생각했는데 공이 휘어지면서 수비수의 글러브로 쏙 들어가는 것 같은 미묘한 행운, 남들에겐 실력으로 보이지만 자신은 행운이란 걸 아는 현상이 이날도 나타나지 않은 것이었다.

"그건 행운이 아니야. 네가 본능적으로 몸을 조정한 거야."

국가대표 배구 선수였던 엄마는 그게 자신이 물려준 운동신경 덕분이라고 했다. 아차 하는 순간 타고난 운동신경이 저절로 작동해 실수를 커버하는 거라며, 국가대표 유전자를 마음껏 즐기라고 했다.

진호는 그렇게 생각하지 않았다. 야구하는 애들은 대부분 운동신경이 좋았다. 하지만 그런 식의 행운을 느낀다는 애들은 없었다. 미묘한 행운이 자신에게만 깃드는 건 엄마의 유전자 때문이 아니라 야구의 신이 자기 편이기 때문이라고 생각했다.

엄마가 최고의 배구 선수였다는 사실은 야구하는 데 하나도 도움이 되지 않았다. 오히려 걸림돌이었다. 프로 지명을 당연하게 생각하는 엄마, 득점왕을 밥 먹듯 하던 여자를 아내로 둔 탓에 3타수 1안타는 부족하다고 말하는 아빠, 엄마 덕을 본다는 말을 듣고 싶지 않아 독기 품고 훈련하면 그런 노력마저 엄마한테 물려받은 근성 때문이라고 치부해버리는 감독님과 코치님들. 그리고 안타나 홈런을 치면 "역시 최미연 아들"이라고 비아냥거리며 엄마의 이름을 함부로 부르는 야구부원들.

진호는 엄마가 학교에 오는 게 싫었다. 애들이 키 큰 엄마를 동물원 원숭이 보듯 힐끗힐끗 구경하는 게 싫었고, 엄마가 다른 엄마들처럼 벤치에 앉아 있지 않고 감독님이나 코치님 옆에 서서 자기가 훈련하는 모습을 지켜보는 것도 싫었다. 엄마가 운동선수가 아니었다면, 아니 적어도 국가대표가 될 정도로 잘하고 유명하지 않았더라면, 그래서 은근히 괴롭히는 애들을 상대할 시간에 훈련에 집중할 수 있었더라면 지금보다 훨씬 더 야구를 잘했을 거라고 진호는 확신했다.

엄마 덕분이 아니야. 엄마는 배구 선수잖아. 애들이 하도 괴롭히니까 불쌍해서 야구의 신이 도와주는 거야.

진호는 미묘한 행운을 감지할 때마다 "땡스 갓"이라고 속삭인 후 엄지를 살짝 세웠다. 잘난 척한다는 선배들의 눈총은 피하되 야구의 신이 서운해하지 않을 정도의 세리머니를 했다. 하지만 요즘엔 통 세리머니를 할 일이 생기지 않았다. 두 달 전 천호중과의 시합에서 발이 미끄러지는 바람에 놓칠 뻔한 공을 가까스로 잡고 엄지를 세운 게 마지막이었다. 그 후로는 한 번도 야구의 신의 가호를 느끼지 못했다.

야구의 신이 나를 떠났나? 왜 떠났지? 내 세리머니가 너무 약했나? 야구의 신마저 없으면 무슨 재미로 야구해?

중학생이 되면서 진호는 야구가 점점 재미없어졌다. 싫어진 건 아니었다. 여전히 야구를 좋아했다. 하지만 잘해야 한다는 부담감 때문인지 야구를 하는 게 초등학생 때만큼 즐겁지가 않았다. 삼진을 당하거나 실책이라도 한 날엔 종일 심장이 쿵쾅거렸다. 야구의 신이 떠난 것 같자 압박감이 더 커졌다. 마음껏 뛰어놀 수 있는 놀이터 같던 그라운드가 한 걸음 떼기도 힘든 가시밭 같았다.

어떻게 해야 야구가 다시 재밌어질까?

노력하는 사람은 즐기는 사람을 이길 수 없다고 하던데, 어떻게 해야 야구를 즐길 수 있지?

6월 중순의 화창한 토요일 오전, 잎이 무성한 플라타너스로 둘러싸인 서울 외곽의 야구장에서 진호가 속한 서림중 야구부와 경기도의 한 리틀 야구단의 시합이 열렸다. 리틀 야구단 감독이 고등학교 선배인 서림중 감독에게 한 수 가르쳐달라고 끈질기게 부탁하는 바람에 성사된 친선 경기였다. 작년 리틀 리그에서 우승한 팀이라고는 하나 할 거 다 하면서 짬 날 때만 운동하는 리틀 야구단이 운동을 최우선으로 하는 중학 엘리트 야구팀의 연습 상대가 될 순 없었다. 게다가 서림은 전국 리그에서 우승을 다투는 야구 명문이었다. 서림중 감독은 그동안 선배들에 밀려 시합에 나가지 못했던 1, 2학년을 중심으로 라인업을 꾸렸다. 만 12세 이하의 선수들로 구성되는 리틀 야구단엔 초등학교 6학년과 중학교 1학년이 주전으로 나왔다.

진호는 4번 타자 겸 유격수로 선발 출전했다. 3학년 선배들은 더운데 잘됐다며 경기에 나가지 않는 것을 반겼지만, 진호는 오랜만에 풀타임으로 경기를 뛸 수 있어서 좋았다. 친선 경기인 것도 좋았고, 상대가 만만한 리틀 야구단인 것도 좋았다. 부담 없이 뛰면서 야구의 재미를 되찾을 절호의 기회라고 생각했다.

경기가 시작되기 전 솜털 같은 수염으로 입가가 거뭇거뭇한 진호와 서림중 야구부원들은 주장의 지시에 따라 팔과 어깨를 돌리고 고관절과 햄스트링을 늘리면서 반대편에서 몸 풀고 있는 리틀 야구단을 힐끔힐끔 봤다. 초등학생과 중학생이 섞여 있어 키가 들쑥날쑥한 리틀 야구단, 그중에서도 가슴까지 오는 머리카락을 뒤로 묶은 키 큰 여자애를 봤다.

"쟤는 뭐냐? 여자도 야구할 수 있어?"

"리틀은 가능해."

"여자가 왜 야구하지? 여자는 프로 없잖아."

"취민가 보지."

"와, 그런데 쟤는 뭘 먹고 저렇게 커? 저 팀에서 제일 커."

"얼굴은 괜찮은데? 네 스타일 아냐?"

서림중 야구부원들이 여자애를 보며 숙덕거렸다. 여자애가 캐치볼을 시작하자 스트레칭을 멈추고 쳐다봤다. 긴 다리와 긴 팔을 쭉쭉 뻗으며 던진 여자애의 공이 포수 글러브에 퍽퍽 꽂혔다.

"와, 잘 박네. 너보다 나은데?"

진호는 여자애의 키나 실력에 놀라지 않았다. 여자가 남자보다 크고 운동을 잘하는 건 태어났을 때부터 봐온 익숙한 모습이었다. 방송국 편성 PD인 아빠는 언제나 엄마보다 키가 작았고, 몸이 느렸고, 공을 다룰 줄 몰랐다. 엄마의 강스파이크를 보고 자란 진호의 관심은 그 순간 묵직한 공을 던지는 여자애가 아니라 5년 뒤에 있을 신인 드래프트에 가 있었다. 야구를 즐기지 못해 실력이 떨어지고, 주전 경쟁에서 밀리고, 좋은 고등학교에 스카우트되지 못해 결국 신인 드래프트에서 이름이 불리지 않는 끔찍한 순간을 상상하고 있었다. 닥치지 않은 불행을 구체적으로 그리며 괴로워하고 있을 때 3학년 선배 두 명이 진호에게 다가왔다.

"국대, 쟤는 왜 저렇게 키가 크냐? 저러다가 너희 엄마보다 클 것 같은데?"

유격수 선배가 리틀 여자애를 가리키며 진호에게 말했다. 여자애는 언뜻 봐도 170센티미터가 넘어 보였다.

"쟤가 에이스라고 하던데, 오늘 선발 투수로 나올까요?"

키 이야기를 하면 엄마가 계속 언급될까 봐 진호가 살짝 화제를 돌렸지만, 유격수 선배가 다시 키 이야기를 꺼냈다.

"여자들은 생리하면 키가 안 큰대. 쟤는 생리 시작했을까?"

그러자 포수 선배가 글러브 낀 손을 가슴께로 들어 올린 후 앞쪽으로 둥글게 말면서 말했다.

"가슴이 이만큼 튀어나왔잖아. 당연히 하겠지."

"아직 1학년인데?"

"경식이 작은누나는 초등학교 5학년 때 생리 시작해서 엄청 울었대. 155센티미터인데 망했다고."

"그래? 생리를 그렇게 빨리해? 야, 국대, 네 생각은 어때? 쟤 생리할 것 같냐, 안 할 것 같냐?"

유격수 선배가 진호에게 물었다.

그런 게 왜 궁금하지?

진호는 리틀 야구단 여자애의 생리 여부엔 관심 없었다.

하지만 그런 내색을 했다간 부모 백 믿고 무시하는 거냐고 시비 걸 게 뻔했기 때문에 과장하며 호응했다.

"쟤요? 무조건 할 것 같은데요."

그러자 선배들이 깔깔거리며 좋아했다.

"야, 국대, 그럼 네가 가서 물어보고 와."

유격수 선배가 진호의 등을 떠밀었다.

"뭘요?"

"생리하는지 안 하는지 가서 물어보라고."

진호는 당황했지만 아무렇지 않은 척 너스레를 떨었다.

"에이, 그런 거 물어봤다가 감독님한테 이르면 어떡해요?"

"그러니까 국대, 네가 가서 물어봐야지. 저 팀 감독은 프로 출신도 아니래. 너희 엄마가 훨씬 세. 걱정하지 마."

진호는 유격수 선배가 그냥 하는 말이 아니란 걸 알아차렸다. 지난 대회에서 주전 자리를 뺏긴 것에 대한 앙갚음이었다.

"그게 그렇게 궁금하세요? 선배님이 그러시면 제가 가서 물어봐야죠."

진호는 유격수 선배의 싸구려 글러브를 보며 별거 아니라는 듯 말했다.

"진짜 물어보게?"

유격수 선배가 깜짝 놀라는 시늉을 했다.

"별로 어려운 일도 아닌데요, 뭐. 지금 가서 물어보고 올까요?"

진호가 당장이라도 갈 듯 자세를 취하자 유격수 선배가 포수 선배와 눈을 맞추더니 손에 있던 공을 진호에게 던졌다.

"그렇게 궁금하면 물어보고 와. 문제 생기면 네가 궁금해서 물어본 거다."

"당연하죠."

진호는 야구공을 손에 쥐고 리틀 야구단이 있는 3루 쪽으로 성큼성큼 걸어갔다. 마침 여자애가 다른 선수들과 떨어진 곳에서 물을 마시고 있었다. 남색 유니폼 상의엔 '이기현'이라는 이름과 '7'이라는 숫자가 적혀 있었다.

"야! 7번!"

진호가 부르자 여자애가 물통을 잠그며 돌아봤다.

"궁금한 게 있는데 물어봐도 돼?"

"뭔데?"

여자애가 동그란 눈을 더 동그랗게 떴다. 진호는 잠깐 머뭇거리다가 물었다.

"너 키가 몇이야?"

그러자 여자애가 실망한 눈빛으로 진호를 쳐다봤다. 겨우 그런 질문이야, 하고 묻는 듯했다. 그리고 오래 씹어 단물이 빠진 껌을 뱉듯 세 자리 숫자를 뱉었다.

"172."

진호보다 3센티미터 크고, 진호의 엄마보단 10센티미터 작았다.

"그렇구나."

진호는 중요한 사실을 알게 되었다는 듯 천천히 고개를 끄덕였다. 이제 선배들이 시킨 질문을 할 차례였다. 걸어올 때까지만 해도 쉽게 물어볼 수 있을 줄 알았는데 막상 여자애를 마주하자 입이 떨어지지 않았다. 그 질문을 하는 게 바닥에 떨어진 껌을 주워 삼키는 것만큼 더럽게 느껴졌다. 뒤돌아보니 유격수와 포수를 포함한 3학년 선배 대여섯 명이 자신을 주시하고 있었다.

"끝?"

7번이 귀찮아죽겠다는 표정으로 물었다. 생리라는 단어를 듣는 순간 진호를 경멸할 게 분명했다. 꽤 예쁜 여자애한테 시시한 남자애 취급을 당하고 싶지 않았던 진호는 생리 여부 대신 요즘 가장 궁금한 걸 물었다.

"너는 야구가 재밌어?"

7번의 눈에 갑자기 생기가 돌았다. 흔해빠진 돌멩이들 사이에서 보석이라도 발견한 눈빛이었다.

"나는 야구가 제일 재밌어."

7번이 확신에 찬 말투로 대답했다. 그러곤 진호의 호응을 기다렸다. 이번엔 야구가 얼마나 재밌는지 이야기하고 싶어 죽겠다는 표정이었다.

나도 저렇게 말할 때가 있었는데…….

진호는 자기도 모르게 뾰로통해지는 얼굴을 감추려고 몸을 돌렸다. 그리고 7번이 "야, 야!" 하고 부르는 걸 무시하고 선배들 쪽으로 걸어갔다.

"뭐래? 뭐래?"

3학년 선배들이 하이에나 떼처럼 모여들었다.

"한대요. 가까이 가니까 피 냄새 나던데요?"

진호가 먹잇감을 던져주듯 말했다.

"진짜? 오늘이 그날이야?"

유격수 선배가 콧구멍을 벌름거리며 킁킁 냄새 맡는 시늉을 했다. 주위에 있던 선배들이 박장대소했다.

진호는 만족한 선배들을 뒤로하고 배트를 움켜쥐었다.

나도 야구가 재밌어. 나도 야구를 즐길 거야.

경기가 시작되었다. 서림중이 쉽게 이길 거란 예상과는 달리 리틀 야구단이 3회까지 2 대 1로 리드했다. 선발 투수 이기현 때문이었다. 기현은 웬만한 남자 선수보다 구속이 빨랐다. 볼 배합이 영리했고, 제구력도 좋았다. 특히 큰 키로 내리꽂는 커브가 일품이었다. 아직 160센티미터도 되지 않는 서림중 1학년들은 물론이고 키가 꽤 큰 2학년들도 속수무책으로 당했다. 수비 실책과 볼넷으로 1점을 내긴 했지만 3회까지 기현을 상대로 제대로 된 안타를 친 서림중 선수는 한 명도 없었다. 한 수 배우려고 했는데 한 수 가르쳐주는 꼴이 된 것에 신이 난 리틀 야구단 감독은 투구 수 제한 규정을 신경 쓰지 않고 4회에도 기현을 마운드에 올렸다.

"야, 너희는 자존심도 없냐? 리틀에 있는 여자애한테 안타 하나 못 쳐?"

주장인 서림중 포수가 후배들을 집합시켰다.

"4회에도 점수 못 내면 죽을 줄 알아."

서림중 감독은 정말 친선이 목적이었는지 경기 운용은 코치에게 맡겨놓고 후배인 리틀 야구단 감독과 함께 나무 그늘에 앉아 사사로운 이야기만 나누었다.

"국대! 국대!"

4회 말 진호가 동료들의 응원을 받으며 타석에 들어섰다.

첫 타석에선 너무 성급했어. 침착하기만 하면 저 정도 공은 충분히 칠 수 있어.

그러나 진호는 두 번째 타석에서도 성급하게 배트를 휘둘러 땅볼 아웃을 당했다. 2학년 중에 제일 잘하는 진호마저 맥없이 아웃당하자 서림중 더그아웃의 분위기가 찬물을 끼얹은 것처럼 확 가라앉았다. 5번 타자와 6번 타자까지 뜬공으로 물러나자 서림중 감독이 그제야 몸을 일으켰다.

"야 이 새끼들아! 쫄았어?"

감독의 호통에 야구부 전원이 손을 허리 뒤로하고 일제히 고개를 숙였다.

"여자한테 왜 쫄아? 쟤는 지금이 전성기야. 성장이 빨라서 지금은 저렇게 던져도 2년만 지나면 절대 남자 못 이겨. 결국엔 남자보다 구속이 30은 떨어지게 돼 있단 말이야. 30킬로미터 퍼 아워, 그게 얼마나 큰 차인지 알지?"

"네!"

감독은 야구부원들을 한심하게 보다가 비밀 이야기하듯

목소리를 낮췄다.

"여자한테 홈런 치려고 잔뜩 힘을 주니까 못 치는 거 아냐. 들어보니까 여자는 받아주는 학교가 없어서 주말에만 리틀에서 뛴다더라. 불쌍한 애야. 봐준다는 생각으로 힘 빼고 살살 쳐봐. 무슨 말인지 알지?"

"네!"

감독이 그늘로 돌아가자 주장이 곧장 불만을 토했다.

"리틀이랑 하는 것도 짜증 나는데 갈 데 없는 여자애까지 우리가 상대해줘야 해?"

그리고 타자들을 구석으로 불러 모았다.

"감독님 말씀하시는 거 들었지? 불쌍한 애니까 그냥 봐줘. 제대로 상대하지 말고 대충 휘둘러."

유격수를 포함한 3학년 몇몇이 그에 동조했다.

"그래, 우리가 지금 여자애랑 뭐 하는 거야?"

"불우한 이웃을 도웁시다!"

황금 같은 주말에 리틀 야구단과 경기를 치르는 것에 불만을 가지고 있던 코치는 그런 웅성거림을 듣고도 모르는 체했다. 진호도 다음 타석에선 안타를 치려고 준비하고 있었는데 그러지 못하게 될까 봐 걱정할 뿐 그런 대응이 저열하다는 생각은 하지 못했다.

5회에 나간 7, 8번 타자들이 주장의 지시를 순순히 따랐다. 7번 타자는 어이없는 타이밍에 배트를 세 번 휘둘렀고, 8번 타자는 가만히 서 있다가 삼진을 당했다. 이상한 낌새를 느꼈는지 기현이 9번 타자에게 치기 쉬운 직구를 연속으로 던졌다. 그런데도 타자가 공을 치지 않고 먼 산만 보다가 아웃당하자 서림중 야구부원들이 배를 잡고 웃었다. 기현은 서림중 더그아웃을 노려보며 마운드를 내려갔다. 어떤 식으로든 엘리트를 이기는 경험을 하는 게 중요하다고 생각하는지 리틀 야구단 감독은 그 상황을 보고도 별다른 조치를 취하지 않았다. 서림중 감독 역시 못 말리겠다는 표정으로 고개를 저을 뿐 다시 더그아웃을 방문하진 않았다. 상대 팀의 태업에 리틀 야구단 선수들도 금세 집중력을 잃었다. 그 순간 경기에 진지하게 임하고 있는 사람은 두 명뿐이었다. 내년이 되면 리틀에서조차 뛸 수 없게 될지 모르는 기현과 이번 기회에 야구의 재미를 되찾고 싶은 진호. 기현은 6회에도 나가게 해달라고 감독에게 사정하고 있었고, 진호는 안타를 치려고 빈 스윙을 계속하고 있었다.

서림중 투수가 실점 없이 6회 초를 막아 2 대 1의 점수 차 그대로 6회 말이 되었다. 리틀 리그의 규정을 따르기로 해서 6회 말이 마지막 이닝이었다.

결연한 표정으로 기현이 마운드에 올랐다. 이번 이닝만 막으면 완투승이었다. 기현은 키가 작고 발이 빠른 1번 타자에게 바깥쪽으로 낮게 깔리는 직구를 던졌다. 스트라이크. 타자가 치려고 마음먹었어도 못 쳤을 게 분명한 좋은 공이었다. 리틀 야구단 선수 몇 명이 박수를 쳤고, 서림중 더그아웃엔 잠깐 침묵이 흘렀다. 다음 공은 완벽하게 제구된 커브였다. 그다음은 스트라이크존을 많이 벗어난 슬라이더, 그다음은 스트라이크존 한가운데에 들어간 직구였다. 삼진 아웃. 기현은 공을 칠 생각이 없다는 듯 멀뚱거리는 2번 타자를 상대로도 혼신의 힘을 다해 공을 던졌고, 삼진을 하나 더 잡았다. 남은 아웃 카운트는 단 하나. 덩치 큰 서림중 3번 타자가 머리 위로 배트를 휘두르며 기세 좋게 등장했다. 그리고 기현이 공을 던지자 마치 슬로모션이라도 걸린 것처럼 천천히 배트를 돌렸다. 얼마나 느리게 돌렸는지 공이 포수의 글러브에 들어간 후에도 배트가 홈플레이트 위를 지나고 있었다. 그러고는 스트라이크 판정을 받자 아쉬운 체하며 머리를 벅벅 긁었다. 서림중 더그아웃에서 환호와 함께 "봐줘라, 봐줘라" 하는 외침이 나왔다. 도발에 휘말리지 않으려는 듯 기현은 소리 나는 쪽으론 눈길도 주지 않았다. 하지만 동요되긴 했는지 손에서 빠진 두 번째 공이 타자의 엉덩이를 맞추고 말았다. Hit by Pitch. 타자는 "앗싸" 하며 엉덩이를 두 번 튕긴 후 1루로 잽싸게 달려갔다. 서림중 야구부원들이 휘파람을 불며 열광했고, 기현은 입술을 잘근잘근 깨물었다.

다음은 진호 차례였다. 진호는 어떻게 할지 결정을 내리지 못한 채 타석에 들어섰다. 기현처럼 좋은 공을 던지는 투수를 만나는 일은 드물었으므로 진지하게 상대하고 싶었다. 강한 투수에게 안타 치는 재미를 맛보고 싶었다. 문제는 3학년 선배들이었다.

경기 전에 비위를 맞춰줬으니 괜찮지 않을까?
커브가 눈에 익어서 이번엔 정말 칠 수 있을 것 같은데…….
제대로 상대했는데도 삼진당하면 어떡하지?

그런 고민은 기현을 보는 순간 사라졌다. 기현은 엄청난 에너지를 뿜어내며 마운드에 서 있었다. 자신을 무시하는 남자애들을 박살내겠다는 의지에서 나온 에너지인지, 완투승을 하고 싶다는 열망에서 나온 에너지인지는 몰라도 굉장한 집중력으로 경기에 몰입해 있었다. 몰입이야말로 즐김의 최고 경지 아닌가. 진호는 기현의 에너지에 사로잡혀 자기도 모르게 타격 자세를 취했다. 기현이 공을 던졌고, 진호는 배트를 휘둘렀다. 직구 헛스윙, 원 스트라이크. 진호가 미간을 찌푸리며 아쉬워하자 더그아웃에 있던 유격수 선배가 소리를 질렀다.

"야, 국대! 뭐 하냐?"

진호는 다음 공을 신경 쓰느라 그 외침을 듣지 못했다. 이번엔 커브겠지? 진호는 기현의 주 무기인 낙차 큰 커브를 예상하고 다시 한번 배트를 휘둘렀다. 하지만 이번에도 직구였다. 진호의 배트는 아무것도 맞추지 못하고 헛돌았다. 최선을 다한 끝에 나온 헛스윙, 투 스트라이크. 진호가 분을 참지 못하고 배트로 바닥을 세게 내리쳤다. 쾅. 그러자 팽팽한 긴장감이 순식간에 운동장을 뒤덮었다. 주자 1루에 2 대 1, 1점 차 상황. 홈런 한 방이면 승패가 바뀔 수 있는 결정적 순간이란 걸 모두가 인지한 것이다. 기현은 달라진 분위기를 개의치 않고 투구 자세를 취했다. 진호도 기현의 움직임만 주시했다. 이번이야말로 커브? 하지만 슬라이더가 왔고 급하게 걷어내느라 파울. 그다음은 볼, 그다음은 또 파울이 되었다. 원 볼, 투 스트라이크.

진호가 끈질기게 물고 늘어지자 서림중 야구부원들이 조

금씩 응원하기 시작했다. "국대! 국대!" 여자애를 상대하지 말라고 했던 3학년들도 역전의 짜릿함은 맛보고 싶은지 함께 응원했다. "기적! 기적!"

응? 기적?

생소한 응원 구호에 진호가 더그아웃을 쳐다봤다. 3학년 선배들이 큰 소리로 '기적'을 외치고 있었고 1, 2학년들이 뒤따라 작게 '귀'를 외치고 있었다. 여자애를 놀리는 것이 재밌어죽겠다는 표정들이었다. 놀릴수록 흥이 나는지 '귀'라고 외치는 소리가 점점 커졌고, 내야에 있는 선수라면 누구나 '기저귀'라는 단어를 똑똑히 들을 수 있게 되었다. 리틀 야구단 선수들은 상대편이 왜 갑자기 기저귀를 외치는지 몰라 어리둥절해했다. 기저귀의 의미를 바로 알아차렸는지 기현의 얼굴은 상기되어 있었다.

진호는 기현이 흔들리지 않고 계속 좋은 공을 던지길 바랐다. 그리고 자기가 그 공을 깨끗하게 쳐내길 바랐다. 진호의 바람대로 기현은 금세 침착함을 되찾았고, 신중하게 팔과 다리를 들어 올린 후 몸을 날려 여섯 번째 공을 던졌다. 커브다! 공이 살짝 뜨는 순간 구종을 확신한 진호는 공이 떨어질 궤적을 예상하며 힘차게 배트를 돌렸다. 딱. 배트의 중심에 맞은 공이 경쾌한 소리를 내며 멀리 날아갔다. 내야수와 외야수를 지나 담장을 넘었다. 홈런이었다. 미묘한 행운은 조금도 따르지 않은 2점 역전 끝내기 홈런.

"와!"

서림중 야구부원들이 만세를 부르며 더그아웃을 뛰쳐나왔다. 리틀 야구단 감독이 아쉬움에 무릎을 쳤고, 공을 쫓던 리틀 야구단 외야수는 허탈한 표정으로 빈 글러브를 내리쳤다.

해냈다. 진호는 배트를 던지고 천천히 1루로 뛰어갔다. 뺨에 소름이 오스스 돋았다. 이게 야구지. 이런 게 야구야. 역전 홈런을 치고 도는 그라운드는 더 이상 가시밭이 아니었다. 천국으로 가는 푹신한 레드 카펫이었다. 투수의 좌절이 클수록 타자의 성취도 커지는 법. 진호는 투수의 좌절을 확인하려고 마운드를 봤다. 그런데 놀랍게도 투수가 웃고 있었다. 심지어 눈이 마주치자 오른쪽 엄지를 치켜세웠다. 뭐지? 저 웃음은? 뭐지? 저 엄지는? 진호는 혼란스러웠다. 잘못 본 건가 싶어 다시 고개를 돌렸는데 확실히 웃고 있었다. 그것도 재밌다는 듯이 활짝. 홈런 맞은 게 재밌어? 역전당한 게 재밌어? 진호는 어처구니없어 하며 1루 베이스를 밟았다. 투수의 행동이 이해되지 않았다. 여자라서 승리욕이 없나? 어떻게 이런 상황에서 웃을 수 있지? 엄지는 왜 세운 거야? 2루 베이스를 밟을 때까지도 의문이 풀리지 않았다. 센 척하는 건가? 비꼬는 건가? 도대체 왜 웃는 거야? 3루로 뛰어가면서 보니 야구가 가장 재밌다고 말한 여자애가 여전히 웃으며 마운드를 내려가고 있었다. 침울함이라곤 찾아볼 수 없는 명랑한 얼굴이었다. 설마, 패배도 즐길 만큼 야구가 재밌다는 거야? 그게 가능해? 야릇한 패배감이 진호의 입안을 적셔왔다. 말도 안 돼. 진호는 고개를 흔들며 두툼한 3루 베이스를 힘껏 밟았다. 그러자 번뜩 이런 생각이 떠올랐다.

힌트인가? 야구의 신이 보내는 힌트?

진호는 의문을 풀어줄 실마리를 재빨리 잡아챘다.

그래! 내가 야구를 너무 못 즐기니까 야구의 신이 쟤를 보낸 거야. 야구는 홈런을 맞아도 웃을 수 있을 정도로 재밌는 스포츠란 걸 알려주려고 쟤한테 저런 행동을 시킨 거야.

근데 패배까지 즐기는 게 가능해? 야구는 이겨야 재밌는 거 아냐?

진호는 힌트를 받고도 알 듯 말 듯했다. 힌트를 하나만 더 얻으면 어떤 상황에서도 야구를 즐기는 비법을 알아낼 수 있을 것 같았다. 쟤가 언제 웃었더라? 홈런을 맞자마자 웃었나? 나랑 눈이 마주친 후에 웃었나? 진호는 힌트의 꼬리를 쫓다가 홈플레이트를 밟았다.

"국대! 국대!"

야구부원들이 진호를 얼싸안았다. 3학년 선배들도 진호의 머리와 엉덩이를 때리며 칭찬을 아끼지 않았다. 진호는 우쭐해졌다.

역시 이기는 게 최고야.

진호는 뒷정리를 마치고 리틀 야구단 버스로 가 7번을 불러달라고 했다.

"왜?"

기현이 모자를 고쳐 쓰며 나왔다.

"물어볼 게 있어서."

"또? 이번엔 뭔데?"

"그게……."

진호는 잠깐 망설였다. 하지만 이대로 가면 찝찝해서 견딜 수 없을 것 같아 용기를 냈다.

"아까 홈런 맞았을 때……."

"응, 그때 왜?"

기현이 의아하다는 듯 진호를 쳐다봤다.

"그때 왜 웃었어? 홈런 맞고?"

"아…… 내가 웃은 게 이상해서 왔구나."

기현이 고른 치아를 보이며 활짝 웃었다.

"응, 끝내기 홈런 맞았는데 왜 웃었어?"

진호가 다시 묻자 기현이 의기양양하게 말했다.

"마지막에 던진 공이 내가 지금까지 던진 커브 중에서 제일 좋은 공이었거든. 너한테 홈런을 맞긴 했지만 진짜 좋은 공이었어. 낙차 크고, 속도도 빠르고, 최고였어. 너는 어떻게 느꼈어?"

진호는 그 공에 머리를 맞기라도 한 것처럼 충격을 받았다.

아무리 좋은 공을 던졌어도 홈런을 맞았으면 아무 소용 없는 거 아냐? 어떻게 만족할 수 있지?

진호는 처음 접한 생명체를 관찰하듯 7번의 얼굴을 물끄러미 봤다. 그리고 깨달았다. 자기 공에 대한 평을 기대하며 눈을 반짝이는 7번과 자신은 전혀 다른 야구를 하고 있었다는 걸. 홈런을 맞고도 웃을 수 있는 야구와 안타를 쳐야만 재미를 느끼는 야구. 최선을 다한 것에 만족하는 야구와 최고가 되지 않으면 괴로워지는 야구, 낯선 야구.

나도 저런 야구를 할 수 있을까?

그런 질문을 떠올리는 것만으로도 진호는 덜컥 겁이 났다. 끝없이 뒤처지는 듯한 기분이 들면서 두려움이 몰려왔다. 그때 멀리서 익숙한 목소리가 들렸다.
"야, 이진호, 거기서 뭐 해?"
진호는 중학교에 들어온 이후 처음으로 유격수 선배의 부름이 반가웠다. 별명이 아니라 이름으로 불려서 반가운 거라 생각하며, 진호는 뒤돌아 달렸다.

정말 괜찮으세요?

서수진

서수진

장편소설 《코리안 티처》로 제25회 한겨레문학상을 수상했다.
소설집 《골드러시》, 중편소설 《유진과 데이브》,
장편소설 《올리앤더》 《다정한 이웃》 《엄마가 아니어도》 등이 있다.

1

최은혁에게서 메시지가 왔다. 그는 잘 지내느냐고 묻고는 자신의 이름을 밝혔다. 바로 세 달 전까지 같이 일하던 사이에 통성명이라니 의아했지만, 그 나름의 불만을 표현하는 방식이려니 이해했다. 은혁은 할 말이 있다며 학교로 찾아오겠다고 했다. 재원은 코로나19를 핑계 대며 거절할 수도 있었지만 그러지 않았다. 다만 요즘 시국이 이러하니 대학 근처 번화가 말고 한산한 동네에서 만나자고 제안했고, 공원 등 여러 장소를 논의하다 결국 재원의 집에서 보기로 했다. 집에 초대할 정도로 가까운 사이는 아니었지만, 다른 방법이 없었다. 스캔들을 일으키고 어학당을 떠난 강사와 만나는 모습이 다른 사람들 눈에 띄어서 좋을 것이 없었으니까.

―학교 분위기는 좀 어떻습니까?

은혁의 질문에 재원은 코로나19로 엉망이라고 답했다.

―어디든 그렇죠.

은혁의 말이 냉소적으로 느껴졌지만 재원은 신경 쓰지 않고 대화창을 껐다.

옆 강의실에 누군가 들어서는 소리가 들렸다. 재원은 시간을 확인했다. 9시가 되기 15분 전이었다. 불을 켜고, 가방을 내려놓고, 컴퓨터를 켜는 소리가 연이어 들렸다. 이현희 전임일 것이다. 재원은 이현희가 마스크를 벗고 테이크아웃 커피를 들이켜는 모습을 그렸다. 강의실 문을 두드리고 멀리서라도 인사를 건넬까. 매일 하는 고민의 답은 정해져 있었다. 인사하지 않는 것. 강사들 간에 대면 접촉을 삼가라는 지침도 있었지만, 이제 막 돌이 지난 아기를 키우는 이현희를 배려하는 마음이 더 컸다. 최대한 멀리 떨어지는 것이 배려인 시기였다.

아니, 그런데, 도대체, 왜.

출퇴근길에는 물론이고, 온라인 수업을 하는 중간중간에도 울화가 치밀어 올랐다. 비대면 수업을 왜 학교에서 하는가? 바이러스 전파를 막기 위해 비대면 수업을 하는 건데, 강사들은 면역 항체라도 있다는 건가? 강사의 건강 따위야 차치한다 해도 온라인 수업을 하기 위해 왕복 세 시간의 출퇴근을 하는 건 너무 비효율적이지 않은가? 모든 강사가 같은 불만을 품고 있을 터였지만 이상할 정도로 말이 없었다. 급 회의에서 재원에게 이유를 묻거나, 재택근무를 하면 안 되느냐고 항의할 법도 한데. 답이 정해져 있다는 걸 모두 알고 있다는 뜻이다.

학교에서 그러라니까.

이번 학기에 한국어 강사 스물두 명이 잘렸다. 코로나19 사태가 빠르게 악화되면서 외국인 학생을 대상으로 하는 어학당이 존폐 위기에 처하는 건 당연한 수순이었다. 다음 학기에는 더 많이 잘릴 거라는 말이 도는 때에 학교 측에 항의할 사람이 어디 있을까. 그저 닥치고 일하는 수밖에.

9시 정각. 온라인 수업에 접속해 있는 학생은 여섯 명뿐이었다. 고개를 떨군 학생은 토픽 문제집을 풀고 있을 것이고, 시선이 옆으로 치우친 학생은 유튜브를 보고 있을 것이다. 그마저도 확인이 안 되는, 카메라를 꺼놓은 학생들을 부르며 재원은 수업을 시작했다. 대화창으로 학생의 대답이 떴다.
―지금 못 말해요.
얼굴도 목소리도 없는 학생에게 추측 질문으로써의 '(으)ㄹ까요?'를 가르치며 재원은 화면에 예문을 썼다.
코로나19가 언제 끝날까요?
안 끝날 거예요.
우리는 다시 만날 수 있을까요?
못 만날 거예요.

2

형편없이 떨어진 학생들의 한국어 실력, 비대면 수업을 하기 위해 마스크를 쓰고 출퇴근 버스에 오르는 부조리, 텅 빈 강의실에서 혼자 수업을 하는 고독감. 코로나19가 초래한 상황 중 그 무엇도 달갑지 않았지만 한국어학당 내 사회생활에 있어서는 전보다 나았다(사회생활 자체가 없어졌으니까). 이번 학기부터 H대 한국어학당의 유일한 남자 강사가 된 재원은 강사들끼리 거리 두기를 하는 상황이 아니었다면 학교 생활이 무척 힘들었을 거라고 스스로 위안 삼았다.

10년 전, 재원이 처음 H대 한국어학당에 입사했을 때는 성비가 이 정도는 아니었다. 전체 강사 60여 명 중 남자 강사가 여섯 명이었다. 10퍼센트. 이번 학기에 비해서는 훌륭한 성비였고, 듣기로는 다른 대학에 비해 나쁘지 않은 성비라고도 했는데, 재원이 느끼기에는 매우 나빴다. 강사실에서 여자 강사들이 삼삼오오 모여 화기애애하게 대화 나누는 소리를 듣고 있으면, 내가 여기 있어도 되는 건가 의문이 들었다. 다른 여느 강사들처럼(여자 강사들을 칭한다) 수업 준비나 숙제 검사, 시험 채점을 강사실에서 하지 않고 강의실에서 할 때가 많았다. 강사실은 유인물 복사를 할 때나 들렀고, 다른 강사들은 회의할 때나 보았다.

그로부터 6년이 지나 은혁이 들어온 해에 전체 강사 수는 100명에 달했지만 남자 강사는 재원과 은혁을 포함해 세 명으로 줄어 있었다. 시간강사법이 제정되며 학교 측에서 시수를 대폭 줄인 탓이었다. 한국어 강사라는 직업이 가족 부양의 의무가 있(다고 이야기되)는 남자가 하기 적당한 직업이었던 적은 없지만 시간강사법은 사형선고나 다름없었다.

당시 보험회사로 이직한 동료 남자 강사를 따라 재원도 이직을 고려했으나 결국 남았다. 대학원 진학 이전에 무역 회사에서 일한 경험이 있는 재원은 도저히 그때로 돌아갈 자신이 없었다. 무역 회사의 일은 온갖 접대와 로비가 핵심이었는데 사실 다 비리였다. 위로 올라가려면 비리를 저질러야 했고, 붙어 있기라도 하려면 비리를 눈감아야 했는데, 둘 다 버겁기만 했다.

그래서 은혁이 들어왔을 때 재원은 열렬히 환영했다. 내성적인 성격 탓에 겉으로 표현은 못 했지만 마음 같아서는 마시지도 못하는 술을 사주고, 어렵고 힘들어도 이 일을 좋아하는 마음 하나로 잘 버텨보자고 어깨를 두드려주고 싶었다.

응원은 못 했어도 조언은 해줬어야 했나.

재원은 은혁의 스캔들이 터진 이후 그런 생각을 했다. 남자 강사는 소수여서 눈에 띄고 입방아에 오르기 쉽다고 일러줄걸 그랬나. 그러니 복장부터 말과 행동을 다 조심해야 한다고. 여자 강사들이 청바지 입고 다닐 때 남자 강사들이 정장만 입는 이유가 무엇이겠느냐고. 편한 옷을 입고 편하게 말하고 행동하기 시작하면 하나부터 열까지 다 문제가 될 수 있다고. 여자 강사들이 모여 피부나 헤어스타일, 옷을 이야기하는 데 잘못 껴서 외모 칭찬을 하면 성희롱이 될 수 있다고. 자기 검열을 철저히 해도 여자 강사하고 사적인 말을 나누는 것 자체가 이성적인 관심을 내보이는 것처럼 소문이 돌 테니 그냥 아무와도 떠들지 말고 조용히 있으라고. 수업하러 학교에 나오고 수업이 끝나면 집에 가고 그렇게 살면 된다고. 물론 수업할 때도 긴장을 늦춰서는 안 된다고. 문법 설명할 때 '예쁘다' '날씬하다' 이런 단어는 사용하지 말고 책에 뻔질나게 등장하는 '남자친구 있어요?' '남자친구를 언제 만났어요?' 같은 예문들은 없는 셈 치라고. 학교에서 학생들과의 교류 및 친밀한 관계 형성을 장려한다고 해도 남자 강사는 거리를 둬야 한다고. 개인적인 연락은 일체 무시하라고. 아, 그 어떤 경우에도 스킨십은 안 된다고. 격려한답시고 어깨를 두드린다든지, 숙제 봐준다고 허리를 숙여 몸이 가까워진다든지 하는 상황은 절대적으로 조심하라고.

    재원은 그런 조언을 하지 못했다. 은혁이 (재원과는 달리) 여자 강사들과 스스럼없이 어울리고, 여학생들과도 가까이 지내는 것을 불안하게 지켜봤을 뿐이다. 누가 봐도 어학당에 잘 적응한 것으로 보이는 은혁에게 말을 줄이라느니 선을 그으라느니 조언하면 나이 많은 선배의 추한 질투로 여겨졌을 테니까.

    2019년 겨울 학기에 한 강사가 전임강사실로 들어서며 최은혁 선생님이 복도에서 여학생들하고 재미있게 이야기하고 있다고 전했다. "은혁 샘 좋겠네." 이런 말들과 웃음소리가 이어졌다.

    은혁 선생님이 뭐가 좋겠다는 거예요? 그게 왜 농담거리가 되죠?

    재원은 이런 불만을 삼키는 동시에 행동거지를 더 조심하자고 다짐했다. 당시 재원의 반만 해도 학생 열다섯 명 중 열두 명이 여자였다. 여학생이 절대다수인 어학당에서 학생들과의 교류는 여학생과의 교류가 되기 마련이었는데, 그게 남자 강사와 여학생의 교류가 되면 묘한 뉘앙스가 생겼다. 불공평했지만,

입에 오르내리지 않으려면 조심하는 수밖에 없었다.

그러니 은혁의 스캔들이 터졌을 때 학교 측의 반응이 어떠했겠는가. 남자 강사가 여학생과 복도에서 이야기하는 것만으로도 시선을 끄는데, 사적으로 만나 교제를 하다니! 그것만 해도 학교에 비상이 걸리고도 남는데, 남자 강사가 키스를 한 직후 연락을 끊어서 혼란에 빠진 여학생이 자신의 담임에게 직접 고민 상담을 해오다니!

사건의 당사자 은혁을 불러 사실 여부를 조사하는 일은 이현희 전임이 맡았다. 해당 여학생과 은혁의 진술을 교차 검증한 이현희는 사안이 심각하다며 전임강사 긴급회의를 소집했다.

이현희가 요약 보고한 상황은 이러했다.

최은혁 강사와 유이카 학생의 진술이 일치하는 부분:
2019년 겨울 학기, 유이카는 최은혁이 월수금 담임을 맡은 3A반에서 수학하였음. 중간시험이 끝나고 유이카가 최은혁에게 먼저 시험 관련 내용을 개인 메시지로 보냄. 이후 둘은 학기 중에 주 2, 3회 사적으로 연락을 주고받다가 방학 때 처음 교외에서 만남을 가짐. 5주간 10회 이상 만남. 마지막 만남은 2주 전. 코로나19를 이유로 둘은 최은혁의 집에서 만남. 그로부터 이틀 뒤 최은혁이 유이카에게 그만 만나자고 통보하였고, 그 이후로 연락이나 만남은 없었음.

최은혁과 여학생의 진술이 불일치하는 부분:

1) 유이카는 최은혁과 사귀었다고 진술한 반면, 최은혁은 '썸'이었다고 주장. 이에 따라 최은혁의 마지막 메시지에 대한 둘의 입장이 확연히 다름. 유이카는 일방적인 이별 통보였다고 주장하는 반면, 최은혁은 관계를 시작하지 않은 것에 불과하다고 주장.

　　2) 유이카는 마지막 만남에서 최은혁이 유이카에게 키스를 했다고 주장. 최은혁은 스킨십이 일체 없었다고 주장. 주장을 뒷받침할 메시지 등의 증거는 양측 모두 없는 상황.

　이현희가 발표를 마치고 전임강사들의 의견을 물었을 때 재원은 회의 시작부터 내내 품었던 한 가지 질문을 끝내 말하지 못했다.

　이렇게 사적인 이야기가 회의에서 공유되어도 괜찮습니까?

　이현희는 전임강사들의 의견을 모아서 행정실에 전달했다. 그 결과 은혁은 차학기, 즉 이번 학기에 수업을 받지 못했다. 은혁의 반발을 걱정했지만 코로나19 사태로 스물한 명의 강사가 같이 잘리면서 그의 해고는 묻혔다. 은혁은 전 세계적인 재앙으로 불운하게 재계약에서 제외된 스물두 명의 강사 중 한 명이 되었다.

3

은혁이 반팔 티셔츠에 반바지를 입고 집 앞에 서 있었다. 야구 모자까지 쓰고 있어서 학교에서 볼 때보다 한참 어려 보였다. 재원은 온라인 수업을 하면서도 와이셔츠와 정장 바지를 입고 다녔고, 그래서 집에 들어가자마자 양해를 구하고 땀에 젖은 옷을 갈아입었다. 은혁은 오래 기다려서 포장해 왔다며 치킨과 캔맥주를 내밀었다.

"치킨집을 할걸 그랬어요."

"요식업 문 닫는 집들 많던데요."

"한국어 강사만 할까요."

둘은 서로의 얼굴을 바라보며 자조적으로 웃었다. 재원은 은혁이 건네는 캔맥주를 받아 들어 어색하게 건배를 했다. 은혁은 맥주를 한 모금 마시고는 가방을 뒤져 책을 꺼냈다. 《코리안 티처》였다.

"읽어보셨어요?"

"아뇨, 아직."

"우리 학교 얘기예요."

은혁이 단정적으로 말하는 데 묘하게 거부감이 들었지만 반박할 수는 없었다. 책이 나오자마자 사서 읽었는데도 읽지 않았다고 거짓말한 이유가 거기 있었기 때문이다. 오래 몸담았던 (여전히 몸담고 있는) H대 한국어학당의 부조리를 까발린 것이 시원하면서도 공공연하게 떠들기 조심스러운 것이 재원만은 아니었던지 책에 대해 이야기하는 강사가 많지 않았다. 서수진 강사와 가까이 지냈던 전임강사와 둘만 사무실에 남았을 때 딱 한 번 화제에 오른 게 다였다. 다른 학교에서는 강사실에 꽂아 놓고 돌려 읽는다, 한국어교육을 전공하기 전에 읽어야 할 필수 교재가 되었다, 하는 말들이 들렸지만 정작 책의 배경이 된 H대 한국어학당에서는 수상하리만치 아무도 그 책을 언급하지 않았다.

"책에 남자 강사가 한 명도 안 나와요. 섭섭하다고 서수진 선생님한테 연락할 뻔했어요. 남자 화장실 없애면서 성차별 이야기했던 거 기억하시죠? 그때 서수진 선생님도 그 자리에 있었거든요."

은혁은 작년 강사실 옆의 남자 화장실을 여자 화장실로 바꿔 한 층에 여자 화장실이 두 개가 된 일을 말하는 거였다. 100명이 되는 강사 중에 남자 강사가 셋뿐이니 그럴 만도 했지만 불편해진 건 사실이었다. 아래층 화장실로 가는 계단에서 은혁을 만나면 둘은 성차별 아니냐며 농담을 하곤 했다.

"책 홍보하러 온 겁니까?"

웃으며 건넨 말에 은혁이 정색을 했다.

"여기 보면 학생과 연애하는 강사 이야기가 나와요."

은혁은 더 이상 말을 돌릴 필요가 없다고 판단한 듯했다. 재원의 입장에서도 그 편이 나았기에 자세를 고쳐 앉았다.

"여자 강사인데 이름이 가은이에요. 제 이름과 한 글자가 겹치죠? '은'이야 흔하게 쓰이는 이름자니 우연의 일치라고 볼 수도 있겠지만, 학생 이름도 유토예요. 그 학생 이름을 기억하실지 모르겠는데, 유이카였어요."

재원도 책을 읽으며 은혁을 떠올리지 않은 건 아니었다. 그래서 한겨레문학상 공모 일정을 찾아보기도 했다. 3월 31일이라는 날짜를 보고 안심한 건 은혁의 소문이 돌았던 것이 4월이었기 때문이다. 재원이 이런 이야기를 하자 은혁은 책이 나온 게 7월이었으니 그 전에 이야기를 더할 수 있지 않았겠느냐고 주장했다.

"그렇다고 쳐도 작가가 아니라고 잡아떼면 그만이잖아요."
"아뇨, 제 이야기를 갖다 썼다고 문제 삼고 싶은 게 아니라…… 책을 읽어보셨으면 이해를 하실 텐데……"

재원은 이제라도 책을 읽었다고 할까 잠시 고민했지만 은혁이 곧바로 말을 이어가는 통에 침묵을 지켰다. 책을 읽었는데도 은혁을 이해하지 못하는 건 변함이 없었다.

"책에서 여자 강사는 남학생과 연애를 하는데요. 아주 드문 일은 아니지 않습니까? 대놓고 떠들지는 않지만 알음알음 듣잖아요. 선생님도 들어보셨죠? 성인끼리 연애할 수 있는 거니까 다들 모르는 척하는 거죠. 제가 겸임하던 L대 어학당 총괄책임이 신입 강사 오리엔테이션에서 뭐라고 했는지 아세요? '선생님들, 학생하고 연애해도 괜찮아요' 토시 하나 안 틀리고 이렇게 말했어요. 맥락도 없이요. 제가 직접 들었어요. 안 믿으시겠지만 진짜예요. 자기가 굉장히 깨어 있고 젊은 사람처럼 보이고 싶어서 오버했겠지만……"

L대 어학당의 총괄책임 강사는 '또라이'로 정평이 나 있었다. 아무리 성인 학습자라 해도 교육기관의 책임자가 교사에게 학생과의 연애를 권장하다니 말이 안 되지만 그라면 그럴 법도 했다. 재원은 L대의 총괄책임을 학회에서 만난 일을 떠올렸다. 자기 어학당에서는 한 학기에 한 번씩 교수를 포함해 전체 강사가 모여 회식을 한다고 자랑했었다. 함께 따라온 L대 어학당 강사의 표정이 굳었고, 듣는 강사들 역시 시간강사들을 데리고 회식이라니 아연실색했는데 그는 계속 화목한 L대 어학당 자랑을 이어나갔다.

"제가 말하고 싶었던 건, 미혼의 여자 강사와 성인 남학생이 연애한다고 학교에서 자르는 일은 없다는 거예요. 들어본 적이 없어요. 적어도 한국어학당에서는요. 한국어학당이 대학도 아니고, 까놓고 말해서 학원 같은 거잖아요."

"최은혁 선생님, 확실히 해야 할 게 있습니다. 이번 학기에 스물두 명의 강사가 재계약을 못 했습니다. 코로나19 때문에 학생 수 엄청나게 줄어든 거 아시잖아요."

"1년 강의 평가를 봤다면서요. 제 평균이 9.7이에요. 강의 평가로 잘렸다는 건 말이 안 돼요."

은혁이 맞았다. 은혁은 여학생과 스캔들을 일으켜 잘렸다. 재계약에서 탈락된 사유를 코로나19로 오해하기를 바랐으나 그의 강의 평가 점수가 너무 높았던 것이 문제였다.

"책 속의 가은처럼 연애라도 했으면 억울하지나 않죠. 저는 썸이었고, 말이 돌았던 거랑은 달리 키스를 한 적도 없습니다. 제가 이현희 전임한테 유이카와 삼자대면을 시켜달라고 했어요. 선생님은 들은 척도 안 했지만요."

이현희가 한 적 없는 얘기였다. 어학당 사무실에서 전임강사와 평강사, 학생 셋이 모여서 썸이었느냐 아니었느냐, 키스를 했느냐 안 했느냐로 삼자대면을 한다니. 이현희도 거기까지는 견딜 수 없었는지 모른다.

"제 요구는 묵살하고 이현희 전임이 뭐라고 추궁했는지 아십니까? 학생을 성추행한 사실이 있느냐고 했습니다. 그래서 물었죠. 유이카가 그렇게 말했느냐고. 제가 유이카에게 일방적으로 혹은 강제적으로 성적인 발언이나 행동을 했다고 말했느냐 물었습니다. 아니랍니다. 그런 말은 안 했대요. 그런데 그게 어떻게 성추행입니까? 유이카의 말에 거짓이 많지만 그것까지 다 인정하더라도 말이에요. 그러니까, 제가 유이카랑 사귀고 키스를 하고는 일방적으로 이별을 통보했다 치더라도 그게 어떻게 성추행이 됩니까?"

흥분해서 목소리를 높이는 은혁의 말을 간신히 끊고 재원이 한마디 했다.

"학생과 강사 사이에 위계가 있으니까요."

"위계요? 여자 강사한테는 그런 게 없고요? 남자 강사한테만 적용되는 위계가 있습니까? 아니, 남자 한국어 강사한테 대체 무슨 권력이 있다는 겁니까?"

4

지난 학기 초, 코로나19가 대구 신천지에서 집단 발발하며 매일 뉴스를 장식할 때, 그래도 아직은 어학당에 직접적인 영향이 없을 때 은혁이 상담하고 싶다며 재원을 찾은 적이 있었다. 몇 학기 전에 재원과 입사 동기였던 강사가 그만두면서 H대 한국어학당에서 남자 강사라고는 둘뿐이었으므로 가끔 복도나 휴게실에서 마주치면 대화를 나누곤 했으나 그게 다였고, 재원이 그 전 학기에 전임강사실로 자리를 옮기면서 그마저도 뜸해진 후였다. 그래서 은혁이 상담을 요청했을 때 재원은 그가 남자 한국어 강사로서의 애로 사항을 토로할 거라고 예측하지 못했다.

재원이 한국어 강사로서 일하는 10년간 다른 강사들에게 들은 말은 한 문장으로 요약될 수 있었다.

"괜찮으세요?"

면접을 볼 때가 시작이었다. 재원이 질문의 의도를 제대로 파악하지 못해 되묻자 심사를 보던 전임강사가 박봉인데 괜찮겠느냐고 물었다.

"남자분께는 상당히 적을 텐데요."

괜찮다고 대답했지만 사실 얼마나 박봉인지는 제대로 알지 못했다. 명문대 석사를 따서 들어왔는데 월급이 200만 원도 안 된다는 걸 알게 된 이후로는 무례할 법한 질문을 하는 강사들의 마음을 이해하게 되었다. 한국에서 결혼도 해야 하고 가정도 부양해야 할 남자가 200만 원도 안 되는 돈을 받고 일을 한다? 도대체 어쩌려고 그러지? 그런 의문이 들었을 테다.

"다른 일은 안 하세요?"

"결혼 생각은 없으세요?"

"여자친구가 괜찮대요?"

시간강사법 제정으로 몇 없던 남자 강사가 한꺼번에 그만둔 이후부터는 질문이 단언과 명령으로 진화했다. 괜찮으냐고 물어볼 필요가 없어진 것이다. 안 괜찮다는 게 확실해졌으니까.

"남자들은 오래 있기 힘들어요."

"거쳐 가는 일이라고 생각하세요."

"다른 쪽으로 박사를 하든지, 아니면 아예 이직을 생각해 보세요."

그러나 재원은 오래 있었다. 여자친구와 결혼을 상의하다 이직을 다시 고민하기도 했지만 아무래도 한국어 강사 일이 좋았다. 한국어가 좋아서 전공했고, 외국인에게 한국어를 가르치는 게 재미있고 보람찼다. 정말 단순하게도 그게 다였다.

드디어 전임이 되었을 때 재원은 모두가 말리는 일을 끝까지 버텨낸 대가라고 여겼다. 이제는 괜찮으냐고 묻지 않겠지, 하는 안도감도 들었다.

재원의 생각이 맞았다. 이제 괜찮으냐는 질문은 듣지 않았다. 대신 다른 말을, 상상도 하지 못한 말을 듣게 되었다.

"남자니까 걱정 없으시겠어요."

"특별하게 뭘 하지 않아도 대우받으시겠죠."

"당연히 교수 되시겠죠."

강사들은 재원이 남자라서 결혼도 못 할 거라고 측은해하다가 이제는 남자라서 전임이 됐다고 시기했다. 성차별의 피해자가 돌연 수혜자가 된 것이다.

은혁은 직장을 바꾸라는 안팎의 목소리에 힘겨운 듯했다. 재원은 은혁의 말에 고개를 끄덕였다. 이제 4년 차가 된 은혁에게 쏟아지는 질문은 아직 "괜찮으세요?"에 머물러 있었다.

은혁은 투잡을 뛴다며 한참 불만을 토로하더니 심각한 얼굴로 물었다.

"전임이 되면 남자가 할 만합니까?"

재원은 망설임 없이 대답했다.

"똑같습니다."

"그래도 잘릴 걱정이 없잖아요."

"딱 그거 하나입니다. 그런데 전임도 자르는 학교들이 있으니 잘 생각해보시는 게 좋아요."

"고용 안정만 보장받아도 훨씬 나을 것 같은데요."

"저 H대 한국어학당에서 10년간 일했습니다. 학기마다 재계약했으니까 늘 불안했지만, 돌이켜보면 쓸데없는 걱정이었는지도 몰라요. 잘리는 일은 드무니까."

그 학기를 마지막으로 은혁은 잘렸다. 재원은 은혁에게 전임이 되면 달라진다고, 전임이 될 때까지 잘 버텨보라고 말하지 않은 것을 다행으로 여겼다. 전임도 잘릴 수 있다고 말한 것 역시 현명했다. 그러나 일반 강사도 잘리는 일이 드물다고, 잘릴까 봐 불안해한 것이 후회된다고, 내 지난 10년을 보라고 말한 건 바보 같은 말이었다. 내가 살아남았다고 남들도 살아남을 거라고 여기다니. 어제가 안전했다고 내일도 안전할 거라고 장담하다니. 오만하고 편협했으며, 다른 무엇보다 정말이지 멍청했다.

5

 다음 날 수업 후, 행정실 직원들과 전임강사들의 온라인 회의가 있었다. 그날의 지시 사항은 네 가지였다.

 1) 중간시험 전체 성적이 지난 학기에 비해 30퍼센트 이상 떨어졌음. 온라인 수업의 특성을 고려하여 기말시험의 난이도를 낮춰서 출제 요망.
 2) 다음 학기 재등록 학생 수가 200명 이상 줄었음. 등록 취소 역시 대비해야 함. 최소 열다섯 개 반이 축소됨에 따라 서른 명 강사가 재계약 대상에서 제외될 예정.
 3) 재계약 기준은 직전 학기와 해당 학기의 강의 평가 평균 점수. 온라인 강의 수행 능력을 보기 위해 두 학기만을 대상으로 함.
 4) 급 회의에서 재계약 기준 공지 요망(참고: 직전 학기 강의 평

가 전체 평균 9.78).

재원은 스크린 속 최우진 계장의 말을 들으며 은혁을 떠올렸다. 강의 평가 전체 평균이 9.78이니 은혁은 스캔들을 일으키지 않았더라도 잘렸을 것이다. 가볍게 썸을 탔든 진지하게 사귀었든, 키스를 했든 안 했든 중요하지 않았다. 은혁이 남자 강사였고, 상대가 여학생이라는 것 역시 상관없었다. 어쨌건 잘렸을 것이다. 은혁이 이 사실을 안다면 덜 억울해할까?

회의가 끝나고 재원은 "수고했습니다"라고 말하며 스크린을 향해 꾸벅 고개를 숙였다. 다른 전임강사들도 같은 인사말을 하고는 하나둘 온라인 회의실을 빠져나갔다. 혼자 남은 재원은 교탁 모니터 화면에 가득 찬 자신의 얼굴을 가만히 들여다보았다.

옥이

박서련

박서련

장편소설《체공녀 강주룡》으로 제23회 한겨레문학상을 수상했다. 소설집《호르몬이 그랬어》《당신 엄마가 당신보다 잘하는 게임》《나, 나, 마들렌》, 장편소설《마르타의 일》《더 셜리 클럽》《마법소녀 은퇴합니다》《프로젝트 브이》《카카듀》《폐월: 초선전》《마법소녀 복직합니다》 등이 있다.

형님,

형님.
어찌 살았소.

어드렇게 서른을 넘겼소.
형님.

옥이요. 나 옥이.
형님, 나 잊지는 아니하였지요?
우리 집에 형님 살고 형님 방에 나 살았지비요. 나 기숙사 가서 산다니까는 형님이 새 고무신 한 켤레 신겨주었지비요. 맏딸에 아래로는 사나아해가 둘이라 보살핌받는 정은 영 모르고 지내던 내게 형님, 하고 부를 손윗사람이 생긴 것이 난 우에 기렇게도 좋던지요.
형님 간 지 10년이 넘었습네다.
첫 달거리에 놀라 마당 한구석에 주저앉아 짜던 간나가, 형님한테서 달거리대를 꿰다 쓴 옥이가 인제 서른이 되았습네다.

세월은 동무의 부름에 숟가락 내던지고 뛰쳐나가는 어린 애처럼 잽싸더이요. 나이 먹은 나만 예 남아, 먼처 간 세월을 다시 오지 않는 동무마냥 기다리고 있는 것만 같습네다.

어치게 살았소.

어치게 죽었소.

모지고 풍진 이 세월을 어드렇게 받아넘겼소.

나는 열네 살에 기숙사에 들어가 열여덟 살에 나왔습네다.

형님이 우리 집에 세 들어 살던 해에 나는 제사 공장에 들어갔댔지요. 형님은 고무 공장, 나는 실 공장, 터울이 좀 큰 자매마냥 정답게 출퇴근을 같이하던 적도 있었지요. 원체 고무 공장은 형님처럼 나이도 있고 기왕이면 가정도 있는 부인네들을 잘 뽑았고 누에 쪄서 실 뽑는 공장은 나처럼 미혼인 처녀애들을 잘 뽑았댔습네다. 그야 고무 공장은 출퇴근이 많고 실 공장은 기숙사가 많으니 책임질 가정이 없는 몸이라야 편해서가 아니었갔어요. 첨부터 기숙사에 살지 아니하고 집에서 출퇴근하길 고집하는 에미나이는 우리 공장에 나 말고 그리 많지가 않겠습네다. 형님은 내가 형님 보기 멋쩍고 죄스러워 하는 수 없이 기숙사 들어간 줄로 오해할는지 모르갔지만, 기실 나는 기숙사에 안 들어가고 버틸 재간이 없었던 게라우요. 이 점은 형님이 좀 알아주었으면 싶습데다.

기래 공장에 딸린 기숙사가 어떤 소용인가 하면은 딴짓 일절 할 것 없이 먹고 자고 일만 하라는 배려가 아니갔어요. 기숙사라군 해두 소설책이나 활동사진에 나오는 낭만적인 방 따 울 그리시면 곤란합네다. 왜식으로 다다미를 깔고 벽 대신 장지 문을 이 방과 저 방의 구분이랍시고 세워놓기 일쑤인 엉터리 건 물을 우리는 기숙사라고 살았습네다. 왜국이야 듣기로 열 많고 습하다니 다다미 바닥으로 못 살 것도 없갔지만 겨울 길고 날씨 모진 피양에서 그 무슨 난센스였을까요. 종일 누에 삶은 뜨건 물에 담갔다 뺐다 해서 손은 퉁퉁 불었는데 기숙사는 몹시 추워 손가락 자르는 동상 환자도 드물지 않았댔어요. 일할 때야 살갗 이 희게 익을 만치 뜨거워 신음 참으며 실을 뽑지만 밤에 손이 식으면 불어서 연해진 살이 더 잘도 얼어붙으니.

다다미 결 사이사이 알차게 낀 쥐똥을 닦을 겨를도 없이 우리는 잠들고 깨 일을 했습네다. 한두 달씩 걸러서는 월말 생 산량을 맞춘답시고 주간조 야간조를 나누어 일을 시키더이요. 기러면 한 방에 여덟 사람 자던 것이 절반 되는 것만은 좋았습 네다. 여덟이 누우면 꽉꽉 차서 자다 몸 뒤챌 품도 없이 좁은데 넷이서 자면 적당히 오손도손하니 지낼 만합데다. 같은 방 유달 리 심술궂은 에미나이가 야간조로 나간 틈에 다른 아해들하고 정담도 나누고 하면 좋았을 텐데, 우리는 모다 지쳐서 별 이바 구도 주고받지 못하고 곯아떨어지곤 했습네다.

기래도 기숙사에선 늘 동무가 많아 좋았에요. 언시엔가 형님께 가서 옥이가 허풍 떨더라고 고자질하던 간나들을 기억 하시려는지요. 그 애들과도 끝내는 동무가 되었습네다. 가만 보 니 뾰족이 잘난 것도 없는 내가 혼자만 기숙사 안 사는 게 약 올랐던 모양이라요. 저희들은 덜 자란 간나들의 생지옥이라 해도 모자랄 공장 기숙사에서 죽을 동 살 동 지지고 볶는데 나 혼차만 번듯한—실은 형님도 아시다시피 머 대단할 것도 없고 꼭 그 애들의 본가와 별다르지 않을 게라우요—바깥에서 지내며 날 예뻐해 늘 데리구 자며 이바구 저바구 들려주는 형님마저 있단 거이 샘났는가 봅네다. 기래 끝끝내 나도 이 생지옥에 끌려온 게 기리도 좋더이냐 따지고 싶을 적도 종종은 있었지만 기러지 않았에요. 알고 보면 참으로 심성이 고약한 간나는 하나도 없습데다.

나는 돈을 족히 벌었을까요? 그것은 모르갔습네다. 나는 공장 밖으로 나간 일도 별로 없고 내가 번 돈은 오마니가 달마다 공장 경리과에서 타 갔시니요. 이달은 왜 급료가 적으냐 따지러 온 일이 없는 것만으로도 고마운 노릇이지비요. 과로나 화상으로 급료보다 치료비가 더 나오는 아해도 때마다 한둘은 나왔는데 내 순번이 아니 돌아온 것은 또 어떻구요. 기래 돈이 어드렇게 모이었는지 나는 휴가도 병가도 아니고 아주 공장을 그만두게 되었습네다. 인제는 시집을 갈 때가 되었단 것이야요.

자유연애 한 번만 하면 얼마나 좋으랴 노래를 부르던 옥이를 형님은 기억하실 게라요. 자유연애 주제 삼은 소설책 주인공모냥, 잘생긴 인텔리 남자와 처절하지만 끝은 달콤한 사랑을 하고 싶다던. 그러자면 유학, 대학은 어려워도 고보쯤은 나와주어야 여주인공의 면이 선다고 믿던 어린 옥이를 나도 잊지 않았습네다.

에미나이래 허영도 참.

　그때 내가 헛꿈을 꾸고 있다는 것은 나도 벌써 알았습네다. 꿈이라는 건, 소망이라는 건 꼭 이루어지지 않더래도 하나의 취미로써 누려지는 것이 아니갔어요. 열서너 살 무렵의 나는 그렇듯 이루어지지 않을 꿈을 곱씹는 그 자체가 즐거웠을 따름입네다. 그런데 서른이 되고서니 문득 그런 생각이 듭데다. 형님은 어린애의 허황된 자유연애 타령에 찬물을 아니 끼얹고 잠자코 들어주었고나. 내 신세 어차피 이래 되리란 건 그때 이미 어른이었던 형님이 더 잘 알았을 텐데, 형님은 꿈 깨라 산통 깨지 않고 나를 봐주었고나.

　하여간에 나는 결국 자유연애 모르고 혼인을 하게 되았습네다. 그 무렵이 아마도 형님이 투쟁이라던가, 기런 활동을 펴던 때인가 봅네다. 내 혼례가 큰 잔치는 아니갔지만 형님두 와주면 좋갔구나, 하였는데 웬걸 아바이가 입이 째지도록 방 빼나간 형님 험담 늘어놓을 뿐이었으니. 비빌 언덕 없는 젊은 과부라기에 헐한 값에 방 줬더니 먼 바람이 들었는지 밤낮 할 것 없이 나돌아 다니다 훌쩍 나갔다구요. 가뭄에 콩 나듯이라도 집에 들르러 갈 적마다 형님 마주칠까 조마조마하얐으나 우엔지 잠시도 마주치는 법이 없더라니만, 형님은 그 전부터 우리 집에선 잠만 자는 사람이 되었다 훌쩍 떠난 게였지비요.

　헌데 그거이 형님을 욕할 일은 전연 아니었습네다. 그 방에 새로 들인 하숙생이 내 신랑이 되었으니.

　형님이 언시엔가 기랬지요. 혼인날에 합환주배 돌릴 적

에 꼭 반만 마시고 반은 신랑을 줘야 한다구요. 형님은 그걸 홀딱 한입에 털어 넣어 둘이 오래 못 살고 서방 떠나보낸 것이 아닌가 생각해볼 적 있다구요. 내 뜻은 아니었습네다마는 내가 한 짓은 꼭 그의 반대였습네다. 달달 떨며 술잔을 받아 입술만 간신히 적셨는데, 가득 찬 술잔을 고스란히 건네받은 신랑은 씩 웃고 한입에 쓱 털어 넣습데다. 기래 겁부터 더럭 났지요. 아이 큰일이다, 술 좋아하는 사난가 보다. 동무들 말로 사나가 술 좋아하면은 난폭하기 쉽다던데 내 서방이 기러면 나는 어쩌지.

기래 내 서방이 참으로 술을 좋아하는 사람이었는가 하면 기렇지도 않았습네다. 나중 듣기로 그 사람은 각시 될 사람이 고와서 합환주가 달갑게 넘어가더라 하더이요. 그 말을 듣구서니 형님도 형님 서방을 보고 기랬겠고나, 인물 잘나기론 그이를 따를 사람이 없었노라던 말씀에 거짓이 없었겠고나 싶습데다.

그리도 고왔던, 고와서 아끼고 아껴서 고왔던 이를 진작에 떠나보낸 형님 심정이 아득하니 늦어서야 료해됩데다.

나도 내 서방을 마음 깊이 아끼고 애모하였습네다. 자유연애 모르고 혼인한 것이 하나도 아숩지 않을 만치 내 서방이 좋았습네다.

본래 인천 사람이라든 내 서방은 내가 꿈에 그린 남주인공 같은 이였습네다. 조실부모하였으나 타고나길 명석하여 장학금 주고 오라는 학교에 다니려구 피양엘 왔댔지비요. 나는 남학생하고 부부가 된 것이었습네다. 어데 터놓고 말하긴 멋하지만 형님에게이니 본심을 고하자면 나는 그이가 고아인 것도 좋았습네다. 그이가 가난하고 기댈 곳 없는 하숙생 처지로 우리 집에 들어오지 않았더래면 어데 우리 부모가 그이에게 혼담을 놓을 엄두나 냈갔어요? 형편 빤한 집구석의 실 공장 여공인 내가 남학생과 부부가 된 것이 나는 대단한 신분 상승이라도 되는 것처럼만 느껴졌에요.

그이가 학업을 계속하게 하니라고 내가 다시 공장에 나가기루 했습네다. 인제는 나도 가정이 있는 부녀자이니 고무 공장에 다녀야지, 하얐고 실로 기래 되었습네다. 그때는 형님도 알 다시피, 아니 형님이 더 잘 아시갔지요. 평원고무공장 파업에 다른 고무 공장들도 동맹 파업, 태업을 할 적이라 공장이 걸핏하면 단축 운영을 하고 여차하면 아주 닫을 적이었습네다.

형님 원망하는 것은 아니라우요. 어드렇게 형님을 원망하갔습네까.

어느 날은 남편이 숨을 식식 몰아쉬며 신문을 쥐고 달려옵데다. 피양에 히로인이 났다, 아조 대단한 인물이 났다구 하며요. 기래 신문을 보니 '강주룡'이라는 이름 석 자가 꽝꽝 찍혀 있지 않갔어요. 강주룡이라는 여장부가 을밀대 지붕 우에 올라 평원고무공장 공장주의 횡포를 목청껏 외쳤다구요. 이거이 우리 형님이다, 당신 살던 우리 집 방에 전에는 이이가 살았더랬다 말해주니 남편은 몹시 영광스러워했습네다.

여보, 당신 형님은 참말 멋있는 분이오.

남편 말에 나마저 우쭐해져서 형님 이바구 몇 자락 읊어줄까 하다 나도 모르게 꺼렸습네다. 돌이켜보면은 기래 허물없던 형님과 나 사이 서먹해진 까닭도 내가 형님 이바구를 함부로 하고 다닌 탓이었지비요. 한편으론 형님도 고무공, 나도 인제 고무공인데 을밀대 지붕 우에 올라간 형님은 멋있다 하면서 자기 먹여 살리는 나한텐 근사한 말 한마디 않는 남편 눈치가 야속하기도 했습네다. 저랑 내가 시방은 어찌어찌 두 식구 입에 풀칠은 하며 산다만 공장이 언제 닫을지 몰라 불안에 떠는 것도 일면 형님네들이 벌이는 파업 소동 때문이 아닌지, 공부를 기래 잘한다는 내 남편이 우에 그런 건 모르고 형님 멋있다고 추켜세우기만 하는지 우스꽝스럽기도 했에요.

나는 아마 샘이 났는가 보아요.

한두 달만 꾸물거렸으면 나는 형님을 해고한 평원고무공장에 들어갈 수도 있었습네다. 그 공장은 형님을 비롯해 파업단 열성 참가자들을 싹 해고하고 새 직공을 뽑았지비요. 그러자 형님은 아사 투쟁을 하며 파업단을 이끌고 통근 버스 앞에 드러눕는 전술을 펼치며 싸웠습네다. 나는 만일에 내가 그 통근 버스에 탄 신입 직공이었다면 어드렜을지를 그려보았습네다. 참혹합데다. 비록 나는 잡것이지만, 가지가 썩둑 잘려 나간 자리에 접붙인 것이지만 거기에 잘 붙지 못하면 나도 죽고 마는걸요. 나는 그때껏 내가 번 돈을 직접 쓴 적이 없어 몰랐는데 여공의 급료란 참으로 변변치 못한 것이더이요. 그나마 잠사로 일할 적에는 근무 시간이 길어 얼마는 더 벌었을는지 몰라도 달에 절반 넘게 단축 근무를 한 고무공 급료는 받아 들구서도 눈물이 찔끔 날 만큼이나 적었습네다. 그러나 그런 돈이나마 없으면 죽는 것

입네다. 목숨을 걸게 되는 거입데다.

형님은 끝끝내 이기더이요. 결국 새 직공들은 집에 가게 되얐고 파업단은 평원고무공장에 돌아가더이요. 형님만 공장으로 못 돌아갔지비요. 형님은 공장 대신 감옥소에 갔습네다.

그쯤에야 나는 정신이 번쩍 들었습네다. 공장주를 상대로 싸우는 형님이 애처로울 적도, 우둔하다 생각될 적도 있었지만 형님이 감옥소를 갈 만큼 잘못한 바는 전연 없는 걸 나도 알았지비요. 남편하고 상담하여 형님 면회를 가구 싶다 하니 남편은 무척 반가워하였습네다.

기실은 나도 당신 형님과 같은 사상을 가진 사람이오. 당신 형님에게 하는 것이 나에게 하는 것이라 생각하고 힘닿는 만치 후하게 대해주오.

내 손을 꼭 붙들고 남편이 기럽데다. 이즈음까지는 내 속에 망설임이 조금은 남아 있었으나 남편이 등 떠밀었다 치고, 형님을 만나러 가기로 나는 마음먹었습네다.

면회 신청이란 거이 복잡하기도 복잡하지만 잘 수락되는 법도 없다는 걸 첫 면회 때 나는 알았습네다. 평일엔 일하랴 살림 돌보랴 짬이 영 나질 않으니 공장이 쉬는 날을 틈타 감옥소에 갔는데 한참을 앉아 있게 하더니만 오늘 강주룡이는 면회 못 본다고 나가라질 않갔어요. 기랬더니 옆자리 앉아 있던 이들이 발딱 일어나 따지고 듭더이요. 강주룡이 살인을 했느냐 강도를 했느냐, 흉악범도 아닌데 우에 자꾸 면회를 안 보여주냐며 아우성이었지비요. 형님을 만나러 오는 이가 많고나, 그것도 나는 그때야 알았습네다.

허탕을 치고 나오는 길에 감옥소 직원의 멱살을 잡을 듯이 덤비던 이가 말을 건네왔습네다. '최용덕'이라고 하더이요. 형님과 함께 싸우고 형님처럼 공장에 못 돌아간 이였습네다.

형님이랑 어드레 아는 사입네까?

최용덕이가 기래 물으니 말문이 막힙데다. 이 사람도 형님을 형님이라 부르는고나. 우엔지 나는 나도 아까워 못다 쓴 것을 동생들과 나눠야만 할 때처럼 쓸쓸한 심정이 되었습네다. 나는 머뭇머뭇 나와 형님의 사이를 털어놓았습네다. 기실은 나하고 형님이야말로 아무 사이도 아니더이요. 주인집 딸하고 하숙생 사이는 별 이바굿거리가 못 되더이요. 기런데 최용덕이 옆에 섰던 여자가 날 빤히 보더니 기럽데다.

난 또 룡이 딸인 줄 알았네.

삼이 형님은 농이 나오시기요?

룡이가 간도에서 애 하나 낳았더래면 꼭 이만하지 않간?

기렇지요. 나는 형님의 아우뻘이라기보다 아해뻘이지비요. 우리 오마니가 들으면 서운해하갔지만은 나는 참으루 내가 강주룡이의 딸이면 좋았으리란 생각을, 그때 첨으루 해보았습네다. 또한 뾰족한 근거는 없지만서두, 형님도 나를 내심은 딸나처럼 여기지 않았을까 짐작해보는 것이었에요. 기런 거이 아니었더래면 애면글면 혼차서 일해 먹고사는 처지에 시퍼런 남의 아새끼까지 보살펴줄 도리가 없지 않았어요.

하여간에 그때부텀은 형님 동무들이 꼭 잘 알던 아주마이들처럼 친근하야 이런저런 이바구를 나누며 돌아왔습네다. 삼이 아주마이는 형님 덕에 돌아간 공장에서 일 잘하고 지낸다 하얐고, 덕이 아주마이는 형님이 출소하면 다닐 공장을 만들고 있다고 하얐에요. 나도 얼마 전에 고무 공장 취업하얐다 하니 기술 잘 붙여서 저희 공장으루 오라고 덕이 아주마이가 그럽데다. 우리 공장은 노동자들 손으로 직접 만들구 노동자들 각자에게 주식 노나 주어 노동자가 진정 공장주가 되는 꿈의 공장이라구요.

나중 일이지만은 덕이 아주마이가 동무들하고 만든 평화고무공장은 끝이 기래 좋지 못하얐습네다. 개업할 적에는 신문에도 크게 나고 전망이 밝아 보였습네다만 어드렇게 된 거인지 1년을 좀 넘겨선 문을 닫았에요. 형님이 감옥소에 있을 적 열어 형님 돌아가시고 얼마 안 되어 닫은 게 조금이나마 다행인가 합네다. 형님은 이 공장의 희망찬 모습만 보고 가셨을 테니요.

그리고 보면 금방 감옥소를 나올 줄 알았던 형님은 꼬박 1년을 살았습네다. 게서도 아사 투쟁을 밥 먹듯 해선지 몰라보게 쇠약해져 나왔더랬지비요. 형님은 그때 농지거리도 했습네다. 감옥소 나올라구 일부러 병든 행세 했는데 간수들이 껌뻑 속더라면서요. 몇 번 안 되는 면회 적에 이미 쇠꼬챙이모냥 죽죽 마른 모습을 본 바 있어 크게 놀라지 않을 줄 알았지만은, 막상 감옥소를 나설 적에 지뺏지뺏 다리를 저는 형님을 보니 저도 모르게 눈물이 터져 나왔습네다. 허나 내 눈물은 금세 그쳤습네다. 나보다 더 크게 우는 덕이 아주마이, 삼이 아주마이가 있었으니요. 별 사이도 아닌 내가 크게 울자니 그게 먼 도리에 어긋나는 일처럼만 생각됩더이요.

돌이켜볼작시엔 면회 때도 기랬지요. 나는 형님이 나만의 형님이 아닌 것을 면회 때마다 알아차렸습네다. 모를 수가 없지비요. 아주마이들은 형님과 손 모아 투쟁한 동지, 동무들이고 나는 고작 세 들어 살던 집 간나인 걸요. 함께 보낸 세월이 짧기도 하거니와 나이 터울도 적잖이 지고 따지고 보면 닮은 점도 없습데다.

그러나 형님은 첨으로 내 면회가 수락되던 날에 그런 말씀도 하셨습네다.

옥이 네 어드레 이 험한 델 와 있네? 내래 옥이 살기 좋은 세상 만들자고 투쟁하였더니만.

어쩌면 난 그 말씀이 좋아 여즉 형님을 찾는가 합네다.

형님이 돌아가신 책임을 아주마이들은 다 자기 탓으로 알았습네다. 나는 달라요. 나는 형님을 원망합네다. 앞전에 내가 형님 원망 않는다고 했지비요. 이 일에만큼은 형님이 원망스럽습네다. 6월에 출소하여 7월에 건강 회복하는 듯하더니는 8월에 기래 급히 어델 갔습네까.

우리는 모다 가난했습네다. 하여 그토록 병든 형님을 좋은 곳에 모시지도 못하고 다만 감옥소 바로 뒷동네 빈민굴 방한 간을 구하야 돌아가며 들여다볼 수밖에 없었습네다. 형님이 돌아가시던 8월에는 비가 많이 왔에요. 그해 8월은 특히 8일쯤엔가 비가 독하게 와 보통강이 범람하였지비요. 대동강, 보통강은 여름만 되면 넘치기가 예사더요만은 그해에마저 기럴 건 없지 않에요. 치수는 나라님 일이라던데 우리나라는 나라님이 없어 이 꼴을 겪는가, 왜놈들은 좋다고 우리나랄 집어삼키곤 수해방비도 못 해내는가, 별생각이 다 들었지만은 벌써 늦은 생각이 아니갔에요. 형님이 계시던 서성리는 보통강을 전면으루 낀 동리여서 나는 물론이고 아주마이들도 물난리 건너 들여다볼 엄두를 내지 못했습네다. 눈 잠깐 뗀 새에 형님 기렇게 위독해지실 줄 알았더이면 강물이고 눈물이고 건너갈 걸 기랬다고 우리 모다 가슴 치며 울었습네다.

형님 안장할 즘에 문득 떠오르더이요. 조선에서 나서 간도에서 살다 온 형님이 돌아가시기 전 몇 해는 대동강과 보통강 사이 손바닥만 한 땅뙈기를 한 발짝도 못 나갔다는 거이. 묘지가 서장리에 있는 고로 형님은 돌아가신 후에야 오래간만에 보통강 이북으로 올라갔더랬습네다.

형님, 내 형님.
어찌 죽었소.
어드렇게 이래 쉽게 가버리오.

형님이 서른에 을밀대 올라가구 그 이듬해 눈감으셨으니 난 내 나이 그즈음에두 머인 일이든 일어날 것만 같았습네다. 착각입데다. 나는 여전히 별 볼 일 없는 보통 간나구, 아즉은 내래 죽을 것 같지가 않습네다. 죽을 만치 고되어도 죽으려야 죽을 수가 없지비요.

나 아해를 낳았슴메.

간나 하나, 머스마 하나요. 이 애들을 놓고서는 내 어드레 죽으랴우요.

기래 내가 형님 나이 따라잡을 즈음 되니 형님은 너무 수이 가셨다는 생각만 드는 거이요. 뉘가 얼른 오니라고 손이라도 흔듭데까. 이승엔 아숩고 아까운 거이 하나도 없어 갔슴네까. 살기 좋은 세상 만들어준다더니 우에 먼처 가시오. 이랠 줄 알았대면 나는 형님을 형님 아니 삼고 오마니 삼을 걸 기랬지요. 나 두고는 숨도 못 거두게 더 보채고 떼쓸 걸 기랬지요.

형님 가고서 피양 사람들은 형님을 숙모라고 불렀슴네다. 주룽 숙모가 우리 일하는 아주마이들 살기 좋은 세상 되자고 을밀대 옥상에 오르셨고, 뭇다 펼친 뜻 끝에 몹시 앓다 가셨다고 말해주면 지나가던 아해들도 백이면 백 울고 맙네다. 형님은 가면서 겨레의 숙모가 되었고 모둔 일하는 여공들의 형님이 되었에요. 난 속이 좁고 못나서 기런지 그거이 못내 분하더이요. 형님은 내 형님인데. 내가 낳은 아해들이나 형님을 큰어마이라고 부를 수 있는 거인데.

기랬어야 하는데.

우리 아해들은 인제 소학교에 다닐 만치 자랐고 내 나이가 서른입네다. 내 몸처럼 애모하던 남편은 일찌거니 세상을 떴슴네다. 아바이는 고보까지 나온 내 서방이 우리 집을 홀떡 일으켜 세우기라도 할 모냥 기대만만이었슴네만, 학업 마친 그이는 동리 청년들 모아 야학을 꾸리다 위장에 병을 얻어 돌아가셨습네다. 얄궂지비요. 딸 팔자는 오마니 팔자 닮는다던데 이에 나는 우리 오마니보다 형님 팔자를 닮았는가 했습네다. 한창 푸를 적에 세상 떠난 내 서방이 가여워 한동안은 형님 생각이 조금도 나지 않더니는, 설움이 가시고 살 궁리를 시작할 부터는 형님 생각이 더 나더이요. 인제는 형님 심정을 조금은 알갔습네다. 이 나이가 되어서는 나도 조선에 간나로 나서 할 만한 고생은 다 했대도 어데서 빠지지 않을 터이니요.

요사이 나는 아해들을 학교에 안 보내고 있습네다. 소학교서 공부를 안 가리치고 솔방울이나 주우러 다니래는 통에 가지 말라 한 게라우요. 돈은 돈대로 받고 쓸모 있는 것 하나 못 배워주는 그따우 학교 먼 소용으로 다닙네까. 헌데 요즈음에는 그따우 학교라도 다시 보내얄까 보다 싶더이요. 맏이로 낳은 간나애가 학교 안 다니면 저도 즈이 오마니처럼 공장에 다녀야 되는 줄 알고 내 눈치를 살살 보지 않갔어요.

뉘가 너더러 돈 벌어 오라던? 네깟 어린 에미나이가 벌면 얼마이나 번다고 내가 네 등을 떠밀던?

차마 애더러 악은 못 쓰고 혼차서 신문에 난 구인 광고를 뒤적입네다. 일본엘 가서 공장 일을 하면 옛날에 실 공장에서처럼 기숙사 대고 큰돈을 준다는 광고가 요사이에 많더이요. 낯설고 물선 타지에 가 돈 벌 궁리는 떠올리기만 해도 겁부터 나지만 길케라두 안 하면 쑥쑥 크는 애들을 과부 혼자 어치게 건사할거나요.

이렇듯 걸핏하면 찢어지는 에미 심정을 형님은 몰라서 다행, 이래면 외려 심술처럼 들리갔지요. 인제야 나는 문득 또 하나를 깨우칩네다. 형님은 모르고 나만 아는 것이 있으니 나는 벌써 한참 전에 형님을 앞지른 거였고나. 형님 없는 세상에서 나는 어느새 형님보다 늙어버리고 말았고나.

기러니 형님, 만일 우리가 다시 태어나자면, 기래 우리가 또 인연을 맺자면이요.

그땐 형님이 아우 하고 내가 형님 하자요.

인제 내가 형님보다 어른이니 형님 노릇 잘해낼 자신이 있습네다. 끼고 다니며 사잔 것 다 사 주고 먹잔 것 다 먹이고 뉘가 괴롭히면 작살을 내주렵네다. 형님이 너무 좋아 형님하고 종생토록 지내고 싶게끔 해주렵네다.

기러니 다신 죽지 마오.

보통강에 물 넘치면 서장리 형님 무덤 떠내려갈까 개구리처럼 우는 옥이 심정도 헤아려주시구려.

형님,

내 형님.

기래도 난 형님이 내 형님이라 참말 좋았습네다.

종이탈

강화길

강화길

장편소설 《다른 사람》으로 제22회 한겨레문학상을 수상했다.
소설집 《괜찮은 사람》 《화이트 호스》 《안진: 세 번의 봄》,
중편소설 《다정한 유전》 《풀업》, 장편소설 《대불호텔의 유령》
《치유의 빛》 등이 있다.

1

꿈을 꿨다. 교통사고를 당하는 꿈.

자동차가 내 몸을 퍽, 치고 지나간 순간 나는 허공으로 떠올랐다. 이어 바닥으로 쿵 떨어졌다. 뼈가 부러지는 느낌이 났다. 아팠다. 숨을 쉬기 힘들었다. 나는 생각했다. 학교에 가야 해. 과제를 제출해야 해. 아, 그런데 무슨 과제였지? 제목은 '다른 사람'. 어떤 내용이었더라? 얼마나 썼지? 나는 바닥에 내동댕이쳐진 가방을 바라보며 손끝을 움직였다. 닿지 않았다. 조금 더 힘을 냈다. 소용없었다. 나는 서서히 의식을 잃었다.

그리고 잠에서 깨어났다. 기분이 이상했다. 분명 꿈이었는데 느낌이 생생했다. 불안과 고통, 분노와 절망이 몸 곳곳을 어지러이 돌아다녔다. 마치 영혼이 그곳으로 쑥 빠져나갔다가 이곳으로 되돌아온 것 같았다.

취재를 앞두고 있어 그런가.

나도 모르게 제법 신경이 쓰였던 모양이다. 또 다른 나를 들여다보는 꿈이라니. 나는 피식 웃었다. 종이탈이 필요 없겠는데?

　지금으로부터 거의 한 달 전, 전라도 어느 마을에 다차원 세계를 믿는 컬트 집단이 있다는 사실이 알려졌다. 매일 저녁 종이탈을 쓰고서 다른 차원의 자신과 조우하는 의식을 치른다고 했다. 첫 기사가 보도되었을 때, 솔직히 나는 시큰둥했다. 외계인을 신으로 섬기는 집단도 있는데 다차원을 믿는 사람들이 없을 리 없지. 그러다 일주일 전, 피해자가 나왔다. 서른두 살의 김 모 씨(본명 김동희). 그는 한밤중 갑자기 마을을 뛰쳐나왔다. 종이탈을 쓰고 택시를 탔다(택시 기사는 증언했다. "횡설수설했어요. 누가 쫓아온다 했고, 여기서 잠들어야 저기서 깨어난다는 둥 알아들을 수 없는 소리를 했어요. 아무래도 사람을 잘못 태웠다 싶었는데 딱히 저를 위협하지는 않아서 행선지까지 그냥 갔습니다"). 김 모 씨(김동희)는 읍내 모텔에서 하루를 머물렀다. 그리고 날이 밝자마자 버스를 타고 도청 소재지까지 이동했다[건너편에 앉아 있던 김 모 양(본명 김진아)은 이렇게 진술했다. "다른 건 기억이 안 나요. 그 종이탈만 생각나요. 동물 얼굴이었죠. 사자 같기도 하고, 원숭이 같기도 했어요. 아, 몰라요. 처음 보는 생김새였어요. 하지만 붉었어요. 무척 붉은 얼굴이었다는 것만 기억나요"]. 김 모 씨(김동희)는 호수가 있는 공원으로 갔다. 그는 탈을 쓴 채, 공원 안을 빙글빙글 계속 돌았다. 거의 종일. 해가 저물었을 때, 그는 시에서 가장 큰 병원 응급실로 갔다. 그리고 소리를 질렀다.

　"문지방 너머에 사람이 있다! 사람이 있다!"

　동시에 그는 앞에 서 있던 간호사와 의사에게 달려들었

다. 종이탈 컬트 마을은 세상에 그렇게 알려졌다. 다들 궁금해했다. 김 모 씨(김동희)가 말한 '문지방 너머의 사람'이란 무엇일까. 그는 왜 종일 공원을 빙글빙글 돌았던 것인가. 알 수 없었다. 체포 직후 김 모 씨(김동희)는 입을 다물어버렸으니까. 심지어 그의 몸에서는 어떤 약물도 검출되지 않았다. 조사 내내 침묵했기 때문에 심리 상담 역시 별 소용이 없었다(그러나 병원에서의 행동을 통해 심각한 피해망상증을 추측해볼 수는 있었다). 오직 그의 행적과 주소, 목격자 조사를 통해 그가 종이탈 컬트 마을 출신이라는 것만 알 수 있었을 뿐이다. 하지만 그게 전부였다. 한 달 전, 이 마을에 대해 취재하고 기사를 썼던 기자가 사라졌던 것이다. 양수진 기자는 어떤 후속 보도도 하지 않았다. 휴가를 낸 뒤 사라져버렸다. 그리고 기다렸다는 듯 김 모 씨(김동희)가 나타났다. 진실은 무엇일까. 그는 진짜로 컬트 집단의 희생자일까. 아니면 우연히 나타난 정신 질환자일까. 종이탈 마을이 그를 망가뜨린 걸까. 그는 왜 문지방 너머에 사람이 있다고 했을까. 무엇보다 이 마을을 처음 보도한 양수진 기자는 어디로 갔는가. 아무것도 알 수 없었다. 하지만 겨우 일주일째다. 무엇도 밝혀지지 않았다고 말하기에는 시기상조다.

그래서 내가 취재하기로 했다.

2

    읍내에서 차를 타고 20분 정도 도로를 달리면, 커다란 플라타너스 나무들이 즐비한 좁은 길이 펼쳐진다. 마을은 길 끝에 있다. 3킬로미터도 채 되지 않는다. 하지만 마을에 들어오던 첫날, 어쩐지 끝이 보이지 않는 듯했다. 언제까지고 이 길을 계속 달리고 있을 것만 같았다. 그때 길이 끝났고, 나는 마을에 도착했다. 마을의 이름은 따로 있었다. '지고 마을'. '이고 지고 간다' 할 때, 그 '지고'였다. 이름의 유래를 아는 사람은 없었다.

    사실, 이 마을 사람들은 아는 게 없었다. 김 모 씨(김동희)에 대해 묻자 다들 금시초문이라는 듯 어리둥절한 표정을 지었다. "혹시 여기 예배당 같은 게 있나요?"라고 물었을 때도 마찬가지였다. 무슨 엉뚱한 소리를 하냐는 듯, 나를 가만히 쳐다보기만 했다.

    실제로 예배당 같은 건 없었다. 마을 곳곳을 샅샅이 돌아다녔지만 교회나 신당, 그와 비슷해 보이는 건물이 전혀 없었다. 어딘가에 숨겨져 있는 걸까? 지고 마을 사람들은 말수도 없었지만, 외지인에게 별 관심도 없었다. 그들은 마을에 갑자기 나타난 나를 이상하게 보지 않았다(물론, 내 질문은 이상하게 여기는 것 같았지만). 그들은 내가 온종일 마을을 쏘다니고 기웃거려도 별말이 없었다. 호기심을 보이지도 않았고, 불편해하지도 않았다. 그들은 내게 아예 관심이 없었다. 덕분에 나는 이 마을에 대해 몇 가지 사실을 알게 됐다. 사람들 대부분이 쌀농사를 짓는다는 것. 읍내의 공공기관이나 상점으로 출퇴근하는 사람도 있지만, 극히 일부라는 것. 그리고 아이들이 없다는 것.

그래, 없었다.

아기, 어린이, 청소년, 유치원이나 학교에 다니며 말썽을 부리고 매일매일을 덧없이 낭비하고, 사소한 일에도 웃음을 터뜨리며 시끄럽게 시간을 잡아먹는 존재들. 그들이 없었다. 젊은 부부도 있었고, 십대 아이들 때문에 골치깨나 썩을 것 같은 중년 부부도 제법 있었지만 아무리 눈을 씻고 찾아봐도 아이들은 없었다. 그리고 역시나, 마을 사람들은 내 질문을 이상하게 받아들였다. 마을에 도착한 지 사흘째, 나는 고목나무 아래서 바둑을 두던 두 노인에게 물었다.

"이 마을에는 아이들이 없네요?"

두 사람은 내게 눈길도 주지 않은 채, 거의 동시에 대답했다.

"응, 없어."

그러고는 아무 말이 없었다.

그 외에는 평범했다. 낮에는 일하고 밤에는 잠드는 사람들. 농사를 짓고, 출근을 하고, 된장국과 나물로 차린 소박한 식사를 하는 사람들. 외지인을 싫어하지도 좋아하지도 않는 사람들. 이걸 가지고 기사를 쓸 수는 없었다. 양수진 기자의 후속 보도가 없었던 건, 사실 아무것도 없었기 때문이 아닐까? 나도 똑같은 덫에 걸린 걸까. 아무것도 없는?

아니, 있었다.

지금.

그래, 바로 지금!

밤 10시, 완전히 깜깜해진 이 시간, 평소 같으면 바람 소리조차 들리지 않는다. 해가 뜰 때까지, 지고 마을의 시간은 완전히 정지한다. 누구도 돌아다니지 않고, 어떤 소리도 내지 않는다. 그러나 지금은 아니다. 나는 여관방 창문 틈으로 바깥을 내다보며 수첩에 메모했다. '일렬로 늘어선 사람들.' '어디론가 가고 있음.' 그리고 곧장 옷을 챙겨 입고 밖으로 나왔다. 재빨리 사람들 뒤로 줄을 섰다. 그때 알았다. 앞장 선 모든 사람이 종이 탈을 쓰고 있다는 것을.

하지만 말이 그렇지, 솔직히 종이봉투에 불과했다. 따뜻한 호두과자가 담겨 있을 것만 같은 얇고 바스락거리는 재질의 하얀 종이봉투. 꽤나 진풍경이었다. 이 봉투를 뒤집어쓴 사람들이 일렬로 줄을 서서 계속 걸어가고 있었으니까. 헛웃음이 나왔다.

그때 누군가 내 어깨 너머에서 손을 쑥 내밀었다. 종이탈이 들려 있었다. 그가 명령조로 말했다.

"빨리 써."

나는 뒤를 돌아보았다. 그러자 그가 내 뒤통수를 퍽, 때렸다.

"어디 감히 뒤를 돌아봐. 빨리 써."

나는 주먹을 쥐었다. 당장 그를 후려치고 싶었지만, 일단 해야 할 일을 먼저 생각했다. 그래, 드디어 이 광경을 목격했잖아. 조금만 더 알아내면 기사를 쓸 수 있어. 나는 종이탈을 받았다. 머리에 썼다. 순간, 숨이 턱 막혔다. 물에 젖은 종이처럼 탈이 얼굴에 착 달라붙었던 것이다. 종이탈은 내 뒤통수와 목까지 그대로 감싸며 꽉 조여왔다. 나는 탈을 벗으려 했지만, 이미 얇은 종이가 내 피부에 들러붙은 상태였다. 머릿속이 하얗게 지워졌다. 의식이 서서히 가라앉았다. 그러다 갑자기 숨이 편안해졌다. 얼굴에 달라붙은 이물감이 사라졌다. 나는 더 이상 종이탈을 쓰고 있지 않았다. 맨얼굴이었다. 이게 무슨 일이지?

그리고 새로운 풍경이 보였다. 어두컴컴했던 길거리가 사라졌다. 나는 어떤 거대한 공터에 와 있었다. 언제부터? 그리고 왜? 알 수 없었다. 대신 시선을 끄는 것이 있었다. 공터 한가운데 거대한 탑이 있었던 것이다. 수천 년 전에나 지어졌을 법한 모양새였다. 아니, 모양이 있기는 한가? 탑을 이루고 있는 돌의 절반 이상이 무너져 있었다. 흉물스러웠다. 사람들은 왜 이 탑을 돌고 있는 것일까. 바로 이것이 마을의 특별한 의식인가. 나는 김 모 씨(김동희)를 떠올렸다. 그는 마을을 빠져나와서도 공원을 찾아가 계속 빙글빙글 돌았지. 그는 결국 마을 바깥에서도 기도를 올린 것일까. 그렇다면 무엇을 위해서? 그때 뒤에서 또 목소리가 들려왔다.

"오늘은 문지방을 넘을 거야."

나는 돌아보지 않았다. 또 뒤통수를 맞을 것 같았다. 대신

이어지는 대화를 유심히 들었다.

"나도 넘을 거야."

"몇 번 넘었어?"

"스무 번. 자네는 곧 서른 번이 되나?"

"그렇지."

"어떨 것 같아?"

"그야 모르지. 하지만 이제 정말 마지막이야. 적당하다 싶으면 만족할 거야. 더는 넘지 않을 거야."

"그래, 나도 그럴 거야. 문지방은 오늘까지만 넘을 거야."

이게 다 무슨 소리인가 싶은 순간, 발끝에 무언가 툭 하고 걸렸다. 나는 아래를 내려다보았다. 문지방이었다.

3

사람들이 내 주위를 에워쌌다. 수군거리는 소리가 들렸다.

"저 아가씨 오늘이 처음일 텐데." "그런데 벌써 문지방을 본 거야?" "만족할 수 있으려나?"

나는 그들이 무슨 이야기를 하는 건지 알아들을 수 없었다. 하지만 내 앞에 놓인 문지방에 대해서는 조금 알 것 같았다. 김 모 씨(김동희)가 말한 문지방이 바로 이것이며, 마을 사람들이 찾아다니는 것 역시 바로 이 문지방이라는 것. 그리고 문지방이란 무엇인가.

넘는 것이다.

이쪽에서 저쪽으로. 저쪽에서 이쪽으로.

나는 이 마을에 대한 소문을 기억해냈다. 다차원 세계를 믿는 사람들이 모여 있다는 것. 그렇다면 이 문지방은 다른 차원으로 넘어가는 입구인 것일까. 한 가지는 확실했다. 나를 에워싼 이 사람들. 그들은 내가 이 문지방을 넘길 원했다. 기다리고 있었다. 그렇다면 나는? 나는 무엇을 원하지? 기삿거리? 쓸 만한 이야기? 정말로 존재할지 모르는 새로운 차원? 다른 세계? 다른 사람? 문득, 아주 어린 시절 세숫대야에 물을 받아 들여다보던 순간이 떠올랐다.

13일의 금요일 자정이었다. 그때 물을 들여다보면 미래의 배우자 모습이 수면에 비친다고 했다. 나는 아주 한참 동안 물 위를 들여다보며, 그가 나타나기를 애절하게 기다렸다. 또 이런 일도 있었다. 방과 후에 친구 이강현과 함께 학교에 남았다. '분신사바'를 했다. 종이에 이런 대답을 적었다. 네. 아니오. 모릅니다. 그리고 동, 서, 남, 북을 표시했다. 이강현과 마주 앉았다. 우리는 서로 손을 맞잡고 그 사이에 연필을 끼운 채 힘을 뺐다. 연필은 불안하게 흔들렸다. 우리는 질문했다. "지금 여기에 있나요?" 그렇다. "어디에 있나요?" 북쪽. 연필이 움직일 때마다 뒷덜미에 소름이 돋았다. 이강현과 나는 멈추지 않고 계속 질문했다. "당신의 시체는 학교 근처에 있나요?" 그렇다. "혹시 살해당한 건가요?" 그렇다. "화가 났나요?" 그렇다. "우리가 당신을 찾아주기를 바라나요?" 그렇다. "그럼 당신은 어디에 있나요?" 연필이 움직였다. 북쪽과 남쪽 사이로 움직였다. 나와 이강현은 긴장했다. 북쪽? 남쪽? 그 사이에는 무엇이 있지? 그러다 한순간, 서로의 손에 힘이 들어갔다. 이강현과 나는 서로의 손을 꽉 맞잡고 말았다. 수신이 끊긴 것이다.

몇 년 뒤, 어느 책에서 분신사바가 엉터리 주술이라는 글을 읽었다. 서로 손에 힘을 주고 있지 않다고 생각할 뿐, 사실은 둘 중 한 사람에 의해 연필이 끌려가는 것이라고 말이다. 그래, 그럴 수 있지. 하지만 말이야. 학교 뒷산에서 정말로 시체가 나왔는걸? 1년째 실종 신고 되어 있던 서른두 살 남자였다. 범인은 두 살 아래의 남동생이었다. 동생은 술김에 벌인 실수였다고 말했다. 형을 쉰 번도 넘게 칼로 찔러놓고서 말이다. 형을 학교 뒷산에 묻은 이유에 대해서는, 모르겠다고 대답했다. 그냥 거기에 묻어야 할 것 같아서 그랬다고 말했다. 나는 알 것 같았다. 형이 시킨 것이다. 그래, 형의 귀신이 동생의 귀에 대고 속삭인 것이다. '나를 학교 근처에 묻어. 그러면 누군가 나를 찾을 테니까.' 그 누군가가 바로 나였는데, 이강현이었는데, 우리가 찾을 수 있었는데, 집중력을 잃어버리는 바람에 그의 목소리를 놓치고 말았어. 남쪽과 북쪽. 바로 그곳에 뒷산이 있었는데.

생각해보면 다 그런 식이었다. 대야의 물을 들여다본 것도, 분신사바를 하며 끈질기게 질문한 것도, 그냥 한번 해본 것이 아니었다. 나는 믿었다. 그래, 미래를 볼 수 있으리라고. 죽은 사람과 대화할 수 있으리라고.

믿지 않은 적이 단 한 번도 없었다.

이번에도 그래서 온 것이다. 새로운 세계의 나를 보기 위해서. 다른 차원으로 넘어가고 싶어서. 그 사람을 만나 뭘 어떻게 할지는 모르겠지만, 일단 믿으니까, 그래, 저쪽에 내가 있다는 걸 믿으니까 여기까지 왔다.

나는 문지방을 넘었다.

4

곳곳에 내가 있다.

행복한 나. 슬픈 나. 고통받는 나. 억울한 나. 우울한 나. 활발한 나. 수줍은 나. 그러나 이것은 모두 나의 일부일 뿐이다. 나는 행복하면서도 억울하고, 고통받으면서도 웃는다. 우울하지만 섬세하고, 활발하지만 수줍다. 유독 슬픈 내가 있긴 하다. 특별한 사건을 겪는 나. 그렇다고 그 삶에 기쁨이 없는 건 아니다. 뜻밖의 운명이 찾아오기도 하지만, 그 전까지 나는 나름대로 최선을 다해 산다. 살아간다. 이쪽의 나와 다르지 않다. 정말? 그런데 겨우 이걸 보기 위해 그 많은 문지방을 넘어왔나? 그래, 많은 문지방. 첫날 이후 나는 계속 넘었다. 하나, 둘, 셋, 넷, 다섯, 그리고 열, 열다섯. 내 앞에 있는 누군가의 뒤통수를 퍽 때렸다. 나직이 속삭였다.

돌아보지 마. 종이탈을 쓰고 문지방을 넘어. 그러면 자연스레 알게 돼. 너는 너를 보게 되고, 거기서 헤어 나오지 못하게 될 거야. 왜냐하면 언제나 같은 곳을 맴돌게 되거든. 저쪽의 너를 보고 있으면, 지금의 네가 부끄러워질 거야. 마음에 들지 않을 거야. 왜, 저쪽의 삶이 더 훌륭한 걸까. 더 멋지고 화려할까. 더 아름다울까. 저쪽의 너를 끝없이 갈구하게 되지. 너는 너를 지켜보는 일에 홀랑 빠져들어. 다른 건 다 필요 없게 되지. 그러다 그 순간이 올 거야. 너의 다른 일부가 보이는 순간. 화려한 나의 뒷모습. 거울에 비치는 또 다른 얼굴. 진실. 너는 너의 치부를 목격하게 돼. 배신감을 느끼게 될 거야. 내가 어떻게 이럴 수 있어? 이렇게 비루한 진실을 숨기고 살 수 있어? 하지만 너는 곧 다시 너에게 홀랑 빠져들어. 비천한 모습을 보는 일이 즐거우니까. 이쪽의 네가 훨씬 행복하다는 우월감. 저쪽의 비밀을 손에 쥐고 있다는 쾌감. 너는 마치 너를 지배하는 듯한 기분에 사로잡히게 될 거야. 동경하는 것보다, 그 감각이 훨씬 압도적이지. 자극적이야. 너는 너를 샅샅이 뒤져보고, 파헤친 뒤 내려놓을 거야. 재미가 없어졌거든. 하지만 괜찮아. 너에게는 다른 문지방이 있어. 그곳을 또 넘으면 돼. 너는 너를 원 없이 사랑하고 미워할 수 있어.

그렇게 서른 번째.

나는 나를 봤다. 낯이 익었다. 나와 똑같은 얼굴이어서가 아니었다. 언젠가 본 적이 있는 것 같았다. 꿈. 그래, 꿈속에서 본 적이 있다. 그때 나는 나의 모든 것을 느꼈다. 실망과 분노, 절망, 낙담, 그럼에도 놓지 못하는 어떤 희망. 다른 사람이 되고 싶다는 소원. 그래, 기억났다. 그 과제에 무엇이라 썼는지 말이다. '……사람이 되고 싶습니다.' 그리고 그 사람은, 적어도 지금 이런 형태는 아니었다. 그래, 무수히 많은 나를 지켜보며 질투하고 부러워하고, 어떻게든 흠집을 찾아내는 그런 형태의 인간. 나 자신 때문에 희로애락을 오가며 같은 자리를 빙글빙글 맴도는 지루하기 짝이 없는 삶. 문득 궁금해졌다. 만일, 저쪽의 내가 이쪽의 나를 지켜본다면, 무슨 생각을 할까. 한심해할까. 부러워할까. 아니면 걱정을 할까. 오래전 그 귀신에게 물어봤던 것처럼, 나도 나에게 묻고 싶었다. 대체, 무엇을 원하니. 왜 여기에 있니. 나는 뭐라고 대답할까. 네. 아니오. 모릅니다. 몰라서 계속 찾고 있습니다. 그러니까 남쪽으로 가. 북쪽으로 가. 그 순간, 정말로 누군가의 목소리가 들렸다. 아니, 나의 목소리였다.

정말로 계속할 셈이야?

나는 걸음을 멈췄다. 주위를 둘러봤다. 수없이 많은 사람이 문지방을 넘고 있었다. 나는 손을 떨었다. 오가는 사람들과 부딪혔다. 그들은 내게 욕을 했고, 다시 고개를 바닥에 처박았다. 다른 곳은 보지 않았다. 나는 천천히 뒷걸음질을 쳤다. 계속할 셈이야? 아니, 아니야. 이러려고 여기에 온 게 아니야. 그럼 왜 왔는데? 나는 허둥거리며 공터에서 빠져나왔다. 그러자 갑자기 숨이 막혔다. 누군가 목을 조르는 것 같았다. 종이탈. 그래, 종이탈이 내 얼굴을 조이고 있었! 나는 양손으로 얼굴의 종이를 쥐어뜯었다. 겨우 숨을 토해냈다.

세상에, 여기에 얼마나 있었던 거야?

나는 똑바로 일어섰다. 어서 가서 기사를 써야지. '끝없이 내면을 파고들게 만드는 곳. 내 진짜 표정을 감추는 종이탈.' 하지만 그다음에는? 무슨 내용을 쓸 거야? 아무 의미 없는 의식이라고 쓸 건가? 이 마을에 문제가 있다고 말할 건가? 나에 대해서는? 유리, 너에 대해서는 뭐라고 말할 거지? 내가 지켜본 서른 명의 유리에 대해서 말이야. 나는 양손을 내려다봤다. 내가 뜯어낸 종이탈의 조각들이 있었다. ……딱 한 명만 더 지켜보면 어떨까. 어쩌면 그 사람에게는 다른 감정이 들지도 모르잖아. 사랑하지도 미워하지도 않을 수 있지. 그 사람에 대한 이야기라면, 충분히 쓸 가치가 있지 않을까. 그래, 그 사람을 한번 만나볼까. 그때였다. 거센 바람이 불었다. 양손에 있던 종잇조각들이 바람에 날아갔다. 어어, 나는 허공을 향해 손을 뻗었다. 앞으로 달려갔다. 하지만 곧 멈췄다. 멍하니 하늘을 바라보았다. 그곳에는 다 뜯겨 나간 종이탈의 일부가, 무수히 많은 종잇조각이 둥둥 떠다니고 있었다.

목소리가 들렸다.

또 올 거야?

빵과 우유

한 형은

한은형

장편소설 《거짓말》로 제20회 한겨레문학상을 수상했다.
소설집 《어느 긴 여름의 너구리》, 장편소설 《레이디 맥도날드》
《서핑하는 정신》 등이 있다.

아침에 빵과 우유를 먹으면서 인터뷰를 하는 게 어떻겠느냐는 최신영의 메일을 보고 강미구는 인터뷰에 응하지 않으려 했다. 미구는 아무나와 아침을 먹지 않는데다 아침을 먹지 않게 된 지 오래였다. 아침을 먹지 않기 시작한 것은 아침으로 작업을 하기 시작하면서였다. 아침이 먹는 게 아니라 작업이 되면서부터. 음식이 차려진 식탁을 사진으로 찍은 후 그걸 캔버스에 옮기는 게 미구의 작업이었다. 재현하듯 옮긴 후 물감을 문질러버린다. 이런 작업은 구상화일까, 추상화일까?

형체가 섞이게 버터나이프로 물감을 문지를 때에는 그런 생각을 할 여유가 없었으나 작업실에 세워둔 작품을 볼 때면 그런 생각이 들었다. 재현하는 대상과 주제가 분명하다는 점에서는 구상화였으나 그리고 나서 형체를 없애버리는 작업을 구상화라고 하기는 좀 그랬다. 색 자체에 집중하기 시작하면서 형체를 더 없앤 미구의 작업은 추상화에 가까워지고 있었지만 추상화라고 하기도 좀 그랬다. 언제부턴가 미구에게 아침도 그랬다. 먹는 것이면서 동시에 먹는 것이 아니고, 실체가 있으면서도 실체가 없고, 형체가 있으면서도 형체가 없는 게 되어버렸다. 내가 하는 일은 전력을 다해 형체를 만들고 형체를 없애는 걸지도 모른다는 생각을 미구는 종종 했다.

　나는 왜 최신영과 빵과 우유를 먹고 싶지 않은가? 미구는 그 이유에 대해 적기 시작했다.

　1. 아침 ×
　2. 먹더라도 혼자
　3. 가까운 사람과는 ○

　아침을 먹지 않았고, 어쩌다가 먹더라도 혼자 먹었고, 그렇지 않더라도 가까운 사람과만 먹었다. 원래부터도 아침에 아무거나 먹지 못했다. 비위가 약해서인지 몰라도 김치나 된장, 생선조림처럼 냄새와 실물감으로 존재를 물씬 뿜어내는 것들을 아침에 먹지 못했다. 밥에 김과 나물을 먹다가 빵과 우유를 먹는 시기를 지나 달걀과 사과를 먹다가 견과와 야채를 먹다가 이제는 아무것도 먹지 않게 되었다.
　예외는 있었다. 여행지에서는 아침을 먹었고, 점심을 먹기 애매한 날에도 아침을 먹었다. 작업을 할 때도 어쩔 수 없었다. 작품의 오브제로 활용된 음식을 차릴 때, 그러니까 작업을 위한 음식을 차린 후 작업을 위한 쓰임이 끝났을 때는 그걸 먹었다. 캔버스에서 대상으로 존재하는 음식이고, 캔버스에 옮겨짐으로써 음식은 역할을 다한 것이지만 그렇다고 그걸 먹지 않기는 좀 그랬다. 버릴 수도 없고, 다른 사람에게 줄 수도 없었다. 음식이 아니라 작품의 요소였기 때문이다.

이런 걸 다 최신영에게 설명할 수는 없었다. 좀 더 섬세한 사람이었다면 누군가는 아침을 먹지 않고, 누군가는 아침을 먹더라도 낯선 사람과 먹는 게 불편하고, 또 누군가는 일을 하면서는 아침을 먹지 않기도 한다는 것을 헤아렸겠지만 그렇지 않다고 비난할 일은 아니었다. 전시회를 열고 전시회를 알리는 것까지 작업을 위한 활동이라고 할 수 있으니 최신영과 아침을 먹는 것도 작업이라고 생각한다면? 여기까지 생각이 이르자 미구는 최신영에게 섣불리 부정적 감정을 품었던 게 부끄러웠다. 나이가 든다고 현명해지는 건 아니라는 것을 알았지만 나이 든 자신이 여전히 현명하지 않다는 걸 느낄 때마다 미구는 부끄러웠다. 좋은 사람이 되고 싶은 건 아니었다. 애초에 목표였던 적이 없었고, 다만 무지하고 싶지 않았다. 예술이라는 걸 하지만 더 나은 사람이 되지 못한다는 게 부끄러웠다. 예술이 세상을 바꿀 수 없다는 건 알았지만 자신조차 늘 그대로라는 게.

　　'빵과 우유'라는 제목의 전시회를 여는 화가에게 빵과 우유를 먹으면서 인터뷰를 하자는 제안은 따뜻한 마음과 성의가 없다면 할 수 없는 것인지도 몰랐다. 갤러리에서 부탁해서 하는 기계적인 인터뷰와는 다를 것이다. 미숙하더라도 정성이 있을 것이다. 미구가 이렇게 생각을 바꾸게 된 것은 메일을 다시 읽고 나서였다. 처음에는 놓친 구절을 발견했던 것이다. 버터나이프로 작업하신다는 이야기가 무척 흥미로웠다고 최신영은 적고 있었다. '왜 버터나이프로 캔버스를 파괴하기 시작하셨나요?'라고도.

파괴. 파괴라는 단어가 미구의 마음을 입춘과 우수 사이의 바람처럼 들썩거리게 했다. 버터나이프에 대해 물어준 것도 그랬지만 이럴 때 기계적으로 쓰는 '해체'라거나 '도포' 같은 단어를 쓰지 않고 '파괴'라고 쓰다니. 미구는 웃고 있었는데, 잃어버린 줄도 몰랐던 잃어버린 조각을 주운 느낌이 들어서 그랬다. 꾸준하고도 지속적으로 파괴라는 걸 하고 있었구나, 라는 생각에 이르자 미구는 기분이 이상해졌다.

으깨고 있으면 제대로 살고 있는 것 같았다. 그래서 멈출 수 없었다. 그래서 계속 으깼다. 화가 나서 그랬다. 음식이 지긋지긋해서였다. 음식을 으깰 수 없어서 음식 그림을 으깼다. 먹고 치우고, 먹고 치우고, 먹고 치우다 보면 하루가 끝나 있었다. 빈 시간이 없는 건 아니었다. 빈 시간이 너무 짧았다. 머리를 식히고, 그러다 가슴을 뜨겁게 만들어야 하는 예열의 시간이 있어야 작업을 할 수 있었는데 머리를 식히다 보면 다시 먹어야 하는 시간이 왔다. 아악, 하고 미구는 소리를 질렀다. 소리를 낼 수는 없어서 마음속으로 소리를 질렀다, 계속. 그림을 그리면서 계속 소리를 질렀다.

반복적이고 지속적으로 해야 하는 그 일이 바보 같았다. 그 일을 잘한다고 해서 성취감이 있는 것도 아니지만 하지 않으면 나사가 빠진 의자처럼 폭삭 주저앉는 일. 식단을 느슨하게나마 짜고, 식재료를 사고, 고루 배분해서 상을 차린다. 반찬을 다섯 가지로 제한한다고 해도 하루에 세 끼를 차려야 하니 열다섯 가지를 생각해야 한다. 그러고는 매일같이 이를 반복. 국을 일주일 치 끓이고 밥을 20인분 하면 좀 낫다는 사람도 있었는데 그런 방식은 미구와 맞지 않았다. 먹는 걸 좋아하거나 많이 먹지는 않았지만 그렇다고 매일 같은 걸 먹는 건 싫었다. 멸치를 볶더라도 매번 다르게 볶는 사람이 미구였다. 세멸과 중멸, 대멸은 물론 부드러운 멸치와 뻣뻣한 멸치, 염도를 뺀 멸치와 샐러드용 멸치까지 구비해야 하는 사람이 미구였다. 제대로 발휘되고 있지 못하는 창의성이 밥할 때 쓰이는 건지도 몰랐지만 매일 같은 걸 반복하는 건 가장 못 견디는 일이었다. 아이가 없었다면 좀 달랐을까?

*

1959년, 스물한 살에 아이가 생겼을 때 인생이 끝났다고 생각했다. 서른 살에 아이가 생겼더라면 덜 충격이었을까. 밤마다 유모차에 집어삼켜지는 꿈을 꾸었다. 미구의 꿈에 나오는 유모차에는 시커먼 입이 있었고, 게임 속 팩맨의 입처럼 빽— 빽— 빽— 하는 기계음을 내면서 미구를 갉아먹었다. 어느 날은 눈이었고, 어느 날은 손이었고, 어느 날은 폐였다. 유모차를 끌고 다니는 여자가 되었다고 생각하니 미구에게 미래는 없는 것 같았다. 어디 그뿐인가. 젖을 물리는 일도 따라온다고 생각하니 가슴이 꽉 막혔다. 미구는 한 번도 엄마가 되고 싶은 적이 없었다. 애를 배서 배 속에 품고 있는 것도 껄끄러웠지만 엄마라는 말에 따라다니는 모성과 희생 같은 건 귀신보다도 무서웠다. 하고 싶은 일을 하며 온전한 나로 사는 게 미구의 유일한 꿈이었다. 미구가 좋아하는 여성 예술가 중에 좋은 엄마였던 여자는 한 명도 없었다. 결혼하지 않았거나, 남편에게 버림받았거나, 아이를 버렸거나, 레즈비언이었거나, 아니면 일찍 죽었다. 미구는 계속해서 이기적으로 살고 싶었다. 눈물이 후드득 떨어졌다.

음식 냄새에 비위가 상해서 아무것도 먹지 못했지만 애를 가졌다고는 생각하지 못했다. 인생은 늘 미구의 편이었기에 미구가 원한 적이 없는 애가 생기리라고는 생각하지 못했던 것이다. 인생은 자기의 편이었다는 식으로 말하는 자들을 비지성, 비이성이라고 여겼기에 애가 생겼다는 걸 알고 충격을 받았다. 자기 역시 운이 없다는 것과 동시에 그가 한심하게 여기던 사람들과 다르지 않다는 걸 알게 되어서 그랬다. 배 속의 아이가 커가며 오장육부를 압박하기 시작하면서 잠을 잘 수가 없었다. 먹지도 못하고 잠을 자지도 못하는 건 자신의 비지성, 비이성 탓이었기에 미구는 자신을 원망했다. 원래도 있던 빈혈과 저혈압 증세가 더 심해졌다. 내 피와 살로 만들어진 존재가 내 피와 살을 갉아먹고 있다니. 잠도 자지 못하고 먹지도 못해서 담배를 피우기 시작했다. 담배가 아이에게 좋지 않을 것 같았지만 담배를 피우지 않으면 자기에게 좋지 않았으므로 어쩔 수 없었다. 그건 스스로에게 하는 일종의 선언이기도 했다. 아이와 자신 중에 선택할 일이 있다면 자신을 택할 거라는. 그런 이야기를 남편에게 굳이 하지는 않았고, 또 논쟁을 하고 싶지도 않았으므로 미구는 숨어서 담배를 피웠다. 담배를 피우는 건 미구에게 일종의 실천이자 의지를 다지는 일이기도 했다.

아이가 온전하게 태어날 수 있을지, 아이가 태어나고 나서 자신은 온전할지에 대해 끊임없이 생각했다. 아이보다도 자신의 안전에 대해 걱정했다. 아이를 낳은 지 사흘 만에 색전증으로 죽은 파울라 모데르존 베커라는 독일의 여성 화가처럼 되지 말라는 법은 없었다. 색전증이 무슨 병인지 찾아보고 미구는 깜짝 놀랐는데, 여러 부유물이 혈관을 막는 병이라는 색전증과 비슷한 증상으로 고생한 적이 있어서 그랬다. 고등학교 3학년 때 급성 알레르기로 전신이 퉁퉁 붓고 호흡곤란이 온 적이 있었다. 모세혈관까지 막혀서 호흡곤란이 온 거라면서 의사는 뇌까지 그랬다면 뇌졸중이고, 심장까지 그랬다면 심장마비였을 거라며 미구의 알레르기는 생명을 위협할 수 있는 급성질환인 동시에 지금부터 알레르기를 달고 살아야 할 것이기에 만성질환이라고 말했다. 그 일로 입시를 망치고 재수를 해서 대학에 들어가자마자 애를 가지게 되었다. 결혼하면 여자는 가사 일만 하는 게 당연시되었던 시대에 결혼한 파울라 모데르존 베커가 그해에만 200점 정도 그림을 그렸다는 사실은 미구의 가슴을 저리게 했다. 미구는 베커처럼 작업을 하지 못했기에 절대로 애를 낳다가 죽을 수 없었다.

아이가 태어나고도 미구는 무사했다. 일단은, 살아 있었으니까. 담배를 피우고 아이를 공포스러워하는 엄마에게서 태어난 아이는 착하고 온순하고 방실방실 웃었다. 젖을 먹이지 않았음에도 젖을 먹이지 않을 때 생긴다는 여러 문제는 나타나지 않았다. 병원에서 간호사가 하라는 대로 어쩔 수 없이 젖을 물리던 순간 미구는 이 일만은 하고 싶지 않다고 생각했다. 포유동물로서 기능하고 있는 자신을 부정할 도리가 없어서 그랬지만 혹시라도 이러다 모성이라는 게 생겨버리면 어쩌나 하는 공포가 있었다. 나는 모성이라는 주문(呪文)에 포획되지 않을 수 있을까? 꼬물꼬물하는 저 여린 생명체를 귀엽다고 생각하는 순간 나의 인생은 끝이다⋯⋯. 모성이 생겨버리면 아이를 버리고 떠나는 선택은 할 수 없게 되어버린다. 도저히 견딜 수 없으면 떠나면 된다는 생각을 하며 미구는 아이가 생긴 걸 받아들이기로 했다.

 엄마와 아빠가 그리 귀하게 여겨주지 않았지만 아이는 고운 느낌으로 자라났다. 미구가 아동심리학 책에서 본 아이와 엄마가 애착이 형성되지 않았을 때의 문제들이 미구의 아이에게는 비껴가는 것 같았다. 아동과 육아에 대한 책에서 읽은 협박―경고나 주의 사항을 미구는 그렇게 느꼈다―을 무시하며 마음속에서 피어나는 불안을 무시하려고 했다. 아이에게 동화책을 읽어주지 않고 미구가 읽고 싶은 책을 읽고, 아이와 놀아주지 않고 작업실의 문을 닫고 들어갈 때 죄책감을 느끼지 않으려고 애썼다. 미구의 아이답게, 또 그 시대 남자라고 할 수 없을 정도로 권위가 없고 평화로운 남편의 아이답게, 재인은 부모에게 필요로 하는 게 많지 않았다. 공부를 잘한다면 다행스러운 일이고, 공부를 잘하지 못하다고 하면 어쩔 수 없는 일이라고 생각했다. 재인은 공부마저 잘했다. 아주 월등하게.

아이가 자신의 삶에 영향을 미치지 않게 하겠다는 미구의 결심은 비교적 잘 지켜지는 것 같기도 했지만 먹이는 일은 그렇지 못했다. 하지 않을 수 없는 일이 바로 그 일이었다. 먹는 걸 즐기지 않지만 냄새와 맛에 민감한 미구는 대충할 수가 없었다. 생존이 걸린 문제였기 때문이다. 음식만이 아니라 음식과 그릇의 색과 여백, 그릇과 식탁의 배치도 미구를 고심하게 했다. 맘에 들지 않는 배치를 눈앞에 두면 두통이 왔기 때문이다. 그러다 모든 게 지겨워지는 시기가 왔다. 먹고 치우는 일을 무한정 반복하는 데서 어떤 의미도 찾을 수 없었다. 누군가는 그걸 '가정주부병'이라고 했다. 가족에게 먹이고, 입히고, 치우고 하는 일을 더 이상 하고 싶지 않을 때. 아니, 손가락 하나도 까닥하고 싶지 않아지는 그 병의 이름이 가정주부병이라고. 먹고 치우고, 먹고 치우고, 먹고 치우다 하루가 가는 게 미구는 견딜 수 없었다. 가정주부병. 나는 가정주부만은 싫은데. 가정주부로 살다가 죽는 건 끔찍한데. 가슴에 화가 일었다.

그때부터 음식을 으깼다. 음식을 으깰 수는 없어서 음식 그림을 으깼다. 정성스럽고도 광적으로 으깼다. 어떻게 정성스러우면서도 광적일 수 있나? 미구가 하는 작업을 본다면 그럴 수도 있었다. 미구가 하는 일을 물리적으로 본다면 빵에 잼을 바르듯 버터나이프로 물감을 스프레드하는 것이었으나 미구가 캔버스에 그렸던 음식의 입장에서 본다면 으깨지는 일이었다. 그래서 물감의 입장에서는 정성스럽게, 음식의 입장에서는 광적으로 으깨지는 것이었다. 으깨지기 위해 준비되는 식탁의 입장에서 본다면 더 이해가 되었다. 식탁보를 깔거나 벗기고, 그릇을 고르고, 음식을 담고, 빛을 계산해서 찍은 사진을 캔버스에 옮기는 일은 꽤나 시간과 공력이 들었다. 그 전에 어떤 음식을 만들어 담을지 구상하고 음식이 되기 이전의 재료를 구해서 손질하고 조리해야 했다. 지긋지긋했다. 식구를 먹이기 위해 반복적으로 하는 거라면 더 지긋지긋했겠으나 작품이 되기 위한 오브제를 만드는 과정이라고 생각하면 덜 지긋지긋했다. 그렇다고 지긋지긋하지 않은 건 아니어서 정성껏 만들고 연출한 음식을 캔버스로 옮기고 나서 정성스럽고도 광적으로 으깼던 것이다.

 엄마가 좀 더 따뜻한 눈빛으로 봐주길 아이가 원하는 것 같았지만 미구는 모른 척했고 아이는 속에 있는 말을 하지 않는 아이로 컸다. 미구도 그런 사람이어서 그게 나쁘다고는 생각하지 못했는데 나중에야 아이가 속마음을 털어놓을까 봐 두려워했다는 걸 깨달았다. 두려워서 '우리 딸' 같은 호칭으로는 한 번도 재인을 부른 적이 없다는 것도. 아이가 사라지고 나서였다. 1976년에 재인이 처음으로 사라졌을 때 미구는 어떤 감정을 느껴야 할지 몰랐다. 당황스럽고, 걱정되고, 무섭고, 공포스럽고, 마음이 좁아들었지만 그건 진짜 감정이 아니었다. 감탄스럽기도 했고 부럽기도 했다. 억압하지 않는 남자와 신경 쓰이게 하지 않는 아이를 가진 덕에 미구는 사라질 기회조차 갖지 못했는데 재인은 그걸 해냈다. 아이와 충분한 거리를 두기 위해 애써

왔던 미구의 노력을 재인은 단번에 뛰어넘었던 것이다. 그러고는 다시 미구의 인생에 나타나 몇 년을 지내다 두 번째로, 이번에는 영원히 사라졌다. 자신이 낳은 아이를 미구에게 남겨두고서. 미구는 여전히 자신을 아이로 느꼈기에 아이의 아이가 낳은 아이까지 키우는 아이가 되었다. 처음 아이를 낳았을 때보다 한참 나이 든 아이가.

왜 그랬을까? 엄마인 나를 단죄하기 위해 재인이 죽었다고 말하는 건 너무 자기도취적인 해석일 수 있다고 미구는 생각했다. 미구에게 재인이 그랬던 것처럼 재인에게 미구는 그리 중요하지 않았을지도 몰랐다. 그럼에도 불구하고 종종 미구는 재인의 목소리를 들었다. 내가 태어나는 바람에 미안하게 됐어, 엄마. 나는 그만 이렇게 퇴장해. 엄마도 이렇게 자식을 두고 훌쩍 떠나고 싶었지? 그걸 내가 했어. 안녕, 엄마. 재인이 미구에게 남기고 간 미스터리를 안고서 미구는 재인이 남겨놓고 간 아이를 키우게 되었다. 1980년, 사십대를 지나고 있는 미구에게 두 번째 아이가 생겼다. 엄마도 없고 아빠도 없는 아이로 키우기에는 너무 불쌍해서 자신의 아이로 키울 수밖에 없었다.

하석이 느끼는 건 다를 수 있겠지만 미구는 재인에게 했던 것보다 하석에게 친근하게 대하려고 했다. 우리 딸이라고 부른다든지. 좀처럼 익숙해지지 않았지만 스킨십을 한다든지. 하석이 충분히 반항적이고 자기 마음대로 행동하는 애라는 데 미구는 약간의 위안을 느꼈다. 그때 미구는 평론가들이 '단색 음식화'라고 부르는 시기를 지나고 있었다. 하얀 음식, 검은 음식, 빨간 음식, 노란 음식처럼 한 가지 색을 주제로 식탁을 차린 후 그림을 그리고 으깼다. 쌀, 치즈, 밀가루, 콜리플라워, 팝콘……. 이런 식으로 색에 맞추어 음식을 생각하는 일을 하며 미구는 그제야 노동이 아닌 예술을 한다는 생각을 할 수 있었다. 하석의 말에 따르면, 우리를 위해 차린 게 아니라 자기 작품을 위해 차린 식탁. 어쩌면 미구를 공격하기 위해 했을 수도 있는 그 말이 미구는 무척 마음에 들었다.

이 지긋지긋한 이야기를 하지 않고 작품에 대해 이야기하는 건 거짓이 아닐까? 하지만 이런 말을 누구에게 할 수 있을까. 미구는 자주 자신을 속였고, 속인다는 사실 자체도 잊을 정도로 잘 속였지만 말이다. 빙빙 돌리며 말하거나 거짓말을 하기 싫어서 최신영을 만나고 싶지 않은 거였다.

*

왜 빵과 우유였나요?
빵과 우유를 먹으면서 이야기를 나누었으면 좋겠습니다.

최신영의 메일을 계속 보면서 미구는 어디에서 만나면 좋을지 생각했다. 빵과 우유는 메타포일 수도 있었지만 빵과 우유를 먹을 수 있는 곳으로 약속 장소를 정해야 할 것 같았다. 특별하지 않지만 그렇다고 일상적이지는 않고 화려하지 않지만 소박하지만은 않은 곳으로. 요즘 사람들이 '힙플'이라고 부르는

데는 가고 싶지 않았는데 그렇다고 단골집이라고 할 만한 데도 없어서 한참을 생각하다가 그 집이 떠올랐다. 한남동에 있는 베이글집이.

일찍 여는 편인 데다가 다양한 베이글이 있었고 평일 9시가 넘어서 간다면 여유 있게 이야기할 수도 있을 것이다. 캘리포니아 변두리에 있는 서핑숍처럼 생긴 외형이라 일부러 들어갔었다. 베이글을 진열한 방식이라든가 베이글 사진으로 만들어놓은 메뉴판 같은 것이 조형적이라는 느낌을 주는 곳이었다. 미구는 최신영이 어떤 사람인지에 따라 도열해 있는 베이글들을 보면서 앤디 워홀이나 로이 리히텐슈타인, 웨인 티에보, 혹은 메레트 오펜하임에 대해 이야기를 꺼낼 것이다. 낯선 사람과 이야기하는 게 편하지 않은 미구이지만 이런 이야기라면 얼마든지 할 수 있었다. 기분이 내키면 실비아 플라스에 대해서도 이야기할 수 있을지 몰랐다. 실비아 플라스의 빵과 우유에 대해서 말이다. 왜 미구가 빵과 우유를 그리게 되었는지에 대해서는 이야기하지 못할지라도.

약속 시간보다 20분이나 먼저 미구가 도착했음에도 최신영이 먼저 와 있었다는 게 문제였다. 어째서 다섯 살 정도 된 여자아이가 엄마와 함께 있는 테이블의 옆자리에 자리를 잡았는지 의아했지만 그렇다고 자리를 옮기자고 할 수는 없었다. 어쩌다 보니 둘이나 키우게 되었지만 미구는 여전히 아이가 어색했고, 어린아이는 더 껄끄러웠다. 아이들은 신기한 반지나 선글라스를 끼고 있는 미구 근처로 와서 얼쩡거리곤 했는데 웃어준다거나 말을 걸어준다거나 하지 못했고, 동행이 아이들을 부드럽고도 능숙하게 대하는 걸 보며 민망해지곤 했다. 여전히 나밖에 모르는 사람임을 굳이 숨기려 하지 않는 것 같아서.

유대인이 아이를 낳고 먹는 빵이 베이글인데 어쩌다가 미국 사람들이 아침마다 먹는 빵이 되었는지가 베이글이 어떻게 한국 사람들이 아침마다 먹는 빵이 되었는지보다 더 신기하다고 최신영은 말했다. "베이글이 그런 빵이었나요?"라고 미구가 말하자 어떤 빵을 아침으로 먹느냐고 최신영은 물었다. 아침을 먹지 않는다는 말 대신 미구는 〈빵과 우유 전(展)〉에 있는 빵이 모두 아침으로 먹어온 것들이라고 말했다.

"식빵, 포카치아, 베이글, 잉글리시머핀, 피타브레드, 루겔라흐, 호밀빵, 공갈빵, 부터춉프가 다요?"

"베이글 빼고 다요." 미구가 말했다. "베이글은 실비아 플라스가 만든 거예요." 이렇게 말한 후 미구는 잠시 숨을 골랐다. 아이는 미구와 최신영 쪽으로 아예 몸을 돌리고 앉아 있었다. 미구나 최신영이 눈을 맞춰주기를, 그러고 나서 자기에게 예쁘다고 해주기를 바라는 것 같았으나 그 이상의 행동은 하지 않았다. 찡얼거리거나 발을 구르고, 머리띠를 빼서 자기 엄마 쪽으로 던지기는 했으나 옆으로 다가오지 않았기에 미구가 불편할 만한 일은 일어나지 않았다. 하지만 아이가 돌발적인 행동을 할 수도 있다는 불안감 속에서 미구는 말해야 했다.

"실비아 플라스가 아이들에게 차려주고 죽은 빵과 우유에 대해 종종 생각하곤 했어요. 가스오븐에 머리를 넣고 자살한 것보다 나를 경악시킨 건 아이들이 일어나서 먹을 빵과 우유를 차리고 죽음을 실행했다는 점이었어요. 죽기 전에도 아이들의 밥을 챙겨야 하는 그거, 그 기이한 굴레. 밥…… 밥…… 밥…… 빵…… 빵…… 빵…… 누군가는 끔찍하다고 말하겠죠. 어떻게 자살할 사람이 아이들 빵과 우유를 챙기느냐고. 그런데 어떻게 안 챙기겠어요? 지긋지긋하지만 챙길 건 챙겨야죠."

죽기로 마음먹은 실비아 플라스가 아이들을 위해 챙긴 그 빵이 미구는 베이글일 것 같다는 생각이 들었다고 덧붙였다. 요리에 대한 메모로 가득한 실비아 플라스의 일기를 보면서 든 생각이라고. 죽기 몇 년 전 런던에 있었기에 잉글리시머핀이나 크럼펫 같은 일상적인 빵보다는 미국을 떠오르게 하는 빵을 먹지 않았을까 생각한다고.

그 이야기를 하고 있는데 아이가 유모차에 앉은 채로 퇴장했다. 유모차가 작은 건지 아이가 큰 건지 모르겠지만 아이의 발이 땅에 끌렸고, 아이는 날카로운 소리를 질렀다. 아이는 사라졌지만 아이의 소리는 여전히 남아 있었다.

아이와 아이의 엄마가 눈앞에서 사라지자 최신영은 말했다. "유아차에 타기는 좀 크네요."

최신영이 그렇게 말하는 순간 미구는 많은 것을 알게 되었다. 그렇게 유모차가 꺼려졌던 이유는 유모차였기 때문이다. 유아차라고 한다고 해도 유아차를 좋아할 일은 없었겠지만 유모차처럼 단어 자체가 미구를 옥죄는 느낌은 없었을 것이다. 시커먼 입을 벌리고 있는 그 흉악한 물건이 미구를 집어삼킬 것만 같은 공포는 덜했을지도 몰랐다. 미구가 먼저 유모차에 타기는 좀 크다고 말하지 않아 다행이었다.

"실비아 플라스도 유아차를 끌었을까요?"

최신영이 물었다.

"유모차를 끌었겠죠."

미구가 말했다.

모든 고릴라에게

강태식

강태식

장편소설 《굿바이 동물원》으로 제17회 한겨레문학상을 수상했다. 소설집 《영원히 빌리의 것》, 중편소설 《두 얼굴의 사나이》, 장편소설 《리의 별》이 있다.

영수는 주름진 손을 무릎 위에 올려놓고 코끼리 우리가 내려다보이는 곳에—계단식 관람석에—앉아 있었다. 날씨는 마시기 좋은 찻물처럼 따뜻했고, 멀리 보이는 산들은 뿌연 황사에 덮여 있었다. 가끔 강한 바람이 불었다 그쳤는데 그때마다 영수의 흰머리가 날렸다. 영수는 흐트러진 머리를 얼마쯤 그대로 두었다가 더 이상 그럴 수 없다는 생각이 들면 손으로 여러 번 쓸어 정리했다. 숨을 쉴 때마다 탁한 먼지 냄새가 났고 먼지 냄새는 점점 더 심해지는 것 같았다. 나이가 들수록 그런 것들에 신경이 쓰였다. 흐트러진 머리나 봄이 되면 나빠지는 공기의 질 같은 것에.

영수는 크기가 다른 코끼리 세 마리를 바라보았다. 코끼리들은 가만히 서서 꼬리를 흔들거나 우리 안을 천천히 어슬렁거렸다. 영수는 등에 흙을 뿌리는 코끼리를—세 마리의 코끼리 중 가장 큰 코끼리를—바라보며 옆자리에 놓아둔 울 소재의 회색 카디건을 집어 허벅지 위에 올려놓았다. 흙먼지가 공중으로 높이 올랐다가 코끼리 등 위에 내려앉았고 영수는 그 모습을 지켜보면서 오늘이 무슨 요일인지 생각했다. 월요일이나 화요일 같았다. 수요일이나 목요일일 수도 있었다. 휴대전화를 들어다 보면 무슨 요일인지 금방 알 수 있었지만 그러지 않았다. 코끼리 우리는 퇴근 시간 이후의 사무실처럼 한산하고 조용했다. 가끔씩 아기의 울음소리나 터져 나온 웃음소리, 길게 이어지는 환호성 같은 것들이 멀리서 비행기처럼 지나가고는 했다. 영수는 무릎 위에서 손을 떼었다가 다시 올려놓으며 모든 요일이 지워지고 평일과 휴일만 남은 삶에 대해, 평일과 휴일의 경계마저 헤진 옷처럼 희미해진 삶에 대해 생각했다. 그리고 자기가 언제부터 그런 삶을 살기 시작했는지, 언제부터 그런 노인이 되었는지 생각했다. 코끼리가 퍼 올린 흙먼지가 다시 공중으로 떠올랐다가 내려앉았다.

삼십대 중후반으로 보이는 젊은 남자가 영수에게서 조금 떨어진 곳에—계단식 관람석 한 칸 아래에—앉아 있었다. 남자는 까만 뿔테 안경을 쓰고 있었고, 낡고 오래된 남색 점퍼를 입고 있었는데 험하게 사용한 티가 확연히 나는 텀블러를 가끔씩 들어 올려 그 속에 든 내용물을 마셨다. 남자의 옆자리에는 색이 바랜 녹색 천 배낭이 버려진 것처럼 놓여 있었다. 영수는 남자가 텀블러를 들어 올려 입에 가져다 댈 때마다 자기도 모르게 그 모습을 곁눈질했다. 그곳에는 남자와 영수와 세 마리의 코끼리뿐이었고, 그중에서 텀블러를 들었다 놓았다 하는 것은 남자뿐이었다.

남자가 다시 텀블러를 들어 올렸다가 내려놓았고, 그런 뒤에 코끼리들이 있는 쪽으로 고개를 돌렸다. 영수는 잠시 동안 남자의 뒷모습을—제때 자르지 않아 길고 지저분한 뒷머리와 어깨에 내려앉은 비듬과 무릎이 늘어난 갈색 트레이닝 바지 같은 것들을—바라보다가 등에 흙을 뿌리고 있는 코끼리로 시선을 돌렸다. 남자는 영수가 코끼리 우리 앞으로 오기 전부터 그곳에 앉아 있었다. 영수의 기억이 맞는다면 그랬다. 영수가 코끼리들을 구경하는 동안에도 남자는 계속 그곳에 앉아 있었고 영수가 다른 곳으로 간 뒤에도 기둥에 매인 것처럼 그 자리에 남아서 코끼리들을 바라볼 것 같았다. 마치 누군가가 그곳에 놓아두고 간 물건처럼.

영수는 우리 안을 어슬렁대던 코끼리가 물웅덩이 앞에 서서 고개를 젖히는 모습을 바라보다가 손바닥으로 얼굴을 쓸어내렸다. 가만히 서서 꼬리를 흔들던 코끼리는 먹이통 곁에서 건초를 씹고 있었고 등에 흙을 뿌리던 코끼리는 벽 뒤에 숨어 보이지 않았다. 따뜻한 햇빛이 영수의 정수리를 데우고 있었다. 나른한 봄기운이 눈처럼 내려와 어깨에 차곡차곡 쌓이는 것 같았다. 영수의 등 뒤에서 바람이 불자 하얀 벚꽃잎들이 영수를 지나쳐 공중으로 날아올랐다.

영수는 다시 남자가 앉아 있는 쪽으로 고개를 돌렸다. 남자의 텀블러가 계단식 관람석 아래로 굴러떨어지고 있었다. 텀블러는 계단 밑으로 떨어질 때마다 큰 소리를 냈다. 물속에 오래 잠겨 있던 녹차 티백이 밀려 나왔고 녹차가 바닥을 적셨다. 남자가 자리에서 일어나 낙차가 큰 계단을 빠르게 뛰어 내려갔다. 텀블러는 평평한 바닥에서 얼마쯤 구르다가 멈췄고 남자는 허리를 숙여 텀블러를 집어 들었다. 영수는 무릎 위에 손을 올려놓은 채 남자의 행동을 계속 지켜보았다. 그러다가 다시 자기 자리로—녹색 천 배낭이 놓인 자리로—돌아가기 위해 계단을 오르는 남자와 눈이 마주쳤다. 남자는 놀란 사람처럼 눈을 크게 떴고 곧 고개를 숙여 눈길을 피했다. 영수가 몸을 앞으로 내밀며 말했다.

"괜찮아요?"

텀블러를 엎은 것 말고 남자는 거의 모든 면에서 괜찮아 보였고 영수도 남자가 괜찮다는 것을 알고 있었다. 영수는 그냥 그렇게 묻고 싶었고—평일 낮에 동물원에 앉아서 코끼리들을 구경하고 있는 젊은 남자에게 위로가 담긴 말을 건네고 싶었고—그래서 그렇게 물었다. 자기가 예전에 남들에게 받았던 것들을 떠올리면서.

"네, 괜찮습니다."

남자는 고개를 숙인 채 대답했다. 그런 다음 잠깐 고개를 들어 영수를 바라보고는 다시 고개를 숙였다. 영수는 그런 사람들을—남자 같은 사람들을—알고 있었다. 타인의 호의에 익숙하지 않은, 남의 눈을 똑바로 바라보지 못하는, 너무 이른 나이에 등이 굽은 사람들. 큰 실패를 겪은 적은 없지만 의미 있는 성취를 경험한 적도 없는, 바닥에 발을 끌며 걷고 지나치게 딱딱한 말투와 태도로 사람들을 불편하게 만들며 죄송하다는 말을 입에 달고 다니지만 자기가 그러는 줄도 모르는 사람들.

"죄송합니다."

남자가 자기 자리에 앉으며 말했다. 이번에도 남자는 잠깐 영수를 곁눈질하고는 자기가 한 말이 영수에게 가닿기도 전에 고개를 돌려 눈을 피했다. 그런 다음 남자는 녹색 천 배낭에서 사탕을 꺼내 입에 넣었다. 사탕이 뺨 안쪽에서 돌아다니며 굴곡을 만드는 것이 보였다. 남자는 다시 우리 여기저기에 흩어져 있는 코끼리들을 바라보기 시작했다.

영수는 남자의 뒷모습을 조용히 더 지켜본 뒤에 자리에서 일어났다. 울 소재의 회색 카디건을 걸쳤고 단추를 차례대로 하나씩 채웠다. 햇빛은 따뜻했지만 가끔씩 강한 바람이 불었고 영수는 겉옷 없이 바람을 견딜 만큼 젊지 않았다.

영수는 코끼리 우리를 떠나기 전에 남자를 한 번 더 뒤돌아봤다. 머리숱이 줄어들기 시작한 정수리와 탄력을 잃어가는 목덜미와 둥글게 말린 등 같은 것들을. 그런 다음 영수는 그 모든 것을—고단한 남자에게 속한 모든 것을—코끼리 우리에 남겨두고 천천히 걸어서 그곳을 떠났다.

영수는 난간에 기대서서 물개들을 바라보았다. 물개들이 바닥에 몸을 대고 누워 햇볕을 쬐거나 물속을 빠르게—정말 빠르게—헤엄치며 돌아다니는 동안 나무에 매달아놓은 스피커에서 앙투안 르나르의 〈체리의 계절〉이 감미롭게 흘러나왔다. 계속 옅거나 짙은 물비린내가 났고, 물비린내는 다른 냄새들과 달리 시간이 지나도 사라지지 않았다. 그런 것들이 있었다. 시간이 지나도 사라지지 않는 것들. 영수는 바닥에 누워서 몸을 한 바퀴 굴리는 물개를 바라보며 그런 것들을 생각했다. 미움과 원망이 얼마나 크고 단단하고 견고한지, 감사와 애정이 얼마나 금방 상해서 본래의 광채를 잃어버리는지, 그리고 자기가 그렇게 되지 않으려고—자기만 아는 강퍅하고 못된 노인이 되지 않으려고—얼마나 많이 노력해왔는지, 영수는 한 시간 동안 물개들을 바라보면서 그런 생각들을 했다.

그러는 동안 많은 사람이 영수의 옆이나 뒤에 서서 물개들을 구경했고, 얼마쯤 그렇게 서 있다가 다른 곳으로 가버렸다. 영수는 아빠의 어깨 위에 올라앉아 큰 소리로 웃는 여자아이를 보았고, 자기보다 나이가 많은 노부부가 아들에 대해 이야기하는 것을 들었다.

"나는 걔가 왜 그러는지 모르겠어."

늙은 남자가 물개들을 바라보며 말했다. 마치 물개가 바닥에 누워서 몸을 뒤척이는 것이 커다란 근심거리라도 된다는 듯이.

"걔는 어려운 시기를 지나고 있고, 우리가 해줄 수 있는 일은 아무것도 없어요."

나이 든 부인이 상심한 남편의 팔을 잠시 잡았다 놓으며 말했다.

"우리가 뭘 해주길 바라지도 않을 거고요. 걱정 말아요, 여보. 걔는 잘해낼 테니까."

노부부는 한동안 물개들을 바라보며 아들 이야기를 했고, 동물원의 다른 곳에 가서 그곳에 있는 다른 동물들을 오랫동안 바라보면서도 아들 이야기를 계속할 것 같았다.

노부부가 가고 난 뒤에 얼굴이 까맣게 탄 남자아이가 갑자기 나타나 큰 소리로 숫자를 세기 시작했다.

"하나, 둘, 셋……"

영수는 물개들을 보다가 아이를 보고 다시 물개들을 보았다.

"열다섯, 열여섯, 열일곱……"

아이가 뭘 세는지 알 수 없었다. 물개는 모두 일곱 마리였고, 물개가 몇 마리인지 세는 것 같지는 않았다.

"서른!"

아이가 가고 난 뒤에도 영수는 물개 우리 난간에 기대서서 아이가 무엇을 세었는지 생각했다. 해가 잠시 구름 속에 들어갔다가 나오는 동안 스피커에서는 바흐의 〈무반주 첼로 모음곡〉이 흘러나오고 있었다. 물개 한 마리가 몸을 위아래로 흔들며 몇 차례 소리 내 울더니 물속으로 뛰어들어 빠르게 헤엄쳤다. 따뜻한 봄볕이 영수의 등을 데우고 있었다. 영수는 회색 카디건을 벗어서 손에 들든지 우리 난간에 걸치든지 해야겠다고 생각했다. 하지만 물개들이 물속에서 돌아다니는 것을 바라보는 동안 그 생각을 잊었다. 바람에 실려 온 벚꽃잎이 잠시 영수의 어깨 위에 내려앉았다가 다시 바람에 실려 어디론가 날아갔다.

"저기…… 죄송합니다."

어떤 남자가 영수의 곁으로 다가와 조심스러운 목소리로 말을 걸었다. 영수는 자기를 부른 남자 쪽으로 천천히 고개를 돌렸다. 마흔 살쯤 되어 보이는 남자였다. 까만 뿔테 안경에 빨간 후드티를 입고 있었다. 몸에서는 짙은 향수 냄새가 났다. 남자가 신고 있는 농구화 발목 부분이 베이지색 면바지 아랫단까지 올라와 있었다.

"사진 좀…… 부탁드려도 될까요?"

남자는 마치 아주 어려운 부탁을 하는 사람처럼 머리를 깊이 숙이며 말했다. 남자의 손에는 휴대전화가 들려 있었고 영수는 잠시 그 휴대전화를 바라본 뒤에 알겠다고, 좋다고 대답했다. 그런 다음 남자의 휴대전화를 받아 들며 어떻게 찍는 것인지 물었다. 그게—휴대전화로 사진을 찍어주는 게—그렇게 어려운 일이 아니라는 것이 남자에게 충분히 전해질 만큼 환한 표정을 지으면서.

"감사합니다."

멀지 않은 곳에—온통 하얀 벚꽃으로 덮인 가장 큰 벚나무 아래—더 이상 젊지 않지만 아직 젊음의 흔적이 곳곳에 남아 있는 여자가 유아차 손잡이를 잡고 서서 영수와 남자를 바라보고 있었다. 남자는 다시 한번 머리를 깊이 숙인 뒤에 그쪽으로 달려가 서둘러 유아차 안에 누워 있던 아기를 품에 안았다. 그런 채로 남자는 여자 옆에 나란히 섰다. 여자는 청바지에 품이 넉넉한 베이지색 블라우스를 입고 있었는데 낯선 사람 손에 들려 있는 남편의 휴대전화를 바라보면서 어색한 표정을 감추지 못했다.

영수는 휴대전화 화면으로 유아차 뒤편에 서 있는 남자와 여자를 바라보았다. 작은 새들이 나무와 나무 사이를 날아다니며 쉴 새 없이 울어댔고 햇빛이 강해짐에 따라 그림자의 음영도 눈에 띄게 짙어졌다. 한순간 불어온 바람이 그 모든 것을—남자의 휴대전화 화면 속에 있는 모든 것을—쓸고 지나갔다. 여자의 블라우스 자락이 바람에 날렸고, 남자는 검은 뿔테 안경을 손등으로 밀어 올리며 불을 켠 것처럼 환하게 웃었다. 그리고 벚꽃잎이 그들 머리 위로 눈처럼 날렸다. 남자의 품에 안긴 아기가 떨어지는 벚꽃잎을 쥐려는 듯 두 손을 공중에 휘저으며 소리 내어 웃었다.

영수는 남자가 알려준 대로 휴대전화의 화면을 터치해 사진을 찍었다. "한 장 더 찍을게요." 그런 다음 똑같은 행동을 한 번 더 되풀이했다. 영수는 휴대전화를 손에 쥐고 자기가 찍은 사진들을 들여다보았다. 그럴 수 있는 시간이 길지 않았지만 그럴 수 있을 때까지 들여다보고 싶었다. 사진 속에는 아기를 안은 남자와 웃는 것에 익숙하지 않지만 웃으려고 노력하는 여자가 유아차 뒤에 서 있었다. 나뭇잎처럼 작고 뽀얀 아기의 손도 사진 속에 담겨 있었다. 두 장 다 그랬다. 영수는 화면에 손가락을 대고 움직여 사진 두 장을 번갈아 바라보았다.

"감사합니다."

남자가 다가와 손을 내밀었다. 영수는 다시 한번 손가락을 움직여 두 장의 사진을 번갈아가며 본 뒤에 휴대전화를 돌려주었다. 남자는 한 번 더 머리를 깊이 숙여 인사했고, 그러면서 한 번 더 감사하다고 말한 뒤에 여자와 유아차가 있는 곳으로 돌아갔다. 영수는 유아차가 천천히 멀어지는 모습을 바라보면서 사진 속에 담겨 있던 것들을 떠올렸다. 감사와 애정과 호의 같은 것들을. 그리고 어쩌면 그런 것들이 미움이나 원망 같은 것들보다 더 단단하고 견고하며 완강할지도 모른다고 생각했다. 혹은 그러기를 바랐다. 아기가 누워 있는 유아차와 그 뒤에서 나란히 걸어가는 젊지 않은 부부가 작아지고 작아지다가 더 이상 보이지 않게 되었다.

영수는 경사가 완만한 길을 천천히 걸어서 올라갔다. 사슴의 배설물 냄새가 강해졌고—사슴의 배설물 냄새가 맞는 것 같았고—그것으로 영수는 그곳이 사슴 우리 근처라는 것을 알아차렸다. 가끔 한 번씩 맹금류의 날카로운 울음소리가 긴 궤적을 그리며 지나갔다. 바람이 불 때마다 벚꽃잎이 하얗게 날렸고, 우리 앞에 서서 동물을 구경하거나 이야기를 나누며 천천히 걷거나 앞서 뛰어가는 아이의 이름을 큰 소리로 부르거나 화장실 앞에 서서 일행을 기다리는 사람들이 보였다.

그리고 해가 잘 드는 벤치에—사슴 우리 앞에 마련된 등받이가 있는 낡은 벤치에—두 사람이 약간의 간격을 두고 앉아 있었다. 영수는 그들이 아버지와 아들이라는 것을 한눈에 알아보았다. 휴대전화를 들여다보고 있는 중학생 정도의 남자아이와 까만 뿔테 안경을 쓴 오십대 남자가 동물원 벤치에 나란히 앉아 있는 것을 본다면 누구나 그렇게 생각하듯이.

아이는 검은색 점퍼 밑에 흰색 티셔츠를 받쳐 입고 있었는데 몸을 앞으로 숙인 채 휴대전화를 들여다보다가 가끔씩 손가락을 빠르게—정말 빠르게—움직여대고는 했다. 오십대 남자는 옆머리가 희었고—다른 어느 곳보다 옆머리가 유독 그래 보였고—벤치 등받이에 기대앉아 황사에 덮인 뿌연 하늘과 지나다니는 사람들과 관람객들을 싣고 천천히 움직이는 관내 순환 버스 같은 것들을 바라보고 있었다. 남자는 아이가 손가락을 움직일 때마다 고개를 옆으로 돌려 잠시 아이를 바라본 뒤에 그런 적이 없는 것처럼 다시 다른 곳으로 시선을 돌렸다.

영수는 그들이 앉아 있는 벤치를 지나 사슴 우리 앞에 섰다. 배설물 냄새가 더 강하게 났고, 속옷이 땀에 젖어 몸에 달라붙는 것이 느껴졌다. 영수는 카디건을 벗어 한쪽 팔에 걸친 채 사슴들을 바라보았다. 우리 안을 이유 없이 왔다 갔다 하거나 먹이통 곁에서 건초를 씹는 사슴들도 보였지만 대부분의 사슴은 잠이 덜 깬 것처럼 그냥 멍하니 서 있었다. 사슴들은 이따금씩 큰 눈을 감았다 떴다 하며 알 수 없는 무언가를 가만히 바라보고 있었다.

한 차례의 강한 바람이 휘파람 소리를 내면서 지나갔고, 영수는 팔에 걸어두었던 카디건을 펼쳐서 다시 입었다. 물통 옆에 앉아 있는 사슴 두 마리가 아까부터 영수를 바라보고 있는 것 같았지만 아닐 수도 있었다.

영수는 카디건의 가슴 부분을 손바닥으로 한 번 쓸어내린 후에 천천히 몸을 돌렸다. 그들은—휴대전화를 들여다보던 아들과 가끔씩 고개를 돌려 아들을 바라보던 아버지는—아직 벤치의 이쪽과 저쪽에 그대로 앉아 있었다. 영수는 벤치의 등받이 위로 섬처럼 떠 있는 두 개의 뒤통수를 가만히 바라보았다. 그리고 그들의 관계가 지금보다 훨씬 긴밀했던 때를, 의존적이고 밀접했던 때를 떠올렸다. 불필요하거나 사소한 말이 쉴 새 없이 오가고, 주말 계획을 같이 짜고, 항상 손을 맞잡은 채 길을 걷고, 저녁 메뉴에 대한 의견을 나누고…… 금화처럼 귀한 것들이 자갈처럼 흔했던 때를.

다시 세찬 바람이 지나면서 휘파람 소리를 냈다. 영수는 카디건에 달린 단추 세 개를, 그러는 것이 아주 중요한 일인 것처럼 차례대로 하나씩 모두 채웠다. 물통 옆에 앉아 있는 사슴 두 마리가 영수를 바라보고 있었다. 어쩌면 영수가 서 있는 곳을—영수가 차지하고 있는 공간을—바라보는지도 몰랐다. 사슴들은 영수가 그곳을 떠나도 계속 그곳을 바라볼 것 같았다.

잠시 후에 영수는 손으로 얼굴을 쓸어내렸다. 손바닥은 따뜻했고 얼굴은 차가웠다. 그런 다음 그는 사슴 우리 앞에 더 있다가 벤치에 앉아 있는 두 사람을—어떤 한 시기를 떠나보내고 다른 한 시기를 맞이하고 있는 아버지와 아들을—지나쳐 경사가 완만한 내리막길을 천천히 걸어 내려갔다. 모든 것이 그렇듯이—그렇지 않은 것이 없듯이—자기에게도 어느 한 시기가 지나갔음을 어렴풋이 감지하면서.

하늘이 붉게 물들고 있었다. 노을빛은 아직 높은 곳에서 잠자리 떼처럼 맴돌고 있었지만 곧 땅에 내려앉아 모든 것을—길 양옆에 길게 늘어선 수많은 벚나무와 벚나무에 핀 하얀 벚꽃과 일과를 마무리하는 매점과 더 이상 기웃거리지 않는, 기분 좋은 피로감에 싸여 앞만 보며 걸어가는 사람들과 더러 깨지고 갈라진 곳이 보이지만 깨끗하고 쾌적한 산책로와 아이 손에 들린 공룡 모양의 풍선 같은 것들을—붉게 물들일 것이었다. 영수는 가늘고 긴 그림자를 앞세운 채 사람들이 드문드문 보이는 길을 걸어 내려갔다. 등 뒤에서 큰 새들의 울음소리가 더 자주, 더 높게 들려왔다. 저녁 기운이 번지면서 바람이 점점 차가워졌다. 산비둘기 울음소리가 영수를 따라오는 것 같았다.

고릴라 우리는 예전 그대로였다. 마치 그곳에만 시간이 고여 있는 것처럼 변한 것이 없었다. 고릴라의 생태를 소개하는 안내 팻말과 즐거워 보이는 여러 개의 고릴라 동상과 우리 바닥에 지저분하게 깔린 잡초와 고릴라 우리 곳곳에 놓여 있는 바위와 공중에 매달아놓은 폐타이어 같은 것들이 여전히 거기 있었다. 영수는 고릴라 우리 앞에 멈춰 서서 그런 것들을 하나씩 천천히 훑어보았다. 스피커에서 동물원의 운영 종료 시간을 알리는 안내 방송이 흘러나왔다.

높이 솟아 있는, 정글짐이나 구름다리를 연상시키는 구조물이 붉은 노을빛에 물들어 있었다. 그 구조물을 예전에 뭐라고 불렀는데 명칭이 기억나지 않았다. 고릴라들은 바닥에 엉덩이를 대고 앉아서 쉬거나 다른 고릴라의 털을 골라주거나 네 발로 어슬렁거리거나 다른 고릴라들이 그러는 것을 가만히 바라보았다. 영수는 머리 위로 손을 크게 흔들었다. 우리 안에 머물러 있는 모든 고릴라에게, 하염없이 고단했던 인생의 어느 한 시기를 향해, 다시 돌아오지 못할 것들과 고마웠고 고마웠던 사람들에게 손을 흔들어 작별 인사를 했다. 굿바이 동물원.

다른 고릴라의 털을 골라주던 고릴라가 고개를 돌려 영수를 바라봤다. 그리고 잠시 자기 손바닥을 들여다본 뒤에 영수를 향해 손을 들어 인사했다. 크고 두껍고 까만 손바닥을 흔들면서.

서강대교를 걷다

장강명

장강명

장편소설《표백》으로 제16회 한겨레문학상을 수상했다.
소설집《당신이 보고 싶어하는 세상》, 연작소설《뤼미에르 피플》
《산 자들》, 장편소설《열광금지, 에바로드》《호모도미난스》
《한국이 싫어서》《그믐, 또는 당신이 세계를 기억하는 방식》
《댓글부대》《우리의 소원은 전쟁》《재수사》(전 2권) 등이 있다.

3차 가? 야, 이제 3차는 힘들다. 늙어서 안 돼. 이제 몸이 예전 같지 않아. 삼십대다, 삼십대. 형만 삼십대죠, 우린 아직 이십대예요. 웅성웅성. 그래, 들어가자. 내일 출근도 해야 하고. 다들 잘 들어가라. 이제 지하철도 끊기겠다. 아 무슨 노래방이야, 노래방은. 그래, 잘 들어가. 다들 건강하자. 다들 고생 많다. 건강해라. 민재 결혼 잘하고. 그래, 결혼 잘해라. 민재 결혼식에서 또 봐. 신부 예쁘더라. 웅성웅성. 야, 딱 한 잔만 더하는 거 어때? 그냥 가. 집에 좀 가라.
　동기들은 술집에서 나와서도 거리를 한참 서성이다 단체 사진을 몇 장 찍고 헤어졌다. 몇 명은 서강대역으로 간다고 했고, 몇 명은 조금 더 걸어서 신촌역으로 간다고 했다. 대흥역으로 간다는 녀석도 있었다. 금요일 밤이고 자정이 가까워오고 있어서 택시가 잘 안 잡혔다. 한 시간쯤 전에 술집에서 나왔어야 했다고 후회했다. 이 시간에 지하철이 우리 동네까지 운행할지 자신이 없었다. 나는 늘 때를 놓치고, 늘 후회한다.
　"너는 집에 어떻게 가?"
　나는 용기를 내어 그녀에게 물었다.
　"난 그냥 걸어가려고."

그녀가 대답했다.

"너희 집 여의도 아니었나? 거길 걸어서 갈 수가 있어?"

나는 놀라서 다시 물었다.

"여기서 걸어가면 우리 집까지 한 시간 정도 걸릴걸. 운동도 하고 술도 깨고 좋지. 나 학교 다닐 때도 자주 걸어 다녔어."

"한강을 어떻게 건너?"

"다리로 건너지. 서강대교로."

그녀가 당연한 거 아니냐는 듯한 말투로 대꾸했다.

"아, 한강 다리를 걸어서 건널 수 있어?"

내가 바보처럼 물었다.

"자동차만 다닐 수 있는 다리도 있고 지하철만 다니는 다리도 있는데 사람이 걸어갈 수 있는 다리도 있어. 서강대교는 사람도 건널 수 있어. 그러니까 내가 거기서 뛰어내렸지."

그러니까 내가 거기서 뛰어내렸지, 라는 말에 나는 그만 말문이 막혔다.

"너는 어떻게 가?"

그녀가 물었다.

"커피라도 한 잔 마시면서 기다리다가 택시를 잡아보려고."

나는 거짓말을 했다. 실은 24시간 스터디카페나 PC방에 가서 밤을 보낼까 고민 중이었다.

"여의도에서 택시를 잡으면 좀 더 잘 잡힐까?"

이번에는 그녀가 바보처럼 물었다. 나도 그 말뜻을 못 알아들을 정도로 바보는 아니었다.

"한 시간 정도 뒤면 신촌이나 여의도나 다 택시 잘 잡힐 거 같기는 한데, 커피숍에 있는 거보다는 한강 다리 걷는 게 나을 거 같다. 근데 너는 괜찮아?"

"뭐가?"

나는 괜한 걸 물어봤다고 후회했다.

"그……"

"뭐, 다리에서 떨어졌던 거? 괜찮아. 지금은 어떤 의미에서 서강대교가 나한테 가장 안전한 장소야."

그녀가 대답했다.

*

5년 전 그녀는 서강대교에서 자살을 시도했다. 어느 자살 사이트 회원들이 연쇄적으로 예고 자살을 벌여서 스캔들을 일으키던 때였다. 그녀도 그 자살 사이트 회원이었는데, 대기업에 취직이 결정된 직후에 그 사이트에 글을 올리고 자살을 시도했다.

그녀는 새벽에 서강대교에서 뛰어내렸다. 그런데 그러자마자 한강 수난구조대가 출동해서 몇 분 만에 그녀를 물에서 건져냈다. 그 사실이 작은 기사로 언론에 보도됐다. 기사에 그녀의 이름이 나오지는 않았고, 자살 사이트에 올린 글에서 그녀가 자기 실명을 쓰지는 않았다. 그래도 그녀가 자살을 시도

했고 구조됐다는 소식은 동기들 사이에 금방 퍼졌다. 기업 인사팀에서도 알게 됐다. 그녀의 입사는 취소되었다. 그녀는 기업 인사팀이 어떻게 그 사실을 알게 됐는지 여전히 경위를 모른다고 했다.

"한강에 뛰어내린 사람 중 97퍼센트가 구조된다고 하더라고. 난 몰랐지. 다리마다 CCTV가 있고 그 CCTV를 24시간 지켜보는 요원도 있대. 그런 것도 몰랐네. 내가 뛰어내리기 전에 기사가 났던데 읽어볼걸 그랬어. 심지어 자살 사이트 게시판에도 올라와 있었는데."

그녀가 말했다.

수난구조대의 활동을 소개하는 그 기사에는 한강 수난구조대 소방장의 멘트도 함께 적혀 있었다. 구조되는 사람들은 모두 떠 있으려고 애쓰면서 수난구조대원들이 접근하면 '살려달라' 외친다고 했다. 구조되고 나면 '죄송하다, 감사하다' 한다고 했다. 그러나 그녀는 그런 말을 하지 않았다. 살려달라고 요청하지도 않았고, 죄송하다거나 감사하다고 말하지도 않았다. 이름과 주소, 가족 연락처 등을 묻는 말에만 건조하게 대답했다.

투신하면서 정신을 잃는 사람도 많다는데 그녀는 그렇지 않았다. 다리에서 뛰어내리자 몸의 무게가 사라지는 것을 느꼈고, 물에 들어갈 때에는 발바닥이 찢어지는 듯한 충격을 느꼈다. 물 아래로 가라앉았다가 다시 떠오를 때의 무거운 몸의 감각도 또렷한 의식으로 기억했다. 물에 뜬 채로 수난구조대 보트가 경광등을 번쩍이며 빠른 속도로 다가오는 것도 보았다.

수난구조대 보트가 왔을 때 그녀는 '망했다'라고 생각했다. 그때의 철렁한 기분을 그녀는 이후 여러 차례 꿈에서 다시 맛보게 된다.

'지금은 어떤 의미에서 서강대교가 나한테 가장 안전한 장소'라는 그녀의 말은, 서강대교에 CCTV가 설치되어 있고 수난구조대가 금방 출동하기 때문에 안전하다는 뜻은 아니었다. 가족에게 인계된 뒤 그녀는 몇 달 동안 심리 치료를 받아야 했고, 가족들과 수없이 약속을 해야 했다. 다시는 자살을 시도하지 않겠다고. 가족들이 자기 위치를 언제든지 찾아볼 수 있게 하는 앱도 휴대전화에 설치했다.

그녀의 어머니는 그녀가 한강 다리 근처에 가기만 해도 경기를 일으켰다. 그녀는 어머니에게 자기는 원래도 서강대교를 자주 걸어 다녔다고, 다시 자살을 시도하지도 않겠지만 서강대교에서만큼은 절대로 시도하지 않을 거라고 말했다. 그러니 자신이 서강대교에 있으면 안심해도 된다고 말했다.

*

그녀가 아니었더라면 한강을 걸어서 건너겠다는 마음도 먹지 않았겠지만, 설령 그런 마음이 있었더라도 그녀가 없었더라면 서강대교 보행로 입구를 못 찾았을 듯했다. '여기 걷기 좋은 곳이니까 많이들 오세요' 하는 느낌으로 만든 입구는 아니었다. 우리는 '굳이 걷겠다면 이리로 올라가면 돼, 환영하지는 않는다'라는 느낌의 계단을 올라갔다. 화려하지도 않았고 폭이 넓지도 않았고 안내문 하나 없는 계단이었다.

다리의 인도 역시 그런 느낌이었다. 아무 장식도 없었고 너비는 세 사람이 나란히 걷기 힘들 정도였다. 바로 옆에 왕복 6차선 도로가 있고 차들이 빠른 속도로 달려오는데 차도와 인도 사이의 난간은 허리보다 한참 낮은 곳에 있어서, 안전하다는 느낌이 들지 않았다. 인도의 장식이라기보다는 다리 전체의 장식인 철제 아치가 있었는데, 가까이 가서 보니 생각보다 거대해서 놀랐다.

아치를 향해 걸으며 나는 기묘한 생각을 했다. 사실은 그녀가 5년 전에 서강대교에서 떨어져 자살에 성공했고, 지금 내 옆에 있는 존재는 귀신이라는 생각이었다. 잠시 뒤에는 그 생각이 더욱 발전했다. 나 역시 한강 다리에서 떨어져 죽었으며, 자기가 죽은 사람인 줄 모르는 귀신이라는 망상이었다.

"이 다리를 걸을 때면 늘 기분이 이상해져. 내 말은, 자살 얘기가 아니라, 주변에 사람이 많아도 내가 마음만 먹으면 혼자 있는 것처럼 홀가분하게 남의 시선을 신경 쓰지 않을 수 있다는 걸 느껴. 그런가 하면 주변에 사람이 아무리 많아도 인간은 외로울 수 있다는 생각이 들어서 씁쓸해."

그녀가 말했다.

"우리 주변에 사람이 많다고? 지금?"

내가 말을 잘못 들었나 싶어 되물었다. 다리를 걷는 사람은 우리뿐이었다.

"옆에 차들이 엄청 많이 지나가고 있잖아. 그 차에 사람이 한 명 이상은 앉아 있는 거 아냐? 그러니까 우리 주변에 사람이 많은 거지. 다만 우리랑 가는 방향이나 속도가 다른 거야."

그녀가 설명했다. 그러자마자 자동차 한 대가 요란한 소리를 내며 우리 옆을 지나갔다.

"아아, 나도 예전에 화장실에서 볼일을 볼 때 우리 윗집에서도 누군가 볼일을 보는 거 아닌가 생각한 적이 있어."

나는 그렇게 말하고는 잠시 뒤 작은 목소리로 덧붙였다.

"다른 사람 시선 때문에 고생 많았겠다."

"내가 눈길 끄는 일을 벌이긴 했지. 누굴 탓하겠어."

그녀는 그렇게 말하고 피식 웃었다. 강바람이 한 줄기 불었다.

"너는 어떻게 지냈어? 소설은 잘 써져?"

그녀가 내게 물었다. 나는 그녀가 서강대교에서 뛰어내리기 몇 달 전 어느 출판사가 주최하는 경장편소설 공모전에 당선되었다. 상금은 500만 원이었다. 그때는 날아갈 듯 기뻤는데, 지금은 그게 선물로 위장된 덫이 아니었을까 하는 생각이 가끔 들었다. 나는 그 뒤로 소설가가 되기로 마음을 굳혔고, 구직 활동을 포기했다.

그런데 그 뒤로 소설가로서 이렇다 할 성과를 내지 못했다. 내게 상을 준 출판사의 문예지와 문화예술위원회가 운영하는 웹진에 단편소설을 한 편씩 발표한 게 전부였다. 5년 동안 다른 책을 출간하지도 못했고, 다른 원고 청탁을 받지도 못했다. 이런저런 소설 공모전에 원고를 보냈지만 본심에 올라간 작품조차 없었다. 그렇게 이십대가 끝나가는 중이었다.

그런 사정을 솔직하게 그녀에게 말했다.

"부모님은 내가 취업 준비를 하는 줄 알아. 어느 회사를 생각하느냐고 묻기에 광고업계를 노려보고 있다고 대답해서, 그런 줄 알고 계셔. 소설 공모전 수상 경력이 광고 회사 취업에 유리할 거라고 얘기했어. 스터디가 있다든가 영어 공부를 한다든가 하는 핑계를 대고 낮에는 편의점에서 '편돌이'로 일하고 저녁에는 도서관이나 카페에 가서 밤늦게까지 원고 작업을 하다 돌아오곤 해. 언제까지 이런 생활을 계속할 수 있을지 모르겠어."

누구에게도 하지 못한 이야기를 5년 만에 만난, 그리 친하지도 않았던 과 동기에게 그렇게 술술 털어놓는다는 게 신기했다. 그런 이야기를 누군가에게 털어놓고 싶었던 것 같았다. 술을 마신 탓일 수도 있었고, 그녀가 먼저 자신의 자살 시도에 대해 털어놨기 때문에 경계심이 사라진 것 같기도 했다. 어쩌면 5년 사이에 생긴 우리 두 사람의 공통점 때문이기도 했다. 좋은 쪽으로든 나쁜 쪽으로든 사람들의 주목을 받았고, 남들과 다른 삶의 길을 선택했고, 그래서 가족의 골칫거리가 됐고, 지금은 또래로부터, 사회로부터, 거의 추방된 상태라는 것.

"네가 쓴 소설 읽었어. 비탈리의 〈샤콘〉을 되풀이해서 듣는 남녀가 나오는 얘기였어. 〈샤콘〉이 어떤 음악인지 궁금해서 찾아서 들었어."

그녀의 말에 나는 좀 놀랐고, 기쁘기도 부끄럽기도 했다. 하지만 그 소설에 대한 이야기는 피하고 싶었고, 그녀는 내 마음을 눈치챈 듯 다른 화제를 꺼냈다. 그녀가 몇 번씩이나 봤다는 넷플릭스의 어떤 성인용 애니메이션 이야기였다. 성인용 애니메이션이라고 해서 야한 내용이 아니고, 현대인들의 공허를 냉소적이고 씁쓸하게 풍자하는 블랙코미디라고 했다. 주인공이 말하는 말[馬]인데 한때 유명했던 아역 배우라는 설정이라고 했다.

우리는 천천히 걸었다. 밤섬 위를 지나며 그 애니메이션에 대한 이야기를 들었다. 나는 밤섬이 서강대교 아래 있는 줄도 몰랐다. 그녀는 비탈리의 〈샤콘〉 덕분에 클래식 음악을 찾아 듣게 되었다고 했다. 바이올린 협주곡들을 찾아 듣는다고 했다. 그녀가 내게 소설은 잘 써지느냐고 다시 물었고, 나는 내가 쓰는 글들이 다 비슷하게 느껴진다고 대답했다.

"비슷해? 어떤 면에서?"

"그냥…… 모든 글에 상처입은 여자랑 그 여자랑 잘 어울리지 못하는 남자가 나와. 그 여자랑 남자가 길게 대화를 해. 그 여자랑 남자는 이름이 안 나올 때가 많고. 그리고 매번 이야기를 지어내는 사람이 나와. 현실성 없는, 몽롱한 꿈 같은 이야기들이야. 어떤 글에서는 여자가 이야기를 지어내는 사람이고, 다른 글에서는 남자가 이야기를 지어내는 사람이야."

나는 그렇게 소설을 쓰는 게 좋은 건지 안 좋은 건지도 알지 못했다. 그녀는 이야기의 줄거리를 미리 정하고 쓰느냐 물었고 나는 그렇지 않다고 대답했다. 그녀는 요즘 어떤 글을 쓰느냐 물었고 나는 알래스카의 어떤 마을을 배경으로 하는 단편소설을 구상 중이라고 대답했다.

"알래스카? 너 알래스카에 가본 적 있어?"

"아니, 없어. 별로 가고 싶지도 않고. 그냥 유튜브로 어떤 마을에 대한 이야기를 봤는데 너무 흥미로워서 거길 배경으로 소설을 쓰고 싶다는 생각이 들었어. 거기는 마을 사람들이 대부분 한 건물에 모여 산대. 말하자면 그 건물이 곧 마을인 거지. 사람들이 사는 집, 경찰서, 소방서, 학교, 병원이 모두 한 건물에 있어. 교통이 워낙 안 좋고 기후도 험악하니까 그렇게 모여서 살게 됐대."

그녀는 그 알래스카 마을의 어떤 점에 매력을 느낀 거냐고 물었고, 나는 조금 생각한 다음에 한국에서 멀리 떨어져 있다는 점 때문에 끌린 것 같다고 대답했다. 그녀는 알래스카 마을을 배경으로 하는 소설에도 상처입은 여자와 이야기를 지어내는 사람이 등장하느냐 물었고 나는 잘 모르겠다고 대답했다.

*

서강대교 주변 풍광은 시원해서, 한 번쯤 걸어볼 만하다 싶었다. 가까이에서 보는 한강은 굉장히 넓었고, 강 상류를 바라보면 탁 트인 기분이 들었다. 뒤로는 북쪽 강변의 한강공원에서 산책을 즐기는 사람들이 내려다보였고, 앞으로는 여의도의 고층 건물들이 화려한 빛을 뿜내며 서 있었다. 그녀가 손가락으로 그 건물들을 가리키며 더현대 서울, 서울국제금융센터, 파크원, 콘래드 서울이라고 이름을 읊어주었다. 나는 고개를 끄덕이기는 했지만 그녀가 말하는 건물이 내가 보는 건물인지 자신이 없었고 사실 큰 관심도 없었다.

그녀는 자살 시도를 하기 전에는 우울증이 없었는데, 한강에서 구조된 뒤에 우울증이 생겼다고 말했다.

"《1984》의 세상에서 사는 기분이었어. 가족이나 심리상담사에게 내 일거수일투족을 감시당하고, 머릿속에 있는 생각까지 다 털어놔야 했으니까. 결론은 늘 정해져 있었지. 예전에 내가 품었던 생각이 틀렸고, 인간은 결코 생명을 포기해서는 안 된다는 것. 내 진짜 생각을 말할 수도 없고, 논쟁을 벌일 수도 없었어. 부모님은 내 일기는 말할 것도 없고 작은 메모 하나하나까지 다 검사하려고 했어. 아이러니한 게 뭐냐 하면, 내가 진짜 생각하는 걸 표현하는 건 허용되지 않았지만, 밑도 끝도 없이 우울하다면서 짜증내고 자해를 하는 건 허용됐어. 그런 행동을 하면 주변 사람들이 나한테 상냥하게 대해주고 위로를 해줬어. 그런데 그때는 그런 위로라도 받고 싶었나 봐. 그런 짓을 하다가 정말 우울해져버렸어. 그렇게 점점 가라앉았지. 밤에는 잠이 안 오고, 낮에는 계속 잠만 자고, 신경정신과 약을 하루에 두 번 한 움큼씩 먹고."

다 끝내버리고 싶다는 생각에 사로잡히는 때도 많았다. 그 순간 그녀에게 힘이 되어준 것은 다시 아이러니하게도, 그녀가 한때 회원이었던 자살 사이트의 강령이었다. 도피 수단으로써 자살을 선택하지 말라는.

"죽기로 마음먹었다면 어떻게든 죽을 수는 있었을 거야. 지하철 화장실에서 목을 매고 죽을 수도 있었겠지. 5분이면 충분하잖아. 그런데 그건 자존심이 용납하지 않더라. 그리고 너무 추한 것 같았어."

혹시 아파트 옥상에서 콘크리트 바닥으로 떨어지지 않고 한강을 자살 장소로 택한 것도 어떤 미학적 요인 때문이었을까? 수난구조대의 활동을 소개하는 인터넷 기사에는 '정말 죽으려면 아파트에서 떨어지면 되는데 왜 한강에서 떨어져 여러 사람 고생을 시키냐'라는 댓글이 있었다. 왜 아파트에서 떨어지지 않고 한강에서 떨어졌던가 하는 문제를 그녀는 오래 고민했다. 그녀의 답은 '한강에서 떨어지는 게 좀 더 내 취향'이라는 것이었다.

"칼로 목을 찔러 죽더라도 식칼을 사용할 수도 있고 예쁘게 생긴 단도를 사용할 수도 있는 거잖아. 그런 거야. 누군가 구조해줄지도 모른다는 생각으로 한강에서 뛰어내린 건 아니었어."

어쨌거나 그녀는 자살에 실패했고, 실패자가 되었다. 그 뒤로 자살을 시도하는 것은 세상에 대한 주장이 아니라 삶에서 도피하는 행위이기 때문에, 이제는 다시 자살을 시도해서 성공하더라도 그녀는 여전히 실패자일 것이었다. 자살 시도 이후로 그녀의 인생은 아이러니의 연속이었다.

우리는 전망대에 이르렀다. 그녀는 전망대 난간에 기대 아래를 잠시 내려다보았다. 나도 그 옆에 서서 강을 내려다보았다. 달이 밝아 물결이 보일 줄 알았는데 다리 그림자 때문에 그냥 검기만 했다. 나는 분명히 이 자리를 관찰하는 CCTV가 있고 멀리서 관제사들이 그녀와 나를 예의 주시하고 있을 거라고 생각했다.

"아직 서른도 안 됐는데, 내 인생은 끝난 거 아닌가 하는 생각을 자주 했어. 대기업 입사가 취소되지 않았더라면, 그래서 아무 일도 없었던 것처럼 회사를 다닐 수 있었더라면 가족으로부터도 벗어나고 우울증에도 걸리지 않았을 거라고 생각했어. 회사 인사팀에 연락한 사람이 누구일지 계속 생각했어. 우리 동기 중에 한 명 아닐까 하는 의심도 했지. 내가 자살 시도를 했다는 건 동기들 사이에서 제일 먼저 퍼졌으니까 말이야. 공무원 시험을 준비하는데 집중이 안 되더라. 약 탓도 있을 거 같고, 필기시험을 합격해도 신체검사에서 걸러지는 것 아닌가 하는 불안을 지울 수가 없었어. 과거 진료 기록을 조회하는 것 아닌가, 그러면 자살을 시도했고 신경정신과 약을 매일 한 움큼씩 두 번 먹었다는 기록도 나오는 거 아닌가, 그런 생각을 멈출 수가 없었어."

미래를 생각하면 너무 두려워서, 아무것도 할 수 없다는 기분에 사로잡힐 때가 있다고 그녀는 말했다. 나도 그랬다.

*

자살이 아닌 다른 돌파구를 찾아야 했지만 찾을 수가 없었다. 아침과 저녁에 신경정신과 약을 먹고 몽롱해진 상태에서 그녀는 이야기를 지어냈다. 사실이 아니었고 그녀를 옳은 방향으로 인도하는 이야기도 아니었지만, 마음을 달래주는 픽션이었다.

"이런 생각을 했어. 사실은 내가 5년 전에 자살에 성공한 거야. 그래서 죽고 없어진 거지."

그녀가 그런 말을 할 때 나는 몇 분 전에 했던 생각을 떠올렸다. 그녀가 귀신이고 나도 귀신이라는 생각 말이다. 그런데 그녀는 좀 더 귀여운 이야기를 했다. 자신은 자살한 심해인이라는 내용이었다.

"심해인?"

"심해인. 깊은 바다에서 사는 인간이야. 인간이 아니라 인어라고 해야 하나? 내가 지어낸 이야기니까 뭐라도 상관없긴 해. 아무튼 바다 밑에 심해인들이 살고 있지. 그중 한 명이 자살을 계획했는데, 그들한테 자살은 수면 위로 올라가는 거야. 인간이 물 밑에서 숨을 쉴 수 없는 것과 마찬가지로 심해인들은 수면 위에서 호흡을 할 수 없지. 높은 압력에 적응한 몸이라 물 위로 올라가면 장기들도 곳곳이 고장 날 거야."

그녀가 지어낸 이야기에서 자살을 결심한 심해인은 어떤 미학적 이유로, 바다 한가운데서가 아니라 한강을 결행 장소로 택한다. 뭍에 사는 인간은 이해할 수 없는 심해인의 감각으로는, 대양의 표면이 마치 콘크리트 바닥처럼 느껴진다. 그들에게는 한강처럼 육지 속으로 깊이 들어왔으면서도 폭이 넓은 담수가 바다 아래에서의 생활을 끝내기에 보다 고상하며 품위 있는 장소로 여겨진다.

그래서 심해인은 때로는 헤엄을 치고 때로는 바다 밑을 걸어서, 강화도에서 김포를 지나 마포구까지 올라온다. 심해인은 밀물 때 바닷물이 한강으로 역류하는 흐름을 이용하고, 썰물 때면 강바닥에서 바위를 붙잡거나 흙에 몸을 파묻는 식으로 며칠에 걸쳐 서강대교 인근까지 물살을 거슬러 온다. 심해인들은 심해의 높은 압력 속에서 살기 때문에 근육이 아주 튼튼하며 끈기도 강하다. 그들은 어둠 속에서도 잘 볼 수 있고, 눈과 귀 옆에 발광 기관도 있다. 그들은 오랫동안 먹지 않아도 살 수 있다.

강을 거슬러 올라오는 사이 심해인의 몸은 천천히 바뀐다. 거무튀튀한 비늘은 담수로 호흡하면서 천천히 은빛으로 변한다. 아가미를 통해 체내에 있던 염분도 배출된다. 튀어나왔던 눈과 턱도 들어가고 온몸의 장기가 낮은 수압에 적응하면서 몸도 날씬해진다. 심해인은 한강의 아름다운 인어가 된다.

민물 인어가 된 심해인은 서강대교 아래서 자살하기로 한다. 어떤 미학적 이유로, 그 장소가 그의 취향에 딱 맞다. 그가 수면으로 도약을 준비할 때 반대편에서는 나의 과 동기이자 자살 사이트 회원인 인간 여성이 서강대교 난간에서 손과 발을 떼고 낙하를 시작한다.

내가 아는 그녀는 발바닥이 찢어지는 듯한 충격을 느끼며 수면을 뚫고 아래로 내려가 강바닥까지 이른다. 거기서 은빛 인어가 된 심해인을 만난다. 그 순간 잠시 주변 시간이 멈추고, 나의 동기와 은빛 인어는 대화를 나눈다. 어찌된 영문인지 나의 동기는 물속에서 말을 할 수 있고, 은빛 인어는 한국어에 능숙하다. 어찌된 영문인지 그들은 서로의 사정을 알고 있다. 그녀와 인어가 몇 달 전부터 서로의 상황을 꿈으로 겪었다고 해두자.

뭐야, 당신…… 인간이야? 지금 죽으려고 저 다리에서 뛰어내린 거야? 인어가 묻는다.

뭐야, 당신은…… 인어야? 지금 죽으려고 수면 위로 올라가려는 거야? 그녀가 묻는다.

그러지 말고 우리가 서로 몸을 바꾸는 건 어떨까? 인간으로서의 당신은 죽고, 은빛 인어로서의 당신이 새로 태어나는 거지. 인어가 제안한다.

은빛 인어로서의 당신은 죽고, 인간으로서의 당신은 새로 태어나고 말이지. 그렇다면 우리는 둘 다 자살에 성공하는 셈이네. 나의 동기가 응수한다.

그래서 그들은 그렇게 하기로 한다. 둘의 몸이 바뀌자마자 주변 세상의 시간이 제 속도로 흐르기 시작한다. 심해인은 육신이 바뀌었기 때문에 수면으로 떠오를 때 어딘가 무거운 몸이라고 느낀다. 육신이 바뀌었기 때문에 수면 위로 떠오른 뒤에도 추위에 떨지 않고 오래 버틸 수 있다. 구조된 뒤에도 바뀐 육신에 적응하느라 낮에 잠을 많이 자야 했다.

*

"그러니까 지금 내 앞에 있는 건 내가 예전에 알았던 사람이 아니라, 깊은 바다 밑에서 생활하다 한강으로 올라온 심해인이라는 거야?"

내가 웃으며 물었다. 그녀가 심해인 이야기를 하는 동안 비니를 쓴 젊은 남성이 우리 옆을 지나갔는데, 그날 서강대교 인도에서 만난 유일한 사람이었다.

"그렇지. 난 심해인이야. 수면 위 생활이 아직 낯설어. 그러니 잘 부탁해."

우울증의 밑바닥에서 일상으로 올라오는 일은 강 밑바닥에서 수면으로 올라오는 일과 크게 다르지 않을 거라는 생각이 들었다. 운 없는 이들은 올라오지 못한다. 우울증에서도, 강바닥에서도.

"그런데 예전에 내 동기가 경험한 일들을 다 기억하고 있는 것 같던데?"

"아, 서로 살아가는 데 필요한 기억은 공유하기로 했지. 난 심해인으로서의 기억도 다 갖고 있어."

"그 말이 맞다 쳐도 심해인도 여전히 살아 있고 내 동기도 여전히 살아 있는 거 아닌가? 자살에 성공한 게 아니라 그저 몸을 바꾼 거잖아."

"심해인으로 살아 있는 게 아니잖아. 우유가 치즈가 되면 우유는 죽은 거야."

나는 비유가 이상하다고 핀잔을 줬고, 그녀는 어차피 지어낸 이야기인데 아무려면 어떠냐고 대꾸했다. 나는 소설가로서 설정이나 비유의 완성도를 신경 쓰지 않을 수 없다고 반박했다. 그녀는 그 심해인 이야기 덕분에 아르바이트도 구하고 동기 모임에도 5년 만에 나올 수 있었다며 어깨를 으쓱했다.

한강 남단과 밤섬 중간 지점에 멈춰 서서 그녀가 말했다.

"이 자리가 내가 뛰어내린 자리야. 북쪽이 좀 더 물살이 빨라서 구조하기 어렵다고 하던데, 몰랐지."

그녀는 난간에 손을 짚고 서서 서쪽 하늘을 잠시 바라보았다. 나는 바람을 맞으며 그 옆에 서 있었다. 그녀는 혹시 자기가 다리에서 같이 뛰어내리자고 할까 봐 겁나지 않느냐고 물었다.

"아니, 그런 생각은 안 했는데."

내가 솔직하게 대답했다. 그녀는 고맙다고 말했다. 자기가 같이 자살하자고 권할 거라 여기면 어쩌나 걱정했다고 털어놓았다.

"그건 심해인 이야기와 달리 해로운 망상이네."

내가 말했다. 그녀는 내 말에 대꾸하는 대신 몸을 돌려 등을 난간에 기댔다. 그러고는 하늘을 올려다보며 말했다.

"오늘 달이 진짜 밝네. 참 아름답다."

"그러게."

내가 맞장구쳤다.

우리는 서강대교를 다시 걷기 시작했다. 아직도 집에 가지 않은 사람들이 여의도 한강공원에 앉아 있는 모습이 보일 때쯤 그녀에게 심해인 이야기를 소설로 써도 되느냐고 물었다.

"그럼."

그녀가 대답했다.

무명

최진영

최진영

장편소설《당신 옆을 스쳐간 그 소녀의 이름은》으로
제15회 한겨레문학상을 수상했다. 소설집《팽이》《겨울방학》
《일주일》《쓰게 될 것》, 장편소설《끝나지 않는 노래》《원도》
《구의 증명》《해가 지는 곳으로》《이제야 언니에게》
《내가 되는 꿈》《단 한 사람》 등이 있다.

여기 낡은 신문지 서른 장이 있다. 위기에 처할 때마다 이것을 보며 최악을 피했다. 최악을 피하려는 마음은 중요하다. 그 마음이 없으면 죽이거나 죽는 수밖에 없다. 죽음은 너무 쉽다. 풀이가 쉬운 문제는 0점이라는 치욕을 누구에게도 안겨주지 않으려는 선심 같은 것. 떠먹여주는 점수 같은 것. 그러나 너무 절망하거나 희망해버리면, 우습게 생각하거나 흥분해버리면 떠먹여주는 걸 뱉어낼 수가 있다. 죽이려고 했는데 죽지 않을 수가 있고 죽으려고 했는데 살아날 수가 있다. 두 경우 다 겪어봤다. 당시에는 최악인 줄 알았지만 돌이켜보니 차악이었다. 살아났기 때문에 돌이켜볼 수도 있다. 최악을 차악으로 재해석할 수 있다. 죽으면 끝이다. 그냥 없어지는 것이다. 없어지면 마음 편할 거라고 생각한 적도 있지만 죽으면 편할 마음조차 없다. 없음의 상태로 존재할 수는 없다. 그러나 나는 아주 오랫동안 그 상태로 존재한다고 느꼈다. 느끼는 나만큼은 존재했다는 말이다. 이 신문지에는 없음의 상태로 존재하다가 진짜 없어진 사람의 이야기가 있다. 그를 소개하는 글은 다음과 같다.

신원 불상 여아, 중년 남성 무참히 살해 후 사망

20여 년 전 밤, 9시 뉴스로 그 사건을 처음 접했다. 폴리스 라인을 둘러친 주차장. 현장에서 수거한 흉기 두 점. 뒤엉켜서 사진을 찍고 취재하고 기웃거리는 사람들. 당일 발생 사건이었고 첫 보도였기에 정보는 많지 않았다. 다음 날 조간신문에 조금 더 상세한 내용이 나왔다. 미성년자로 보이는 여성이 중년 남성을 살해했다. 남성의 몸에 방어흔과 자상(刺傷)이 훨씬 많은 것으로 보아 여성이 남성을 먼저 공격한 것으로 보인다. 여성의 몸에도 깊은 자상이 있으므로 난투가 있었음을 짐작할 수 있다. 살해 동기는 조사 중이다. 여성은 출생신고의 흔적이 없고 서류상 존재하지 않는 사람이라 추적에 어려움이 있다.

성인 남성이 어린 여성을 폭행하거나 강간하거나 살해하는 사건은 흔했으나(내게도 일어나던 일이었다) 어린 여성이 성인 남성을 계획 살해하는 일은 드물었기에(내게도 일어날 뻔한 일이었다) 대중의 관심도는 다른 강력 사건보다 훨씬 높았다. 초등학교 고학년 정도의 신체를 가진 여성이 거구의 남성과 난투를 벌이고 살해했다는 소식에 많은 사람이 충격을 받거나 의구심을 가졌다. 사건 보도는 매일 더해졌다. 사실 확인을 제대로 거치지 않은 추측과 짐작 또한 많았다. 전문가와 박사들이 방송에 나와 토론하고 진단했다(해가 갈수록 극심해지는 청소년 폭력성, 인터넷 게임이 청소년 정서 발달에 끼치는 악영향, 핵가족화가 불러온 이기주의와 극단주의, 비행 청소년과 가출 청소년의 충격적 실태, 청소년 인권 논의의 급진성과 폐해……). 뭐가 중요한지도 모르는 어른들이 서로를 바라보고 앉아서 온갖 유식한 말로 청소년을 씹어먹었다. 그 사건과 관련된 것이라면 나는 무엇이든 보고 들었다. 신문 기사를 가위로 오려서 한 권의 책처럼 만들어 거듭 읽었다. 알아야 했기 때문이다. 여자는 감금 상태가 아니었다. 사방이 트인 주차장에서 남자에게 먼저 달려들었다. 자기보다 덩치가 훨씬 큰 남자를 공격하고자 마음먹었을 때 여자는 분명 죽을 각오를 했을 것이다. 여자는 삶을 원하지 않았다. 그렇다면 무엇을 원했는가? 나는 허공을 향해 물었다.

네가 원한 건 뭐야?

X를 죽이려고 시도한 적이 있다. 매번 가볍게 제압당했다. 그리고 죽을 만큼 맞았다. 사건 관련 기사를 읽으며 나의 패착을 깨달았다. 나는 살고 싶어서 X를 죽이려고 했다. 그래서 실패한 것이다. 여자는 나와 다른 것을 원했음이 분명했다. 여자가 원한 것을 알아야 했다.

이후 쏟아진 기사와 심층 보도를 통해 더 밝혀진 내용은 대략 다음과 같다.

현장에서 채취한 혈액과 지문 감식 결과 범죄에 가담한 제3자 없음. 가해자 무명(無名)의 부친은 거주지에서 백골 상태로 발견. 살해당한 것으로 추정. 모친은 실종 상태. 생활 반응 전혀 없음. 부친의 잦은 가정폭력과 주취폭력에 관한 주변인의 구체적 증언 확보. 가해자는 출생 미등록자로 취학 또는 공공기관 사용 흔적 없음. 사망 당시 임신 상태였음. 가해자는 피해자 남성의 의붓딸과 친구였으며 그 딸은 사건 수십 일 전 투신자살 했다는 주변인 증언 확보. 주변인은 피해자가 의붓딸을 지속적으로 성폭행했으며 의붓딸은 그 상황에서 탈출하려다 투신했다는 의혹을 제기함. 그에 대한 보복으로 가해자가 피해자를 살해했다고 보기에는 동기가 미약하고 살해 방법이 잔인하다는 전문가 의견. 금전 관련이나 치정으로 인한 살해 가능성이 있으나 가해자와 피해자 동시 사망으로 수사 종결.

 기자가 기사에 쓰지 않은 내용을, 그들이 말하는 가능성을 사람들은 익명으로 댓글에 썼다. 그들은 사건 당시 여자가 임신 중이었다는 사실에 집중했다. 여자가 돈을 받고 남자와 성관계를 했을 거라고, 원하는 만큼 돈을 받아내지 못해서 살해했을 거라고 확신했다. 남자가 의붓딸을 성폭행했다는 건 가능성의 영역에 두고 남자와 여자 사이에 성관계가 있었을 가능성은 사실로 단정 지었다. 그들 머릿속에서 어린 여자는 거대한 자석. 섹스와 돈과 피해자 남성은 그것에 들러붙는 철 가루.

 미친 새끼들. 구더기 같은 새끼들. 가정폭력범에 주취폭력자에 성폭행범 같은 새끼들.

 내가 죽었다면 또는 살해에 성공했다면 나도 의심받았을 것이다. 운이 좋은 경우 그저 '불쌍한 여자애' 정도로 그쳤을지도. 쯧쯧. 어린애가 부모를 잘못 만나서. 그리고 끝. 없음. 기사를 읽을 때마다 나는 자꾸 가해자와 피해자를 혼동했다. 나 같은 사람은 나뿐인 줄 알았다. 내가 내 사정을 남들에게 말할 수 없듯 나와 비슷한 경험을 하는 사람들도 마찬가지일 테니 우리는 가까이 있어도 서로를 알 수 없었다. 그런데 가해자 무명의 과거에 나의 이야기가 있었다. 어쨌든 남자는 살기 위해서 칼을 휘둘렀을 것이다. 그렇다면 여자는? 나는 반드시 알아야 했다. 불쌍한 여자애로 남을 순 없으니까. 살고 싶다는 이유로 칼을 휘두르다가 죽거나 죽이지 않으려면 다른 이유가 필요했다. '다른'의 내용을 채우고 싶었고 가해자 무명은 그 답을 알고 있는 것만 같았다. 너는 무엇을 원했지? 나는 허공을 향해 물었다. 혼잣말도 거듭하면 기도가 된다. 나는 매일 기도했다. 네가 원한 건 뭐야? 너도 원한 게 있긴 해? 원한다는 게 뭔지는 알아? 그걸 알고도 죽을 각오를 한 거야? 나도 뭔가를 원할 수가 있나? 그럴 수 있는 사람인가, 내가? 원하는 걸 얻기 위해서 나도 할 수 있나?

오려낸 기사를 깊이 감춰두었다가 X 때문에 충동이 일어날 때마다 꺼내봤다. 기사를 씹어먹을 듯 읽다 보면 충동이 서서히 식었다. 그러므로 한 권의 책과 같은 이 신문지 뭉치는 나의 예언서, 경고장, 성경이자 위인전, 피하고 싶은 과거 또는 미래였다. 결국 나는 아무도 죽이지 않았다. 가정폭력범은 나를 죽이지 못했다. 나는 살아서 견디다가 열일곱 살에 집을 탈출했다. X는 계속 나를 찾아냈다. 거처를 옮겨도 주소를 알아냈고 찾아와서 협박했다. 대부분 취해서, 가끔은 멀쩡한 상태로 화풀이했고 돈을 요구했다. 경찰에 신고해도 잠깐의 격리로 그쳤다. 지긋지긋한 반복. 성인이 되고도 나는 계속 어렸고 X는 나이 들수록 젊어지는 것만 같았다. 힘이 넘쳤으며 점점 노련해졌다. X에게서 완벽하게 도망치기까지 10년 넘게 걸렸다. 나의 이십대가 증발해버렸다. 나는 어서 늙고 싶었다.

내가 늙는 만큼 X도 늙어서, 손쓸 수 없이 늙어버려서 힘을 잃길 바랐다.

어제 경찰에게 연락이 왔다. X가 집에서 죽은 채 발견되었다고 했다. 백골 상태는 아니라고 했다. 타살 혐의 없는 고독사. 그는 고독했을까? 나는 고독했다. X에게서 벗어난 이후 고독이라는 사치를 부릴 수도 있었다. 서류상 X와 나는 유일한 가족. 경찰은 시신을 인계하겠느냐고 물었고 나는 하지 않겠다고 대답한 뒤 전화를 끊었다. 오랜만에 가해자 무명을 떠올렸다. 부서질 듯 버석거리는 신문지를 한 장 한 장 넘겨보다 경찰에게 전화를 걸어 물었다.

"내가 인계하지 않으면 시신은 어떻게 됩니까."

무연고 처리되어 지자체에서 화장하고 일정 기간 봉안한다는 대답이 돌아왔다. 봉안 기간을 물으며 무명의 시신을 생각했다. 누군가가 그의 시신을 거두었을까? 장례를 치렀을까? 그럴 사람이 한 명쯤은 있었을까? 출생신고가 되지 않아 서류상 가족을 확인할 수 없고 사망신고조차 할 수 없는 그를 위해? 유골이나마 거두어 뒤늦은 장례라도 치르고 싶지만 시간이 너무 많이 지났다. 유골은 오래전에 처분되었을 것이다. 하지만 사라지지 않았다. 나는 그를 기억한다. 무명은 나에게 질문으로 남아 여전히 존재한다.

너는 무엇을 원했니.

단답이 아닌 서술식이라면, 답안지에 쓸 만한 몇 가지 기억이 있다.

스물한 살. 자정 가까운 시간. 고깃집 서빙 일을 마치고 당시 머물던 고시원으로 가던 길. 너무 피곤했지만 교통비를 아끼려고 걸었다. 번화가를 지나갈 때, 맞은편에서 걸어오던 작고 마른 여자가 나를 향해 소리 질렀다.

　"야, 너 뭐 하는 짓이야!"

　나는 바닥을 보며 느리게 걷고 있었다. 걷다가 비명횡사하는 게 차라리 나을 거라고 생각할 만큼 죽지 못해 살고 있었다. 내 삶을 저주하고 있었다. 그때 나의 꿈은 악랄한 사람. 범죄를 저지를 수 있을 만큼, 강도질을 하거나 뻔뻔하게 사기를 칠 만큼, 나보다 나약한 사람에게 폭력을 휘두르고 협박해서 돈을 뜯어낼 만큼 악랄해지기. 가진 것도 없으면서 악랄하지도 못한 나를 경멸하면서, 차라리 죽어버리라는 주문을 외우면서 걷던 나는…… 걸음을 멈추고 여자를 멍하게 쳐다보며 생각했다. 나는 지금 뭘 하고 있지? 여자는 오른손 검지를 들어 나를 스쳐 간 사람을 가리키며 화를 내듯 말했다.

　"저 사람이 네 가방을 열었어."

　여자가 가리키는 사람을 봤다. 그 사람은 돌아보지 않고 서서히 멀어지다가 인파에 섞였다. 나는 메고 있던 백팩을 가슴께로 돌려 살펴봤다. 앞주머니 지퍼가 열려 있었다. 여자는 내 눈을 똑바로 쳐다보면서, 이번에는 오른손 검지로 나를 가리키면서, 여전히 화를 내듯 말했다.

　"정신 차려. 정신 똑바로 차리라고. 조심해. 온갖 사탄이 너를 노리고 있잖아."

내 옆을 지나가면서도 여자는 나를 겨눈 손가락을 내리지 않았고 뒤돌아보며 나를 응시했다. 그 눈빛. 그 목소리. 백팩 앞 주머니에는 사장 몰래 고깃집에서 챙겨 나온 땅콩맛 사탕이 한 줌 들어 있었다. 내가 도둑질한 것을 누군가가 다시 도둑질하려 했고 그건 고작 사탕이었다. 그래서 더 비참했다. 아주 많은 사람이 공짜로 주고받는, 누군가는 건강에 해롭다며 줘도 먹지 않는 바로 그런 것이 당시 내겐 소중한 양식이었다. 여자는 나를 포함한 세상 전부에게 화가 난 것만 같았다. 온몸으로 절망의 티를 내는 먹잇감들. 지쳐 걷는 자를 노리는 온갖 사탄. 그 사냥을 못 본 척하거나 대수롭지 않게 생각하는 익명들. 나를 겨냥하며 정신 차리라고 경고했던 그 여자는 나를 스쳐 간 무명. 길에서 만난 나의 예수.

스물세 살 무렵, 구체적인 미래를 꿈꿨다. 기술을 배워서 직업을 가지고 싶었다. 검정고시를 통과하고 전문대학에 합격했다. 학비는 국비 지원이고 기숙사비도 저렴한 학교였다. 살던 집 보증금을 빼서 2년간의 기숙사비와 생활비를 충당할 계획이었다. 입학을 두어 달 앞두었을 때 집주인에게 전화가 왔다. 언제쯤 짐을 뺄 거냐고 물었다. X가 나 몰래 집주인을 만나 보호자 행세를 했음을 뒤늦게 알았다. 집주인은 이미 X에게 보증금을 보냈다고 말했다. 전 재산과 다름없는 보증금 500만 원을 X에게 받아낼 방법은 없었다. 집주인에게 따져 물어도 소용없었다. 꿈꾸었던 구체적인 미래는 부서졌다. 오랜만에 다시금 살의를 느꼈다. 새로운 세입자가 들어오기로 했으니 오늘까지는 짐을 빼라고 집주인은 말했다. 당장 필요한 것들만 가방에 챙겨 집을 나왔다. 두고 가는 짐은 별거 없었다. 죽이지 못하면 죽을 생각이었기에 아깝지도 않았다. 정처 없이 걸으며 가해자 무명과 피해자 남성을, 그들의 난투를 집요하게 상상했다. 어떻게, 어떤 방법으로…… X의 몸에 올라탄 뒤 절대 떨어져 나가지 않으려면, 죽을 때까지 그의 몸에 들러붙어 있으려면…… 무서운 상상을 떨칠 수가 없었다. 상상을 실현한다면 뉴스로 나가겠지. 집주인의 증언으로 500만 원이 언급될지도 모른다. 나는 500만 원 때문에 친부를 죽인 사람이 될 것이다. 먼지에 불과한 그 이유가 살해 동기의 전부로 둔갑할 것이다. 살아남으려고 노력했던 지난 시간은 모두 소거되고 500만 원과 살인 사건만 남을 것이다. 구체적인 미래는 이미 잃었고, 없는 미래를 잃었다는 말은 말이 안 되고, 내가 잃을 것은 과거뿐이었다. 살고자 애썼던 과거. 그게 아까운가? 겨우 그 정도의 과거가? 다른 이유가 필요했다. 답을 알고 싶었다. 너는 무엇을 원했니? 무엇을 원했기에 죽을 각오를 할 수 있었어? 당장 갈 곳이 없었다. 찜질방에서 밤을 보낸다고 해도 다음 날 잘 곳이 없었다. 그런 삶은 처음 집을 나왔을 때 겪을 만큼 겪었다. 그런 시기는 지났다고 믿었다. 하지만 X는 단숨에 나의 시간을 되돌려버렸다. 그 놀라운 권능과 기적. 그는 나를 지옥에 빠트릴 수 있었다. 나를 악마로 만들 수 있었다. 보잘것없는 그에게 그런 힘을 부여하는 존재는 바로 나였다. 그를 증오하여 해칠 수 있는 나. 그에게 처절하게 휘둘리는 나. 내가 그를 죽이면 그는 나의 신이 된다. 그가 나를 죽이면 나는 그의 신이 된다. 살리는 게 아니라 죽임으로써 신이 된다. 서로의 꼬리를 물고 있는 두 마리 뱀. 생각은 뒤엉키고 몸은 휘청였다. 누군가 내 팔을 잡았다.

"언니, 이거 떨어트렸는데요."

여자아이가 나에게 작은 지갑을 내밀었다. 내 것이 아니라고 대답했다.

"아닌데. 언니 주머니에서 떨어지는 거 내가 봤어요."

여자아이가 손을 거두지 않고 말했다. 내 것이 아니라고 다시 대답했다.

"근데 내가 봤다고요. 아니면 언니가 주인을 찾아주던가요."

여자아이는 집요하게 주장하며 내게 지갑을 건네고 돌아섰다. 길에 선 채로 지갑을 열었다. '청년자립지원센터 홍보팀 과장 이유리'라고 적혀 있는 명함 수십 장이 들어 있었다. 청년과 자립과 지원의 의미를 생각했다. 내가 알고 있는 그 의미가 맞을까 의심하며 명함에 적힌 번호로 전화를 걸었다. 이유리 과장에게 나의 사정을 말했다. 내가 겪은 폭력과 위기와 방황과 가출에 대해 처음으로 타인에게 상세하게 설명했다. 이유리 과장은 나의 말을 끊지 않고 다 들은 다음 말했다. "지원 방법을 찾아볼게요. 일단 센터로 오세요." 갈 곳이 생겼다. 눈물을 닦으며 여자아이를 찾았다. 갑자기 나타나 이유리 과장의 명함 지갑을 건네고 사라져버린 그 아이. 나의 예수. 나의 무명. 그 아이가 아니었다면 나는 상상을 거듭하다가 X를 죽일 수밖에 없다는 당위에 빠졌을지도 모른다. 500만 원은 큰돈이다. 하지만 내 인생을 끝장낼 만큼 큰돈은 아니다. 5억 원이라도 내 인생과 맞바꿀 수는 없다. 그땐 몰랐던 사실을 이젠 안다. 돈 때문에 죽을 수는 없다. 그렇다면 무엇 때문에 죽을 수 있나? 너는 무엇을 원했던 거니?

    서른 살. 그 무엇을 만났다고 믿었다. 그 사람 대신 죽을 수도 있었다. 그 사람이 죽으면 따라 죽을 거라고도 생각했다. 그는 거래처 직원이었다. 우리는 업무 때문에 자주 통화했다. 1년 동안은 서로 일 얘기만 했다. 연휴를 앞둔 날에는 연휴 잘 보내시라고, 연말에는 새해 복 많이 받으시라는 인사를 덧붙이기도 했다. 그뿐이었다. 그는 나에게 특별한 사람이 아니었다. 그리고 겨울, 거래처로 찾아가 그에게 중요한 서류를 건네고 바로 퇴근하려는데 비가 내리기 시작했다. 눈보다 차가운 겨울비. 그는 나에게 우산이 있느냐고 물었다. 편의점에서 사면 된다고 대답했다. 그는 자기 차에 우산이 있다고, 빌려주겠다고 했다. 아니, 그럴 게 아니라 집까지 태워주겠다고 말을 바꿨다. 그럴 필요 없다고 대답했다. 돌아서는 나에게 그가 말했다. "비를 맞을 거예요? 감기 걸릴 텐데요." 돈과 숫자, 물품과 거래량, 의례적인 인사 이외의 말을 하는 그가 낯설었다. 그는 자동차 트렁크에서 우산을 꺼내 나에게 다가왔다. 입고 있던 외투 주머니에서 장갑을 꺼내 내밀었다. 우산을 쥐면 손이 시릴 테니까 장갑을 끼라고 했다. 장갑도 우산도 마다하는 나에게 그가 말했다. "저는 원래 친절한 사람이 아닙니다." 그 말이 나를 돌아서지 못하게 했다. 친절하지 않은 사람이 건네는 우산과 장갑은 무엇이란 말인가. 그 마음이 궁금해서 사랑하게 되었다.

    3년 후, 다른 사람을 사랑하게 된 그는 아주 불친절한 방법으로 나를 떠났다. 혼자 남은 나는 여전히 그를 위해 죽을 수 있다고 생각했다. 그만큼 불행했다. 사랑하는 마음에서 비롯된 불행은 X가 내게 준 불행과 완전히 달랐다. 나는 X를 사랑한 적도 믿은 적도 없었다. 나는 X에게 소중한 존재였던 적이 없었다. 너무나도 낯선 불행감에 짓눌려 고통스러웠다. 불행이 내 숨통을 끊어놓기 전에 스스로 죽는 게 나을 것 같았다. 폭우가 쏟아지던 어느 새벽, 밤새 뒤척이다가 집을 나섰다. 홀린 사람처럼 강을 향해 걸었다. 죽음은 쉬웠다. 쉬운 답이 가까이 있는데 그동안 너무 어렵게만 살았지. 3년짜리 사랑은 사랑일 수 없어. 그래, 나는 사랑받을 자격도 없는 사람. 검은 강을 바라보다 문득 엄마를 생각했다. 얼굴도 기억나지 않는 엄마가 보고 싶었다. 기억에 없으니까 엄마만큼은 나를 사랑했다고 믿어도 괜찮지 않을까. X는 엄마의 죽음에 대해 자세하게 설명해준 적이 없었다. 그것만은 알고 죽어야겠다는 생각이 들었다. 엄마 이야기를 들으려면 X에게 전화해야 했다. 죽기 전에 마지막으로 듣는 목소리가 X여야 한다니 그건 너무 고약하다고 생각할 때 갑자기 나를 잡아끌던 손. 나를 종이처럼 구겨서 주저앉히던 노인.

    "너도 막장에 있구나!"

    나보다 작은 노인이 나를 내려다보며 소리 질렀다.

    "막장이 더 있을 것 같지? 착각하지 마! 여기가 막장이야!"

나는 구겨진 채 물속에 내던져진 것만 같았다.

"알겠어? 네 인생의 막장은 여기야. 지금이라고!"

노인의 무서운 눈. 분노로 터질 것 같던 눈동자. 주저앉아서 올려다보는 노인의 몸집은 거인 같았다. 노인이 두 손으로 내 어깨를 강하게 짓눌렀다. 나는 더 구겨졌다.

"당장 꺼져! 여기서 꺼지라고!"

너무 무서워서, X에게 맞을 때보다 더 무서워서 엉엉 울었다. 거센 비바람 속에서 몸을 한껏 움츠렸다. 벗어나고 싶었지만 일어설 수가 없었다. 일어서는 순간 뛰어들게 될 것만 같았다. 물속이 아니라 노인의 입속으로. 노인은 계속 내 인생을 저주하며 당장 꺼지라고 소리 질렀다. 짐승처럼, 두 발과 두 팔로 기어서 간신히 그곳을 벗어났다. 막장에서 기어 나오듯. 막다른 곳에서 탈출하듯. 간신히 뒤를 돌아봤다. 멀리서도 그 노인이 완강한 힘으로 나를 계속 짓누르는 것만 같았다. 그곳을 완전히 벗어나기 전까지는 내가 일어서지 못하도록. 죽을 각오로 찾았던 그곳이 내 삶의 막장이라고 선언했던 노인. 거기가 끝이라고 윽박지르던 그 작은 노인. 나를 스쳐 간 가해자 무명. 나의 예수.

X에게 학대당할 때도 각오하지 않았던 죽음이었다. 그런데 각오했다. 사랑했기 때문에. 사랑하면서 행복하다고 느낀 적이 있었다. 그것의 그림자만큼 불행감은 컸다. 나를 죽일 수도 있는 행복에 X의 지분은 없었다. 그것을 깨달은 순간 나는 X에게서 완전히 해방되었다고 느꼈다. X의 죽음은 내게 아무 의미

없다. 없는 사람의 죽음은 나를 흔들 수 없다. 무명의 유골은 어떻게 되었을까. 신문에 적힌 기사만 보면 무명은 가해자이자 살인자. 학대와 유기 속에서 짧은 생을 보내다 가장 비극적인 방식으로 떠난 사람. 무명의 행복과 사랑은 기사에 없다. 사람들은 그런 것을 궁금해하지 않는다. 그리고 나는 여전히 원한다. 그 무엇을. 이제 나는 말할 수 있다. X에게 속박되었다고 느꼈을 때는 쉽사리 말할 수 없었던 상처를, 내가 겪은 학대와 폭력의 내용을 필요하다면 누구에게든 밝힐 수 있다. 사정을 들은 사람들 중 일부는 그런 일을 겪은 나를 불행한 사람이라고 못 박곤 한다. 그러나 불행은 내 삶의 일부일 뿐. 피하고 싶은 과거 또는 미래, 나의 예언서이자 경고장, 성경이자 위인전에 불을 붙인다. 낡아 바스락거리는 신문지는 재로 변해 바람결에 흩어진다. 여기가 끝이야. 기도하듯 중얼거린다. 이젠 나갈 일만 남았어.

외계인

주원규

주원규

장편소설《열외인종 잔혹사》로 제14회 한겨레문학상을 수상했다.
장편소설《천하무적 불량야구단》《무력소년생존기》《망루》
《불의 궁전》《반인간선언》《광신자들》《너머의 세상》《기억의 문》
《크리스마스 캐럴》《나쁜 하나님》《메이드 인 강남》《특별관리대상자》
《나를 모르는 사람들에게》《서초동 리그》《벗은 몸》
《제국의 사생활》등이 있다.

핏기라곤 찾아볼 수 없는 창백한 얼굴, 핏빛을 닮아 있는 새빨간 입술, 딱 보면 외계인이 생각나는 참 이상한 아이였다. 언제 봤을까. 아니, 과연 저 아이를 본 적이 있었을까. 처음 본 모습일 수도 있지만, 그렇지 않을 수도 있었다. 아무 이유 없이 저 아이를 외계인이라고 생각했던 건 아마도 처음 봤든, 언젠가 계속 보았든 피할 수 없는 두려움이 치솟았기 때문이 아닌가.

설명할 수 없는 일이 벌어졌다. 그 아이를 보다가 손에서 공이 빠져버렸다는 것이다.

2군 야구 경기에 관객이 있는 경우가 흔치 않았지만 그럴 수도 있다고 생각했다. 프로야구라고 하지만, A등급만 기억하는 세상에서 B등급까지 챙기는 자비로운 세상은 이제 더 말이 안 되니까. 2군 야구를 관람하기 위해 티켓까지 끊고 한낮에 구장까지 찾아오는 이는 선수의 가족 외에 없다고 생각했다.

하지만, 그렇다 해서 투수가 공을 손에서 아예 놓쳐버린다는 게 말이 되는가. 말이 안 되는 일이지만 여하튼 일은 벌어졌고, 성윤도, 녀석의 공을 기다리던 타자도, 주심도, 1군에서 온 수석 코치도 황망한 표정으로 이 장면을 마주했다. 공을 놓친 투수 성윤은 우두커니 서서 좌석에 앉은 외계인을 닮은 그

아이에게서 눈을 떼지 못했다. 성윤을 할퀴듯 노려보는 건 그녀 역시 마찬가지였다.

　일은 어제저녁 벌어졌다. 고교 졸업 후 간신히 용써서 갓 창단한 프로야구 제10구단에 입단해 무려 3년 가까이 2군에서만 비비적거리던 어느 날이었다. 1군 감독이 직접 전화까지 해 성윤을 1군의 중간 계투로 기용하겠다는 소식을 들었을 때, 녀석은 이게 꿈인지 현실인지 꽤 오랫동안 혼란스러워했다. 상투적 속담이 떠올랐지만, 만년 2군이 1군 투수가 된다는 건 낙타가 바늘구멍에 들어가는 것만큼이나 불가능한 일에 가까웠다. 아무리 창단 구단이라 해도 1군 투수로 중앙 무대를 밟는다는 건 모든 야구 선수의 로망이다. 성윤은 그 기회를 얻었고, 이제 평소에 갈고닦은 실력을 발휘하면 된다고 믿었다. 그리고 그 믿음은 지대한 자신감으로 연결되었다. 새롭게 만나 사랑을 일궈가던 동갑내기 여자친구와 결혼을 결심하던 그날, 1군 감독으로부터 연락을 받은 걸 우연의 일치라고만 할 수 있을까. 성윤은 결혼을 결심한 자신의 용기 있는 행동이 행운을 가져다준 것으로 믿을 수밖에 없었다. 그렇지 않고서야 어떻게 일이 이렇게 순조롭게 풀릴 수 있을까. 행운이 있다면 이런 상황이 아닌가 하는 미신에 가까운 믿음을 성윤은 외면할 이유가 없었다.

　통보를 받은 그날, 성윤은 동갑내기 여자친구에게 1군 콜업 소식을 전했다.

　"더는 우리 고생하지 않아도 되고 망설이지 않아도 돼. 그렇지 않아?"

"맞아, 성윤아. 우린 지금까지 너무 오래 고생하고 말도 안 되게 망설였어."

성윤은 평소 불친절한 말투에 신경질이 잔뜩 배어 있던, 6년 차 연애 중인 여자친구의 다정한 말에 깊게 감동받았다. 여자친구가 속물 같아 보이는 건 아주 잠시뿐, 성윤은 앞으로 자신에게 펼쳐질 장밋빛 미래에 심장이 뛰었다.

그날 저녁, 성윤은 여자친구와 기분 좋은 식사에 와인 한 잔을 곁들여 마셨다. 그 후, 여자친구의 집 앞에서 헤어졌다. 여자친구의 집 위치도 목동, 2군 시합이 열리는 구장도 목동에 있는 관계로 성윤은 여자친구와 헤어진 뒤 근처 모텔에서 눈을 붙이고 다음 날에 있을 2군 시합을 준비하기로 했다. 그 2군 시합, 4월 30일에 벌어지는, 하나 마나 한, 누가 이기든 지든 누구도 신경 쓰지 않을 법한 그 경기가 2군에서의 마지막 시합이 될 수도 있다는 생각에 성윤은 오히려 더 신중하고 경건하기까지 한 마음으로 준비하고 싶었다. 천안에 있는 본가로 내려가기엔 다음 날 몸 컨디션이 엉망이 될 것 같다는 생각에 내린 성윤만의 성스러운 의식에 가까웠다.

그날, 여자친구가 사는 아파트 놀이터에서부터 그 아이를 보았다. 아이라고 해도 좋을지 정확한 나이를 측정하기 힘든 여자아이였다. 그 여자아이가 시소 한구석에 웅크리고 앉아 성윤을 노려보고 있었다. 어둠 속이었지만 여자아이의 눈빛은 아파트 가로등 불빛에 비쳐 분명히 성윤의 눈에 들어왔다. 처음 그 눈빛을 봤을 때 성윤은 그러거나 말거나 상관하지 않았다. 무시가 답이라고 생각했다. 하지만, 상관하지 않기로 했지만, 자꾸 시선이 여자아이에게 향했다. 창백한 얼굴에 핏빛 입술, 노랗게 탈색한 머리칼, 퀭한 눈빛이 근거 없는 불길함으로 성윤의 시선을 잡아 묶었다.

결국, 뭔가 들러붙는 듯한 찜찜함이 남은 성윤은 누구라도 불러내기로 마음을 먹었다.

성윤은 2군 포수 친구에게 전화를 걸어 근처 모텔로 불러냈다. 술 한 잔 더하자는 게 성윤의 찜찜함을 털어내기 위한 복안이었다. 하지만 단독으로 1군행이 결정된 성윤에 대한 질투심 때문이었을까. 포수 친구가 성윤의 전화를 무시하고 받지 않는 것을 시작으로 2군 동료 중 누구도 성윤과 2차를 함께할 생각을 하지 않았다.

아쉬움이 가득 남은 성윤은 그대로 아파트 놀이터를 벗어났다. 그 길로 눈에 보이는 모텔에 들어가 홀로 침대에 몸을 눕혔다. 아파트 놀이터에서 봤던 불길한 기운을 지닌 여자아이의 눈빛과 표정이 뇌리에서 쉽게 지워지지 않았다. 괜스레 성윤 역시 여자아이의 불길함에 감염된 기분이었다.

그 기분을 떨쳐내기 위해 성윤은 뭐라도 하고 싶었다. 하지만 그 순간 모텔 침대에 누운 성윤이 할 수 있는 건 전혀 없다고 봐도 무방했다.

여자친구와 성윤이 잠자리를 하지 않는 사이는 아니었지만, 야구 선수들의 미신 때문에 성윤은 꾹 참아야 했다. 중요한 경기를 앞두고 잠자리를 하면 액운이 스며든다는, 그 알 듯 모를 듯한 미신. 미신이라고는 하지만 야구 선수 모두 그 미신을 믿었고, 성윤도 예외는 아니었다. 성윤은 여자친구와 일상처럼 즐겼던 흔하면서도 나름 즐거웠다고 믿어온 잠자리를 참아야만 했다.

한창 혈기 방장한 나이에 성욕을 참아서일까. 쉬 잠이 오지 않던 성윤이 럭키스트라이크를 한 개비 피우려고 모텔 창문을 열었을 때였다. 창문을 열고 이제는 아날로그 스타일처럼 보이는 연초 담배의 일종인 럭키스트라이크를 한 모금 깊게 빨아들였을 때, 다시 그 여자아이와 눈이 마주쳤다. 4층 모텔 창문에서 내려다본 아이는 반대편 모텔 쓰레기통 옆에 고양이처럼 웅크리고 앉아 있었다. 순간, 성윤은 아찔한 느낌이 들었다. 여자아이를 보면서 절로 튀어나오는 욕설과 해괴한 독백의 배설을 막지 못했다. 성윤의 혼잣말은 그 자신 안으로 파고드는 복잡한 생각의 나열에 가까웠다.

누구지? 내가 건드린 애인가? 내가? 누구를? 언제? 어떻게? 왜?

'건드렸다'라는 저속한 말을 중얼거리듯 말하던 성윤은 머릿속이 갑자기 복잡해졌다. 적다면 적고, 많다면 많은 이성과의 수많은 연애를 떠올려야 했다. 성윤이 건드렸다는 생각을 자동 반사적으로 떠올린 이유는 단순했다. 물론 비약일 수 있지만, 성윤의 불길함은 증폭되었다. 웅크리고 앉아 있는 여자아이의 배가 풍선같이 부풀어 올라 있었기 때문이다.

여자아이의 배가 부풀어 오른 이유를 성윤은 부러 추측하고 싶지 않았다. 상상하고 싶지도 않았다. 살이 쪄서 그런 걸 수도 있다고 애써 합리화했다. 하지만, 밀어내면 밀어낼수록 성윤의 심장을 괴상하게 두근거리게 한 건 여자아이의 정도 이상으로 부풀어 오른 아랫배의 충격적인 인상과 더불어 자신을 원망스럽고 한탄스럽게 바라보는 눈빛 때문이었다.

당장이라도 모텔 방을 박차고 나가 여자아이에게 따져 묻고 싶었지만, 성윤은 내일의 거사를 생각해 참기로 했다. 내일 오후엔 1군 수석 코치가 성윤의 투수로서의 자질을 최종 테스트할 것이다. 아무리 형식적이라 해도, 그러니까 1군으로의 콜업이 내정된 상황이라 해도 1군 수석 코치가 두 눈 부릅뜨고 성윤의 공을 지켜보는 날인 것이다. 지나친 긴장은 안 되겠지만 그렇다고 적당히 할 수도 없었다. 성윤은 다부진 마음가짐을 갖고 하룻밤을 모텔에서 보냈다. 잠자리도 꾹 참고 하루를 꼬박 보낸 것인데, 다음 날 아침 성윤의 입에서는 절로 탄식에 가까운 말이 흘러나왔다.

"미쳐버리겠네."

그날 이른 오후, 2군의 마지막 경기가 시작되었고, 장소는 목동 야구장이었다. 그 야구장 한복판에 선 성윤은 그야말로 돌아버릴 것 같았다.

성윤은 마무리 투수였다. 2군 퓨쳐스리그에서 성윤은 이미 철벽 마무리로 정평이 나 있었다. 평소 실력대로만 던지면, 1군 수석 코치가 보는 앞에서 최소한 낙제점은 면할 수 있다는 확신이 있었다. 타석에 들어선 상대 팀 타자들도 성윤의 공을 제대로 맞출 컨디션이 아니었다.

그런데, 이게 무슨 일인가. 1군 수석 코치가 더그아웃에서 2군 감독 옆에 팔짱을 끼고 앉아 지켜보던 그 상황에서 1점 차 리드를 지키기 위해 들어선 특급 마무리 투수 성윤의 1구부터 공이 손가락 사이로 빠져버리더니 2구, 3구, 4구, 죄다 형편없는 제구력 난조를 보이고 만 것이다.

공을 제대로 던질 수가 없었다. 검은색 선글라스를 쓴 1군 수석 코치가 성윤의 그 형편없는 꼴을 더그아웃에서 고스란히 지켜봤다. 한심하게 바라보는 눈빛이 아무리 선글라스로 가려도 성윤에게 그대로 전달되었다.

순간, 성윤은 자신의 이 어처구니없는 제구력 난조의 원인을 찾고 싶었다. 그 원인을 찾는데, 결코 오랜 시간이 걸리지 않았다. 이 모든 게 외계인을 닮은 여자아이 때문이라고 생각했다. 지금 이 커다란 경기장에 관객이라고는 그 여자아이 한 명뿐이었으니까. 아파트 놀이터, 모텔 앞 쓰레기통, 그리고 여기 목동 야구장 관객석까지. 여자아이의 스토커 같은 모습 외에 성윤은 제구력 난조와 이른바 멘털의 붕괴를 설명할 길이 없었다.

다 해어지고 낡아 실밥이 터져버린 운동화를 신고 있는 여자아이는 NYPD 야구 모자를 깊게 눌러썼지만 금방이라도 타버릴 것 같은 붉은빛 입술을 하고서 성윤을 집어삼킬 듯 노려보고 있었다. 1박 2일 동안 저 말도 안 되는 노려봄의 대상이 되었다고 생각하자 성윤은 그야말로 아무것도 할 수가 없었다. 눈앞이 캄캄해졌고, 식은땀만 하염없이 흘러내려 유니폼 전체를 적셨다.

"왜 이래? 너 미쳤어?"

보다 못한 2군 감독이 마운드로 올라와 성윤에게 다가갔다. 포수도 같이 가려고 했지만, 2군 감독이 제지했다. 뻘쭘해진 포수가 다시 제자리로 돌아갔고, 2군 감독은 슬쩍 더그아웃 쪽을 바라본 뒤 성윤에게 다가와 낮은 목소리로 강하게 다그쳤다. 이미 만루 상태였다. 모두 볼넷으로 내보낸 상황. 더욱이 9회 노아웃이었다. 2 대 1. 1점 차 리드를 지키려고 투입된 팀의 마무리 투수가 한 타자도 잡지 못하고 방황하는 꼴이라니.

"야, 김성윤. 어제 술 처마셨냐? 공이 왜 이 모양이냐고."

"그게 아니에요, 감독님."

"그게 아니면 왜 갑자기 파이어볼러에서 아리랑볼 던지는 투수로 곤두박질쳤냐고! 어지간해야 실드라도 치지. 1군 수석 코치님도 보는 앞에서 이 무슨 망신이냐고!"

제 분을 못 이겨 괴로워하는 2군 감독이 씩씩거리며 더그아웃으로 돌아가려 할 때, 성윤이 그를 멈춰 세웠다. 팔을 덥석 붙잡자 2군 감독이 '이게 뭔 일이야?' 하는 황당한 눈빛으로 성윤을 바라봤다. 황당하고 의아한 눈빛일 수밖에 없는 것이 공 몇 개 던지지 않은 성윤의 이마와 목이 땀으로 뒤범벅되어 있었기 때문이다.

"뭐? 할 말 있어?"

2군 감독의 질문에 성윤이 변명하듯 말했다. 3루 쪽 관중석에 앉아 있는 외계인을 닮은 여자아이를 손으로 가리키며.

"감독님, 저 아이가 보이지 않으세요?"

"미친 새끼, 도대체 뭐가 보인다는 거야?"

"한번 보세요. 보고 얘기하시라고요!"

"대체 뭘 보라는 거냐고!"

"아, 씨발! 그냥 한번 보라니까요!"

"야, 너."

"죄송해요. 하지만, 한 번만 봐주세요."

자신도 모르게 욕이 나왔지만, 2군 감독은 전혀 동요하지 않았다. 대신 마지못해 성윤이 손짓으로 가리킨 3루 쪽 관중석으로 눈길을 돌렸다. 여자아이의 배는 더 크고 아슬아슬하게 부풀어 있었다. 금방이라도 터져버릴 것 같은 아랫배였다. 그때, 문득 성윤은 이런 생각을 했다. 저 안에 뭐가 들었을까.

아주 잠깐이지만 3루 쪽 관중석을 돌아본 2군 감독이 다시 고개를 돌려 성윤을 바라봤다. 성윤이 간절하게 소리치듯 말했다.

"보셨죠?"

성윤의 간절한 표정을 보며, 2군 감독이 짧은 한숨을 내쉬었다. 즉각적인 응답을 삼가고 다 알겠다는 듯한 표정을 짓는 2군 감독을 보며 성윤은 더 많은 말을 쏟아냈다.

"저 아이, 저 외계인을 닮은 아이가 어젯밤부터 절 노려보고 있었어요. 때론 죽일 듯이, 한심하다는 듯이 쳐다보고 있었다니까요!"

성윤이 절박하게 떠들었는데, 2군 감독은 침묵으로 일관했다. 하지만, 표정은 일관되게 차가웠다. 답답한 마음에 성윤이 재차 물었다.

"네? 감독님. 제 말 들으셨어요? 저 외계인 같은 여자애가 절 계속 따라다니면서 뭔가 협박하려 한다니까요. 해결할 수 있게 도와주세요."

"……."

"감독님, 무슨 말이라도 좋으니 해주세요. 전 지금 감독님의 한마디가 필요해요."

성윤의 그 말은 명백한 진실이었다. 자신이 현재 제대로 된 상태가 아니라는 확인만 해주면, 그 후엔 자신이 직접 더그아웃에 있는 1군 수석 코치에게 설명해 1군 콜업의 희소식을 훼손하지 않을 수 있었다.

그런데, 2군 감독은 괴이한 침묵으로 일관했다. 초조해진 성윤이 더그아웃으로 시선을 돌렸다.

선글라스를 끼고, 팔짱을 낀 채 앉아 있는 1군 수석 코치는 어떤 생각을 하고 있는지, 현 상황을 어떻게 생각하는지 전혀 짐작조차 할 수 없었다. 다급해진 성윤은 2군 감독의 팔을 잡은 손에 힘을 더 꽉 주면서 말을 이었다.

"감독님, 전 이제 여기서 벗어나야 해요. 섭섭하게 들리더라도 할 수 없어요. 전 오늘 30일, 2군 마지막 경기에서 마지막 기회를 잡았고, 제 나이에, 지금 타이밍에 1군에 올라서지 못하면 영영 희망이 없을지도 몰라요. 그러니까 기회를 주세요. 감독님은 제가 어떻게 살아왔는지 잘 아시잖아요. 저는 여자도 한 명밖에 몰랐어요. 학교생활에도 충실했고, 야구 선수라서 힘이 좋았지만, 그렇다고 일진이나 학교폭력에 휘말린 적도 없었어요."

성윤은 자신도 모르게 눈시울이 붉어졌다. 말을 하다 보니 절로 자신을 연민하게 되는 울컥한 마음이 치솟은 것이다.

부끄러움이 아예 없을 순 없겠지만, 그래도 나름 일반의 삶, 보통의 삶을 살아보려고 애써온 인생이었다. 이십대 후반까지 오직 야구 하나 바라보고, 훌륭한 투수의 길 하나 바라보고 여기까지 온 외길 인생이란 말이다.

하지만, 이렇게 눈시울이 붉어지고, 스스로 대견한 마음이 생겼던 것도 잠시, 괴팍하리만치 또렷한 죄책감이 스며들기 시작했다. 그건 관중석에서 여자아이가 일어섰을 때였다. 그때야 성윤은 여자아이가 교복을 입고 있다는 걸 알았다. 배가 초대형 풍선처럼 부풀어 올라 단추를 제대로 잠글 수 없는 여자아이의 교복 상의, 그중에서도 가슴 부위의 명찰에 적힌 이름이 처음엔 희미했지만, 나중엔 선명하게 보이는 걸 외면하기 어려웠다.

육돌순. 고전적이라 해야 할지, 옛 아주머니들, 할머니들 이름이라 해야 할지, 판단하기 어려운 이름을 가진 여자아이, 그 여자아이가 자리에서 일어나 녹색 그라운드 쪽으로 점점 다가왔다. 바로 그때였다. 성윤의 팔을 뿌리친 2군 감독이 더없이 차갑고 냉정해진 눈빛과 표정을 담아 말했다.

"어리석은 새끼."

"예?"

"약해빠져가지고."

"그게 무슨 말이에요? 저 아이를 봤다는 거예요? 못 봤다는 거예요? 예?"

"허약한 새끼. 넌 그래서 안 돼."

알 듯 모를 듯한 말을 남긴 2군 감독이 그대로 더그아웃으로 돌아갔다. 순간, 성윤은 야구장에 모인 남자들을 쳐다봤다. 1군 수석 코치의 선글라스를, 타자의 깊이 눌러쓴 헬멧을, 포수의 마스크를, 더그아웃에 앉아 있는 무표정의 선수들을 쳐다봤다. 그들 모두 침묵이었고, 아무 반응도 보이지 않았다.

성윤이 다시 시선을 돌려 육돌순이란 고전적이고 특이한 이름을 지닌 여자아이를 쳐다봤을 때였다. 어느새 녹색 그라운드 안에 들어선 여자아이의 배에서 붉은 양수가 터졌다. 그러더니 한 무리의 돼지를 닮은 괴생물체가 쏟아져 나와 네 발로 걷기 시작했다. 수백, 수천 마리가 넘는, 명명할 수 없는 괴생물체가 몸 전체를 붉은 피로 물들이고서 서서히, 집요하게 여자아이의 아랫배에서 빠르게 빠져나왔다.

그 순간, 성윤은 지금 이 장면이 현실인지 환상인지가 전혀 중요하지 않다는 걸 절감했다. 사실 여부를 확인하는 것보다 중요한 건 자신의 1군 콜업, B등급에서 A등급으로의 계급 이동에 관한 생사여탈권을 쥔 1군 수석 코치의 표정 변화를 예측할 수 없다는 것, 그 하나뿐이었다. 괴생물체들은 이후에도 계속해서 쏟아져 내렸다.

웰컴 투 더 로스트앤드 파운드

서진

서진

장편소설 《웰컴 투 더 언더그라운드》로 제12회 한겨레문학상을 수상했다.
장편소설 《하트브레이크 호텔》 등이 있다.

Fade In

나는 좋은 사람이 되기로 결심했다. 훌륭한 사람이 되기는 힘들겠지만 최소한 나쁜 사람은 되지 않을 것이다. 침대 위에서 그런 생각을 하니 기분이 좋아졌다. 오랜만에 머릿속이 맑아졌다. 마음먹은 것은 무엇이라도 할 수 있을 것 같다. 알람이 울리지도 않았는데 눈을 번쩍 떴다. 다시 잠이 들면, 그런 결심 따위, 다 사라질 것 같아서.

해가 뜨고, 아침이 시작된다. 창밖에서 새들이 노래한다. 자, 좋은 사람이 되려면 제일 먼저 뭘 해야 하지? 그래, 먼저 살을 빼야겠지. 내게 필요한 건 강렬한 의지, 행동력.

벌떡, 침대에서 일어났다. 알몸이 다 보인다. 눈을 질끈 감았다가, 천천히 떠 본다. 보기 싫은 것을 억지로 봐야 하는 괴로움. 튀어나온 배는 사라지지 않는다. 현관으로 달려가 신발장을 뒤진다. 어두운 구석에서 잠을 자고 있던 더러운 나이키 운동화를 발견한다. 죽은 쥐라도 되는 듯, 운동화를 조심스레 손가락으로 집어서 쇼핑백에 넣는다.

"찬영아, 뭐 하니?"

뒤를 보니 엄마가 나를 쳐다보고 있다. 팬티만 입은 아들이 유령처럼 보이는 건가?

"오늘도 도서관 가는 거야? 피곤하면 좀, 쉬어."

"깜짝 놀랐잖아! 배고파. 밥 줘."

Fast Forward

지하철 승강장에 서서 좌우를 살핀다. 검은 터널에서는 스산한 바람이 불어온다. 승강장에는 얼굴이 익숙한 몇 사람이 서 있다. 아침 7시 40분에 지하철을 타는 사람은 정해져 있다. 자판기 커피를 마시며 아는 얼굴을 체크해본다. 아는 얼굴이 없다.

터널 깊숙한 곳에서 전철이 다가온다. 두 눈에 불을 밝힌 괴물 같다. 커피의 마지막 한 모금을 꿀꺽. 설탕은 언제나 마지막 한 모금에 다 쏠려 있다. 지하철이 온다는 안내 방송이 울리자 정신을 차린다. 그르렁거리는 소리와 함께 먼지바람을 일으키며 지하철이 도착한다.

여느 때처럼 잽싸게 빈자리를 찾아 앉는다. 노약자석이지만 상관없다. 눈을 감고 머릿속에 그려본다. 올림픽 경기장 트랙을 유유히 달리는 나의 모습을. 상상 속의 나는 배가 들어가고 얼굴도 광대뼈가 불거질 정도로 말랐다. 상상 속에서 트랙에 한 걸음 한 걸음 발을 내디딜 때마다 크록스 슬리퍼를 신은 채로 발을 바닥에서 살짝 들었다 놨다를 반복한다. 사계절 내내

이 슬리퍼만 신고 다녀서 발의 일부가 된 것 같다. 문득 눈을 뜨고 주위를 살펴본다. 맞은편에서 주름이 깊은 중년 아저씨가 나를 빤히 쳐다본다.

Fast Forward, 도서관

점심시간이 되었는데도 텀블러의 물만 들이킨다. 어제는 김밥 세 줄을 먹었는데, 오늘은 다르다. 점심을 거르고 달리기를 시작할 것이다.

도서관 근처의 지하철역 아래에는 하천이 흐르고, 하천을 두고 좌우에 트랙이 놓여 있다. 곳곳에 운동기구도 있고 인공폭포도 있다. 맥주에 취해서 가끔, 지하철 한 구간 정도를 걸은 적이 있지만 운동화를 신고 달리게 될 줄은 몰랐다. 아, 귀찮은데 그냥 내일부터 하면 안 될까? 오늘따라 공부도 잘되는 것 같은데 점심을 건너뛰는 것으로 운동을 생략하면 안 될까? 아니다. 내게 필요한 건 강렬한 의지, 행동력.

크록스를 벗고 운동화로 갈아 신어야겠다고 생각한 순간, 쇼핑백이 보이지 않는다. 집을 나설 때엔 분명 손에 들고 있었다. 탑승 역에서 자판기 커피를 한 잔 마시고 벤치에 앉았다. 쇼핑백은 바닥에 내려놓았을 것이다. 전철이 도착했을 때 뜨거운 종이컵에 신경을 쓰느라 바닥에 놓인 쇼핑백을 집어 들 생각을 못 했던 것 같다.

지하철역으로 향한다. 운동화를 찾아야 한다. 그건 보통 운동화가 아니다. 점점 나쁜 방향으로 변해가는 나를 구원해줄 운동화다. 탑승 역에 도착하자마자 불길한 예감이 든다. 역시, 쇼핑백은 없다. 여아 실종 사건을 해결하려는 형사처럼 벤치 주변을 어슬렁거린다. 승강장을 살피고 쓰레기통도 슬쩍 뒤져본다.

커피 자판기가 우웅 하는 소리를 내며 서 있다. 동전을 넣고, 밀크커피 버튼을 누르려다 율무차로 바꾼다. 몸에 조금이나마 더 좋겠지. 조금 식힌 다음 한입에 털어 넣는다. 종이컵을 어디에 버릴지 몰라 두리번거리고 있을 때, 타닥 뭔가가 움직이는 소리가 들렸다. 승강장 끝 쪽으로 빨간 모자를 쓴 난장이가 뛰어간다. 릴스라도 찍는 건가? 주변을 두리번거렸으나 다른 사람은 아무도 없다. 종이컵을 구겨 주머니에 넣고 승강장 끝으로 걸어간다. 바리케이드 하나가 놓여 있다.

'제한 구역 ― 더 이상 넘어가지 마시오'.

그때, 바리케이드 너머에서 여자의 비명 소리가 들렸다. 나는 바리케이드 옆으로 가까스로 몸을 피해 건너간다. 나는 좋은 사람이 되기로 했다. 누군가 곤경에 빠졌다면 구해줘야겠지. 승강장이 끝나는 벽에 초록색 문이 달려 있다. 창고일까, 숨은 사무실일까?

문 왼쪽에 목욕탕 입구 카운터처럼 생긴 조그만 유리창이 보인다. 문 위에는 'Lost&Found'라고 적힌 작은 간판이 걸려 있다. 잃어버린 것과 발견한 것. 분실물보관소. 안내 간판을 영어로만 써놓으면 어쩌자는 거지? 여기가 뉴욕 지하철이라고 착각한 건가? 나야 뭐, 이런 것쯤 상식으로 알고 있지만.

유리창을 두드려도 인기척이 없다. 창문을 열기 위해 틀에 있는 손잡이를 잡는다. 힘을 주니 겨우 조금 열린다. 콜록콜록, 콜록콜록. 기침 소리가 들린다.

"여기가…… 분실물보관소가 맞나요?"

5초 뒤의 대답.

"그런데요."

"비명 소리가 들려서요. 무슨 일 있어요?"

"아뇨. 저는 그런 소리 들은 적이 없는데요."

문득, 원래 이곳에 온 목적이 생각났다.

"운동화를 잃어버렸어요. 오늘 아침 승강장에서요."

작은 창문에서 여자의 실루엣이 사라졌다가 5분쯤 지나 다시 나타난다.

"없어요."

쾅, 하며 유리창을 닫는다. 나는 유리창을 다시 휙 하고 연다. 얼굴이 화끈거리고 머리가 쭈뼛하게 선다. 뭐야? 이렇게 성의 없는 대도란.

"다시 찾아보세요. 초록색 쇼핑백에 들어 있어요."

안쪽에서 한숨 쉬는 소리가 들린다.

"하루에 얼마나 많은 분실물이 도착하는지 알아? 초록색이라고 미리 말을 해줬어야지. 칠칠맞지 못하게 자기가 잃어버렸으면서 큰 소리는. 있어도 찾아주기 싫으니까 꺼져버려."

"이거 나 참, 기가 막혀서, 너 딱 기다려. 뭔데 사람을 만

만하게 보는 거야?"

"뚱보 아저씨인 주제에 겁날 줄 알아? 들어올 테면 들어와! 한 방에 날려줄게."

철문 손잡이를 돌린다. 힘이 너무 들어갔는지 팔이 떨리고 얼굴이 화끈거린다. 손잡이를 좌우로 움직였지만 안에서 잠겼는지 잘 열리지 않는다. 다시 한번 왼쪽으로, 온 힘을 다해 돌리자 문이 열린다.

중심을 잃어 바닥에 쓰러졌다. 비틀거리며 몸을 겨우 일으켰을 때 카운터에 앉아 있는 여자가 보인다. 몸에 맞지 않는 커다란 점퍼, 헐렁한 청바지, 그리고 풍성한 털이 달린 부츠.

"뭐야, 너? 미친 거 아냐?"

여자는 자리에 앉아 부들부들 떤다. 퀴퀴한 냄새가 코를 찌른다. 오줌 냄새와 음식이 썩어가는 냄새다.

"하하, 넌 이제 죽었어. 뒤에 누가 있는지 봐."

뒤를 돌아본다. 아무도 없다. 간이 철골로 만든 선반이 끝없이 놓여 있을 뿐이다. 고개를 다시 돌리려고 했을 때는 이미 늦었다. 픽 하는 소리와 함께 야구방망이가 나의 어깨를 강타한다. 비명을 지를 틈도 없다. 수만 볼트의 전기에 감전이 된 것 같다. 무릎이 바닥에 닿았다. 철퍽, 몸이 시멘트 바닥에 부딪힌다. Fade Out.

Fade In

정신을 차려보니 침대였다, 하면 좋겠지만 시멘트 바닥이다. 눈앞에는 야구방망이 하나가 보인다. 어깨가 욱신거린다. 형광등이 하나 켜져 있어 사물의 형체만 가까스로 보인다. 나는 한숨을 쉬고 자리에서 일어나 문을 연다. 열리지 않는다. 손잡이를 아무리 돌려봐도 마찬가지다. 몸으로 밀어보고 두 손으로 밀어도 보지만 헛수고다. 작은 유리문도 마찬가지. 식은땀 때문에 몸이 후들후들 떨린다.

방 안을 휘익 살펴본다. 입구 문을 제외하고는 어떤 문도 없다. 단지 한쪽 벽에 작은 유리창, 그 아래에는 칠이 벗겨진 철제 책상, 모서리가 뜯어져 누런 솜이 튀어나온 의자가 보인다. 책상 위에는 전화기와 작업 일지. 퇴근 시간만 기다리는 공무원의 책상 같다.

휴대전화를 꺼낸다. 신호가 먹통이다. 시계를 보니 오후 3시다. 나는 책상에 엉거주춤 올라가 전화기를 살펴본다. 검고, 차갑고 묵직하다. 다이얼이 없다. 수신 전용인가? 수화기를 들어본다. 뚜우— 하는 신호음이 들린다.

"여보세요."

그 여자는 왜 나를 여기에 버려두고 간 것일까. 도무지 이유를 알 수 없다. 잠이 쏟아진다. 어차피 누군가 문을 열어주겠지. 아닌가?

Fast Forward, 여섯 시간 뒤

정신을 차려보니 침대였다, 하면 좋겠지만 책상 위다. 엎드려 있었더니 허리가 휘어지는 것 같다. 퇴근 시간이 훌쩍 넘었다. 다행히 여기저기서 소음이 들려온다. 사람들이 저 멀리서 지나가는 소리, 다음 지하철을 알리는 방송, 지하철이 멈추는 소리, 출발하는 소리…… 소음이 이렇게 반가운 적은 처음이다.

불이야, 하고 외쳐본다. 목이 아프다. 비명을 듣고 찾아오는 사람은 없다. 아앗. 배를 이쑤시개로 쿡쿡 찌르는 느낌이 난다. 그러고 보니 아침 이후 먹은 것이 없다. 비상 상황 발생. 분실물이 쌓여 있는 선반으로 가본다. 시체보관소처럼 어둡고 음침하다. 불을 켜는 스위치 따위는 없다. 휴대전화 불빛으로 확인해볼 수밖에. 가방, 책, 옷이 보인다. 마치 백화점 매장처럼 가지런히 정리되어 있다. 주린 배를 움켜쥐고 빠른 동작으로 선반을 뒤진다. 손에 닿은 물건들이 바닥에 떨어진다. 마침내 부스럭거리는 소리와 함께 기름진 냄새가 나는 걸 발견한다. 햄버거다. 봉지 안에는 커다란 콜라도 있다.

그 자리에서 허겁지겁 햄버거를 꺼내 씹는다. 목이 막히자 콜라를 벌컥벌컥 마신다. 김이 빠져나간 미지근한 콜라지만 꿀맛이다. 반쯤 먹다가 이상한 기분에 햄버거를 사무실로 가져온다. 푸르스름한 형광등 아래로 잇자국이 난 햄버거를 살펴본다. 빵 사이로 햄이 두 개, 치즈가 두 장, 피클과 누런 양상추가 마요네즈에 뒤범벅이다. 그 속에서 작은 벌레들이 꿈틀거린다.

우욱.

그걸 보자마자 속에 있는 것을 게워낸다. 콜라가 마치 꽉 막힌 호스에서 뿜어져 나오듯 목구멍에서 쏟아져 나온다. 더 이상 남은 것이 없는데도 노란 액체를 토해낸다. 얼마나 토했는지 온몸이 뻐근하고 배의 근육이 아프다. 정체를 알 수 없는 눈물도 뚝뚝 떨어진다. 얼마 만에 울어본 건지 모르겠다.

다시 선반 쪽으로 발길을 돌린다. 이번엔 제대로 필요한 걸 가져와야겠다. 잡지 두 권, 책 다섯 권, 티셔츠 두 장, 에스키모가 입을 법한 외투, 힙합 스타일의 바지, 새우깡 두 봉지, 담요, 생수 1.5리터 한 병…… 책상 위에 대충 이런 것들을 펼쳐놓는다. 최소한 이곳에서 죽지는 않겠구나.

새우깡을 씹는다. 맥주가 있으면 좋겠지만 물로 대신한다. 배가 부르니 잠이 온다. 셔츠로 바닥을 대충 닦았다. 두터운 외투를 바닥에 깔고 셔츠를 이불 삼아 누웠다. 지하철이 지나갈 때마다 바닥이 흔들렸다. 구르르르릉, 구르르르릉, 진동과 소음이 자장가가 될 줄은 몰랐다.

Fast Forward, 두 시간 뒤

책상 위에 있는 일지에 눈이 멈춘다.
'분실물 보관 일지'.
푸른색 하드커버에 검은 실로 묶인, 상상력이라고는 손톱만큼도 없는 실용성 100퍼센트의 일지. 왜 진작 이걸 볼 생각을 못 했을까?

줄을 무시하고 글이 빽빽하게 적혀 있다. 어떤 글씨는 알아볼 수 없을 정도고, 어떤 것은 또박또박 쓴 정자체다. 그림이 있는 것, 파란색, 빨간색으로 쓴 것도 있다. 찬찬히 읽어보니 이곳에 나처럼 갇힌 사람들이 쓴 것이다. 사람이 바뀔 때마다 번호가 매겨져 있다. 나한테 야구방망이를 휘둘렀던 여자, 그 이전에는 퇴직한 육십대 할아버지와 식당을 운영하는 중년 여자가 있었다. 다들 잃어버린 걸 찾으러 왔다가 여기에 갇혀버렸다.

내가 가장 궁금한 것은 그들이 어떻게 빠져나갈 수 있었는가 하는 점이다. 이상하다. 일지 내용이 점점 자신이 잘못한 것을 고백하는 식으로 바뀐다. 다들 뭔가 살면서 잘못했기 때문에 이곳에 갇혔다고 생각하는 것 같다. 그게 말이 된다고 생각해?

27번 중년 여자는 남편과 아이가 있는데도 데이팅앱으로 남자를 만나기 시작했다. 남편은 자신을 무시하고 아이들은 자신을 식모 정도로 여겼다는 이유다. 그녀는 다시 밖으로 빠져나갈 수만 있다면 절대로 다른 남자를 만나지 않겠다고 각서를 써놓았다. 각서 뒤에는 검붉은 지장. 설마, 이거 피? 반성문을 쓴 다음 날에 할아버지가 찾아왔다. 걸린 시간은 이틀.

28번 할아버지의 일지는 잘 알아볼 수가 없다. 대충 살펴보면 가장 큰 잘못은 동생에게 돈을 빌리고 일부러 갚지 않았다는 것. 그러자 야구방망이 여자가 나타났다. 걸린 시간은 사흘.

이제 29번, 야구방망이 여자의 이야기다.

'나는 아무것도 잘못한 게 없습니다. 머리는 그렇게 좋지 않지만 착실하게 공부했고, 대학교에서도 남자친구 한 명 사귀지 않은 채 열심히 공부했습니다. 몇몇 시험에서 커닝을 했지만 그 정도는 남들도 다 하는 것이기 때문에, 이곳에 갇힐 만한 이유는 되지 않는다고 봅니다.'

고백을 했는데도 일주일 동안 아무도 찾아오지 않았다. 점점 오래된 빵이나 상한 우유에 질리고, 자신의 배설물 냄새 때문에 슬슬 미쳐갔을 것이다. 글씨가 점점 알아보기 힘들게 변했다.

'저는 죄가 없습니다. 아니…… 아니…… 있습니다. 죄가 있습니다. 저는 다른 사람들의 불행 따위에 관심이 없었습니다. 지하철 노조의 파업, 억울한 판결 때문에 고생하는 사람들, 변두리 국가에서 일어나는 전쟁, 북극의 온도 변화…… 제 생활에만 지장을 주지 않는다면 무슨 일이 일어나도 관심을 두지 않았습니다. 제 공부가 가장 중요하니까요. 목이 쉬도록 살려달라고 소리를 쳐도 사람들이 오지 않는 이유는 아마, 다들 저 같은 사람이기 때문일 겁니다. 밖으로 나가면 저는 바뀔 겁니다. 진짜로요. 사람들의 일에 관심을 가질 겁니다.'

그리고 내가 하루 만에 찾아온 것이다.

모나미 볼펜을 든다. 나도 뭔가를 적어야 한다. 일단 '30'이라고 번호를 쓴다. '쓸데없이 많이 먹었다'라고 적는다. 이제 뭘 적지? 용기를 내자. 선배들의 주옥같은 반성문을 참고하자.

'먹고 싶은 대로 먹다 보니 이렇게 됐습니다. 뚱뚱한 건 죄가 아닙니다. 단지 나를 그렇게 방치한 게 죄입니다. 바쁘니까, 피곤하니까, 다이어트를 해야겠다는 생각이 들어도 미뤘을

뿐입니다.'

너무 건조하다. 감성을 자극해보자. 내게 필요한 건 동정심.

'5년 전까지만 해도 80킬로그램이었는데 이제는 100킬로그램을 훨씬 넘습니다. 언젠가부터 목욕탕이나 영화관에 가지 않습니다. 하지만 오늘부터 달리기로 결심했는데, 운동화를 승강장에서 잃어버린 겁니다. 여기서 나간다면 80킬로그램이 될 때까지, 아니 70킬로그램이 될 때까지 달리겠습니다.'

휴대전화 케이스에서 심 카드 교환용 핀을 꺼낸다. 손가락을 한참 보다가 검지 끝을 푹, 찔렀다. 으악! 그리고 지장. 일지를 덮는다. 왠지 바보 같은 짓을 한 기분이 든다. 이제 누가 올 때까지 기다려야겠지.

똑똑.

유리창을 두드리는 소리가 들렸다. 자리에서 넘어질 뻔했다. 작은 유리창에 그림자가 어른거린다. 다시 한번 똑똑. 나는 목청을 가다듬었다. 효과가 바로 왔다. 굉장해. 침착하자.

"네, 문을 열어주세요."

고등학생처럼 보이는 남자아이가 유리창을 드르륵 연다. 온갖 힘을 써도 열리지 않던 것이 마술처럼 열렸다.

"가방을 잃어버렸어요. 검은색 아디다스인데……"

남학생은 심드렁한 목소리다. 순간 나는 팔을 내밀어 그의 어깨를 덥석 잡는다.

"제…… 제발 도와줘. 나 여기에 갇혔어. 저 문을 열고 나를 도와줘. 아니 경찰한테 신고해줘. 사람이 갇혔다고."

학생은 꽉 매달린 내 손을 뿌리친다.
"앗, 뭐야? 미친 사람 아냐?"
유리창을 쾅 하고 세게 닫은 뒤 도망간다.

Fast Forward, 세 시간 뒤

분실물보관소에 이상한 사람이 있다고 연락이라도 해주면 좋으련만, 고등학생은 그런 생각이 전혀 없었던 것 같다. 나는 바닥에 앉아 내 손으로 머리를 친다. 쿵쿵, 하며 머리를 문에 박는다. 바보같이 그런 기회를 놓치다니.

일지에 따르면 29번이 잃어버린 쇼핑백을 찾으러 왔을 때 그곳에 있었던 28번 할아버지는 다급하게 자신을 구해달라고 하지 않았다. 어떤 색깔, 어떤 로고의 쇼핑백이었는지, 그 안에는 어떤 옷이 들어 있었고 얼마짜리인지 신경질이 날 정도로 물어보았다. 29번이 나에게 했던 행동도 마찬가지였다. 물건을 찾으러 온 사람이 밖에서 문을 열도록 유도한 것이다. 출입문은 밖에서만 열리는 게 틀림없다.

나는 다시 일지를 펼쳤다. 고해성사를 다시 써야겠다. 볼펜을 들고 적어야 하는데 손이 움직이지 않는다. 손이 부들부들 떨릴 뿐이다. 아무리 생각해도 이런 짓을 당할 만큼 잘못한 게 없다. 역시, 반성문은 아무나 쓰는 게 아니다. 최소한 자기가 무얼 잘못했는지 아는 사람만이 쓸 수 있는 것이다. 사소한 잘못 따위 몇 가지가 생각나긴 해도, 결정적인 잘못은 도무지 알아낼 수가 없다. 아니, 너무나 잘 알고 있어서 인정하기 힘든 것인지도 모른다. 그런가?

Fast Forward, 새벽 2시

잠이 오지 않는다. 나의 잘못을 생각하다가 생각 속으로 빠져버렸다. 입에서 김이 모락모락 올라온다. 춥다. 세상 모든 것이 멈춘 곳에 나 혼자 처박혀 있다고 생각하니 더욱. 분실물 보관소에서 슬쩍한 점퍼를 두 개나 껴입었다. 지하철 진동 소리도, 사람들의 발소리도 들리지 않는다.

나는 자리에서 일어난다. 창고로 발걸음을 옮긴다. 휴대전화 불빛으로 이리저리 비춰본다. 끝이 보이지 않는다. 사람들이 잃어버린, 찾아가지 않는 물건들로 가득 차 있다. 잃어버려도 아쉬운 게 없는 것들이겠지. 나도, 이 세상에서 사라져도 아무런 티가 나지 않을 것이다. 엄마는 엄청 걱정하겠지만. 코끝이 시큰해졌다.

입구와 가장 가까운 선반에 초록색 쇼핑백이 보인다. 훗, 내가 잃어버린 게 가장 가까운 데 있었네. 크록스를 벗고 나의 더러운 나이키 운동화로 갈아 신는다. 점퍼를 벗는다. 오싹, 한기가 느껴진다. 나는 달릴 것이다. 운동화를 보자마자 결심했다. 필요한 건 강렬한 의지, 행동력.

시작!

릴레이 달리기 주자처럼 한 손에는 휴대전화를 들고 달

린다. 타닥타닥, 운동화 바닥이 닿는 소리가 경쾌하다. 이상하다. 이 정도면 숨이 차야 하는데 멀쩡하다. 무릎도 시리지 않고 배도 출렁이지 않는다. 몸이 가볍다. 스무 살로 돌아간 것만 같다. 숨이 점점 차올라 멈추고 싶지만 그대로 달린다. 지금 멈추면 다시 달릴 수 없을지도 모른다. 폭발하기 직전의 심장박동이 귓가에 들린다. 선반들이 양쪽으로 휙휙 지나간다. 그곳에 무슨 물건이 있는지 살펴볼 틈도 없다. 내가 확인하고 싶은 건 끝이다. 로스트앤드파운드의 끝. 500미터는 넘게 달린 것 같은데도 끝이 보이지 않는다.

　타닥타닥, 타닥타닥. 경쾌하게 달리는 소리. 내가 꿈꿔왔던 소리. 내가 점점 좋아지는 소리. 그렇다, 바로 이 느낌이다. 이곳을 빠져나갈 수 있을 거라는 근거 없는 믿음이 솟아오른다.

　바로 그 순간 쿵, 하고 뭔가에 부딪친다. 번쩍, 불빛이 비추더니 비릿한 피 냄새가 입에 고인다. 온몸이 마비된다. 비명을 지르고 싶은데 그럴 힘조차 없다. 그리고 기다렸다는 듯이 휴대전화의 불빛이 픽, 하고 꺼진다. 이렇게 나는 죽는 건가? 누군가 내게 다가오는 발소리가 들린다. 환한 빛과 함께 나를 내려다보고 있는 것은 빨간 모자를 쓴 난장이다. Fade Out.

　Rewind

　정신을 차려보니 도서관의 책상이었다. 다리에 쥐가 났다. 억, 하고 신음을 지르자 주변의 사람들이 나를 일제히 쳐다본다. 입에 침이 흘러 교재를 흥건하게 적셨다. 몸을 일으켰다. 여기는 도서관. 휴대전화를 살펴본다. 오후 1시 반. 점심시간이 지났다. 맞은편에 앉아 있는 여자가 눈에 익다. 29번이구나. 꿈을 꾼 것 같다. 선명하게 기억이 나는, 이상한 꿈을.

의자 아래에 초록색 쇼핑백이 보인다. 한참 동안 그걸 노려본다. 그 속에 운동화가 들어 있다.

4년인가, 5년 동안인가……. 공무원 시험 준비를 한다고 회사를 때려치우고 도서관에 출근을 하게 되었다. 서른 중반을 넘기고, 이제 마흔을 앞두고 있다. 이젠 공무원이 되겠다는 목표 때문에 도서관에 오는 것이 아니라 세상을 피해 이곳에 자리 잡았다. 일지에 쓸 내용이 이제야 생각났다.

나는 크록스를 벗고, 나이키 운동화로 갈아 신는다. 자리에서 일어난다. 무릎을 천천히 돌려본다. 우드득, 소리가 난다. 도서관 밖을 향해 걷는다. 한 걸음, 또 한 걸음. 속력을 높여보자. 뒤를 돌아보지 않고 세상을 향해 달려보자. 가을 햇살이 눈부시다. 타닥타닥, 운동화 바닥이 닿는 소리가 들린다. 이미 좋은 사람이 된 것 같다.

말레이곰이 우리 집에 왔다

조영아

조영아

장편소설《여우야 여우야 뭐 하니》로 제11회 한겨레문학상을 수상했다.
소설집《명왕성이 자일리톨에게》《그녀의 경우》,
장편소설《푸른 이구아나를 찾습니다》《헌팅》등이 있다.

녀석은 책상 밑에 잠들어 있었다. 사방에 찢긴 벽지가 너덜거렸다. 물그릇을 바닥에 내려놓고 긴 구둣주걱으로 살살 들이밀었다. 녀석이 눈을 떴다. 나와 눈이 마주쳤다. 심장이 얼어붙는 것 같았다. 문손잡이를 잡은 손이 덜덜 떨렸다. 녀석이 몸을 뒤척였다. 나는 있는 힘을 다해 문손잡이를 잡아당겼다. 쿵 하고 문이 닫혔다. 여기까지 쓴 후 블로그 화면을 닫았다. 주방에서 물 한 잔을 들이켜고 다시 컴퓨터 앞에 앉았다. 얼마 후 들어가본 블로그에 그새 댓글이 달렸다. 내가 올리는 게시물에 가끔 댓글을 다는 닉네임들이었다.

—앗, 그 곰이 정말 메이블루 님 집으로 갔어요? 신고해야 하는 거 아녀요? ㅋ

—픽션인가요? 우와, 기발한데요!

—책상 밑에 쌕쌕 잠든 아기 곰! 대박 리얼.

—녀석은 어떻게 되나요? 뉴스에서는 아직 어디 있는지 파악도 못 하는 걸로 나오던데. 진짜 곰보다 메이블루 님 소설에 나오는 녀석이 더 궁금해요. 쉽게 잡히진 않겠죠? 이런 데다 낭비하지 말고 지면에다 발표해요.

뭐라고 한마디 하려다가 그만두었다. 사람들은 내가 쓴

글을 소설이라고 믿었다. 나는 이것이 소설이 아니라 사실이라는 걸 밝히지 않기로 마음먹었다. 굳이 나서서 판을 깰 필요는 없었다. 그건 내 글에 한껏 취해 있는 독자에 대한 배려이며 예의이기도 했다. 블로그 화면을 닫고 네이버 검색창에 '말레이곰'이라고 쳤다. 말레이곰에 대한 사전적인 지식과 어제 기사가 떴다.

오늘 경기도에 있는 한 사설 동물원에서 세 살 난 말레이곰 한 마리가 탈출했습니다. 말레이곰은 늙은 암놈과 짝짓기를 하기 위해 함께 생활하고 있었습니다. 동물원 측은 짝짓기에 실패한 곰이 스트레스를 받아 탈출한 것으로 보고 있습니다. 경찰은 탈출한 곰이 멀리 가지 못한 것으로 보고 동물원 인근 야산을 중심으로 수색 작업을 벌이고 있습니다. 한편 인근 주민들에게는 외출을 삼갈 것을 당부했습니다.

탈출 이틀째 경찰과 소방 인력을 동원해 동물원 인근을 수색하고 있으나 별다른 성과를 내지 못하고 있다는 기사 외에 새로운 내용은 없었다. 네이버 지식백과에 의하면 말레이곰은 잡식성이다. 원래는 벌이나 흰개미를 주로 먹지만 동물원에서 사육되는 경우 열매나 채소도 먹는다. 그렇다면 우리 집 냉장고에는? 꿀이나 사과는커녕 그 흔한 오이 하나 없었다. 냉장고는 늘 텅텅 비어 있었다. 어쩌다 술 취한 아버지가 밤늦게 안고 들어오는 상하거나 무른 과일이 며칠씩 굴러다니긴 했지만, 요즘은 그마저도 뜸했다. 아버지는 옷도 벗지 않고 곯아떨어졌다가 새벽이면 소리도 없이 사라졌다. 방에서 풍기는 술 냄새와 구석에 처박힌 양말만이 간밤에 아버지가 다녀갔음을 증명했다. 내가 편의점 일을 시작하고부터는 그마저도 볼 수 없었다. 둘이 마주 앉아 밥을 먹어본 지도 꽤 오래되었다. 편의점에서 팔다 남은, 유통기한이 지난 삼각김밥과 샌드위치를 봉지에 담아 냉장고에 넣어두면 한두 개씩 없어졌다. 나는 집에 오면 냉장고부터 열고 봉지 안의 내용물을 확인했다. 어느 땐 며칠이 지나도록 그대로 있었고 어느 땐 봉지째 사라졌다. 그게 아버지와 나의 대화였고 우리 둘의 대화는 그게 거의 전부였다. 집을 나서기 전 형 방으로 향했다. 문에 귀를 바싹 갖다 댔다. 조용했다. 열쇠를 밀어 넣고 돌렸다. 손잡이를 잡고 가만히 밀었다. 문틈으로 곰의 배가 보였다. 바닥에 등을 대고 자고 있었다. 물도 그대로였다. 지친 기색이 역력했다. 꼬박 이틀 동안 아무것도 먹지 않은 듯했다. 문을 닫고 주방으로 가 감자 한 개를 들고 왔다. 공을 굴리듯이 안으로 밀어 넣고는 재빨리 문을 닫았다.

가끔 내가 쓰는 문장이 주문(呪文)이 되었다. 작정하고 그런 게 아닌데 시간이 지난 후 돌아보면 결과적으로 그렇게 되어 있었다. 문장은 어떤 염원으로 향해 있었다. 간절하고 애절하기까지 했다. 이모와 어머니가 여행을 떠나던 날 나는 책상 앞에 앉아서 반성문을 쓰고 있었다. 무슨 일로 형과 싸우고 어머니에게 호되게 꾸중을 들은 후였다. 나는 억울했고 어머니가 야속

했다. 야단을 치고 떠나는 게 마음에 걸렸던 어머니는 부리나케 장을 봐 와 우리가 사흘 동안 먹을 음식을 준비했다. 고작 이틀 밤을 자고 오는데 주방은 명절을 앞둔 것처럼 분주했다. 그래도 내 분은 풀리지 않았다. '전쟁이나 나라! 불구덩이가 되어 다 죽어버려라! 지구가 멸망했으면 좋겠다! 전쟁. 지구 멸망. 전쟁. 지구 멸망'으로 종이 한 장을 가득 메웠다. 시간에 쫓긴 어머니는 내가 쓴 반성문을 보지도 않고 문을 나섰다. 그리고 돌아오지 못했다. 사인은 교통사고였다. 전쟁이 나거나 지구가 멸망한 것보다 더 처참했다. 어머니가 죽었다는 사실보다 내가 쓴 문장이 현실로 연결되었다는 게 더 충격이었다. 문장을 쓴 게 아니라 주문을 왼 꼴이었다.

말레이곰이 우리 집에 왔다. 오래전 대학 입시 시험에서 이 문장을 처음 만났다. 정확하게 말하면 '동물원을 탈출한 말레이곰이 우리 집에 왔다'였다. 내가 지원한 대학의 문예창작학과 실기시험 시제였다. 이 문장을 가지고 주어진 시간 안에 짧은 소설을 창작하라는 것이었다. 다소 황당했지만 나름 재미있다고 생각한 나는 열심히 썼다. 집에 들어온 말레이곰을 두고 동상이몽에 빠진 가족 이야기였다. 결과는 참담했다. 나는 이듬해 가까스로 서울 변두리에 있는 대학에 들어갔다. 졸업 전까지 무슨 일이 있어도 등단하겠다는 일념으로 쓰고 또 썼다. 아무리 주문을 외도 등단은 쉽지 않았다. 그러는 사이 나를 옥죄고 있던 어머니에 대한 죄책감이 희미해졌다. 하지만 시간이 갈수록 오히려 그것이 사실이기를 바랐다. 죄책감이든 뭐든, 어쨌든 나는 작가가 되고 싶었다. 그리고 내가 쓴 문장이 또다시 주문이 되었다.

    우리 집에서 세 블록 떨어진 곳에 사설 동물원이 있었다. 평소 동물에 별 관심이 없던 나는 버스가 그 앞을 지나칠 때조차도 호랑이나 사자 따위가 머릿속에 그려지지 않았다. 녀석과 처음 맞닥뜨렸을 때 동물원을 떠올리지 못한 것도 아마 그런 이유일 것이다. 아르바이트를 마치고 돌아와 쉬고 있었다. 모자란 잠을 보충하느라 들어오자마자 곯아떨어졌다. 일정한 간격을 두고 들려오는 야릇한 소리에 잠이 깼다. 아버지? 소리는 형 방에서 들려왔다. 아버지는 분명 아니었다. 무엇인가 날카로운 것으로 벽을 긁어대는 소리였다. 나는 주변을 두리번거렸다. 방구석에 처박아둔 야구방망이가 눈에 띄었다. 야구방망이를 두 손으로 움켜쥐고 형 방으로 다가갔다. 닫혀 있어야 할 방문이 활짝 열려 있었다. 야구방망이를 든 손에 힘을 주었다. "크윽." 짐승의 소리였다. 머리카락이 쭈뼛 섰다. 목을 길게 빼 방 안쪽을 살폈다. 처음에는 개인 줄 알았다. 목 부위에 주황색 U 자 무늬가 있는, 몸집이 아주 작은 곰 한 마리가 내 쪽을 쳐다봤다(나는 그렇게 생긴 곰이 말레이곰이라는 걸 어제 본 뉴스를 통해 알고 있었다). 너무 순한 인상이어서 하마터면 한 손을 들어 안녕, 하고 인사할 뻔했다. 다행히 나는 그런 미친 짓은 하지 않았다. 간신히 방문을 닫고 잠갔다.

어이없어. 도둑도 아니고. 웬 곰이냐고. 휴대전화를 집어 든 손이 후들거렸다. 어디다 연락을 해야 하지? 머릿속이 까매졌다. 일단 아버지한테 알릴까. 경찰? 동물보호센터? 도둑이 든 것보다 못한 기분이었다. 화면 속 1을 두 번 누르고 막 9를 누를 참이었다. 방 안에서 곰 울음소리가 새 나왔다. 번호를 터치하던 손가락이 멈칫했다. 또 한 번 곰의 소리가 들려왔다. 휴대전화를 든 채로 방문 가까이 다가갔다. 왼쪽 귀를 방문에 갖다 댔다. 고요했다. 수년 전 대학 입시 시험 문제가 떠오른 것은 바로 그때였다. 말레이곰이 우리 집에 왔다. 내가 쓴 문장이 기억 저편에서 살아났다. 휴대전화를 내려놓고 온 신경을 모았다. 아무 소리도 들리지 않았다. 곰은 없듯이 있었고, 있듯이 없었다. 호흡을 가다듬은 후 문을 살짝 열고 안을 엿보던 나는 그만 주저앉을 뻔했다. 눈앞에 믿을 수 없는 광경이 펼쳐졌다. 곰 뒤로 희미한 광채가 보였다. 광배를 단 어린 곰은 더 이상 곰이 아니었다. 형 방을 찾아온 불청객도 아니었다. 그 자리에 오래전부터 놓여 있던 책상처럼 자연스러웠다. 그동안 눈에 띄지 않던 것뿐이라는 듯 낯설지만 익숙한 풍경이었다. 그럴 리가 없는데. 이 느낌은 뭐지. 내 의식은 언젠가 비슷한 경험을 한 적이 있다는 확신에 차 있었다. 언제였지? 그걸 기억해내는 건 형 방으로 숨어든 어린 곰을 이해하는 일만큼이나 무모했다. 눈을 떼었다가 다시 들여다봤을 때 곰 주위를 밝히던 광배는 사라졌다. 애초부터 그런 것 따위는 존재하지도 않았다는 듯 방 안 풍경은 무척 사실적이었다.

나는 가물가물한 기억의 꼬투리를 잡고 늘어졌다. 기억의 꼬투리에 내가 잡혔다는 표현이 더 정확할 정도로 한동안 아무 것도 할 수 없었다. 떠오를 듯 말 듯 사고의 진전은 없었다. 신고 대신 뭐에 홀린 것처럼 블로그에 '말레이곰이 우리 집에 왔다'라는 제목으로 글을 쓰기 시작했다. 소설을 쓸 생각은 아니었다. 다큐멘터리나 현장보고서 비슷한 것을 쓸 작정이었다. 이 희귀한 경험을 나만 겪고 있는 게 아까웠다. 보고 듣고 일어나는 일을 그대로 생생하게 써 내려갔다. 입시 에피소드를 비롯해 광배 이야기와 언젠가 이 비슷한 경험을 한 적이 있다고 썼다. 그런데 예상치 못한 일이 벌어졌다. 내가 쓰는 게 사실의 기록이라는 걸 아무도 믿지 않았다. 진짜 우리 집에서 벌어지고 있는 사실임을 재차 강조했지만, 사람들 반응은 시큰둥했다. 아예 소설이라고 단정 짓고 감상을 피력했다. 아이디어가 빛난다며 재미있어했다. 평소 제대로 된 작품 하나 써보는 게 소원이었던 나는 입을 꾹 다물고 잠자코 있었다. 뒤늦게 누군가가 의심하고 추궁한다 해도 소설이라고 잡아뗄 작정이었다.

우리 집에 온 지 이틀째 녀석은 점점 안정을 되찾았다. 어제 출근하기 전에 넣어준 고구마를 깨끗이 먹어치웠다. 퇴근길에 사 들고 온 양상추를 그릇에 담아 밀어 넣었다. 녀석은 책상 아래서 벗어나지 않았다. 문을 열었을 때 녀석과 또 눈이 마주쳤다. 그릇을 든 손이 부들부들 떨렸다. 나는 침착하려고 애썼다. 해칠 의도가 없다는 걸 전달하기 위해 최대한 안면 근육을 부드럽게 했다. 나를 본 녀석이 책상 밑으로 기어 들어갔다. 떨고 있는 건 녀석도 마찬가지였다. 나는 아르바이트하는 짬짬이 곰에 대한 정보를 수집했다.

동물원을 탈출한 녀석이 어떻게 우리 집까지 오게 되었는지 의문이었다. 산을 타고 오지 않았다면 차들이 지나다니는 큰길을 걸어왔을 텐데, 환한 대낮에 사람들 눈에 띄지 않고 우리 집까지 오기란 불가능했다. 그렇다면 녀석은 동물원 뒷산으로 숨어들었다가 한밤중에 다시 마을로 내려왔다는 얘기였다. 산속에 숨어든 녀석이 무슨 이유로 인가까지 내려왔을까. 그것도 하필이면 오랫동안 비어서 곰팡내와 습기 가득한 형 방으로.

우리 집은 단독주택이긴 하지만 전원에 지어진 고급스러운 주택과는 거리가 멀었다. 형의 대학 입시가 끝나고 우린 이 집으로 이사했다. 우리 사정을 딱히 여긴 아버지 지인이 이민 가면서 내준 집이었다. 방 세 개에 작은 화단이 있는 오래된 단층집이었다. 집 안 곳곳에 냉장고며 소파 외에도 가재도구들이 그대로 있었다. 이사 날 거실 벽 한가운데에 걸린 괘종시계가 뎅뎅 울렸다. 아버지는 뒷짐을 지고 서서 괘종시계를 올려다봤다. 우리는 싱크대 찬장에서 유통기한이 한참 지난 라면 두 개를 찾아 짜장면 대신 먹었다. 숟가락도 젓가락도 다 이 집 거였다. 그리고 처음으로 방을 한 개씩 차지했다. 잠이 오지 않았다. 불빛이 새 나오는 형 방을 기웃거렸다. 형은 뭔가를 만지작거리고 있었다. 엄마 사진이었다.

오랜만에 아버지와 저녁을 먹었다. 곰을 본 아버지의 반응은 어쩌다 내가 들고 온 붕어빵을 대할 때와 별반 다르지 않았다.

"웬 곰이냐? 저그서 찾고 있는 녀석이냐?"

아버지는 숟가락으로 텔레비전을 가리켰다. 텔레비전에는 우리 동네 야산 기슭이 비쳤다. 군부대와 헬리콥터까지 동원한 수색은 아무 성과도 못 올리고 있었다.

"탈출했나 봐요. 엊그제 일 끝나고 와보니 있더라고요."

"어쩔 셈이냐?"

아버지는 아무런 동요도 없이 된장찌개를 크게 한 술 떠 입으로 가져갔다. 가끔 편의점 옆 노점 아주머니가 팔다 남은 붕어빵을 싸 주었다. 다 식은 붕어빵은 처치 곤란했다. 아버지는 말없이 그것들을 입안에 넣고 오물거렸다. 그냥 아무 생각 없이 쑤셔 넣고 있는 듯했다. 아버지는 매사에 그랬다. 웃거나 화를 내지도 기뻐하거나 슬퍼하지도 않았다. 그런 아버지를 볼 때마다 문득문득 소름이 돋았다. 어머니를 잃고부터였는지 아니면 사고를 낸 후부터였는지 아버지는 차츰 밀랍 인형처럼 변해갔다.

"신고해야지요."

아버지는 왜 바로 신고하지 않았느냐, 무섭지 않으냐, 한밤중에 문이라도 부수고 나오면 어떡하느냐, 당장 신고해라 등 더는 곰에 대해 말하지 않았다. 나는 힐끗 아버지를 살폈다. 광배 이야기를 하려다가 그만두었다. 그래서? 하고 무미건조하게 묻거나 먹던 밥을 마저 먹을 게 뻔했다. 내가 우물쭈물하는 새 아버지는 밥그릇을 비우고 일어섰다.

"쟤는 뭘 먹냐?"

"뭐든. 배추, 오이 같은 야채도요."

"근데 너무 작아."

안됐다는 뜻인지 귀엽다는 소린지 아버지는 말끝에 혀를 찼다. 문단속 잘하라는 말을 하고 집을 나섰다. 곰이 있는 형 방을 말하는지 대문을 말하는지 알 수 없었지만 역시 묻지 않았다. 그보다 난 아버지의 목적지가 궁금했다. 밖에는 이미 어둠이 내리고 있었다.

공무원이던 아버지는 회식하고 돌아오다가 교통사고를 냈다. 사람이 죽었다. 공들여 쌓아 올린 인생이 하루아침에 무너졌다. 어머니가 돌아가시고 10여 년 만이었다. 피해자에서 가해자가 된 아버지는 술로 세월을 보냈다. 마치 자신이 어머니를 죽인 것처럼 술에 취하기만 하면 울었다. 형과 나를 홀로 키우면서 눈물 한 번 흘리지 않던 아버지였다. 그런 아버지 품에서 우리는 어머니가 없다는 사실을 잊었다. 아버지의 울음은 그동안 잊고 지내던 어머니의 부재를 상기시켰다. 동시에 우리가 알고 있던 아버지를 잃게 했다. 어느 게 진짜 아버지 모습인지 헷갈렸다. 하루가 멀다고 들려오는 울음소리에 그런 의심마저도 곧 무뎌졌다. 방문을 꼭꼭 걸어 닫은 형은 이어폰으로 귀를 틀어막았다.

"그, 그만 좀 해, 해요!"

참다못한 형이 괘종시계를 향해 숟가락을 던졌다. 유리가 박살 난 괘종시계가 11시 30분에서 멈추었다. 동시에 아버지의 술버릇도 자취를 감추었다. 대학 4학년이던 형은 여름방학 때 집을 나가 새 학기가 되도록 돌아오지 않았다. 아버지는 아침 일찍 일어나 밥 한 그릇을 비우고 나갔다가 늦은 밤 희미한 기름 냄새를 풍기며 돌아왔다. 어느 땐 옅은 술 냄새가 났다. 형에 관해 묻지도 않았다. 형의 가출이 길어지고 있었다. 그도 그렇고 곰이 걸렸다. 나는 형에게 전화를 걸었다. 형이 한참 만에 전화를 받았다.

"어디야?"

"모, 몰라도 돼."

무슨 기계 소리 같은 게 들려왔다.

"집에 언제 와?"

"나, 나는 지, 집이 없어."

집이 없다니. 그건 마치 난 동생이 없어, 라고 단언하는 것처럼 들렸다.

"무슨 소리야?"

"나 지, 지금 바, 바빠."

형은 내가 무슨 말을 더하기 전에 전화를 끊었다. 곰 이야기는 꺼내지도 못했다. 나는 다시 전화하려다가 그만두었다. 어차피 내 말을 믿지 않을 게 뻔했다. 형은 말을 더듬었다. 평상시 아무렇지도 않던 말투가 낯선 자리에만 가면 심하게 꼬였다. 형은 일부러 축구 중계를 크게 틀어놓고 따라 했다. "슈, 슈, 슛!

고, 골입니다." 골키퍼의 발을 떠난 공은 이미 상대편 골대 가까이에 있었다. 형의 말을 듣고 있으면 마치 경기장에 두 개의 공이 굴러다니는 것 같았다. 형의 얼굴을 힐끔 본 아버지가 텔레비전 볼륨을 줄였다. 조금씩 나아지던 증상이 언젠가부터 심해졌다. 아버지는 물론 내 앞에서도 말을 더듬었다. 나는 그게 어머니의 죽음 때문이라는 걸 금방 알아차렸다. 내가 짊어져야 할 형벌을 형이 대신 짊어진 것 같았다. 혹시나 형이 그날 내가 쓴 반성문을 본 것은 아닐까 전전긍긍했다. 나는 형이 돌아오기를 바랐지만 동시에 돌아오지 않기를 바랐다.

─원래 말레이곰이 이렇게 얌전한가요?
─그러게요. 혹시 폭풍 전야, 뭐 그런 건지도 모르죠.
─그렇죠? 사건이 너무 없어요. 이건 뭐 아예 다큐인데요?
─난 이런 작품이 오히려 좋은데. 뭔가 일어날 듯 말 듯. 작위적이지 않고 게다가 긴장도 있잖아요.
─메이블루 님, 뉴스에 나오는 녀석은 아직 못 찾았나 본데, 책상 밑에 있는 곰은 어떻게 되나요? 전혀 예측할 수 없네요.
─어떻게 되긴. 세상이 잠잠해지면 밀수업자에게 넘기겠지. 아님 벌써 쓸개에 빨대 꽂았는지도 모르지.

블로그가 시끄러웠다. 이야기 진행이 꽤 됐는데도 이렇다 할 사건이 없자 지루하다는 평이 이어졌다. 심지어는 다큐멘터리 같다는 말까지 오갔다. 악플도 등장했다. 이야기는 시종일관 형 방에서 꼼짝도 하지 않는 말레이곰과 이를 신고도 하지 않고 먹이를 주며 돌보는 '나'의 사연으로 채워지고 있었다. 애초부터 소설을 쓸 생각이 없었던 나로서는 이상한 일이 아니었다. 아버지와 나눈 대화도 사실 그대로 적었다. 집을 나간 형에게 전화를 걸었으나 곰 이야기는 꺼내지도 못했다는 것까지 가감없이 썼다. 말레이곰 때문에 오랜만에 아버지와 대화를 한 소감도 덧붙였다. 말레이곰 때문에 집안에 활력 아닌 활력이 넘친다고, 이런 긴장감이 나쁘지 않다고 고심해서 문장을 썼다. 하지만 이런 식으로 나가다가는 곧 재미없다고 직격탄이 날아들 것 같았다. 그럴듯한 사건을 넣어야 할 텐데, 그렇게 하면 진짜 소설이 되어버린다. 그리고 그건 주문이 될지도 모른다. 소설은 쓰고 싶지만 주문은 외고 싶지 않았다. 형 방에서 오물 냄새가 진동했다. 녀석이 동물원을 탈출한 지 일주일이 지나고 있었다.

"쟤 어디 아픈 거 아녀?"

형 방 앞을 서성이던 아버지가 기다렸다는 듯 입을 열었다. 아버지는 일부러 출근도 하지 않고 나를 기다린 눈치였다. 나는 소파에 가방을 던져놓고 방문을 열었다. 말레이곰은 방 가운데 엎드려 있었다.

"엊저녁부터 먹지도 않고 어째 어디가 안 좋은 것 같아."

아버지 말대로 어제 출근하면서 준 배춧잎과 사과가 고스란히 남아 있었다.

"죽은 건드리지도 않았네. 그제부터 눈빛이 이상하드만."

아닌 게 아니라 녀석 옆에 죽 냄비가 떡하니 놓여 있었다. 그동안 아버지는 무심한 척하면서 나보다 더 녀석을 살핀 눈치였다. 녀석의 상태는 심각해 보였다. 생기 없는 눈빛은 물론 축 늘어진 몸도 심상치 않았다. 나도 모르게 방 안으로 한 발을 들여놓았다. 아버지가 그런 내 팔을 붙잡았다.

"그래도 야생동물이야."

나는 더 들어가지 못하고 주춤 물러났다. 좀 더 지켜보기로 하고 문을 닫았다. 신고하라, 마라는 말도 없이 아버지는 나가버렸다. 텔레비전을 틀었다. 사람들이 여전히 말레이곰을 수색 중이었다. 어제 우리 동네 야산에서 곰을 봤다는 제보를 받고 모든 병력이 그곳으로 이동 중인 모양이었다. 등산로 곳곳에도 인력을 배치하여 만에 하나 생길 위험 상황에 대비해 최선을 기울이고 있다고 야산 기슭에서 리포터가 전했다. 더불어 만약 산에서 말레이곰을 맞닥뜨릴 때를 대비해 취해야 할 행동 지침을 반복해서 내보냈다. 당황하지 말고 침착할 것. 공격할 의사가 없음을 분명히 할 것. 소리를 지르거나 돌을 던지지 말 것. 한마디로 요약해보면 초인적인 정신을 발휘하여 요령껏 도망치라는 거였다. 곰을 만났는데 어떻게 당황을 안 해. 공격할 의사가 없다는 걸 어떻게 분명히 하냐고. 피식 웃음이 샜다. 아무리 기를 써도 못 잡을걸. 뭔지 모르게 통쾌했다. 마치 내가 말레이곰이 되어 쫓기는 기분이었다. 우리만 알고 있는 이 엄청난 비밀을 말하고 싶어 입이 간질거렸다. 이발사가 "임금님 귀는 당나귀 귀" 하고 대나무 숲에 대고 외치듯 블로그에 써 내려갔다. 말레이곰이 먹지를 않는다고, 눈빛이 점점 생기를 잃어가는 것 같다고, 신고해야 하나 어쩌나 고민이라고, 아버지는 아무말도 없이 나가버렸다고, 대나무 숲에 대고 큰 소리로 외쳤다. 사람들 반응은 한결같았다. 이제 뭔가 사건이 터질 조짐이 보인다, 신고는 무슨 신고냐, 그럼 이야기 끝나는 거 아니냐, 독특한 작품이다, 같은 댓글이 달렸다. 슬슬 걱정되기 시작했다.

아버지는 보이지 않았다. 나는 급히 형 방문에 열쇠를 꽂고 돌렸다. 조심스레 문을 열자 배춧잎을 먹고 있던 말레이곰이 나를 쳐다봤다. 어제보다 생기가 돌았다. 나는 긴 한숨을 내쉬며 문턱에 주저앉았다.

―뉴스 봤어?

문자라고는 전혀 하지 않는 아버지가 메시지를 보내온 것은 종일 틀어놓는 편의점 텔레비전에서 뉴스 속보가 흘러나오고 있을 때였다.

―봣어요.

나는 텔레비전에 눈을 박은 채 답장을 쓰느라 오타가 난 줄도 몰랐다. 경찰들에게 포획된 말레이곰이 케이지에 갇힌 채 옮겨지고 있었다. 많은 경찰과 군인이 그 뒤를 따라 산에서 내려왔다. 엊그제 결정적인 단서를 발견하고 포획 준비에 들어갔다고 했다. 야산 정상 부근에서 말레이곰 발자국이 발견된 것이다. 이틀 동안의 수색 끝에 오늘 오전 8시 30분, 포획하는 데 성공했다. 말레이곰은 몹시 지친 듯 별다른 반항도 없이 잡혔다. 화면에 비치는 말레이곰을 유심히 살폈다. 얼핏 봐도 동일한 녀석이 아니었다. 잡힌 녀석은 우리 집에 있는 것보다 훨씬 컸다.

인터넷을 샅샅이 뒤졌다. 어디에도 탈출한 말레이곰이 두 마리라는 정보는 없었다. 그럼, 쟤는 뭐지? 애초에 두 마리가 탈출했는데 한 마리라고 거짓말하는 건가? 두 마리가 탈출한 게 아니라면 저 녀석은 어디서 온 거지? 그렇게 따지면 돌아갈 곳도 없는 거였다.

―신고할까요?

진즉에 신고하지 않은 게 마음에 걸렸다. 아버지는 답변이 없었다. 휴대전화를 쥐고 방 안을 서성이다 119를 눌렀다.

"저, 곰이, 말레이곰이 있는데요."

나는 떨리는 목소리로 간신히 말했다.

"뭐라고요?"

"방에, 곰, 곰이 있다고요."

"지금 장난합니까?"

"진짠데요."

"장난 전화 하시면 업무방해죄로 처벌받을 수 있습니다. 뉴스 안 봤어요? 그 곰 잡혔잖아요."

내가 뭐라 대꾸를 하기도 전에 전화가 끊겼다. 나는 재발신 버튼을 눌렀다.

"우리 집에 진짜 말레이곰이 있다니까요."

이번에는 떨지 않고 또박또박 말했다.

"장난 전화 하면 처벌받습니다!"

또 저쪽에서 먼저 전화를 끊었다. 기가 막혔다. 아버지에게 전화를 걸었으나 받지 않았다. 방 안을 엿봤다. 녀석은 책상에 기대앉아 잠들어 있었다. 방문을 닫고 컴퓨터 앞에 앉았다. 엊그제부터 있었던 일을 사실대로 적었다. 지금은 배춧잎을 먹고 잠들었다고. 일하고 있는데 느닷없이 온 아버지의 메시지와 119에 신고했다가 장난치지 말라는 경고를 받은 것까지.

─그 곰은 오늘 잡혔대요.

─그러게요. 아무 저항도 안 하고 순순히 잡힐 거면 왜 탈출했는지 몰라.

─말레이곰이 원래 순둥이래요.

─그렇게 순한 애를 갖고 언론에서는 왜 그렇게 포악한 짐승처럼 난리를 쳤는지. 씁쓸하네요.

─메이블루 님, 형 방에 있는 녀석은 어떻게 되나요? 근데 걔는 어디서 온 걸까요?

─어디서 온 게 중요해요? 어디로 갈지가 문제지.

─메이블루 님, 어떻게 생각해요?

나는 댓글에 어떤 답도 할 수 없었다.

잠이 깬 것은 휴대전화가 여러 차례 울린 뒤였다. 형이었다. 나는 잠이 덜 깬 채로 전화를 받았다.

"뭐 좀 보내줘."

"뭐를?"

"내 방 책상 서랍, 두 번째 서랍을 보면……."

"안 돼."

"왜?"

"곰 때문에 들어갈 수가 없어."

나는 단호하게 말했다.

"곰?"

"응."

"지금 잠꼬대하냐?"

"진짜야. 형 방에 말레이곰이 있어."

"싫으면 싫다고 해!"

형은 벌컥 화를 냈다.

"못 믿겠으면 와서 봐."

전화를 끊었다. 그리고 다시 잠을 청했다. 잠이 오지 않았다. 형이 올까. 눈을 감고 양손을 겨드랑이에 낀 채 몸을 뒤척였다. 광배가 있던 형 방 풍경이 줄곧 머릿속을 맴돌았다. 파노라마처럼 흘러가던 빛바랜 시간이 갑자기 툭 하고 멈췄다.

형이 아홉 살, 내가 여섯 살쯤이었다. 집 앞 골목에서 놀던 형이 나를 끌고 어딘가로 하염없이 걸어갔다. 주택가를 벗어나 형의 발길이 멈춘 곳은 한때 마을버스 정류장이 있던 공터였다. 그 공터 한쪽에 폐타이어를 쌓아둔 곳으로 나를 데리고 갔다. 동네에서 꽤 고지대인 그곳은 인적이 드물었다. 게다가 비까지 부슬부슬 내리고 있었다. 나는 그만 돌아가자고 칭얼거렸다. 형은 들은 척도 하지 않고 사방이 폐타이어로 둘러싸인 곳으로 나를 끌고 들어갔다. 차곡차곡 쌓아 올린 폐타이어는 우리 키를 훌쩍 넘어섰다. 하늘은 더 어둑해졌다. 주변은 폐타이어에 가려 아무것도 보이지 않았다. 타이어와 타이어 사이에 작은 틈들이 있었지만 어둑한 날씨 탓에 무용지물이었다. "자, 봐." 그때 형이 폐타이어 하나를 손으로 쓱 밀었다. 무덤 속같이 어두컴컴하던 곳에 희미한 빛이 들어왔다. 그건 폐타이어가 아니고 누군가 끼워놓은 타이어 모양의 검은 스티로폼이었다. 유심히 보지 않으면 영락없이 속고 말 모양이었다. 형은 그 구멍에다 대고 "나는 아나운서가 꼭 될 거다"라고 외쳤다. 또박또박 제법 큰 소리였다. 그날 그 구멍으로 본 세상은 별게 아니었다. 특별한 거였다면 떠올리는 데 이렇게 애를 먹지 않았을 것이다. 좀 특이했던 건 저 멀리 우리 집 너머로 희미하게 무지개가 보였다는 점이다. 형이 내게 보여주려고 한 게 가짜 폐타이어였는지 거기다 대고 소리치는 자신의 모습이었는지 아니면 저 건너 무지개였는지 확실하지 않았지만 묻지 않았다. 오로지 말을 더듬지 않은 형의 외침이 놀라울 따름이었다.

어머니가 돌아가신 후 나는 그곳을 지나친 적이 있었다. 폐타이어 더미는 그 모습 그대로였다. 단지 높이가 허리춤 아래로 내려갔을 뿐이었다. 폐타이어 더미 안쪽으로 들어가 형이 한 대로 가짜 타이어를 쓱 밀자 구멍이 생겼다. 허리를 잔뜩 구부려 구멍에 얼굴을 갖다 댔다. 한없이 낡고 초라한 풍경이 시야에 들어왔다. 그 속에 우리 집도 있었다. 무지개는 있을 것 같도 않았다. 주변 어디선가 지린내가 풍겼다. 누가 볼 새라 얼른 그곳을 빠져나왔다.

아직도 그곳에 그것이 있을까. 나는 눈을 감은 채 중얼거렸다.

아버지는 며칠째 마주칠 수 없었다. 냉장고 봉지 속 샌드위치와 삼각김밥이 없어지는 것을 보면 집에 들어오긴 하는 모양이었다. 연말이 가까워지자 편의점 일도 배로 늘었다. 피곤함에 찌든 나는 귀가하자마자 곯아떨어졌다. 모처럼 컴퓨터 앞에 앉아 말레이곰이 사라졌다, 아버지도 덩달아 자취를 감추었다, 라고 없는 말을 지어냈다. 일을 끝내고 돌아와보니 집 안은 어지럽게 더럽혀져 있었고 곰이 끌려 나간 자국이 보였다고 썼다. 그 전날 들락날락하며 잠을 못 이루던 아버지의 행동이 의심스럽다고 그럴듯하게 꾸며냈다. 잠시 집에 들른 형과도 돈 문제로 크게 다투었다고 했다. 누가 봐도 그럴듯한 인과관계였다. 더 진행하기에는 사건이 너무 빈약했다. 무엇보다 있는 사실을 그대로 기록하는 데 흥미를 못 느낀 탓도 있었다. 그 일은 지루하고 재미없었다. 그래서 다소 뻔한 결론을 맺었다. 그 뒤로 한동안 블로그에 들어가지 않았다. 머릿속에서 맴돌던 익숙함의 정체를 확인한 후 달라진 것은 없었다. 그 두 장면이 왜 비슷하게 느껴졌을까 시도 때도 없이 고개가 갸웃거려졌지만 그뿐이었다. 게다가 일상이 되어버린 말레이곰은 나를 피곤하게 할 뿐이었다.

말레이곰이 사라진 사실을 안 것은 일을 끝내고 돌아와서였다. 마당에 들어섰는데 뭔가 이상했다. 형 방문이 활짝 열려 있었다. 신발을 신은 채 후다닥 마루 위로 올라섰다. 방 안은 비교적 멀쩡했다. 책상 위의 책들도 벽에 걸린 거울도 모두 제자리에 있었다. 책상 옆에 있던 의자가 방 중앙으로 밀려나 있었고, 그 자리에 누런 사과 껍질과 배춧잎 조각이 떨어져 있는 것을 빼면 별다른 점을 찾을 수 없었다. 눅눅하고 습한, 열흘 전 모습 그대로였다. 손바닥으로 책상 위를 쓸자 먼지가 묻어났다. 쭈그리고 앉아 책상 밑을 살폈다. 여기저기 긁힌 자국이 있는데 배설물은 보이지 않았다. 방 안에서 엷게 락스 냄새가 나는 것도 같았다.

책상 서랍은 모두 세 개였다. 그중 두 번째 서랍을 열었다. 안 쓰는 볼펜들과 휴대전화, 각종 안내서, 메모지, 클립 등이 뒤죽박죽 들어 있었다. 사라진 게 뭘까. 아니, 뭔가가 없어지긴 했을까. 그걸 안다고 해서 이 모든 게 형의 소행이라고 단정 지을 수는 없었다. 더군다나 나는 형이 보내달라고 부탁하려던 것이 무엇인지조차 알지 못했다. 뭐가 사라졌는지보다 누가 왔다 갔는지가 중요한 단서였다. 그런데도 내 의식은 형이 서랍 속에서 꺼내려던 것에 더 쏠렸다. 녀석의 부재가 아버지의 소행일지도 모르는데 말이다. 녀석이 있긴 있었던 건가. 지난 며칠 동안 딴 세계에 있다가 온 듯했다. 두 번째 서랍을 닫고 첫 번째 서랍을 열었다. 다 쓴 수첩과 노트들이 뒤섞여 있었다. 그것들을 꺼내 하나하나 살폈다. 그중 낙서 하나가 눈에 들어왔다. 노트 한

면을 가득 메운 그것은 온통 그날의 어머니와 나에 대한 저주였다. 그 순간 지구 어디엔가 어머니가 살아 숨 쉬고 있을지도 모른다는 생각이 퍼뜩 스쳤다. 그리고 형이 오랜만에 전화를 걸어 부탁하던 날, 말을 더듬지 않았다는 사실을 깨달았다. 서랍을 닫고 방을 둘러보았다. 여기저기 찢긴 벽지가 낯설었다. 어느새 머릿속에 새 문장이 고이고 있었다.

표범

조두진

조두진

장편소설 《도모유키》로 제10회 한겨레문학상을 수상했다.
소설집 《마라토너의 흡연》《진실한 고백》,
장편소설 《능소화》《유이화》《아버지의 오토바이》《몽혼》
《북성로의 밤》《결혼 면허》《미인 1941》 등이 있다

내가 중학생이던 시절, 우리 집에서 표범 한 마리를 키웠다. 아프리카 탄자니아 킬리만자로산에서 태어난 표범이었다. 새끼를 낳고 어미가 곧 죽는 바람에 위기에 처한 새끼 세 마리 중 한 마리였다.

표범을 기르게 된 것은 아버지의 우정 덕분이었다. 내 아버지는 젊은 시절 중동에서 건설 노동자로 3년 정도 일했다. 당시 삼환기업 직원으로 고속도로 공사와 수로 공사 현장에서 일했다. 거기서 만난 여러 노동자 중에 탄자니아 사람이 있었다.

아버지는 때때로 중동에서 일하던 시절 사진을 꺼내 보시곤 했다. 그 탄자니아 노동자와 함께 찍은 사진도 있었다. 사우디아라비아의 알울라와 카이바를 잇는 고속도로 건설 현장에서 찍은 사진이었다. 아버지 옆에 서 있는 그 흑인 남자는 웃고 있었는데, 워낙 얼굴이 새카만 탓에 이가 유난히 하얘 보였다.

아버지가 중동에서 귀국한 것은 할아버지 병세가 깊어졌기 때문이다. 할아버지는 시골 동네에서 목재 사업을 크게 하셨는데, 주 생산품은 이쑤시개였다. 아버지는 할아버지의 지도 편달 아래 목재 사업을 배웠고, 할아버지가 돌아가시자 사업을 물려받았다. 사장이 된 아버지는 중동 건설 현장에서 배운 화약

폭파 기술을 응용해, 성냥개비까지 생산 품목을 늘렸다. 아버지는 야망이 큰 분이어서 이쑤시개와 성냥개비를 넘어 귀이개까지 사업을 확장하고 싶어 했지만 포기할 수밖에 없었다. 면봉 귀이개를 만들자면 솜에 밝아야 했는데, 아버지는 그렇지 못했다. 성냥은 폭파 산업지만, 솜은 섬유 산업이니 말이다.

어느 날 탄자니아에서 아버지 앞으로 편지가 왔다. 사우디아라비아에서 아버지와 함께 근무했던 탄자니아 사람이 영어로 써 보낸 편지였다. 그 역시 중동 생활을 접고 고국으로 돌아갔는데, 어찌하다 보니 킬리만자로 국립공원 관리원이 되었다고 했다. 킬리만자로산에는 유럽 여행객이 많이 찾아오는데, 그가 하는 일은 조난자를 구조하거나 밀렵을 막고, 다친 야생동물을 구조하는 일이라 했다. 편지는 '어미를 잃은 새끼 표범 몇 마리를 구조했는데, 당신이 동물을 좋아하던 것이 생각났다. 혹시 표범을 키워볼 생각이 있느냐'는 내용이었다.

그 뒤로 며칠 동안 표범 이야기가 나왔고, 편지가 한두 차례 더 오갔고, 허가 이야기가 나왔다. 아버지가 읍내에 있는 군청과 경찰서를 몇 번 다녀왔던 것으로 기억한다. 그리고 얼마쯤 지나 내가 학교에 갔다가 돌아오니 어린 고양이 같은 표범이 돼지우리와 헛간이 있는 우리 집 별채 기둥에 목줄로 묶인 채 울고 있었다.

아버지가 복잡한 행정절차를 거치면서까지 굳이 그 표범을 키우기로 결정한 이유를 나는 모른다. 당시 우리 마을의 거의 모든 집이 개 한 마리와 돼지 한두 마리를 길렀다. 우리 집은 흑

돼지 한 마리를 길렀을 뿐 개는 없었다. 개가 없다는 사실이 결핍까지는 아니었지만, 내게는 뭔가 좀 못마땅한 것이기는 했다. 친구들 집에 놀러 갈 때마다 내게는 사납게 짖어대는 개들이 친구들에게는 꼬리를 흔들며 재롱을 떠는 것이 부럽기도 했다.

다 같은 가축이지만 돼지는 개와 달리 친구가 될 수는 없었다. 당시 내게 돼지는 아침저녁으로 먹이를 챙겨 주어야 할 짐이었다. 학교 공부 외에 아침저녁으로 돼지죽을 챙기는 것이 내 일이었다. 우리 집 흑돼지는 이웃집 강아지처럼 재롱을 떨기는커녕 종일 먹고 자고 배설하는 것이 전부였다.

우리 집에 표범이 도착한 날, 동네는 그야말로 난리가 났다. 어른, 아이 할 것 없이 온 동네 사람이 표범을 구경하려고 몰려들었다. 다른 집에서 개를 기르고 있다는 사실에 약간의 부러움을 느껴왔던 내게 표범의 등장은 그야말로 대역전극이었다. 당시 집집마다 개를 길렀지만, 아이들 사이에서는 셰퍼드냐, 진돗개냐, 그냥 '메리'라고 불리는 똥개를 기르느냐에 따라 약간의 심리적 등급이 있었다. 하지만 킬리만자로 표범이 우리 집에 오던 날 그 모든 부러움과 개들 간의 등급은 일거에 무너졌다. 셰퍼드든 진돗개든 메리든 모두 개일 뿐 표범이 될 수는 없었으니 말이다.

하루이틀 지나면서 어른들 발걸음은 끊어졌지만, 동네 아이들은 거의 매일 우리 집으로 와서 표범을 구경했다. 아이들은 총싸움 놀이, 딱지치기, 구슬치기, 오징어가생, 술래잡기를 하다가도 꼭 한 번은 우리 집에 들러 표범을 구경했다. 표범에게 줄 먹이라면서 물고기를 잡아 오는 친구도 있었고, 죽은 참새나 비둘기를 들고 오는 친구도 있었다. 과자나 사탕을 내게 건네며 하루만 표범을 빌려달라고 조르는 아이들도 있었다. 나는 친구들이 건네는 과자와 사탕을 부지런히 씹으며 진지하게 고민했다. 그리고 과자를 다 먹었을 때쯤 난처한 표정으로 대답했다.

"표범은 아버지 꺼라 내가 마음대로 빌려줄 수 없어."

사실 표범 주인은 나였다. 표범이 우리 집에 처음 왔던 날부터 줄곧 내가 길렀다. 처음에는 새끼 돼지를 키우느라 사다 놓은 분유를 따뜻한 물에 풀어 먹였고, 좀 큰 뒤로는 물고기와 쥐를 잡아다가 먹였다. 목재소에서 일하는 아저씨들이나 동네 친구들이 먹이를 갖다 주는 경우도 많았다.

동네 친구들이 개와 함께 놀 때 나는 표범과 놀았다. 넓은 강이 마을을 허리처럼 감아 돌며 흐르는 동네였다. 강가의 금빛 모래밭을 함께 걷던 날을 지금도 기억한다. 녀석은 아직 새끼였지만 걸음걸이가 의젓했다. 내 옆에서 느릿느릿 걸으며 타원형의 발바닥 자국과 네 개의 발가락 자국을 두 줄로 남겼다. 네발짐승임에도 모래 위에 발자국을 두 줄만 남긴다는 사실이 경이로웠다. 당시만 해도 나는 표범이나 호랑이가 사냥감을 쫓을 때 흔적을 적게 남기고 발소리를 줄이기 위해 앞발을 짚은 자리에 뒷발을 겹쳐 짚는 '직선 보행'을 한다는 사실을 몰랐다.

눈 덮인 킬리만자로산에서 태어난 표범답게 녀석은 영리했다. 돼지와는 비교가 되지 않았고, 이웃의 개들보다 월등했다. 비록 말을 할 수는 없었지만, 함께 노는 시간이 길어지면서 내가 하는 말을 대부분 알아들었다. "앉아" "일어서" "악수" "뛰자" 같은 간단한 말뿐만 아니라 긴 문장도 이해했다. 가령 내가 "책가방 좀 갖다 줘" 하면 표범은 내 책가방을 물어다 주었다. "국어 책 꺼내줘" 하면 가방을 뒤져 국어책을 꺼냈다. 함께 공놀이와 구슬치기를 했고, 자치기도 같이했다. 내가 긴 어미자로 짧은 새끼자를 쳐 날리면 표범은 내가 날린 새끼자가 떨어진 자리로 달려가 섰다. 새끼자가 떨어진 자리가 마음에 들지 않아 "가져와" 하면 냉큼 물어서 내게로 가져왔고, 내가 그 자리로 가서 또 치겠다는 의사를 보이면 그대로 앉아서 기다렸다.

표범이 워낙 영리했기에 나는 녀석이 공부를 해보는 것은 어떨까 생각했다. 행정고시나 사법시험은 무리겠지만, 열심히 하면 9급 공무원 정도는 될 수 있지 않을까……. 어차피 소가 아니니 논밭을 갈 수는 없을 것이고, 인내심 있고 밤잠이 적은 편이니 공부가 적성에 맞을 것 같았다. 대한민국 사상 최초로 표범이 군청 서기 자리에 앉아 민원인들을 맞이하는 모습을 상상하니 가슴 뿌듯했다. 그만큼 녀석은 영리했다. 지금에 와서 생각해보면, 당시 표범에게 학교 숙제를 대신 시키지 않은 것이 한스럽다.

나는 녀석에게 많은 이야기를 들려주었다. 학교에서 친구들과 있었던 일, 학교에서 배웠던 것들도 이야기했다. 노래도 자주 들려주었다. 특히 카세트테이프로 가수 조용필이 부른 노래 〈킬리만자로의 표범〉을 자주 들려주었다.

"네가 태어난 곳은 탄자니아의 킬리만자로산"이라는 이야기도 해주었다. 학교 수업 중에는 한 번도 펴본 적 없는 사회 과부도 책을 펴놓고 아프리카 대륙을 찾고, 탄자니아 북동부에 자리한 킬리만자로산을 손가락으로 짚으며 "이곳이 네가 태어난 킬리만자로야"라고 말해주었다. 그러고는 지금 우리가 살고 있는 곳은 한국이며, 우리 마을은 여기쯤이라고 짚어주었다.

나는 킬리만자로산에 가본 적이 없었지만 "킬리만자로산은 만년설로 덮여 있으며, 킬리만자로 표범은 만년설 속에서 홀로 고독을 즐기며, 산을 호령한다. 표범은 굶어 죽을지언정 하이에나처럼 썩은 고기를 먹지 않는다"라는 말도 해주었다.

내 딴엔 감동적인 표범의 서사를 들려주었지만 녀석은 무덤덤했다. 아직 어린 탓인지 킬리만자로니, 만년설이니, 고독이니 하는 것에 관심이 없는 것 같았다. 녀석은 틈만 나면 나와 함께 장난치고 싶어 했다.

시간이 흘러갔다. 나는 여전히 아침에 돼지죽과 표범 밥을 챙겨 주고 학교로 갔고, 학교에서 돌아오면 종일 표범과 놀았다. 그리고 저녁이면 또 한 번 돼지죽과 표범 밥을 챙기고 표범과 놀다가 함께 잠들었다. 그사이 우리 집 암퇘지는 새끼 여덟 마리를 낳았다. 아버지가 리어카에 암퇘지를 싣고 수퇘지를 기르는 집에 다녀오고 넉 달 가까이 지난 무렵이었다. 눈을 지그시 감은 암퇘지가 우리 안에 드러누워 새끼 돼지들에게 젖을 먹이는 모습은 평화롭고 풍요로웠다.

1년쯤 지나자 표범은 훌쩍 자랐다. 덩치는 이미 동네 개들을 압도했다. 아직 다 자란 것도 아닌데, 동네 사람들은 내가 목줄도 없이 표범과 함께 동네를 돌아다니는 것을 못마땅하게 여겼다. 아무리 새끼 때부터 길렀다고 하지만 맹수가 아니냐면서 사고가 날지도 모르니 묶어두라고 충고하는 사람들도 많았다.

　　"발 달린 짐승을 어떻게 묶어놓겠습니까. 순한 놈이니까 사고 걱정은 하지 않으셔도 될 겁니다."

　　이쑤시개와 성냥개비 사업을 크게 하는 아버지답지 않게 기어드는 목소리였다.

　　표범은 2년 정도 자라야 성체가 된다. 비록 덩치가 개보다 커졌다고 하지만 1년 된 표범은 아직 어린 축에 속하고, 어미의 보살핌을 받아야 한다. 그러니 사람이나 다른 동물을 공격할 염려는 없다고 봐도 무방했다. 하지만 동네 사람들의 염려는 점점 커져갔다. 나와 함께 동네를 거니는 표범과 맞닥뜨린 개들은 꼬리를 말고 낑낑거리며 거의 숨넘어갈 지경이었다. 마주 볼 엄두를 내지 못하고 한쪽 구석으로 물러나 앉아 떨 뿐이었다.

　　어느 날, 여느 때와 마찬가지로 돼지에게 저녁 죽을 챙겨주고, 마루에 걸터앉아 카세트로 〈킬리만자로의 표범〉을 들려주었을 때 녀석은 이상한 표정을 지었다. 이전과는 분명히 다른 눈빛이었다.

　　새끼 때 녀석은 〈킬리만자로의 표범〉에 무덤덤했다. 하지만 지금 녀석의 심장에서는 격한 파도가 치는 것 같았다. 녀석의 눈에서 절망과 용기, 고독과 자신감이 번갈아 일어났다가 사라졌다. 지금까지와는 다른 눈빛, 다른 표정이었다. 무엇인가 이글이글 타오르고 있는 것이 분명했다. 어쩌면 진작부터 녀석의 심장은 터져라 요동치고 있었을지도 몰랐다.

결국 일은 터졌다.

학교에서 돌아오니 동네 어른들이 우리 집 마당에 몰려와 있었고, 표범은 헛간채 기둥에 쇠사슬로 목을 묶인 채 엎드려 있었다. 동네 어른들이 아버지에게 거세게 항의했고, 아버지는 묵묵히 듣기만 했다.

"오늘은 닭이지만, 닭으로 끝나겠어요? 개도 잡고, 송아지도 잡고, 결국에는 사람도 잡겠지요. 당장 쫓아내요. 동물원에 갖다 주든지, 군청에 갖다 주든지, 잡아 죽이든지, 하여간에 무슨 수를 내야 한다고요."

"지난번에 사라진 용이네 개도 저놈 짓일 거예요. 해 지면 따박따박 집에 들어오던 개가 갑자기 왜 사라졌겠어요?"

표범은 동네 어른들의 우려와 나무람을 다 알아듣기라도 하는 듯이 잔뜩 풀 죽은 모습이었다. 한바탕 난리를 친 어른들이 돌아가자 아버지가 긴 한숨과 함께 말문을 열었다.

"어디 동물원이라도 알아봐야겠다."

"종일 갇혀 살게 하려고요?"

"산짐승을 언제까지 집에서 기를 수는 없지 않아?"

그날 나는 밤새 뒤척였다. 표범을 동물원에 보내고 싶지 않았다. 하지만 아버지 말씀처럼 언제까지 집에서 기를 수도 없었다. 내게는 좋은 친구였고, 강아지처럼 구는 녀석이지만 동네 사람들에게는 맹수인 것이다. 게다가 녀석 역시 이글이글 타오르는 눈빛으로 먼 데를 보는 일이 잦지 않은가. 이제는 야생으로 돌려보내야 할 때가 된 것이다. 슬프고 고통스럽지만 어쩔 수 없었다. 그것이 동네 사람들과 표범을 위하는 길이리라.

날이 밝았을 때 아버지께 말씀드렸다.

"동물원에 갇혀 살게 하는 건 옳지 않은 거 같습니다. 탄자니아에 계신 친구분께 연락드려서 다시 킬리만자로산으로 돌려보내는 건 어떨까요?"

며칠 뒤 아버지는 탄자니아에 편지를 보냈다. 한 달쯤 뒤 답장이 왔다. 반환 허가 절차를 거치고, 반환 방법을 모색하겠다는 내용이었다.

그날부터 나는 표범을 데리고 산으로 올라가 사냥 훈련을 시켰다. 킬리만자로산으로 돌아가면 스스로 사냥해야 한다. 탄자니아에서 생존 훈련을 시키겠지만, 내가 할 수 있는 한, 열심히 훈련시키기로 마음먹었다.

동네 사람들 눈을 피해 매일 해가 지고 난 뒤에 표범을 산으로 데리고 나갔다. 꿩과 비둘기를 찾아내라고 명령하고, 토끼를 잡으라고 명령했다. 집 마당과 동네 골목, 들과 강가 모래밭처럼 평평한 길만 다니던 녀석은 나무가 많고 비탈진 산에서 허둥댔다. 녀석은 토끼 굴을 찾아내기는 했지만 토끼를 잡지는 못했고, 새 둥지를 찾아내기는 했지만 새를 잡지는 못했다. 거의 한 달 동안 녀석이 잡은 것이라고는 새끼 새 세 마리가 고작이었다. 나무 위 둥지를 급습하자 어미 새는 달아나고 아직 날지 못하는 새끼들만 남았던 것이다. 집에서 기르는 닭은 쉽게 잡을 수 있었지만 야생동물을 잡기는 어려운 모양이었다. 한심했다.

늦은 밤, 마을 뒤로 난 오솔길을 따라 집으로 돌아오며 나무랐다.

"너 표범 맞아? 어떻게 한 마리도 못 잡아?"

녀석의 걸음은 여전히 의젓했지만 풀이 죽은 듯 어깨는 잔뜩 움츠린 모습이었다.

"그 실력으로 눈 덮인 킬리만자로에 돌아가면 짐승을 사냥하기는커녕 하이에나처럼 썩은 고기나 찾아다녀야 할 거다! 썩은 고기라고 넘쳐날 것 같으냐? 그것도 못 찾으면 쫄쫄 굶어야 한다. 눈 덮인 산을 헤매다 얼어 죽을래? 대체 어쩔 거냐?"

경쟁률이 치열한 공무원 시험에도 합격할 것 같았던 표범이 썩은 고기도 찾아내지 못할 것을 생각하니 안타까움과 절망감이 밀려왔다.

연습하고 노력해서 안 되는 일은 없다. 타고난 재능에 비하면 미미할지 몰라도 노력은 어느 정도 성취로 이어지기 마련이다. 나는 더욱 부지런히 훈련에 매달렸다. 그렇게 석 달이 지났고, 녀석은 점점 민첩해졌다. 이전보다 덩치도 자라 이제는 성체나 다름없었다.

방문을 열자 눈 세상이었다. 밤새 쌓인 하얀 눈이 천지를 덮었고, 동네 사람들은 집 밖으로 나올 엄두를 내지 못했다. 방학이라 학교에 가지 않은 날이었다. 아침을 먹고, 돼지죽을 챙겼다. 표범에게는 밥을 주지 않았다. 대신 아침부터 녀석을 데리고 눈 덮인 산으로 올라갔다.

그날 표범은 꿩 한 마리, 비둘기 세 마리, 토끼 두 마리를 잡았다. 놀라운 성과였다. 눈 쌓인 산이라 토끼는 빨리 달리지 못했고, 꿩과 비둘기도 눈에 잘 띈 덕분이기는 했다. 그럼에도 몇 달 동안 잡은 동물을 다 합친 것보다 이날 더 많은 동물을 잡았다. 이전에 잡은 것은 새끼 새와 다친 너구리가 전부였다. 하지만 이날 잡은 꿩과 비둘기, 토끼는 모두 멀쩡하게 날고 뛰는 녀석들이었다.

너무나 기뻤다. 마침 탄자니아에서 반환에 필요한 허가와 수속 절차가 막바지에 이르렀다는 연락이 온 마당이었다. 그즈음 나는 녀석이 킬리만자로산으로 돌아가는 날까지도 스스로 사냥하지 못하면 어쩌나 하는 불안감에 시달리고 있었다. 그런데 일취월장, 뛰어난 사냥꾼으로 거듭난 것이다.

산에 눈이 다 녹은 뒤에도 녀석은 뛰어난 솜씨를 보였다. 쥐를 잡느라 정신이 팔려 있던 여우를 잡았고, 꿩도 잡았다. 이제는 아무 걱정 없었다. 다음 날도, 그다음 날도 녀석은 열 번 사냥을 시도하면 두 번은 성공했다. 그리고 보니 귀여운 자태가 매력이던 녀석의 몸뚱이는 어느덧 야성으로 빛났다.

"이제 걱정 없어. 너는 눈 덮인 킬리만자로 돌아가서 마음껏 뛰어놀며, 자유롭게 살 수 있을 거야. 정말 기쁘다."

나는 녀석의 목덜미를 쓰다듬었다. 내 목소리는 한껏 기뽐에 들떠 있었지만 녀석은 우울한 눈빛으로 고개를 절레절레 흔들었다.

"왜 그래?"

녀석은 침울한 표정을 지으며 고개를 떨구었다. 집으로 돌아오는 길에 녀석은 특유의 의젓한 걸음 대신 맥 빠진 사람처럼 터벅터벅 걸었다. 표범은 걸을 때 소리를 내지 않는다. 하지만 그날 녀석은 그야말로 터벅터벅 소리 내며 걸었다.

마침내 표범을 싣고 갈 트럭이 우리 집으로 들어왔다. 짐칸에 쇠창살 우리가 실려 있었다. 일꾼들이 표범의 목줄을 잡아당겼지만 녀석은 우리에 갇히지 않으려고 안간힘을 썼다. 일꾼들을 밀치고 내가 녀석에게 다가가 목덜미를 쓰다듬었다.

"여기서 살 수는 없어. 그러려면 종일 갇혀 지내야 해. 눈 덮인 킬리만자로에 가서 자유롭게 뛰어놀며 살아, 응?"

녀석은 눈물을 뚝뚝 흘렸다.

우리 집을 떠난 트럭이 골목 모퉁이를 돌아 큰길로 나갈 때까지, 우리에 갇힌 표범은 내게서 시선을 떼지 않았다. 녀석은 내가 알 수 없는 간절한 표정을 지었다. 나는 트럭을 따라 달리며 손을 흔들고 큰 소리로 외쳤다.

"가서 잘 살아! 자유롭게 마음껏 뛰어놀아!"

그것이 우리의 마지막이었다.

세월이 흘러 사십대 중반이 된 나는 가장으로, 직장인으로 살고 있었다. 어느 날 표범 꿈을 꾸었다. 녀석은 바람 끝이 날카로운 산등성이에 서 있었다. 킬리만자로산이었다. 내 기대와 달리 녀석의 털에는 윤기가 하나도 없었고, 그마저도 여기저기 빠져 볼썽사나웠다. 눈 덮인 킬리만자로산의 표범에게는 어울리지 않을 표현이지만 그야말로 비루먹은 개 꼴이었다.

어찌 된 거야?

내가 다가서며 물었다. 나를 알아보았음에도 녀석은 반가워하지 않았다. 다만 한없이 지친 표정으로 중얼거렸다.

나는 눈 덮인 킬리만자로의 표범이 아니라 집에 사는 흑돼지이고 싶었다.

흑돼지이고 싶었다니? 그게 무슨 말이야? 눈 덮인 킬리만자로에서 자유롭게 뛰어다녀야지!

킬리만자로에 무슨 놈의 자유가 있어? 종일 먹이를 찾아 헤매고, 천적을 피하느라 잠시도 쉴 틈이 없는데…….

킬리만자로산의 짙은 아침 안개 속으로 녀석이 멀어졌다.

어나니

권리

권리

장편소설《싸이코가 뜬다》로 제9회 한겨레문학상을 수상했다.
소설집《폭식 광대》, 장편소설《왼손잡이 미스터 리》
《눈 오는 아프리카》《상상범》 등이 있다.

나는 어나니(anony)*다. 나는 그 누구도, 그 무엇도 아니다. 나는 아무것도 아니다. 나는 분명히 찰랑이는 물 위에 떠 있고 주변에는 많은 음성이 들린다. 하지만 그것은 한국어도, 영어도, 일본어도 아니다. 외계어인가 싶지만 그렇게 이해 못 할 언어도 아니다. 어쩌면 물고기나 해조류의 언어인지 모른다. 하지만 그것은 중요한 게 아니다. 내가 그 이해 못 할 말을 피부로 이해하고 있다는 것이 중요하다. 어쩌면 나는 이제 피부로 언어를 느끼고 아가미로 사고하는지도 모른다. 몸을 움직여보려 하지만 꿈쩍하지 않는 것으로 봐서 나는 게릴라피시와 같이 지느러미를 가진 물고기는 아니다. 내 몸은 마치 감옥에 갇힌 것처럼 꿈쩍하지 않는다. 그렇다면 나는 뭘까? 나는 광물일까? 어쩌면 그것에 가까울지 모른다. 내 몸에는 생물이라고 여길 수 있는 근거가 남아 있지 않다. 그래서 나는 자신을 어나니로 부르기로 했다. 삶의 대표자인 오난이가 어떻게 죽음의 어나니가 되었는가. 그 과정은 불안과 충동, 공포를 이기지 못하는 나약한 인간이 어떻게 세계와의 불화를 극복하고 앞으로 나아가는

---

* 'anonymous(익명의)'를 축약한 말.

가에 관한 이야기는 아니다. 이것은 오히려 아포페니아(apophenia)에 관한 이야기다. 아포페니아란 무관한 현상 간의 연관성과 의미를 찾으려는 의식 작용을 말한다. 이를테면 삶과 죽음의 관계를 이해하는 과정이다.

    난 온전한 정신을 잃은 채 바다 위에 떠 있다. 바다 위에 떠도는 건 어나니의 껍질이다. 나는 아직도 자신을 생물이라고 여기는 듯하다. 내가 아직 생물이었을 적의 기억이 떠오른다. 그것은 피비린내와 함께 등장한다. 내 몸에는 피 흘리는 치아만 남아 있었다. 나는 그 핏물을 들이마셨다가 내뿜기를 반복하며 핏빛 바다에 부표처럼 떠 있었다. 우습지 않은가? 인간에게 가장 먼저 생긴 것은 치아다. 치아는 가장 먼저 생성되고 가장 마지막까지 인간에게 남아 있다가 세상을 뜬다. 치아야말로 인간의 고독을 완전히 이해할 수 있는 물질이다. 그래서 치아를 잃은 인간은 기억을 잃는다. 기억을 잃은 인간은 거의 동시에 존엄을 잃는다. 나는 다행히 아직은 기억과 존엄을 잃지 않은 채 남태평양을 떠돌고 있었다.

    나의 몸짓은 충동적이었다. 자유를 추구하는 인간은 충동적이다. 몸에 구속된 물질은 신으로부터 자유롭지 못하다. 피조물과 창조물 사이의 아포페니아에서 벗어날 수 없기 때문이다. 그런데 충동을 통해 나는 신의 구속에서 벗어나 새로운 세계를 탐구할 기회를 비로소 얻게 되었다. 왜냐하면 나는 계속 잡아먹히고 또 잡아먹었기 때문이다. 물고기가 나를 먹고 그것을 더 큰 물고기가 먹고 토해내고 죽고 다시 해저 깊숙이 파묻히기를 반복했다. 나는 포식자가 되었다가 피식자가 되기를 반복했다. 나는 조개 안의 진주가 되어 있기도 했고 거품을 뿜는 새끼 고래의 숨이 되기도 했다. 나는 바다에 그토록 다양한 생태계가 있는지 몰랐다. 나는 바다에 너무 많은 빚을 졌지만 더 이상 줄 게 아무것도 없었다. 어떤 생물도 나의 몸을 더는 탐하지 않았다. 나는 남태평양을 떠나 계속 북진했다.

 나는 어떤 건조한 무인도에 난파되었다. 그곳은 개미들조차 살기 힘들 정도로 무척 척박한 곳이었다. 그곳에는 과학자들이 말하는 외로움증후군을 앓는 식물들이 서로 할퀴듯이 얽혀 있었다. 건조 지대의 맹그로브라고나 할까? 그런 식물은 처음 보았다. 그것은 맹그로브처럼 사납게 모여 으르렁대고 있었다. 외로움증후군에 걸린 식물은 이런 고립으로 인해 뜻하지 않게 더 다양하게 성장한다고 한다. 극도의 고독감이 어째서 그런 작용을 하는지 모르겠다. 하지만 이를 통해 나는 고독이 세계를 떠받치는 거대한 에너지원이 될 수 있음을 미묘하게 깨달았다. 그래서 나는 외롭지 않았다. 나는 거의 인간성을 잃고 있었고 외로움은 나에게 더 이상 필수적인 감정이 아니게 되었다. 그렇다면 나는 무엇을 느끼고 있었나? 나는 치아를 딱딱거렸다. 유일하게 남은 나의 몸이 표현할 수 있는 최대의 공포심이었다. 공포야말로 인간이 마지막까지 느끼는 감정이다. 이상하게도 나는 더 이상 바다에 잡아먹힐 게 없는데도 공포를 느끼고 있었다. 나는 대체 어떤 공포를 느끼고 있었던 것일까? 모르겠다. 내가 더 이상 인간이 아닐지 모른다는 공포였을까? 그렇다면 인간이었을 때는 어째서 그토록 인간이 되고 싶지 않았던 것일까? 이 공포는 어쩌면 나의 어린 시절, 몸 어딘가에 몰래 난 생채기에서 비롯된 것인지도 모른다. 나는 내 몸에서 계속 피가 나고 있을지도 모른다고 생각했고 피가 나지 않으면 자신을 상처 내면서 피를 나게 하였다. 그 피가 나를 더 공포스럽게 하였는데, 역으로 나는 피 흘리는 스스로에게 인간미를 느끼곤 하였다. 내가 아직 살아 있구나! 그 만족스러운 결핍감!

무인도인 줄만 알았던 그곳은 밤이 되자 사람들이 기웃거렸다. 사실 그 섬에는 수백 명의 경비대원과 군인 말고는 없었다. 나는 그 섬의 모래톱 위에 밤새 처박혀 있었다. 지나가던 경비대원이 나에게 걸려 넘어질 뻔하였다. 나는 대체 뭐가 된 것일까? 나는 아직 치아를 갖춘 존재일까? 그것만으로 내가 인간다움을 잃지 않았다고 말하긴 어렵다. 왜냐하면 치아는 인간만의 부속물은 아니기 때문이다. 그럼에도 나는 이 세상 어딘가에 나의 치아가 남아 있다고 믿으며 존엄을 잃지 않으려 애썼다. 나는 치아를 딱딱거려보고 싶었으나 그럴 만한 힘조차 남아 있지 않았다. 무엇보다 나는 구속복을 입은 죄수처럼 뭔가에 단단히 사로잡혀 있었다.

그가 나를 구둣발로 툭툭 건드려보더니 깜짝 놀라 뒷걸음질 쳐 도망가버렸다. 잠시 후 나는 한 무리의 군인들에게 둘러싸였다. 그들은 내가 흰 드레스를 입고 물에 흠뻑 젖은 채 발견된 여자 시신이라도 되는 양 오랫동안 관찰했다. 그 무리 중 하나가 말했다.

"뭐야? 그냥 나무토막이잖아!"

그들은 더 이상 나를 두려워하지 않았다. 그들은 지금까지 시간 낭비한 것에 대해 분풀이하듯이 나를 바다 쪽으로 걷어차고 가버렸다. 나는 물에 흠뻑 젖어 바다와 육지의 경계에 박힌 변사목(變死木)이었다.

나는 생각했다.

나는 변사, 목이구나.

고양이나 비둘기의 사체, 인간의 시체는 두려움의 대상이다. 하지만 왜 나무의 시체는 누구도 두려워하지 않는 것일까. 동물성이 없기 때문에? 이것은 죽은 나무, 즉 변사목에 대한 차별이다.

나는 오래도록 그 까만 밤하늘, 까슬까슬한 모래톱 위에 누워 있었다. 짠 내가 몸을 관통했는데 그 순간 나는 정말 죽었는지 죽지 않았는지 헷갈리기 시작했다. 파도가 찰랑거리며 나의 발을, 아니 나의 부러진 나뭇가지 중 하나를 간질였다.

그날 밤 경비대 본부는 한가했을 것이다. 여자 시신인 줄 알았던 나무토막으로 인한 소란을 기록할 사람은 없었을 것이다. 나는 섬에 떠밀려 온 다른 유목(流木)들처럼 숨죽이고 있었다. 나는 추웠다. 인간이던 시절 발에 해당하던 부분이 몹시도 춥고 퉁퉁 부은 것 같은 느낌이었다. 마치 환상통처럼 전신에는 동물이 느낄 법한 아림과 저릿한 기운이 느껴졌다. 어쩌면 이 통증은 아직 인간성을 주장하려는 마지막 몸부림인가?

야간 경비대원으로 보이는 젊은 남자 하나가 손전등을 켜고 다가왔다. 나는 눈이 부셨다. 나는 동물과 다를 바 없는 모든 감각을 가지와 뿌리, 잎사귀와 나이테의 틈새로 느끼고 있었다. 그것은 이상하고도 불쾌한 기분이었다. 완성되지 않은 기분이랄까. 아직 문짝을 달지 않은 채 컨베이어 벨트 위에서 움직이는 미완성 냉장고만이 나의 기분을 이해할 수 있을 것이다.

    이 경비대원 남자는 나를 보고 눈이 휘둥그레졌다. 나는 여전히 물에 푹 절여져 있었다. 그는 푹신푹신한 쇠, 끈적한 얼음, 꺼끌꺼끌한 솜사탕을 보기라도 한 듯이 뒤로 물러났다. 손잡이가 없었다면 그 노란색 손전등을 바닥에 떨어뜨렸을 것이다. 이상한 점은 그가 나를 대하는 태도와 눈빛의 괴리였다. 궁금하지만 보기 싫고 두렵지만 다가오고 싶다는 눈빛이었다. 그는 왜 두려움을 느끼는 것일까? 나는 상상해보았다. 이를테면 그는 경정을 달자마자 바로 이 외로운 섬에 자원했을 것이다. 그는 대부분의 시간을 동료들과 함께 보냈지만, 벽지 생활 특유의 지루함을 달랠 무언가가 필요했을 것이다. 타인과의 소통보다는 혼자 있는 시간이 편했을 그는 언제부턴가 바다에 떠밀려 오는 여러 가지 모양의 사체를 관찰하면서 많은 시간을 보냈을 것이다. 그가 가장 좋아한 것은 동물 사체였을 것이다. 조개, 오징어, 해파리 등의 해양 동물의 사체가 그의 주요 고객이었을 것이다. 그가 가장 좋아한 것은 해파리였을 것이다. 그는 왜 해파리가 살아 있을 때와 달리 죽어서는 겨울 야산에서 얼어버린 스키 장갑처럼 단단해지는 것인지 의아했을 것이다. 그는 그것을 신발로 툭툭 건드리거나 나무 꼬챙이로 해파리를 해부하거나 돌멩이로 땅땅 쳐보기도 했을 것이다. 하지만 그는 그것이 살아 있는 무엇이라고 생각하지 못했기 때문에 그다지 무서워하지 않았을 것이다.

하지만 나는 해파리 사체와는 다르다. 그것은 한때나마 동물성이 있었고 그 인상의 잔해가 인간에게 두려움을 준다. 나는 죽은 나무토막에 불과하다. 나에게는 생명이 없고 동물이었던 잔상도 없다. 나는 광물도 아니지만 식물도 아니다. 식물이었던 적은 있지만 내게는 이제 유기화학 반응이 일어나지 않는다. 나는 나를 지칭하는 말이 없으므로 어나니다. 그는 죽은 나의 몸을 찬찬히 훑는다.

"이름이 뭐지?"

그는 마치 어린 시절 눈물을 훔치는 용도로 쓰곤 했던 선인장 인형에게 하듯 내게 말을 걸었다.

"어나니."

"오나니?"

나는 그가 우연히 외친 틀린 이름으로 인해 내가 미완의 제품임을 되새겼다.

그는 외로운 사내다. 내가 그를 보며 상상의 쇼를 펼칠 것처럼 그도 나를 가만히 내려놓고 상상에 집중한다. 그는 마치 선인장 인형을 대하듯이 나를 발로 이리저리 우스꽝스럽게 굴려본다. 그는 손가락으로 나를 만져보려다가 관둔다. 아직도 죽은 나무가 두려운 모양이다. 그는 죽음 자체를 두려워하고 있을까? 아니면 나무에 있을지 모를 벌레를 두려워하고 있을까?

그는 주위를 두리번거리더니 갑자기 사라졌다. 얼마 후 그는 라이터와 자잘하고 마른 나뭇가지, 얇은 광고지를 챙겨 왔다. 그는 장작에 불을 땠다. 나도 땔감으로 쓰이려나? 나는 마녀사냥을 당할 때 일그러지던 중세 여자들의 모습을 떠올렸다. 아직도 나는 혼란스럽다. 내가 왜 이런 환상통에 시달리고 있는 것일까. 나는 변사목에 불과한데.

그는 몸을 뒤로 젖히더니, 하의에 있던 허리띠를 풀기 시작했다. 그는 어느 순간 바지 안에 있던 쭈글쭈글한 개불을 꺼내 잡더니 내 가랑이었던 자리에 두고 비비기 시작했다. 그는 천천히 숫자를 셌다. "하나, 둘, 셋……." 그는 망설이다가 변사목을 포근한 선인장 인형처럼 감싸 안았다. 그는 이제 두렵지 않은 모양이었다. 숫자를 셀수록 호흡은 점차 깊고 빨라졌다. "아홉, 열, 열하나……." 갑자기 내 가랑이가, 아니 그루터기와 분리된 밑동이 7월의 불볕처럼 뜨거워졌다. 따뜻한 해수가 갑자기 내 허벅다리까지 올라와 적신 것일까?

덕분에 나는 한 남자의 교미 도구를 집요하게 관찰할 수 있었다. 만일 내가 생물학자라면 인류의 성기가 왜 이토록 혐오스럽게 진화되었는지 연구했을 것이다. 그러하지 못한 것이 내가 죽은 나무가 되고 난 후 가장 후회되는 부분이었다. 나는 해저에 있을 때 꽤 많은 해물 다양성을 눈으로 지켜보았다. 해물들이 고독하지 않았다면 그토록 다양하게 못생기지는 않았을 것이다. 해물들이 고독하지 않았다면 그토록 다양한 번식 방법은 만들어지지 않았을 것이다. 나는 그가 개불을 흔들어대는 다양한 방법과 횟수, 강도 등을 통해 그가 무척이나 고독하다는 것을 알 수 있었다. 나는 다소 안도했다. 나에게 아직 인간의 감정을 느끼는 힘이 남아 있다는 것에서 위안을 받았다. 그가 나에게 개불을 문질러댈 때 내 나뭇가지가 불에 그슬린 것은 아닐까 염려되었다. 그러나 작은 마찰열일 뿐이었다. 나는 뉴런이 새로운 시냅스를 찾아 신경전달물질을 전파하듯이 그의 고독을 내 몸으로 옮겨 올 수 있었다. 나는 점차 완성되어갔다. 그는 마치 예술 작품에 각인을 남기듯이 죽은 나무에 몸을 비볐다. 그의 고독을 나에게 눌러 찍었다. 나는 죽어가기 직전에 인간이 가장 큰 오르가슴을 느낀다는 말을 믿는다. 그가 부르르 떨 때 나는 그에게 작은 죽음이 찾아왔음을 느낄 수 있었다. 나는 이 남자가 굉장한 개인주의자이거나 나르시시스트일지 모른다고 생각했다. 아니면 타인에게 관심이 전혀 없는 인간일지도 모르겠다. 그는 소외된 사람들의 안전과 보호를 위해서가 아니라 자신을 고립시키기 위해, 즉 자발적인 유배를 위해 이 섬에 온 것인지도 모른다. 그가 타인과의 이종교배나 교접보다 자위를 택한 이유는 자신과 똑같은 인간의 역사가 되풀이되는 것이 나만큼이나 싫어서였는지 모른다.

    내 몸이 촉촉하게 말라간다고 생각한 순간 나는 어떤 기억이 떠올랐다. 내게 아직 치아가 있었을 때, 내가 인간으로서 느낀 가장 지독한 외로움의 기억이었다. 그날은 도쿄에 비가 엄청나게 내렸다. 나는 불안과 공포를 이기지 못하고 혼자 이불 속에서 자위를 하고 있었다. 나는 오른쪽 둘째 손가락의 일부가 녹는 것을 느꼈다. 떨어져 나간다기보다는 녹아 나간다는 표현이 맞을 것이다. 나는 손톱이 하나씩 녹아 없어지는 것을 느꼈다. 그 후로는 광란의 변신이 급속하게 일어났다. 만약 포유류가 탈피한다면 이런 방식이 아닐까. 털이 하나씩 빠지더니 나중에는 아무것도 남아 있지 않았다. 왼팔이 먼저 녹기 시작했다. 오른손으로 글씨를 쓸 수 있어 다행이라고 생각할 무렵 오른팔도 녹아버렸다. 편의점에 생리대를 사러 가던 나는 누가 내 다리를 힘껏 붙잡는 기분이 들었다. 카키색 바지가 아스팔트에 녹슨 쇠처럼 녹아 붙어버렸다. 편의점의 유리 진열장에 비친 바지 안에는 엉덩이도, 자궁도 보이지 않았다. 다행히 생리대 비용을 아낄 수 있었다. 내 몸에서 가장 마지막에 남은 것이 치아였다. 나는 이제 어떻게 이를 닦아야 할지 걱정되었다.

비는 30일간 멈추지 않고 내렸다. 나는 수용성(水溶性)이었다. 나의 인간성은 송곳니만큼만 남고 다 사라져버렸다. 나는 빗물에 휩쓸려 남태평양을 향해 떠내려갔다. 어째서 치아만은 버티고 남아 나의 존엄을 지켜주었는지 알 수 없는 일이었다.

"스물다섯, 스물여섯……"

경비대원이 숨을 헐떡이며 개불의 왕복을 셌다. 나는 껍질을 제거한 인간의 해방감을 바라보고 있었다. 그는 죽은 해파리의 사체가 엉덩이에 깔린 줄도 모르고 파도보다 더 세게 몸을 출렁였다.

"스물일곱, 스물아홉!"

그는 자신이 스물여덟을 건너뛰었다는 사실을 알아챘다.

"이십팔, 아니, 스물여덟, 스물아홉……."

경비대원은 계속 헐떡였다. 이렇게 그가 야비하게 자신의 오르가슴을 연장하고 있을 때 나는 몸 어딘가에서 뭔가가 새는 것을 느꼈다. 뜨끈한 물줄기. 익숙한 액체의 흐름이었다. 내 몸 어디에서인지 모르지만, 천천히 피가 새고 있었다. 비린내로 그것이 피라는 것을 알 수 있었다. 경비대원도 마찬가지였던 모양이다. 그는 허벅다리로 흐르는 뜨끈하고 끈적한 피를 느끼자마자 깜짝 놀라 몸을 일으켰다. 그는 자신의 개불이 안전한지 살펴본 뒤 다시 나를 내려다보았다. 나는 아프지 않았다. 어지럽지도 않았다. 토하고 싶지도 않고 쓰러질 것 같지도 않았다. 아무런 공포와 허무감도 느껴지지 않았다. 그는 자신의 개불이 안전한 것을 확인한 뒤 바지를 끌어 올렸다. 허리띠를 조이면서 타다 남은 장작들을 발로 비볐다. 마지막으로 죽은 해파리를 던져 잔불을 꺼버렸다.

그는 다시 처음의 그로 돌아가 갑자기 두려운 시선으로 나를 쳐다보았다. 변사목이 피를 흘리며 모래톱에 널브러져 있었다. 그는 손전등을 켜고 그것이 정말 피가 맞는지 살폈다. 그는 죽은 나무 끝에 매달린 죽은 해파리를 발견했다. 해파리를 손끝으로 살짝 만졌다. 해파리가 이토록 많은 피를 흘린 걸까? 그는 해파리가 이렇게 시뻘건 피를 흘린다는 이야기를 들어보지 못했다. 그는 피가 흘러나오는 곳이 어디인지 궁금했다. 손전등으로 피가 흐르는 길을 좌우로 비췄다. 나무의 밑동에서 피가 콸콸 뿜어져 나오고 있었다. 그는 뿔 달린 개불, 다리 여덟 개 달린 멍게, 먹물 뿌리는 말미잘을 보기라도 한 듯이 뒤로 물러났다. 이번에는 노란색 손전등을 바닥에 떨어뜨렸다. 그는 결승전 마지막 페널티킥을 하듯이 발을 힘껏 굴렀다. 나, 변사목은 그의 구호와 함께 바다로 나가 떨어졌다.

"서른!"

나는 쿨렁대며 바다로 잠수했다.

나는 뿔 달린 개불, 다리 여덟 개 달린 멍게, 먹물 뿌리는 말미잘의 고향으로 떠내려갔다. 이제 나를 변사목이라 부르지 말라. 나는 유목이다. 나는 황제의 칙령을 받고 바다를 떠돌며 죽은 해물을 건져 올리는 칙사이다. 나는 캘리포니아 해변으로 갈지, 아말피 해안으로 갈지, 인도양으로 갈지 모른다. 광물도, 식물도 아닌 어나니로서의 삶을 나는 어떻게 살아낼 것인가? 이것은 삶인가, 죽음인가, 아니면 그 둘 사이에 낀 껍질인가? 나는 아직 가보지 않은 해로를 따라 힘차게 헤엄쳐나간다. 컨베이어 벨트 위를 막 벗어난 냉장고만이 나의 기분을 이해할 수 있을 것이다.

너를 응원해

심윤경

심윤경

장편소설《나의 아름다운 정원》으로 제7회 한겨레문학상을 수상했다.
연작소설《서라벌 사람들》, 장편소설《이현의 연애》
《달의 제단》《사랑이 달리다》《사랑이 채우다》《설이》
《영원한 유산》《위대한 그의 빛》 등이 있다.

"젊은 사람들은 그걸 몰라요. 어머닌 역시 다르시네."

"뭘 몰러."

"그거요. 지금 보시는 그 겉잎. 그게 달고 진짠데, 그걸 모른다니까."

노인의 얼굴에 마르고 버석한 자부심이 번졌다. 모래가 웃는다면 저런 모습일 것이다. 우묵한 눈과 툭 불거진 입을 전혀 움직이지 않으며 그런데도 어떤 근육인가를 움직여 묘하게 마음을 보여주었다. 그는 저런 표정을 좋아했다. 자주 싸운 인생, 앵돌아진 마음, 무릎 통증 같은 한탄, 자기 인생엔 온통 그런 괴로운 것들뿐이라고 주장하다가 당황스럽게 맞이하고 마는 흐뭇한 순간의 얼굴이었다.

"젊은 것들이 뭘 알어. 물렀다고 다 뜯어내버리지."

"그러게요. 우리 마누라도 자꾸 이걸 뜯어내요. 아주 펄쩍 뛴다니까 내가. 제일 맛있는 걸 버리면 어떡해."

노인은 겉잎이 거뭇거뭇해진 섬초시금치 두 단을 챙기고, 차돌처럼 단단한 천수무에도 의욕을 보이다가 무거워서 들고 갈 수가 없다고 우는소리를 했다.

"갖다 드릴게. 얼른 한 바퀴 장 보셔. 무거운 거 여기다 다 갖다 놓으셔. 가는 길에 한꺼번에 실어다 드릴게."

노인의 눈빛에 재빠른 불꽃이 튀었다. 노인은 그러면 천수무와 쪽파 한 단을 더 사겠다며 인심을 크게 쓰고 그의 말대로 시장을 얼른 한 바퀴 돌기 위해 발걸음을 재촉했다. 등 뒤에서 호야의 따가운 눈빛이 느껴졌지만 그는 아랑곳하지 않고 노인의 뒷등에 한마디를 보태었다.

"어머니, 집에 배 없지? 이거 못난이배 두 개 넣는다? 하나는 동치미에 넣으시고 하나는 시원하게 깎아 드셔!"

낮아진 겨울 해가 시장 골목에 힘겹게 비집고 들어오는 짧은 시간이었다. 얼굴에 쏟아지는 햇볕에 얼굴을 찌푸리며 그는 섬초 더미 옆에 쭈그려 앉은 자세 그대로 노인의 오그라진 뒷등을 바라보았다.

"또 저래, 아주. 자기 가게야 뭐야? 뭔데 자기 맘대로 인심을 써?"

호야가 섬초와 천수무와 쪽파를 챙기며 투덜거렸지만 피차 신경 쓰지 않았다. 지금은 푸른청과도매 한 사장과 남양농산 김 사장이 되었지만 초등학교에 입학하기 전부터 서로 이름을 부르며 함께 자란 골목 친구였다. 나이로는 그가 세 살 형이지만 그런 차이조차 잊은 지 오래였다. 그의 가게가 내 가게고, 내 가게가 그의 가게였다.

"할마시 못되가지고. 기껏 언덕 꼭대기까지 올려다 주면 속이 물렀다는 둥 근을 빼먹었다는 둥 벼라별 소리를 다 한다고. 에잇, 더러워서 얼른 접어야지."

이거 얼른 접어야지 하는 건 호야가 이십대에 이 채소전에서 일을 시작한 이래로 반백이 넘은 여태까지 입에 달고 사는 소리니까 신경 쓸 필요가 없었다. 성질 별난 노인에 넌더리 치는 마음이야 누구보다도 잘 알고 있지만, 그래도 시커멓게 쪼그라든 섬초 겉잎의 유별난 단맛을 아는 그들의 우묵눈을 보면 하다못해 감 말랭이 한 줌이라도 더 쥐여주고 마는 것이 그의 고질병이었다. 호야 역시 늘 투덜거리면서도 그가 하는 일을 말리지 않았다.

"팥죽 쒔는데 좀 줘?"

"아직 동지 아닌데, 벌써?"

새알심과 콩이 듬성듬성 보이고 곱게 거피해서 은은한 연보라색이 감도는 호야네 팥죽이라면 그저 세상없이 반가운 보물이다. 무턱대고 반색할 뻔하다가 그는 아슬아슬하게 정신을 차렸다.

"아냐, 지금 못 받어. 들러야 할 데가 있어."

"어디를 가게?"

"학교에 좀."

"학교를 형이 왜 가?"

"그냥, 애 엄마가 바빠."

"선재? 유재?"

이따 들어가는 길에 다시 들를 테니 팥죽 다른 데 주지 말고 잘 두라고 이르며 그는 쭈그려 앉은 엉덩이를 일으켰다. 피가 안 통해 저릿한 허벅지를 주무르며 작게 한숨을 쉬었을 뿐인데 호야가 재빠르게 넘겨짚었다.

"아무래도 그렇지? 유재 보면 큰애가 성에 안 차지?"

그게 왜 그렇게 되나. 그가 어이없는 눈빛으로 호야를 보았지만 호야의 얼굴에는 굳이 설명할 필요 없다는 당당한 자신감뿐이었다. 설명하기를 포기하고 호야의 남양농산을 나선 뒤로, 감출 필요도 없어진 한숨을 몇 번이나 길게 내쉬며 그는 학교의 교문을 지났다. 유재와 씨름하다 몇 번이나 통곡을 한 아내는 도저히 선생님 앞에서 울지 않을 자신이 없다며 담임 상담을 그에게 떠넘겼다. 아내도 야무지고 차돌맹이 같은 사람인데, 사춘기의 유재 앞에서는 어림없었다. 나더러 학교에 가서 어쩌란 말이냐고 난색을 표했지만, 얼마 전 전임강사 임용에 또 한번 낙심을 맛본 아내의 상태가 그렇다 보니 어쩔 수 없이 상담은 그의 몫이 되었다.

12월의 첫머리, 학교를 둘러싼 인왕산과 북악산은 지난주에 풍성하게 내린 눈을 아직 드문드문 이고 있었다. 내외부의 페인트칠로 색깔이 좀 더 밝아졌을 뿐, 학교는 예전과 크게 달라진 것 없이 고요히 나이 들어갔다. 어린 시절의 격렬한 아픔이 퇴색되고 풍화된 끝에 거의 그리움이라 부를 수조차 있는 전혀 다른 색채의 것으로 어느새 바뀐 것은 시간의 힘이다. 이 동네의 모든 소소한 사물이 그에게는 언제나 그런 놀라움의 소용돌이로 다가왔다.

수업이 끝난 시각이지만 학교에는 몇 명의 아이가 남아 소란을 피우고 있었다. 밤샘 독서 캠프를 한다고 들뜬 무리 속에 유재도 있을 텐데 만나지 못했다. 그는 조심스럽게 5학년 2반 교실 문을 열고 들어섰다. 아직 이십대인 것이 분명한 젊은 얼굴을, 그는 감히 똑바로 쳐다보지 못했다. 유재가 숭배하다시피 존경하는 담임선생님이었다. 작년에 이어 2년 연속 그분을 담임선생님으로 맞이하게 된 것을 유재는 이 세상 가장 큰 행운으로 여기고 콧대가 상당히 높아졌다. 유재의 담임은 이십대 후반에 불과할 테지만 아이들의 마음을 사로잡는 교사 특유의 위엄이 얼굴에 서려 있었다. 학급의 인원이 열일곱 명에 불과하다는 것에 그는 다시 놀랐다.

"유재 아버님, 들어오시면서 유재 작품 보셨어요?"

그는 있는 힘껏 고개를 숙이고 걸었으므로 아무것도 보지 못했다. 담임은 그를 데리고 긴 복도를 걸었다. 학교 건물의 동쪽 2층 복도에 유재의 그림이 걸려 있었다. 그날 머릿속에 떠오른 심상의 크기가 꽤 커서, 유재는 종이를 여러 장 이어 붙였다. 알록달록한 물감들을 집어 던지듯 마구 흩뿌렸는데, 정면으로 보면 전쟁터의 포화 같은 알 수 없는 색깔 무더기일 뿐이지만 오른쪽으로 45도쯤 비켜서서 바라보면 그것은 결국 갸우뚱하게 고개를 내밀고 있는 기린이 되었다. 긴 속눈썹과 그물 무늬가 보였고 심지어 은은하게 웃고 있는 표정이 보이기까지 했다.

어릴 때는 한참 동안 날카로운 만년필로 세계 주요 기차역 노선도와 플랫폼, 레일을 달리는 기차와 사람들을 그리는 흑백 세계에 심취했다가 한동안 미술에 흥미를 뚝 끊더니 어느 날 돌연히 색채 폭발과 각도 비틀기의 세계로 넘어간 모양이었다.

"저희도 모두 놀랐답니다. 저는 아직 교직 경력이 길지 않으니 당연히 처음 보는 아이지만, 고참 선생님들도 유재는 정말로 남다르다고 하시더라고요. 이렇게 똑똑한 아이들이 오히려 더 키우기 힘들다고 하던데, 이해가 좀 가기도 했고요."

다시 교실로 돌아오는 길에 그는 조금 정신이 돌아와서, 사물함에 붙여놓은 아이들의 캐리커처와 LCD 화면 속에서 끊임없이 지나가는 아이들의 스냅사진에 비로소 눈길이 갔다. 캐리커처는 제비를 뽑아서 서로 그려주었다고 하는데, 유재가 그려준 친구가 누구인지는 한눈에 알 수 있었다. 그 그림은 직소 퍼즐처럼 여러 조각으로 잘라진 얼굴을 맞추려 애쓰는 외계 생명체 같았다.

화면 속에서 이런저런 모습으로 스쳐 지나는 유재는 그가 알고 있는 모습 그대로였다. 친구들 사이에서 꾸밈없이 웃고 있는, 치어리딩 복장을 입고 응원 연습에 열을 올리는, 창밖을 골똘히 내다보는, 다소 무례하다 싶게 흰자위를 많이 드러낸, 5학년 여자아이.

약 3초마다 변하는 그 사진들은 그를 안심시켰다. 담임선생님께 들은 이야기들이 그를 심란하게 했지만, 화면 속의 유재를 발견하는 순간 그는 거의 모든 것을 잊었다. 유재가 태어난 순간부터 유재를 볼 때마다 그가 빠져드는 일종의 무아지경이었다. 눈앞에 있는 것이 유재가 아니라 우주인 것 같은, 망망하고 거대하고 아름다운 실체 앞에서 자신은 한없이 작아지다 못해 존재의 소멸에 이르는 듯한, 스스로 소멸했는지 아닌지조차 관계없이 우주와 나, 단 둘만의 조우에 빨려드는 느낌이었다.

"또 황홀경에 빠졌네."

아내는 그의 상태를 비꼬아 이렇게 표현했다. 더 신랄하게 비꼴 때는 "아주 멍청이가 되었네"라고 할 때도 있었는데, 그 표현들의 분위기로 아내의 기분을 정밀하게 가늠할 수 있었다. 아내에게 무심하게 굴 생각은 조금도 없었으므로 이런 말을 들을 때마다 그는 멋쩍고 미안한 기분이 되었지만, 정말이지 그로서는 어쩔 수 없는 일이기도 했다. 유재를 눈앞에 두지 않아도, 유재의 이야기를 듣거나 유재에 관한 생각을 하기만 해도, 그는 쉽사리 우주로 떠나버리고 말았다. 아내는 그런 그에게 넌더리를 내기도 하고 우스워하기도 했다.

"뭐, 새로운 이야기는 없었어. 알잖아. 똑똑하고, 고집 세고, 친구들하고는 그럭저럭 잘 지낸다 하고."

"그, 그, 그 이야기는 해봤어? 그, 그게 정말로 요새 다들 그런 거 하는 거냐고?"

아내는 차마 그 단어를 입에 담을 수도 없어서 말을 더듬고 말았다. 겨울용 패딩 점퍼를 입고 실외에 앉아 있으면서도 단숨에 열이 오르는지 손부채를 했다. 그는 얼른 아내의 접시에 잘 구워진 조기 한 마리를 얹어주었다. 그가 황학동에서 보물을 캔 기분으로 장작 몇 개를 넣는 낡은 화로를 사 왔을 때 아내는 집을 온통 고물상으로 만들 거냐고 분통을 터뜨렸지만, 그것은 그들의 뒷마당을 작은 낙원으로 바꾸어주었다. 유재가 속을 썩이기 시작한 뒤로는 따끈하게 데운 청주와 화로에 구운 소소한 안줏거리의 힘이 아니고서는 도저히 날뛰는 기분을 붙잡기 힘들 때가 많았고 아내는 화로에 대해 더 이상 불평하지 않게 되었다. 유재가 독서 캠프를 하느라 집을 비운 오늘, 부부는 은근한 해방감을 느꼈고 화로에 불을 피우기 좋은 날인 것에 동의했다.

"그게 흔한 일은 아니지……. 근데 요새는 다 초등학교 때 시작하는 거래. 중학생만 되어도 늦었다고."

"미쳤어, 미쳤어. 초등학교 애들이, 대체 그게 말이 돼? 당신 생각에는 그게 말이 되냐고. 우리 유재 어쩌면 좋아. 그런 거에 빠져가지고, 어쩌면 좋으냐고."

잘 구워진 조기의 여린 살을 발라 먹느라 아내의 한탄은 잠시 멈추었다. 박사 학위를 받느라 귀신같이 마르고 까탈스럽던 상재농원 큰딸은 어느 날 "으이구, 이 양반아!" 하고 크게 한번 외치더니 그를 결혼식장으로 끌고 들어갔다. 아내는 머리끝까지 화를 내다가도 어린애처럼 잘 먹고 나면 기분이 한결 나아졌다. 그는 황학동에서 화목 난로를 보자마자 그 물건이 그의 수호천사가 되어줄 것을 한눈에 알았다. 많이 배운 여자인데 이렇게 쉬울 수가 있나. 그의 집안 여자들은 다들 까다롭고 대하기 힘든 편이었으므로 석쇠에 노릇노릇 구워진 조기 몇 마리에 대체로 해결되는 아내에게 그는 언제나 감탄했다.

"키가 작아서 좀 그렇긴 한데 아직 어리니까. 키만 크면 여건은 다 갖춰진 것 같다고 하더라고."

"뭐야, 선생님도 그쪽 편이신 거야?"

"어느 편이라기보다는, 선생님도 이리저리 많이 알아보신 것 같더라. 감사한 일이잖아."

그의 키가 181센티미터, 아내가 166센티미터니까, 유재는 어느 날 키가 쑥 자랄 것이다. 유재는 힘들이지 않고 두 다리를 꼬아 목 뒤에 얹을 수 있었다. 영어 유치원에 좀 다녔을 뿐 외국에서 살아본 적도 없는데 어느 날 유창하게 영어로 말하기 시작했다. 기저귀를 떼기도 전에 그를 우주로 휙 날려 보내던 그 유명한 춤과 노래 솜씨, 스스로 선택한 옷이 아니면 결코 몸에 걸치지 않았던 유별난 패션 감각과, 스스로 녹화한 영상을 기획사에 보낸 결의까지, 생각할 수 있는 모든 여건이 완벽했다. 유재는 유명 연예기획사 연습생 오디션에 지원했고 합격한다면, 아마도 그럴 것 같은데, 집을 떠나 합숙 생활을 시작할 것이다.

남의 집 딸이라면 기특하고 야무지고 앞날이 태양같이 밝다고 하겠지만, 그것이 유재의 일이라고 하니 그들 부부는 밥맛을 잃었다. 5학년, 열두 살의 어린아이였다. 방학 수련회 이상의 일로 집을 떠나보낼 생각을 아직 한 번도 해본 적이 없었다.

"유재가 사업자등록을 내달래. 자기는 미성년자라서 안 되니까 내 이름으로 해달라고. 어쩌면 좋아."

"사업자등록? 뭘 하려고?"

"뭘 만들어서 판대. 아까 관짝만 한 택배 박스가 왔어. 샘플 제작한 거라고 열어보지 말라는데, 나는 기가 막혀서 다 듣지도 못했어. 나 요새 유재랑 하루하루 넘기기가 너무 힘들어.

정말 죽을 것 같아."

　유재의 관심사가 또 새로운 방향으로 뻗쳐나가기 시작했는데, 무엇 하나 시한폭탄 같지 않은 것이 없었다. 유재는 아이돌 연습생으로 들어가면서 사업도 시작하려는 중이었다. 부부는 말없이 구워진 생선을 뜯으며 아까 학교에서 보았던 유재의 그림과, 이전에도 여러 사람을 놀라게 한 유재의 많은 시도, 그러니까 가정용 재봉틀의 바늘구멍을 하나로 줄이고 실의 방향을 바꾸어 기능은 축소하는 대신 실 꼬임을 획기적으로 개선하는 내용이 담긴 기획서를 어느 회사에 보냈던 일 같은 것들을 생각했다. 그 과정에서 아내가 아끼던 재봉틀이 몇 번이나 고장 났다. 유재는 회사에서 자기를 어린애 취급하고 아이디어를 진지하게 고려하지 않는다며 무척 분개하더니 결국 사업자등록을 내어서 무언가를 직접 해봐야겠다는 생각에 이른 모양이었다.

　"당신 지금 걱정하는 거 맞아? 아닌 거 같은데?"
　아내의 목소리에서 분개한 기운이 느껴졌다. 그가 또다시 우주를 헤맨다고 느꼈을 것이다. 유재와 관련된 이야기를 듣기만 하면 그의 눈앞에는 자동으로 아주 이상하고 신비한 것이 펼쳐졌다. 그 아이가 처음 태어나 그의 품에 안긴 순간부터 자라던 모든 순간의 모습이 한 폭의 비단에 수놓여 그를 감싸는 것처럼, 모든 순간이 한 장면이 되어 펼쳐지는 듯한 이해할 수 없는 동시적 감각이었다. 그것은 밤하늘에 드리워진 얇은 비단처럼 부드럽게 그의 뺨을 스치고 너울너울 움직이고 알 수 없는

빛을 내었다. 어느 날 아내에게 그런 상태를 수줍게 설명해보았더니 아내는 "오로라네, 오로라야" 하고 깔깔 웃고 그다음부터 약간의 비꼼을 담아 '우주적 황홀경'이라는 용어를 사용하기 시작했다. 황홀하다는 표현에 완전히 동의할 수는 없었지만, 그것이 일상적인 걱정이나 애정이나 기쁨 같은 보통의 감정들과는 다르다고 인정할 수밖에 없었다.

아내가 그에게 화살을 돌리려는 참에 문이 열리고 선재가 마당에 들어섰다. 화로에 불을 피우고 작은 낚시 의자들을 펴고 앉아 있는 부모를 보고 선재의 얼굴이 헤벌쭉 밝아졌.

"불 피웠어요?"

"응, 냉장고에서 먹고 싶은 거 가져와."

생선 살을 한입 받아 물고 우물거리며 집 안으로 들어가는 선재는 여드름이 조금 난 북극곰 같았다. 냉장고에서 굽고 싶은 것들을 꺼내는 선재의 뒷모습에도 아내는 은밀하게 못마땅한 시선을 던졌다. 유재는 너무 유별나고 까칠한데 선재는 너무 무르고 순해터지기만 해서, 결국 둘 다 똑같이 걱정이었다.

선재는 주말에 친구를 데려와도 되느냐고 물었는데, 입시는 둘째 치고 중학교에서 왕따를 당했던 선재가 이곳으로 와서 모나지 않은 청소년기를 누리는 것만 해도 부부에게는 큰 위로가 되었다. 고약한 기억을 잊기 위한 분위기 전환이 절실하다 보니 작더라도 마당이 있는 집에서 살아보자고 이야기가 시작되었는데, 아내가 당연하다는 듯이 그의 고향 마을을 이야기했을 때 솔직히 그는 가슴이 철렁했다. 그립기도 했지만 무섭기도 했다. 적극적이지 않게 어물어물하다가 어쩌다 보니 적당한 집이 구해져서 옛 마을에 돌아오게 되었는데 잘한 일이 되었다. 선재는 새 친구들과 잘 지냈고 유재는 그의 초등학교 후배가 되었다.

유재가 난데없이 연습생이 되겠다고 하기 전까지는 모든 것이 만족스러웠다. 유재를 뜯어말리다가 마음이 상한 아내는 갑자기 마을 탓을 하기 시작했다. 그들이 이전에 살았던 곳은 학군으로 꽤 알려진 곳이었는데, 아이들이 착실하게 공부했던 그곳에 계속 살았으면 유재에게 아이돌 바람이 들어갈 틈이 없지 않았을까? 공부를 다그치지 않는 분위기라서 아이가 딴생각을 하게 된 걸까? 잘 모르겠다. 유재는 언제나 종잡을 수 없고 걷잡을 수 없었는데, 적어도 친구들의 영향을 크게 받는 성격은 아니었다. 유재는 친구들과 잘 지내면서도 어느 정도 외딴 섬 같은 풍모를 유지했다. 아내도 그 사실을 잘 알았다. 그저 지금은 어디라도 원망할 데가 필요할 뿐이었다.

"유재 어쩌면 좋아. 정말로 기획사에 들어가면 어쩌면 좋아. 선재야, 너는 어떻게 생각해? 너희 세대엔 그게 괜찮은 거야? 학교도 그만두고 합숙하고 아이돌이 되는 거, 괜찮아? 네 친구들도 다 그런 거 하고 싶어 해?"

"아유, 엄마. 내 친구들은 아이돌 몰라. 게임하지. 그리고 연습생 된다고 학교를 그만두지도 않아요."

어느새 덩치가 커져버린 선재는 이럴 때 꽤나 든든한 말상대가 되었다. 언젠가 유재도 제 오빠처럼 이렇게 듬직하게 말하는 날이 올까? 선재의 입에서 정답이 나오는 것도 아닌데, 방황하는 부부의 마음엔 유순하고 평화로운 큰아들이 주는 따뜻함이 그 무엇보다 고마웠다.

"공부는 아주 놔버릴 거 아니야. 그리고 완전 날라리판에서 살게 되고."

"지금 저렇게 고집부리더라도, 진짜로 데뷔하기가 쉬운가 어디. 어느 정도 해보고 중간에 나올지도 몰라요. 지금은 못 말리니까 그냥 내버려두세요."

"아니, 그게……."

어느새 따뜻한 청주를 세 잔이나 홀짝거린 아내가 두 무릎에 고개를 파묻었다. 아내는 술이 약했다.

"유재가 정말로 아이돌이 돼버리면 어떡해. 유재는 한다면 하는 애잖아. 쟤가 못 하는 게 어디 있어? 정말로 아이돌이 돼버리고, 스타가 되어서 돈도 많이 벌고, 우리가 닿을 수 없는 세상으로 훌쩍 가버리면 어떡해."

별이 되어 그의 손이 닿을 수 없는 세상으로 훌쩍 가버린 아이. 그가 갓 태어난 유재를 품에 안기도 전부터 남몰래 밤잠을 이루지 못하며 두려워한 것의 실체가 아내의 입에서 튀어나왔다. 그는 동생을 노루너미의 까만 밤에 흐드러진 별 무리 속에서도 가장 아름답게 빛나던 별 하나로 간직했지만, 유재가 태어나면서 오래된 공포가 어느 결에 돌아와 말없이 그의 곁에 서 있었다. 유재의 유치원 가족 축제에서 천장에 매달아놓은 과자를 무등 타고 따 먹는 게임을 한 적이 있었는데 그는 슬그머니

도망가버리고 말았다. 유재는 선재의 무등을 타고 과자를 따 먹었다고 하는데, 아빠가 오지 않은 가족도 많았으므로 아무도 이상하게 생각하지 않았지만, 그는 그날 이후 유재의 원망을 감수해야 했다.

아내가 취한 후 그들은 조금 말다툼을 하고 시무룩하게 화로를 정리했다. 유재를 믿는다고 하기엔 연예계라는 세계가 너무 두려웠다. 유재를 말리겠다고 하기엔 자신이 없었다. 확실한 답을 안다면 힘들더라도 그 길을 가겠는데, 아이를 키우는 일에 확실한 답이란 존재하지 않았다. 그 불확실성이 그들을 힘들게 했다. 그는 돌아누운 아내의 어깨를 넘겨보았다. 아내는 울고 있었다.

"내가 유재랑 얘기해볼게. 울지 마."

"무슨 얘기를 해. 아무 말도 안 통하는데."

"그냥 아무 얘기나 하지, 뭐. 안 통하면 안 통하는 대로."

"그게 무슨 소용이야. 답도 없는데."

"유재가 아이돌이 되든 안 되든, 우리가 유재를 잘못 키운 건 아닐 거야. 우리는 나름대로 애를 썼잖아?"

그랬다. 특별히 뛰어났다고 할 수는 없지만, 부부는 아이들에게 정성을 다했다. 봄꽃과 여름 물놀이, 가을 단풍과 겨울 함박눈을 놓치지 않고 함께하려 했다. 맛있고 몸에 좋은 음식들을 먹이려 애썼고 요즘 세상을 살아가는 데에 필요하다는 것들을 가르치려 노력했고 아이들 앞에서 언성을 높여 싸우는 일이 없도록 조심했다. 그런데 그런 것들만으로는 아무것도 아닌 듯

무력하게 느껴지는 순간들이 있었다. 미술과 언어에 영재성이 있다는 소리를 듣던 아이가 갑자기 아이돌이 되겠다고 한다면 그때 부모가 보여야 할 태도는? 그런 문제에 명확한 답을 알고 있는 사람은 아무도 없었다.

아내에게 별 도움이 안 될 테지만 그래도 무슨 말이라도 해보려고 애를 쓰고 있었는데, 선재가 노크도 없이 문을 벌컥 열고 들어왔다. 양해도 구하지 않고 냅다 불을 켜서 저절로 얼굴이 찡그려졌다. 선재가 다급히 쏟아낸 말은 부부의 도란도란하면서도 다소 서글프던 분위기와는 도무지 어울리지 않았다. 선재는 그때 분명히, 이렇게 말했다.

"아빠, 비상계엄이 뭐예요? 지금 비상계엄이라는데?"

부부는 처음에 아들이 뭐라고 하는지 잘 알아듣지 못했다. 놀라고 당황한 선재의 목소리는 아이처럼 높아져 있었다. 너무 터무니없고 난데없는 말이라서 그것과 닿는 맥락을 어디에서도 찾지 못해 허둥거린 것이 부부의 첫 몇 분이었다. 계엄? 계엄이라고? 선재가 들이미는 휴대전화 화면에서 대통령의 얼굴과 비상계엄 선포라는 붉은 자막을 보았고, 거실의 텔레비전 앞으로 달려 나가 역시 당황스러워하는 뉴스 앵커의 목소리를 들으며 그것이 딥페이크나 가짜 뉴스가 아니라는 것을 이해하기까지 몇 분을 더 소비했다. 1980년대가 아닌 2024년, 수단이나 베네수엘라가 아닌 우리나라에서 계엄이라니, 들어도 보아도 믿어지지 않았다.

"여보, 어떡해! 유재는 지금 학교에 있는데!"

아내의 외마디 소리와 함께 그는 벌떡 일어나서 외발 뜀을 하며 바지를 겨우 입었다. 별일 없을 거라고 아내를 안심시키면서도, 이 순간 유재가 가족과 함께 있지 않은 것이 두려웠다. 하필 날을 잡아도, 유재가 독서 캠프로 집을 떠난 오늘이란 말인가. 몇 년 전 대통령은 청와대를 떠났으므로 혹시 무슨 일이 일어나더라도 청와대 옆에 있는 오래된 이 마을에서 큰일이 일어나지는 않을 거라고 스스로를 안심시키려 했지만, 그의 피톨 속에 숨어 있던 오래된 공포는 한번 풀려나자 걷잡을 수 없이 눈먼 속도로 질주했다.

"학교에 가서 유재 데려올게. 일단 집에 다 같이 있는 게 좋겠다."

아내와 선재도 함께 가겠다고 하여, 세 식구는 겨울바람 속에서 밤길을 나섰다. 아내는 괜히 술을 마셨다고 중얼중얼 후회했다. 마을은 조용했다. 아무 일도 없는 것 같았다. 놀라고 심장이 떨리는 속에서도 세 식구가 함께 걷는 것이 말할 수 없이 든든했다. 서로 욕하고 탓하고 때리지 않는 식구들, 순하게 웃는 얼굴로 밥 먹는 사람들. 두려울 때 함께 걸을 수 있는 가족들. 세상에는 흔한 일일지 몰라도 그에게는 매일매일 새로운 기적이나 다름없었다. 그리고 유재. 우주처럼 신비롭고 놀라운 그 아이. 우리는 지금 유재를 데리러 간다. 유재를 만나 세 사람의 품에 안으면, 그들은 다시 완전하고 안전해질 것이다.

교문 앞에는 비슷한 처지의 다른 가족들이 도착해 있었다. 학교에서도 갑작스러운 일에 당황해 어찌할 바를 모르다가,

모종의 회의를 거쳐 아이들을 집에 보내기로 결정했다. 아이들이 한두 명씩 가족에게 합류했다. 캠핑용 오리털 이불을 챙겨 든 유재도 곧 나타났다. 멀리 어둠 속에서 보아도 작고 마른 유재의 모습이 빛을 내는 것처럼 한눈에 꽂혔다. 아이들은 반가워하기도, 불안해하기도, 투덜거리기도 하며 가족들의 품에 안겼다.

"집에 가?"

안전하고 조용한 집에 가자는 소리에 믿을 수 없다는 얼굴로, 유재는 그렇게 말했다.

"집에는 나 혼자서도 갈 수 있는데 뭐 하러 왔어. 나는 다 같이 여의도에 가는 줄 알았지."

"여의도?"

철저하게 휴대전화로 무장하고 친구들과 이리저리 소식을 주고받은 아이들은 벌써 친구 여럿이 국회로 향했다고, 우리도 얼른 가보자고 했다. 유재를 안전하게 집에 데려갈 생각으로 가득했을 뿐 이 어수선한 날에 어디를 가보겠다는 생각을 그는 조금도 해본 적이 없었다. 가장으로서 그는 가족을 안전하게 지키는 것을 최우선으로 여겼다. 달리는 탱크 소리, 하늘을 선회하는 헬리콥터 소리, 중무장한 군인들이 외치는 소리 같은 것들이 어지럽게 웅웅 귀를 메워 그는 눈앞이 아득했다. 아니, 이렇게 위험한 날 그런 곳에 가선 안 된다고, 일단 집에서 뉴스를 통해 사태를 지켜보자고, 가더라도 어른들이 가야지 어린 너희가 위험한 곳에 가서는 안 된다는 소리를 전달해보려 했지만 어느새 세 식구는 그를 앞질러 지하철역으로 걸음을 재촉하고 있었다.

이건 도대체 어찌 된 일인가. 유재와 도저히 말이 통하지 않는다던 아내는 어느새 아이들과 한편이 아닌가. 어떻게든 아이들을 집에 보내려는 그의 말에 조금도 귀를 기울이지 않고 아내는 오로지 지하철역을 향해 전진했다. 아이들이 전하는 속보에 흥분하기도 하고 맞장구치기도 하면서, 뒤처져 말리는 그에게는 눈길 한 번 주지 않았다.

이것은 오래전, 그가 걸었던 그 길이었다. 그가 유재보다 어렸을 때, 그는 마을에 나타난 탱크를 구경하러 이 길을 달렸다. 마을 어귀에서 만난 주리 삼촌이 그를 돌려세워, 그는 그날 탱크를 보지 못했다. 수십 년의 세월이 흘러 유재와 선재가 앞장서고, 그는 뒤따르듯 그 길을 걷고 있는 오늘, 그는 탱크를 보게 될까? 세상이 그에게 고약한 농담을 던지는 것 같았다.

여의도로 향하는 지하철에는 사람이 적지 않았다. 모두 뉴스 화면에 시선을 고정시키고 있었다. 국회의사당 앞에 사람들이 모이고 있다는 소식이 들리면 조금 안심이 되었다가, 군 병력이 국회의사당 출입을 통제하고 있다는 소식이 전해지면 오싹하게 두려움이 밀려왔다.

선재와 유재는 자못 진지하게 서로 휴대전화 화면을 보여주며 소식을 교환했다. 꽃 같은 아이들이었다. 그는 그 아이들에게 무슨 말을 해야 할지 알 수 없었는데, 그가 무슨 말로 가르치지 않아도 아이들은 알아서 잘 자라고 있는 것 같았다. 아내도 비슷한 생각을 했던 것 같다. 문득 그와 눈을 마주치더니 여린 한숨과 함께 피식 웃었다.

"아이돌이 다 뭔가 싶네……."

아이돌이라니, 세상에 그렇게 생뚱맞은 단어를 들어본 적이 있던가 싶었다. 지난 몇 달 동안 그의 가족을 지배해왔던 가장 큰 고민거리가 갑자기 우습고 시시하게 여겨졌다. 꽃처럼 예쁘고 재능으로 충만한 유재 같은 소녀가 아이돌이 되겠다는 꿈을 가진들, 그게 무슨 이상한 일이란 말인가? 아닌 밤중에 비상계엄이 선포되어 온 가족이 국회의사당으로 향하고 있는 지금보다 더 이상하지는 않을 것이다.

지하철에 타고 있던 많은 사람이 여의도역에서 우르르 내려 9호선으로 환승하는 출구로 향했다. 한 번도 와본 적 없는 낯선 지하철역이었지만 사람들이 일정한 약속과도 같이 움직이고 있어서 따라가기만 하면 되니까 두리번거릴 필요가 없었다. 함께 국회의사당으로 향하는 사람들의 무채색 겨울옷 뒷모습을 보면서 그는 자꾸 콧등이 시큰거렸다. 그의 핏속에는 오래된 두려움이 숨어 있었다. 사람들은 모두 용감하고 결의에 차 보였는데, 그는 그들에게 정말로 그러느냐고, 오늘 밤 이 사태가 안전하고 평화롭게 마무리될 것을 확신하느냐고 묻고 싶었다. 오래전 그때엔 총성이 울렸는데, 하지만 지금은 그때와 시절이 다르기는 하다, 하지만 그때와 똑같이 계엄이 선포되었으니 지금 시절은 그때와 다르다고 누가 자신 있게 말할 수 있을까? 아무도 두려워하지 않는 듯 보이는 속에서 그는 홀로 두렵고 혼란스러웠다.

끝없이 깊은 곳에서 구불구불 올라가 마침내 휑한 겨울바람이 코끝을 때리는 여의도로 나섰을 때, 그는 정말이지 많은 사람의 뒷모습을 마주하게 되었다. 어떤 사람들은 큰 소리로 구호를 외쳤고 서로 모르는 사이에도 무슨 소식이 있느냐고 옆 사람에게 말을 건네며, 무슨 일이 일어났는지 알기 위해 국회의사당 쪽으로 가려 했다.

"선생님도 오셨대!"

돌아서 외치는 유재의 눈빛이 흥분으로 반짝였다. 낮에 보았던 젊고 위엄 있는 얼굴이 떠올랐다. 난데없는 뉴스를 듣고 무슨 일인가 하여 여기 왔을 유재의 담임선생님도 생각해보면 이십대의 연말을 즐기던 평범한 시민이었다. 선생님이 이 근처에 계시다고 하는데, 무슨 편의점 앞이라고 하는데, 거기 가면 선생님을 만날 수 있다는데, 키가 작은 유재는 사람들의 숲에 파묻혀 팔딱팔딱 뛰었다.

"이리 와봐. 어디, 보여?"

선재가 웅크려 앉자 유재는 망설이지 않고 제 오빠의 어깨 위로 날름 기어 올라갔다. 선재가 끙 하고 허벅지에 힘을 주자 유재가 높은 곳으로, 사람들의 숲을 헤친 가장 높은 곳으로 솟아 올라갔다. 이 모든 것은 순식간에 일어난 일이었다. 그는 아무 말도 하지 못하고 그저 바보처럼 바라보고만 있을 뿐이었다.

"저긴가 봐! CU 국회의사당점! 선생님이 저기 계신대!"

유재가 신나서 외쳤다. 동생이 가리킨 방향으로 선재는 둥실둥실 발걸음을 옮겼다. 갑자기 축제와 같은 만남의 기대에 들뜬 아이들은 망연히 굳어져 우뚝 서 있는 그를 이해하지 못했다. 제 오빠의 어깨 위에서 뒤돌아보며, 유재가 물었다.

"아빠, 울어?"

그는 무어라 대답할 수 없었다. 스스로 울고 있는 줄도 몰랐다. 모든 기억이 갑자기 한꺼번에 몰려와, 그는 자신이 해야 할 말과 행동을 모두 잊었다. 아내가 놀란 얼굴로 내밀어준 두 팔에 황급히 얼굴을 묻을 뿐이었다. 모든 것이 그때와 같은 것 같기도 하고, 전혀 다른 것 같기도 했다. 아무도 모르는 오로라에 휩싸여, 그는 마음을 가다듬었다. 나는 아빠다. 지금은 그때와 다르다. 앞날은 아무도 알 수 없지만, 우리도 우리나라도 꿋꿋하게 각자의 길을 찾아갈 것이다. 그는 눈물을 삼키고 고개를 들었다.

"아니야, 가자."

아이들이 앞서고 부부는 뒤따랐다. 어디선가 사람들이 노래하는 소리가 들리자 아이들은 익숙하게 따라 불렀다. 학교에서 응원가로 늘 부르는 노래라고 했다. 아내의 어깨를 단단히 감싸며, 그는 그 노래가 건네는 말에 귀를 기울였다. 이 세상에는 반복되는 슬픔들이 있지만 너를 생각하며 나도 강해진다는 내용이었다.

세상에, 요새는 응원가가 희한하기도 하지. 이런 밤에 이런 노래를 부르다니 정말 어울리지 않는다고도 생각했지만, 실상 그 노래야말로 더할 나위 없이 맞는 말들이었다. 그는 조금씩 흥얼흥얼 따라 부르며 선생님이 계시다는 편의점의 불빛을 향해 걷기 시작했다. 아이들의 기대와 흥분에 전염되어, 그의 가슴도 천천히 부풀어 올랐다.

불의 말

박정애

박정애

장편소설 《물의 말》로 제6회 한겨레문학상을 수상했다.
소설집 《춤에 부치는 노래》 《죽죽선녀를 만나다》,
장편소설 《에덴의 서쪽》 《강빈》 《덴동어미전》 등이 있다.

아침 햇살이 침실 커튼을 뚫고 들어왔다. 자는 것도 깨어 있는 것도 아니고 앉은 것도 누운 것도 아니게 밤을 지새운 찬미는 허리를 두드리며 일어섰다. 에구구구구, 신음 소리가 입에서 절로 흘러나왔다.

우리 딸, 허리 아프니?

아니, 그냥. 일부러 그러는 거 아닌데 자꾸 엄마 따라쟁이가 되네. 근데 참 이상한 게, 에구구구구를 하고 나면 좀 시원해지는 느낌이 나거든?

젊으니까 그러고도 견딘다만, 오래 못 가. 허리, 금세 망가져. 뭘 한다고 밤잠을 못 자니?

논문 읽어. 선행 연구들, 읽을 게 너무 많아. 이번 학기에 프로포절 통과해야지.

읽기만 하면 되니? 네 글을 써야지.

내가 무얼 쓸 힘이 없어, 아직은. 남의 글 읽고 정리하는 것도 겨우 하는걸.

근데 그걸 꼭 밤에 하느냐고.

잠이 안 오니까.

수면유도제라도 먹어라. 엄마 말 좀 들어. 수면유도제 먹어도 돼. 불면증으로 잠 못 자는 것보단 약 먹고라도 자는 편이 나아. 허투루 듣지 마. 무심코 방치하다가 만성된다? 루틴을 만들어야 해.

아이고, 천사약국 권예지 약사님, 알아들었습니다요. 오늘 밤에는 꼭 약 먹고 잘게.

찬미는 태블릿형 수면유도제가 들어 있는 서랍을 곁눈질하고는 부엌으로 나갔다. 정수기에서 냉수를 따라 한 잔 마시고 냉동실을 열었다. 엄마가 채워놓은 냉동실이라 찬미로서는 냉동실 음식물의 정체를 반의반도 모른다. 살림꾼 엄마가 카테고리별로 정리하여 이름표를 붙여놓아서 마음만 먹으면 반 시간 안에도 싹 다 파악할 수 있겠지만, 찬미에게는 그럴 힘이 없다. 그녀는 그저 냉동실 문짝 트레이에 얹어둔 손바닥만 한 무시루떡 두 쪽을 꺼내 한 개씩 접시에 담았다. 엄마가 포세린 물감으로 그려 넣은 쪼끄마한 들장미가 가장자리에 늘어선 접시. 찬미는 작은 접시, 큰 접시, 국그릇, 밥공기, 찻주전자, 종지까지 가지런히 정렬된 그릇장의 들장미 세트에 눈길을 주었다.

그 뭐냐, 로열코펜하겐? 그 비싼 그릇보다 엄마 그릇이 더 예쁜 거 같아. 엄마는 참, 팔방미인이다. 어떻게 그림까지 잘 그리셔. 그렇다고 너무 열심히 하진 마. 집중하다가 눈 빠지겠더라.

안 하던 작업을 하면 치매 예방에 좋다고 하잖아. 너 시집 갈 때 주려면 부지런히 그려야 해.

시집? 언제는 시집 몸서리난다더니.

너는 나랑 다르잖니.

　찬미는 냉동 떡 두 접시를 한꺼번에 전자레인지에 넣고 타이머를 3분에 맞췄다. 3분은, 기다리기엔 긴 시간이다. 그녀는 주먹으로 안각을 마사지하며 주방을 여러 바퀴 돌았다. 눈알이 따갑고 눈꺼풀이 버석거렸다.
　으악.
　냉장고가 있는 모퉁이에 발가락을 찧었다.
　에그, 찬미야, 조심! 조심! 너는 어째 아기 때부터 조심성이 없더니 서른을 넘기고도 똑같으냐. 발가락 찧는 거, 보기보다 엄청 아픈데.
　응, 진짜 아프네.
　계속 아프면 병원 가서 사진 찍어봐야 해. 골절일 수도 있어.
　전자레인지에서 삐 소리가 났다. 찬미는 절뚝거리며 그쪽으로 가서 전자레인지 문을 열고 떡 접시를 꺼냈다. 접시는 뜨거웠지만, 검지로 떡을 눌러보니 가운데가 덜 녹았다. 주방 가위로 떡을 큐브형으로 잘게 자르고 가운데 큐브를 가장자리로 옮겨서 1분 더 돌렸다. 김치냉장고에서 동치미 통을 꺼냈다. 젓가락으로 무, 배추, 쪽파와 당근채 등을 골고루 배분하고 국자로 국물을 떠서 두 종발에 나눠 담았다. 은수저 두 벌까지 세팅하고 찬미는 식탁에 앉았다.
　엄마, 먹자.

발가락은?

괜찮아.

무시루떡이네? 에고, 울 엄마 생각난다.

찬미가 떡 한 점을 젓가락 한 짝으로 찍어 입속에 넣으며 우물거렸다.

그럴 줄 알았어. 엄마는 늘…… 떡을 먹을 때마다 엄마의 엄마 생각을 하니까. 밥 대신 떡으로 식사를 대신하곤 했다는, 내가 한 번도 본 적 없는, 엄마의 첫아들을 업고 기찻길을 걷다가 잘못되셨다는, 그 가여운 분. 엄마는 그래서 수십 년, 떡을 안 먹었지. 아니, 못 먹었지. 그러다 언젠가부터 먹기 시작했지.

이제는 못 먹지.

찬미는 목구멍에 고인 말을 급히 삼키려다 사레가 들렸다. 켁켁 하는 서슬에 기침이 터지고 떡 파편이 튀었다. 텅 빈, 맞은편 식탁 의자가 눈에 들어왔다. 눈시울이 뜨거워지더니 눈꺼풀 아래로 눈물이 주르륵 흘러내렸다. 찬미는 속에 난 불을 끄려는 듯 동치미 국물을 들이켜곤 떡 서너 점을 이번엔 손으로 집어 입속에 쑤셔 넣었다.

애가 왜 이래? 미쳤니? 떡 먹다가 사레들려 죽는 사람도 있어.

응, 엄마. 미쳤어. 그러니까 나 데려가. 데려가. 데려가줘, 엄마.

찬미는 책상 위 독서대에 올려놓은 《라마야나》 원전과 모니터에 띄워놓은 논문을 번갈아 바라보았다. 중세의 이단 심문과 화형,《라마야나》에서 시타가 받는 불의 심판 등 '불을 매개로 한 증명'을 다룬 논문을 읽고는 있는데, 며칠째 진도를 빼지 못했다. 찬미를 사로잡은 것은 불의 시험, 아그니파리크샤를 받는 시타의 그림이었다. 마왕에게 납치당했다가 무사히 구출된 시타는 사랑하는 남편 라마를 만난 기쁨도 잠시, 마왕에게 정절을 빼앗겨서 몸이 더럽혀졌으므로 라마의 아내 자격을 잃었다는 악의적 공론의 한가운데에 선다. 시타는 아그니파리크샤를 받을 결심을 하고 하인들에게 불을 피우라 명한다. 시타가 두 손을 모으고 불길 속으로 걸어 들어가자 불의 신 아그니가 나타나 시타를 보호하고, 이로써 시타의 정절이 증명된다. 찬미는 학부 때 영문학과에서 문화인류학과로 전과하고 대학원에서 공부를 지속하면서 여자의 정절에 대한 가부장제의 오랜 병적 집착을 신의 뜻으로 포장한 제의 따위를 진저리 나도록 보아왔다. 그런 와중에도 찬미가 궁금했던 것은 불에 대한 본능적 두려움마저 이기는 격정이었다.

　　인류학을 평생 공부한들 인류에 대해 모래사장의 모래 한 줌 정도 더 알게 될지 어떨지조차 확신하지 못하는 찬미로서도 불 속으로 뛰어드는 인간 유형을 적어도 두 명은 보았다고 말할 수 있었다. 별 어쭙잖은 일에도 불같이 성질을 부리곤 하는 인간은 진짜 화기(火氣) 앞에서 되레 겁을 낸다. 예전보다는 화가 많이 줄었다 쳐도 찬미 자신이나 아빠가 그런 사람이었다. 반면 평소에 잘 참고 차분하여 언뜻 갑갑해 보이기도 하는 사람, 찬미가 볼 때는 틀에 박힌 사람들이 어떤 격정에 휩쓸리면 불을 두려워하지 않았다. 엄마나 오빠가 그랬다. 자기가 갇힌 틀 속에서 안정감과 행복감을 느끼고 그 틀을 아름답게 꾸미려 최선을 다하는 사람.

"다정한 남자와 야무진 여자가 결합하여 아들 하나, 딸 하나를 낳아 기르면서 신의 은혜에 감사하는 성스러운 가정." 친아빠와 살 때 엄마는 그 성스러운 가정이라는 틀을 유지하려고 몸이 대여섯 개나 되는 것처럼 돌아쳤다. 엄마의 책《완전한 여성》에서 5계명으로 정리된 그 미션 임파서블 같은 행동 수칙은 엄마의 실제 삶에서 나온 것이었다. 돈도 잘 벌면서 시(時)테크 개념으로 가사를 해치우고, 자기 관리도 잘하면서 남편과 아이들도 최상의 상태로 관리하는 슈퍼우먼. 친아빠가 보통 남자만 되었어도 엄마는 끝없이 자신을 갈아 넣으며 그 틀을 사수했을 것이다. 완전히 골병든 여성으로 틀 속에서 틀을 찬양하며 골예수, 찰교회로 늙어갔을 것이다. 하지만 친아빠가 너무 수준 이하였다. 엄마는 친아빠의 많은 것을 참고 살았지만 습관성 불륜만은 참아줄 수 없었다. 하나님이 짝지어주신 것을 사람이 나누지 못하리라. 이혼을 금기시하는 시집 식구들에게 둘러싸여 무릎 꿇린 채 회개를 강요받는 엄마의 모습은 찬미의 머릿속에서도 끝없이 재생되는 어린 시절의 한 장면이었다. 찬미는 그때 엄마를 비난하는 쪽이었다. 할머니 권사님, 할아버지 장로님, 고모 집사님 품에 번갈아 안겨선 엄마에게 눈을 흘겼다. 엄마는 이단 심문을 받는 마녀요, 마귀 들린 여자였다.

불길 속 시타의 실루엣에 호스피스 병동의 엄마 모습이 겹쳐 보였다. 찬미는 또 주먹으로 안각을 문질렀다.

사춘기의 찬미는 가출을 일삼았다. 그렇다고 막 나쁜 짓을 했던 건 아니고 오로지 엄마를 괴롭히기 위한 행동이었다. 당시 찬미는 책도 내고 방송에까지 나가서 완벽한 현모양처 코스프레를 하던 엄마가 어떻게 친아빠를 버리고 가정을 깰 수 있는지 너무너무 화가 났었고 엄마의 두 얼굴을 온 세상에 까발리고 싶었다. 엄마가 찬미더러 "미친 가시내"라고 하면 찬미는 당신이 더 미친년이라고 손가락질했다. 엄마가 해준 스파게티 그릇을 던져서 엄마가 토마토소스 범벅이 되기도 했다. 찬미가 실제로 죽을 생각은 없이 오로지 시위용으로 손목에 커터 칼을 댔을 때, 엄마는 찬미 앞에 무릎을 꿇고 두 손 모아 빌었다.

"찬미야, 그러지 마. 찬미야, 찬미야. 엄마가 어떻게 하면 좋을까? 엄마가 죽어야 네가 살겠니?"

찬미가 방심한 사이, 엄마가 찬미의 커터 칼을 빼앗더니 자기 손목에 댔다. 찬미는 덜컥 겁이 났다. 엄마라면 진짜로 그어버릴 것 같았다. 찬미는 들고양이처럼 엄마를 덮쳐 커터 칼을 되찾아선 침대 밑으로 던졌다. 그리고 경비실에서 쫓아 올라올 정도로 악을 쓰고 또 썼다.

"싫어! 꺼져! 싫어! 꺼져!"

어쩌면 찬미가 결혼을 하지 않고 아이도 낳지 않기로 결심한 것은 저 같은 딸을 낳을까 봐 겁이 나서일지도 모르겠다.

엄마는 결국 님이 할머니에게 연락했고 찬양과 찬미는 님이 할머니 집에서 3년을 살았다. 엄마는 지방의 약국에서 혼자 살았다. 그건 잘한 결정이었다. 떨어져 살면서 찬미도 엄마도 독을 빼고 정신을 차렸다. 커가면서 찬미에게도 엄마를 이해하는 역지사지의 마음이 생겼다. 친아빠에 대한 맹목적 사랑도 옅어지다 못해 바래졌다. 그 이후 찬미는 엄마와 특별히 살갑지는 않아도 보통의 모녀처럼 지내왔고, 죽고 못 살 것 같던 친아빠와는 남남처럼 멀어졌다.

내가 엄마 몸에 암세포, 엄청 만들었을 거야. 내 죄를 내가 알아.

논문 읽기에 아무 진전이 없는데, 어느새 오전이 다 갔다. 찬미는 부엌으로 갔다.

책상 앞에 앉아 소득 없이 모니터를 바라보거나 자는 것도 꿈꾸는 것도 아니면서 그저 누워 있거나 미친 여자처럼 울거나 서성거리는 것 말고 찬미가 제정신으로 할 수 있는 일이 떡 만들기였다. 유튜브에는 가정용 찜기나 전기밥솥으로도 만들 수 있는 떡 레시피가 숱하게 올라와 있었다. 찬미는 유튜브를 틀어놓고 쑥떡, 백설기, 찹쌀떡, 시루떡 등을 만들어 한 끼 먹고는 냉동실에 쟁였다. 매 끼니를 떡으로만 때운 지 한 달째인가 두 달째인가. 떡만 먹는 건 아니었다. 엄마가 김치냉장고에 그득히 담아놓은 동치미, 총각김치, 배추김치를 아까워하며 덜어

먹고 있었으니까.

쌀가루에 단호박 가루를 섞어 반죽을 하는데, 갑자기 콧속이 간지러웠다. 찬미는 비닐장갑을 벗고 화장실로 갔다. 엄지와 검지로 콧방울을 잡고 코를 팽 풀었다. 시원하지 않았다. 머리가 지끈거릴 정도로 세게 풀었더니 콧물이 쑥 나오면서 기침도 터졌다. 기침은 거의 5분이나 지속되었다. 거울을 보니 눈두덩이 붓기 시작했다. 기침 때문에 입속에서 튀어나온 침방울이 눈 점막을 자극한 모양이었다. 전에도 이런 적이 있었다. 곧 통통 부어올라 눈을 뜨기도 힘들 것이었다. 찬미는 급히 찬물로 눈을 씻고 안약을 넣었다. 알레르기 약도 한 알, 삼켰다.

기운이 쏙 빠져 떡 만들 기운도 없었다. 침대에 몸을 던졌다. 미라가 되고 싶다는 생각으로 머리끝에서 발끝까지 이불로 돌돌 말았다. 미라는 제힘으로 움직이지 못할 텐데, 찬미의 몸은 움직였다. 뒹굴뒹굴, 뒹굴뒹굴. 그러다 침대 밑으로 쿵 소리를 내며 떨어졌다. 비명도 신음도 아닌 소리가 목울대에서 껄떡거렸다.

이게 뭐야, 엄마. 이건 사는 것도 죽는 것도 아니잖아. 엄마 혼자 죽으면 어떡해? 삶을 찬미하라고? 어떻게?

네 삶을 찬미하라고, 엄마는 눈물로 호소했었다.

엄마는? 엄마도 엄마 삶을 찬미하지 못했잖아? 그냥, 나도 데려가, 제발.

찬미는 방바닥에 미라처럼 누운 채로 재작년 오빠 생일날을 떠올렸다. 찬미는 학교 앞 원룸에서 살고 오빠는 친아빠 교회 숙소에서 살고 엄마는 새아빠 집에서 살던 때였다. 엄마가 생일상을 차려주겠다며 오빠와 찬미를 불렀다. 찬미는 지도 교수의 프로젝트 때문에 정신이 없는 와중에도 시간을 짜내어 케이크를 사 들고 갔다. 오빠를 언제 마지막으로 보았는지 생각도 나지 않았다. 친아빠는 보고 싶지 않았지만 오빠는 보고 싶었다.

오랜만에 만난 오빠는 딴사람 같았다. 엄마도 그렇게 느낀 것 같았다. 엄마는 꼬치꼬치 캐물었고, 오빠도 대답을 피하지 않았다.

찬미와 달리 일찌감치 철들어 엄마의 든든한 의지처가 되어주고 친아빠의 후계자 노릇까지 해왔던 오빠. 친아빠가 일군 교회를 물려받으려고 신학대학에서 박사 학위까지 받은 오빠. 그 오빠가 연락이 없었던 반년 사이에 김가 성도 버리고 찬양이라는 이름도 버리고 천국에의 소망도 버리고 박사 학위도 버리고 떼어놓은 당상 같은 목사직도 버렸다고 말했다. 충격을 받아 말문이 막혀버린 엄마의 표정을 살피며 찬미가 과장스레 물었다.

"그래서 오빠 이름이 뭔데? 김찬양 아니고 뭔데?"

"오늘. 지금 여기, 오늘을 살고 싶어서."

"오늘? 좋네. 울 오빠, 멋지다."

"그래, 고맙고. 당분간 나, 연락 안 될 거야."

"왜?"

"태국 가서 살아보려고."

"태국? 웬 태국?"

"어느 정도 정착하면 내 쪽에서 연락할게."

오빠가 가방과 선물을 챙기며 일어설 기색을 보였다. 그제야 엄마가 오빠를 막아섰다.

"이건 너무 급작스럽잖니? 시간을 두고 차차 확인해보자. 의사도 만나보고 상담도 해보고."

오빠가 양손에 들었던 가방과 선물을 내려놓으며 쓸쓸히 웃었다.

"시간을 두고? 시간을 두고 미루고 미루다가 서른일곱 살이 됐어, 엄마. 나도 내 속에 뭐가 있기에 이런가 싶어."

오빠가 셔츠 소매를 걷어 올렸다. 손아귀 힘이 너무 강했는지 단추가 떨어지고 옷감이 찢겼다.

"나는…… 엄마, 나는…… 매일매일 죽지 못해 살았어."

오빠 팔뚝의 자해 자국이 붉고도 선명했다. 엄마는 입술만 달싹거리다가 오빠를 안은 채로 무너져 내렸다. 오빠는 엄마를 떼어내어 현관과 거실의 경계에 두고는 나가버렸다. 엄마는 무릎이 꺾인 채로 일어나지 못했다. 30분쯤 지났을까, 한 시간쯤 지났을까, 현관 도어록을 누르는 소리가 났고, 찬미가 엄마를 부축하여 일으켰.

새아빠였다. 새아빠는 그런 식으로 불시에 집에 와서 엄마를 살피곤 했다. 찬미는 엄마가 새아빠의 의심병 때문에 마음고생이 심한 사정을 조금은 알고 있었다. 엄마가 약국을 남에게 맡기고 집 안에 들어앉은 까닭도 새아빠일 터였다.

새아빠는 엄마가 50세가 넘어서 만난 사십대 중반의 의사였다. 번듯한 병원도 있고 인물도 멀끔하고 매너도 좋았다. 외동딸이 있지만 전처가 돌본다고 했다. 엄마는 그이가 엄마를 과분하게 사랑해주는 점이 고맙다고 했다. 엄마 지인들은 하나같이 그 정도면 재혼 자리로 훌륭하다고 입을 모았다. 찬미도 반대하지 않았다. 그런데 그 과분한 사랑이 실은 치명적인 문제였다.

찬미가 꾸벅 인사를 하자, 새아빠가 반색을 했다.

"이게 누구야? 우리 찬미 아니냐? 얼마 만이냐, 응? 온다고 미리 얘기하지 그랬어? 그랬으면 아빠가 빈손으로 들어오질 않지. 괜찮아, 괜찮아. 아빠가 용돈 듬뿍 줄게."

새아빠가 지갑을 흔들었다. 새아빠는 찬미의 손사래를 무시하고 5만 원권 지폐를 손에 잡히는 대로 꺼내어 찬미의 겉옷 주머니에 쑤셔 넣었다.

"퇴근 시간도 아닌데 웬일이세요?"

찬미가 똥 씹은 얼굴로 물었다. 새아빠가 구두를 벗으며 엄마 쪽으로 눈길을 돌렸다.

"퇴근 시간이 무슨 상관이야. 내가 원장이고 응? 엎어지면 코 닿을 덴데, 응? 우리 안방마님 보고 싶을 때마다 수시로 들락날락하는 거지."

새아빠가 엄마의 어깨를 감싸 안았다.

"여보, 그런데 꼴이 왜 이래요? 반나절 사이에 확 늙은 거 같아. 여보가 안 꾸미면 남자들이 여보를 안 노릴 줄 아는 거예요? 그럴 리가. 여보는 워낙에 귀티 나는 미모라 어차피 눈에 띈다고요. 괜찮아, 괜찮아. 그냥 평소처럼 머리 손질도 하고 예쁘게 응? 화장도 예쁘게 하고 그래요."

엄마의 눈에서 불이 일었다. 엄마는 새아빠를 거칠게 밀쳐내고는 곧장 주방으로 가서 스테인리스 집게를 가스 불에 달구어 제 팔뚝을 지졌다. 찬미가 말릴 사이도 없었다. 살 타는 냄새와 함께 붉고 진한 화상 자국이 금세 생겨났다.

"이제 됐네. 흐릿한 동영상들 들이밀면서 이 여자가 여보랑 닮았네, 손톱이 똑같네, 발가락이 닮았네, 물증은 없는데 심증이 가네, 어쩌고저쩌고 지랄 떨지 말고! 이젠 팔뚝에 화상 흉터 있는 여자 찾으면 되겠네. 왜, 얼굴에도 흉터 만들까? 아주 확실하게 해줄까?"

엄마가 포악을 부리며 집게를 흔드는 순간을 놓치지 않고 찬미가 엄마의 손을 쳤다. 집게가 바닥으로 떨어졌다. 새아빠가 얼빠진 얼굴로 집게를 집어 올렸다. 찬미는 엄마를 뒤에서 꽉 껴안고 놔주지 않았다. 엄마의 온몸이 불덩어리처럼 뜨거웠다. 찬미는 숨이 막혀 콧구멍을 최대한 벌름거렸다.

새아빠는 엄마가 하자는 대로 합의이혼을 해주었다. 엄마는 새아빠 집을 나와 약국도 팔고 혼자 살 아파트를 구했다. 이사를 해놓고는 곧바로 윤아 이모와 태국 여행을 갔다. 여행이라고 했지만, 아마도 엄마는 오빠를 찾고 싶었을 것이다. 하지만 엄마는 태국에서 두 달 만에 응급실로 실려 갔고 귀국하여 췌장암 말기 진단을 받았다. 언제 죽어도 이상하지 않은 상태라고 했다. 찬미는 원룸 살림을 빼서 엄마 집으로 들어갔다. 엄마는 항암 치료를 하지 않겠다고 선언했다. 사실 희망이 너무 없었기에 윤아 이모도 찬미도 입을 다물었다.

엄마는 호스피스 병동에 들어가기 전까지 손수 갖가지 종류의 김치를 담갔다. 찬미는 엄마가 유일하게 입이라도 다시는 게 떡뿐이라 부지런히 떡집을 들락거렸다. 그러다 제가 떡 사러 가 있는 동안 엄마가 혼자 죽을지 모른다는 생각이 들었고, 겁이 덜컥 났다. 찬미는 집에서 떡 만드는 법을 배웠다.

"엄마, 나도 이름 바꿀까? 내일, 어때? 〈내일을 향해 쏴라〉, 엄마랑 나랑 같이 본 그 옛날 영화 생각나? 그때 엄마가 나, 여주인공이랑 닮았다고 그랬잖아. 나중에 다시 보니까, 디테일은 다른데 전체적인 느낌이 좀 닮긴 닮았더라고, 내 눈에도. 엄마, 진지하게 생각해봐. 오빠는 오늘, 나는 내일. 오늘 내일 남매, 괜찮지?"

"마음대로 하렴. 어릴 때 이름이야 부모가 지어준 거 어쩔 수 없이 쓰더라도, 이제 성인이고 네 이름인데, 네 마음대로 하면 되지."

"엄마는 이름 안 바꾸고 싶어?"

"나는 내 이름 좋아. 아니 뭐…… 꼭 좋아하는 건 아니고 좋아하려고 해."

찬미는 엄마 침대로 올라가 엄마 옆에 모로 누웠다.

"사실은 나도 내 이름 괜찮아. 좋아하는 것까진 아닌데 좋아하고 싶어."

"그럼 그럼, 우리 찬미. 엄마는 찬미를 찬미해."

엄마가 찬미 손을 잡았다. 찬미는 엄마 손가락이 너무 가늘고 뼈밖에 없는 것 같아 목이 멨다. 엄마 팔뚝의 화상 흉터는 그새 더 도드라져 보였다.

찬미는 오빠에게 간단한 메일을 썼다.

오빠, 어디 있어? 엄마 소식 들었는지 모르겠네. 엄마가 오빠에게 이 말을 꼭 전해달라고 했어. 엄마가 미안하다고. 오빠 탓 아니니까 자책하지 말라고. 오늘을 살아보라고. 오늘이로 살아보라고.

오빠에게서 간단한 답장이 왔다.

윤아 이모를 만났어. 귀국하면 연락할게.

찬미는 그날, 목욕을 하고 빨래를 하고 이부자리를 갈고 연구 계획을 짰다. 그날의 목표치에 따라 선행 연구를 정리하고 자기 아이디어를 부기했다. 오랜만에 밥을 짓고 엄마의 묵은지로 찌개를 끓였다. 밥상을 차려놓고 습관처럼 넷플릭스를 틀었다가 2부작 다큐멘터리 〈인투 더 파이어: 사라진 딸〉을 내처 보았다. 시간이 아깝지 않았다. 거기에도 불 속으로 뛰어드는 여자가 있었다. 불의 말을 들은 사람들은 불 속으로 뛰어들 수밖에 없는 것이다, 살기 위해.

2024년 12월 3일 밤, 망상에 빠진 대통령이 느닷없이 비상계엄을 발표했다. 사람들이 여의도로 몰려갔다. 그들은 무장한 군인들을 맨손으로 막아섰다.

"오늘 광화문광장에서 만날 수 있을까?"
"집회? 나갈게. 근데 사람들이 엄청 많다는데? 어디서 어떻게 만나?"
"나눔 부스로 와. 엄마가 짜 준 노랑 털모자 쓰고 있을게."

찬미는 엄마의 롱패딩 코트를 입고 엄마 목도리를 두르고 엄마의 장갑을 꼈다. 엄마가 오빠랑 똑같은 디자인으로 짜 준 분홍 털모자도 썼다. 발 사이즈가 맞지 않아 엄마 부츠는 신을 수 없었다.

동짓달 광화문광장은 몹시 추웠다. 저물어가는 하늘을 올려다보니 얼어붙은 호수 같았다. 찬미는 어지럼증 때문에 잠시 눈을 감고 가만히 서 있다가 저 멀리 부스를 등대처럼 바라보며 인파를 헤치고 나아갔다. 어떤 젊은 여성이 찬미에게 손바닥만 한 핫팩을 건넸다. 또 어떤 중년 여성은 작은 초콜릿바를 주었다. 부스에 거의 다다랐을 때에는 한 추레한 노인이 덜덜 떨리는 손으로 찬미에게 생강사탕을 주었다. 우렁찬 구호와 노랫소리 때문에 그들의 말은 거의 들리지 않았다. 다만 눈인사와 하얗게 내뿜는 입김으로 짐작할 따름이었다.

거기 오빠가 있었다. 노랑 털모자를 쓰고 무지개떡을 나누어 주고 있었다. 오빠와 눈이 마주치자 찬미가 오빠에게 손을 내밀었다. 오빠가 찬미 손에 무지개떡을 쥐여주었다.

"내일 엄마 보러 가자."

"그래, 내일."

찬미는 돌아서며 긴 한숨을 쉬었다. 그새 날이 어두워진 덕에 응원봉들이 빨갛고 파랗고 노란 빛을 내기 시작했다. 가지각색 불꽃의 물결 속으로 성큼 걸어 들어가며, 찬미는 성을 바꾸기로 결심했다. 김찬미가 아니라 강찬미가 되기로. 엄마의 엄마, 기찻길에서 강한 바람에 쓸려 죽었다는 유씨 할머니의 포한을 풀어주고 싶어서. 어떤 바람에도 지지 않게 강한 사람으로 서고 싶어서. 엄마 같은 딸을 낳고 싶어서.

찬미합니다, 위대하신 아그니여. 저 불꽃 하나하나에 담긴 분노와 저항과 열망을 살피소서. 세 가지 형태로 존재하는 불의 신이여. 이 추운 밤에 울려 퍼지는 저 뜨거운 불의 말을 들으소서.

홍합, 이시죠?

한창훈

한창훈

장편소설 《홍합》으로 제3회 한겨레문학상을 수상했다.
소설집 《가던 새 본다》《세상의 끝으로 간 사람》《청춘가를 불러요》
《나는 여기가 좋다》《그 남자의 연애사》,
연작소설 《행복이라는 말이 없는 나라》, 장편소설 《섬, 나는 세상 끝을 산다》
《꽃의 나라》《네가 이 별을 떠날 때》 등이 있다.

1998년 《홍합》이 나오고 얼마 되지 않았을 때였다. 당시 천안 근처, 독립기념관이 있는 목천마을에서 살고 있던 나는 무슨 일인가로 서울에 올라왔고 밤 깊어 인사동 어느 술집에 앉아 있었다. '시인학교'라는 주점이었지 싶다.
　지인들과 술잔을 나누고 있는데 신경 쓰이는 사람이 있었다. 옆 좌석의 젊은 남자가 자꾸 나를 힐끔거렸는데 일행이 떠나고 홀로 남아서는 공공연히 나를 쳐다보기 시작한 것이다. 몸을 좌우로 거듭 흔드는 것으로 봐서 상당히 취한 듯 보였는데, 취했거나 말거나 예의 없는 행동이라서 그냥 넘어갈 수가 없었다.
　나는 그를 향해 몸을 돌렸다. 그리고 뭐 하는 짓인가, 정도의 말을 했다. 그 남자는 계속 몸을 흔들며 주저주저했다.
　"저기……."
　"뭔데요?"
　"저…… 홍합, 이시죠?"
　사람들이 와르르 웃었고 그렇게 나는 홍합의 작가가 아니라 홍합 자체가 되어버렸다. 어쩌다 홍합까지 되고 말았을까. 그 대략의 과정은 이렇다.

1998년 목천으로 오기 전까지는 충남 서산에서 살고 있었다. 청탁이 자주 오자 1997년 한 해 동안 전업 작가 노릇을 했다. 쉬지 않고 단편을 써냈지만 1년 동안 해본 결과는 전업 작가 따위를 하면 안 되겠다는 다짐으로 이어졌다.

그러다 2월에 이사를 한 것이다. 전업 작가를 포기하자 할 수 있는 게 그 전까지 했던 일을 찾는 거였다. 집 정리 마치자마자 공사 현장을 찾아 나섰다. 신축 중인 호텔이나 청소년 수련원 같은 현장은 많이 있었다. 하지만 취업이 되지 않았다. 타워크레인을 운전할 수 있는가, 그것은 못 한다, 그러면 안 되겠다, 이런 대화만 오고 갔다.

아파트 단지가 올라가고 있는 곳은 수위가 있을 정도로 매우 큰 현장이었다(보통 소규모 현장에는 '야방'이라는 존재만 있다. 야방은 현장에서 잠을 자며 자재를 지키는 관리인 정도). 내가 막 도착했을 때 50명 정도의 사내가 공사장에서 걸어 나오고 있었다. 수위는 거들먹거리며 그들을 가리켰고 이렇게 말했다.

"이 사람들 왜 이런지 알어? 오늘 짤렸거든. 상황이 이러니 일할 자리가 있겠어?"

나는 그들과 뒤섞여 같이 걸어 나갔다. 워낙 큰 현장이라 혹시 변동이 있을까 싶어 며칠 뒤 한 번 더 들러봤는데 그사이 그 수위마저 잘려 나가고 없었다. 보름 넘게 목천에서 천안 그리고 반대편인 병천까지 뒤지고 다녔고 그렇게 풀이 죽어 집으로 돌아오는 날들이 이어졌다. IMF로 전국이 신음하던 때였다.

그러다가 천안 시내 빌라 현장을 몇 군데 돌아다닌 끝에 집으로 가는 좌석버스를 탔다. 해는 기울고 몸도 마음도 지쳐 있었다. 이젠 어떡하지, 하고 있는데 마침 앞 손님이 두고 간 〈한겨레〉가 눈에 들어왔다. 거기서 발견한 것이 '제3회 한겨레문학상 공모'였다. 마감까지 석 달 정도 남아 있었다.

그날 밤 혼자 소주 마시면서 마음 설정을 새롭게 했다. 노동을 할 수 없다면 다시 소설이다. 홍합 공장 기억을 언젠가는 장편으로 쓸 생각이었으니 이 기회에 그것을 하자, 장편은 한 번도 안 써봤지만, 이 기회에 초고라도 완성해놓자…….

그렇게 시작이 된 것이다.

486컴퓨터를 껴안다시피 하여 미친놈처럼 써대기 시작했다. 며칠 하다가 아예 커튼으로 책상을 빙 둘러 마치 작은 감옥처럼 만들어놓고 웃통 벗어젖힌 채 써 내려갔다. 정신없이 쓰다 보면 몸에서 열기가 솟구쳤던 것이다.

다섯 살 딸아이는 늦잠 자느라 종종 어린이집을 빼먹었다. 아침에 몰아쳐서 작업하고 아이가 깨면 병천 아우내장터로 가서 순댓국 한 그릇을 나눠 먹었다. 식당 여사장은 봉두난발 부녀를 지그시 바라보다가 물수건으로 아이 얼굴을 닦아주고 머리카락도 빗어주고 사과도 깎아 주곤 했다.

가장 많이 쓴 날은 원고지로 65매를 기록했다. 마치 낚시꾼이 잡아놓은 물고기 길이 재듯 페이지를 세어봤던 것. 아마 그날이었을 것이다. 밤이 깊었지만 작업을 더 해야 할 것 같아서 소주 한 병을 원샷하고 썼는데 50분 지나자 그 기운마저 가라앉아버렸다.

그렇게 날짜를 채웠고 마감 당일 오전에 원고가 나름 완성됐다. 출력은 A4 용지가 한 장 나오는 데 1분 걸리는 구형 잉크젯프린터로. 종이 아끼려고 글씨도 작게 했다. 막상 출력을 마치니 뒤처리가 또 큰일이었다. 프린트한 원고를 묶어야 하는데 딱히 방법이 없는 것이다. 궁리하다가 송곳으로 두 군데 구멍을 뚫고 안 신는 운동화의 끈을 잘라서 원고를 묶었다. 참으로 볼품없었다.

우리 세대는 〈한겨레〉에 각별한 의미를 가진다. 탄생 과정을 지켜보았고 국민주 모금에는 참여 못 했지만 진심으로 응원했었으니까. 마침 서울 올라갈 일이 있었던 나는(그래봤자 동생들 만나기로 한 거지만) 이 기회에 신문사 구경을 하고 싶었다. 고속버스와 지하철에 마을버스까지 탄 끝에 공덕동 한겨레신문사에 도착하니 오후 4시 30분 정도.

4층 작은 사무실이었다. 바닥에서부터 책상 위까지 응모 원고들이 산더미처럼 쌓여 있고 매우 피곤한 얼굴의 여직원이 있었다. 여기가 한겨레문학상 원고 받는 곳이냐는 질문에 그녀는 시큰둥한 얼굴로 고개 끄덕이며 위에 올려놓으라고 일렀다. 문제는 그 모든 원고가, 한 권도 빠짐없이, 네모반듯하게 제본이 되어 있었다는 것.

아, 이렇게 하는 것이구나……. 충격을 받은 나는 쪽팔리기가 한정이 없어졌다. 그 번듯한 제본 책자 위에 운동화 끈으로 묶어 온 원고를 놓을 자신이 없어진 것이다. 하여 여직원이 전화받는 사이 중간쯤에 쑤셔 넣고 서둘러 빠져나왔다. 민망했고 스스로가 한심하기 그지없었다. 빨리 나가고 싶은 마음에 신문사 구경도 못 하고 말았다.

그날 밤 동생들과 술을 많이 마셨는데, 그 시절 형제들 만나면 으레 그러기도 했거니와, 작업이 일단 끝났다는 안도감 때문이기도 했지만, 무엇보다도 응모자들의 말끔한 원고 모습이 잊히지 않기 때문이었다. 내가 얼마나 촌놈인가 하는 자책까지.

그따위로 원고 낸 주제에, 그래도 사람이라 기대하는 마음이 아주 없지는 않았다. 하지만 며칠 공연히 기다려보다가 깨끗이 정리했고 잊어버렸다. 이제 한동안 묵혀두었다가 적당한 기회가 오면 새롭게 정리하자, 그래도 그 덕에 일단 원고를 써 놨지 않은가…….

그 탓에 여러 날 뒤 한겨레출판에서 전화가 왔을 때 나는 몹시 퉁명스러웠다. 한겨레문학상에 공모하지 않았느냐는 질문을 〈한겨레21〉 구독하라는 전화로 받아들였던 것이다. 한겨레도 이런 영업을 하는구나, 하고 기분이 나빴던 것. 때문에 당선되었다는 말을 얼른 알아듣지 못했다.

전화를 끊고 딸아이를 껴안으며 우리는 이렇게 대화를 나눴다.

"아빠가 3000만 원 벌었어."

"와, 아빠, 나 사탕 3000만 원어치 사 줘."

그렇게 장편소설 《홍합》이 나오고, 그렇게 나는 홍합이 된 것이다. 그렇다면 이제 《홍합》 속의 인물 이야기를 할 시점이다. 나는 내 소설이 어떤 상을 받게 되면 작가로서의 자신보다는 작품 속 등장인물들의 삶이 인정받았다고 여겼다. 이들의 삶이 무시나 외면당하지 않았구나 싶은 것. 그래서 명예는 그들에게 보내고 상금은 내가 차지했다(이 돈 또한 내 것이 아니라는 것을 금방 깨닫게 되었지만).

《홍합》의 인물 중에서 사람들이 가장 많이 물어보는 이가 승희네다. 아니, 금이네라고 해야 하나? 그 왜, 동네 남자들 대상으로 돌아가면서 불륜 저지른 여인네 말이다. 사람들이야 원래 남의 불륜을 재밌어하지만 그녀가 인기 높았던 이유는 정리 멘트 때문으로 나는 본다. 이제 어쩔 거냐고 윽박지르는 남편에게 담담하게 내뱉은 마지막 한마디.

"인자 안 할라요."

그 대목을 꼭 찍으며 "아, 이렇게 말하면 되는구나" 하고 손뼉 치던 여성 독자들 모습이 내 기억 속에 여러 차례 된다. 금이네는 그 정도 가십거리겠고, 그래도 사람들 궁금증 첫 번째는 승희네다. 이유는 당연하다. 주인공인 문기사와 '썸' 타는 사이였으니까. 그리고 문기사는 작가인 내가 투영된 존재로 보이니까.

'이제는 말할 수 있다' 뭐 그런 것까지는 아니라도 문기사에게 내가 투영된 것은 맞다. 그래서 그러겠지만 가장 맘에 안 드는 캐릭터이다. 훗날 다시 쓸 때 문기사를 빼야겠다고 생각했었다. 사회과학 서적 몇 권 읽은 게 전부인, 어쭙잖은 먹물이니까. 그저 이야기를 끌어주는 페이스메이커 정도? 그가 있어야 당장 이야기 진행이 순조로울 것 같아서 썼을 뿐이니까.

불륜만큼이나 애틋한 사랑 또한 좋아하는 장르라서 독자들은 자주 물어왔다. 그런 여인이 정말 있었고, 둘은 정말로 그렇고 그런 사이였느냐……. 반은 맞고 반은 틀리다. 승희네의 모델이 된 여인네는 있었다. 부지런했고, 키가 작고, 손가락도 짧았다.

그리고 그녀와 관련된 에피소드들, 문기사와 서로 손가락 만지거나, 남아도는 젖을 강아지한테 먹이거나, 우물가 수풀에 발 집어넣으며 "내일부터 공장에 못 가고 농약 친단다. 씨발것, 독사야 내 발 물어라" 했던 거 모두 실제 있었던 상황이다.

그렇지만 연인 사이는 아니었다. 그녀는 측은하고 짠한 존재였다. 고대구리배 선장이라는 중매쟁이 말에 속아서 시집 왔고(단지 선원이었다고) 시댁 소작 논농사가 워낙 많아서 매일 일에 치여 살았기 때문이다. 오죽했으면 일부러 공장 일 하러 나왔을까. 태풍이 와서 현장, 공장 다 쉬는 날, 공장장이 딱 한 사람만 필요하다고 했을 때 손을 번쩍 들었던 이도 그녀였다(손가락 만지던 날이다).

책이 나오고 얼마 있지 않아서 모 방송국에서 드라마로 만들고 싶다고 연락 왔을 때 철렁했다. 소설과 달리 그녀 남편은 두 눈 시퍼렇게 살아 있었다. 그렇다 보니 최종 단계에서 취소되었을 때 가슴을 쓸어내렸다(드라마가 되었으면 하는 바람과 되면 어떡하지 하는 걱정이 뒤죽박죽이었다). 그러니까 애틋함 그 이상은 없었다. 지금 그녀의 본명을 기억 못 하는 것만 봐도 그렇다. 그러니 승희네 이야기도 여기까지.

다음은 우리의 주인공, 국동 패거리들이다. 내륙 깊숙한 곳에 공장을 개설하면서 시범 조교로 끌고 왔던 여수 여인네들이다. 오로지 의리 하나로 버스 한 시간 넘게 타야 하는 먼 곳으로 일하러 와주었던 것. 그들과 나는 오랜 시간 현장에서 손발을 맞췄고 막걸리를 마셨고 온갖 인생 이야기를 나눴다.

《홍합》이 나오고 반년쯤 뒤에 우리는 여수 남산동 시장 선어횟집에서 만났다. 나의 이야기에 등장해주셨으니 한잔 대접해드리는 것은 당연한 과정. 반장인 강미네와 석이네, 혜숙이네가 나왔다. 광석네만 나오지 않았다.

폭력 남편과 이혼한 강미네는 멋지게 재혼한 표시로 밍크코트를 입고 나왔다. 눈웃음 애교가 주특기인 석이네, 인자한 보살풍의 혜숙이네, 이렇게 우리는 삼치회에 소주를 마셨다.

스물여섯 살의 내가 공장에서 보았던 그들은 삼십대 후반의 아낙들이었다. 혜숙이네만 사십대 중반. 그리고 선어횟집에서 만났을 때 나는 서른일곱 살이었고 그들도 열한 살씩 더 먹은 상태였다. 착실히 나이 들어가는 중이었고 여전히 유쾌하고 씩씩했다.

소설에 반장인 강미네가 남편 때문에 성병 걸린 대목이 나온다. 이야기한 대로 책이 나왔을 때는 이미 재혼한 뒤였다. 남편은 어디 공장 공장장이었다. 소문을 들은 그녀는 서점에서 책을 샀고 패거리들과 한잔 걸친 뒤 집에 가서 자랑했단다.

"이 책이 뭔지 아요? 이것이 우리 홍합 공장 이야기요이. 여기에 나도 나온다요."

숙취로 늦게 일어나니 남편은 책을 들고 출근한 뒤였다. 책은 한 달 뒤 너덜너덜한 상태로 돌아왔는데 남편이 실실 웃었다.

"사람이 칠칠맞지 못하게."

"뭔 소리요."

"읽어보믄 알지……. 근디 우리 공장 사람들 다 읽어서 다 알어."

읽어보니 그런 내용이 나왔다는 것. 뭔 그런 것까지 썼느냐고 그녀는 내 등짝을 후려친 다음 깔깔거렸다.

"허긴 소설이라는 것이 그런 것도 좀 나오고 그래야 재밌을 것이여이."

하지만 광석네가 나오지 않아서 나는 서운했다. 공장 생활 청산하고 시장에서 양말 장사를 한다고 들었다. 그녀는 참으로 특이한 존재였다. 연예인 버금가는 외모에 자연스럽게 풍기는 기품은 물론(그들 중 가장 조용한 성품이었다) 우리가 '살아 있는 저울'이라고 불렀을 정도로 뛰어난 감각의 소유자였다.

탈판 작업이라는 게 있다. 삶은 홍합 알맹이를 서로 붙지 않게 필름 위에 겹겹이 배열하여(이건 팬 작업이라 한다) 냉동실에서 얼린 다음 떨어내는 작업을 말한다. 떨어낸 홍합을 가득 쌓아두고 1킬로그램씩 저울에 다는데 광석네가 소형 바구니에 한 번 뜨면 딱 1킬로그램이 되었다. 당연히 작업 속도가 빨랐다.

그녀는 결혼해서 아들도 하나 두었으나 이상하게도 남편은 늘 어딘가 멀리에 있다고만 했다. 나가면 아니 오고 반년 만에 나타나서도 곧바로 사라지는 사람. 책임도 안 지고, 이혼도 안 해주고…… 수산물 가공 공장 인물들이야 이런저런 사연을 외투처럼 걸치고 사는 이들이지만 그중에서 인물로도, 사연으로도 돋보이는 인물이 광석네였다. 그날, 세 여인을 2차 스탠드바로 모시고 갈 때까지 그녀는 끝내 나타나지 않았다.

그 이후로 강미네는 잊을 만하면 한 번씩 전화를 해오곤 했다. "이번에 큰딸내미 여웠구만." "아이구 축하합니다." "그건 그거구 언제 한번 봐야 할 건디……." "그러게 말이요……." 우리의 대화는 매번 그런 내용이었다. 둘째 딸 결혼했을 때도 통화를 했었으니까. 하지만 그들이 시간을 조정하면 내가 어긋났고 반대도 있었다. 시간이 훌쩍 지나가버렸다.

그리고 2024년 초, 원주 토지문화재단 레지던시에 있을 때 그녀에게서 전화가 왔다. 나는 눈 쌓인 산을 보면서 통화를 했다.

"뭐 한다고 이 겨울에 강원도까지 가 있어?"

"밥도 주고 잠도 재워주는 곳이에요."

"그래? 몸은 괜찮고?"

"그럭저럭이죠."

그녀는 영감이 세상을 버렸다고 일러왔다. 우리는 그동안 되풀이해왔던 말 몇 마디를 뒤에 붙였다. "보자고만 하다가 여기까지 와 버렸네, 이번에는 꼭 보자고." "그럽시다요."

이번 약속은 진짜 지켜야 할 것 같았다. 이젠 누구 하나라도 죽었다는 뉴스가 그리 놀라울 일이 아니기에. 이럴 경우 여수에서 1박을 해야 한다. 이게 또 성가신 일이지만 이번에는 그렇게 했다.

그렇게 다시 만났다. 20여 년 만에 돼지갈빗집에서 만난 우리는 서로 손잡고 웃기부터 했다. 얼굴이 늙어서 웃었고 늙었지만 예전 모습이 그대로 있어서 더 웃었다. 세월 참 잘 갔다, 하는 말이 그들에게만 해당되는 건 아니었다. 이십대였던 내가 육십대가 되었으니 말이다.

특히나 예전 회동 때는 못 나왔던 광석네가 나왔다. 그 근사했던 아낙도 충분히 할머니가 되어 있었는데 역시나 예전의 이미지는 여전했다. 그녀 또한 행방 묘연의 남편과 정리하고 뒤늦게 인연을 만났단다. 그 사람에 대해 이렇게 말했다.

"내가 좋은 사람을 만났어. 영감이 영 좋아."

좋은 사람…… 사람을 평할 때 이보다 더 좋은 말이 또 있을까. 그러기에 듣기에도, 보기에도, 내 마음에도 덩달아 좋았다. 그녀는 좋다는 새 영감님과 통화도 했는데 "말했던 젊은 남자를 지금 만나고 있다, 오랜만에 젊은 놈이랑 있어서 기분이 좋다"라고 말해서 우리를 웃겼다.

혜숙이네야말로 너무 늙어서 나오기 힘들다고 강미네가 전해왔다. 젊은 시절 그들은 그 언니를 두고 망구 망구, 놀리곤 했는데 이젠 모두 진짜 망구가 되어버렸다고 더 웃었다.

또다시 2차까지 갔는데 다들 술을 멀리해서 나만 소주에 취했다. 새 영감과 알콩달콩 재미 좋은 이도, 좋았던 새 영감이 죽어버린 이도, 늙었어도 눈웃음이 화려한 이도, 다음 날 새벽

배를 타야 하는 나도 돌아가야 하는 시간은 공평했다. 택시 잘 안 타는 옛날 버릇이 그대로 남아 있어 여수중학교 정류장에서 기다렸다가 버스 오는 대로 한 명씩 사라졌다.

마지막엔 나만 남았다. 조금 전, 세월 잘 갔다고, 나이 든 것을 옹호하는 풍으로 말했지만, 딱 한 번만, 딱 한 시간만이라도 그 옛날로 돌아가고 싶어졌다. 공장 시멘트 바닥이나 항도(작업 현장이 있었던 바닷가 마을) 길바닥에서 퍼질러 앉아 막걸리 마시며 노래 부르던 그 시절로.

그 시절 그들은 '생각이 나면 생각이 나면 내 이름을 불러주세요……' 하는 들고양이들 노래 합창을 자주 했었다. 아무도 불러주지 않았기에 버스 오는 대로 집으로 돌아가던 그 뒷모습이 오버랩되었기 때문이다.

세월은 우리에게만 흐른 것이 아니다. 올해가 한겨레문학상 30주년이라니 이 또한 그렇다. 우리 인생에서 30이란 숫자가 이런저런 의미를 지니고 있는데 그중 하나가 토성의 태양 공전주기이다(정확히는 29.5년). 뜬금없는 소리라는 것은 안다. 하지만 우연히 점성학 공부를 조금 해서 알게 된 것인데 바로 이 토성 때문에 누구라도 서른 살은 중요하게 작동된다.

어떤 사람이 서른 살이 되었다는 것은 태어나던 순간의 위치에 토성이 다시 들어간다는 뜻이다. 마치 출발점으로의 귀환 같은 것. 점성학에서 토성은 시련과 고난의 행성으로 풀이한다. 키워드가 대부분 권위, 금기, 실패, 규율, 책임 같은 무겁고 부정적인 단어들이다.

    그러기에 서른 살 전후가 되면 고난이 닥친다, 라는 것이 점성술 풀이다(그러니까 뭐냐, 태어난 것 자체가 금기를 깬 거고 책임져야 하는 의무라는 것?). 그 나이가 대략 젊음을 접고 본격적인 삶 속으로 뛰어들 때라 좋을 리 없다. 문제는 다 그렇다는 것이고, 다행인 것도 모두 그렇다는 것이다.

    예순 살이 되면 다시 그 자리로 토성이 찾아가지만 이미 시련을 겪었고 그 사이 이런저런 경험을 했기에 덜 힘들다. 사실 나를 돌아보면 삶의 순간들이 늘 고난 같고 위기 같기만 해서 그 시절의 특징을 잡아내기 쉽지 않지만 오래되었기에 이건 기억의 문제일 수도 있다.

    한겨레출판이 한겨레문학상을 만들었기 때문에 우리 수상 작가들은 잠시 재미를 봤고 지금도 그 덕에 살고 있기도 하니 어째 서른 살짜리 문학상을 걱정 안 할 수 있겠는가. 출판사 속이야 잘 모르지만 어쨌든 책이 몹시 안 팔리는 시절이니까. 그거에 또 이런저런 문제도 있을 테니까.

    하지만 솟아날 구멍은 있다. 특히 이번 5월부터 토성이 양자리에 들어가기 때문에 새로운 30년의 시작점이다. 양자리는 열두 자리의 출발점이니까. 그 새로운 시작은 지구가 그렇고, 우리나라도 그럴 테니 한겨레문학상도 그렇게 될 거라는 것이다. 시작이란 게 으레 시련이 동반되는 거야 다 아는 거니까 그러려니 하고 넘어서면 새로운 개념의 지평을 확보한 작가들을 발굴하여 부커상 능가하는 최고의 문학상이 될 것이다.

하다 보니 위기가 기회다, 하는 하나 마나 한 축사처럼 되어버렸는데 다른 소리 아니다. 출판사에서 이 원고를 청탁해왔을 때 나는 어째 한겨레출판에서는 한강 작가의 책이 한 권도 없단 말인가, 탄식하고 우리 수상 작가들이 노벨상을 못 타서 정말 미안하다고 의견을 밝힌 바 있다.

내 말에 혹시 이견이나 불만이 있더라도 따지지 마시기 바란다. 아까 분명히 말했다. 점성학을 '조금' 공부했었다고. 어찌 됐든 새로운 30년이다. 그거면 충분하지 않은가.

길 위의 에트랑제

김연

김연

장편소설《나도 한때는 자작나무를 탔다》로
제2회 한겨레문학상을 수상했다. 장편소설《함께 가자 우리》
《그 여름날의 치자와 오디》《나의 얼토당토않은 엄마》등이 있다.

신데렐라적 변신을 할 순간이다.

웨스트엔드 G스토어(라고 쓰고 공장이라 읽는다) 일당 벌이 캐셔에서 세계적인 정보 테크 G사 UX디자이너인 딸의 자랑스러운 엄마로. 흑인들의, 흑인들을 위한 세상인 애틀랜타의 서쪽 귀퉁이에서 유일한 아시안으로 공공연하게 드러나질 않아 HR에 신고도 못 하지만 그래서 더욱 은밀하면서도 서러운 왕따에 시달리고 있는 내가, 머리에 꽃 한 송이 꽂고 오라는 바로 그 샌프란시스코로 날아가고 있는 것이다.

이왕 변신할 거 제대로 해보자고 다소 무리를 해서 '선호좌석'이란 걸—그래봤자 이코노미지만—구입했더니 동부에서 서부 미 대륙 횡단 비행기 투어를 즐기고 있는 듯하다. 자로 그은 듯 반듯반듯한 농경지를 지나, 겹겹한 푸른 산맥을 지나, 황토색 대지인지 암석인지만 온 천지에 가득한데 그 사이를 거대한 완만함이 지나가고 있다. 유타주 그랜드캐니언 어름인 듯하니 저 짙은 빛깔의 구불구불한 곡선은 호수일 것이다. 미국에서 산 지도 꽤 됐는데 저 장엄한 그랜드캐니언 한 번 가본 적이 없다는 생각이 불쑥 들었다. 우리 땅을 네 바퀴로 주유했듯이 미국에 오면 이 넓은 대륙을 주유천하할 줄 알았건만.

태곳적 선사시대에서 조밀한 인간 시대로 비행기는 이동한다. 저 따닥따닥 붙은 수많은 집 중에 내 집은 이 땅 어디에도 없다. 착륙을 위해 비행기가 고도를 낮추면 드는 생각이 어김없이 찾아온다. 가평 두밀리 두메산골 내 집을 떠난 이후 집도 절도 없이 떠도는 길 위의, 여행자의 삶.

바다도 호수도 아닌 푸른 만(灣)이 내 질시의 대상인 가옥들을 밀치고 시원하게 드러난다, 샌프란시스코 베이(bay). 짜면서도 싱거울 저 하늘을 닮은 파란 물 위의 길고 긴 다리를 지나 비행기는 샌프란시스코국제공항에 사뿐히 착륙했다. 베이브리지를 건너야 출근을 할 수 있었던 오클랜드 시민이었던 딸은 샌프란시스코로 이주하는 과감한 결단을 내렸다. 도착 소식을 알리자 재택근무를 하고 있던 딸이 친히 공항까지 나오시겠단다. 우버 타고 알아서 가겠다고 연신 말했지만 이젠 다리를 건널 필요가 없으니 얼마 걸리지 않는다는 딸의 고집에 그만 지고 말았다.

딸의 차가 복잡한 공항 터미널에 나타났다. 자랑스러운 그 이름을 부르며 개선장군처럼 차도로 달려갔다. 운전석에서 나온 딸과 감격스러운 포옹을 했다. 키울 때는 제대로 해주지도 않던 음식을 다 늙어 시늉이라도 해보려고 압력솥까지 챙겨 넣은 짐 가방은 꽤 무거웠다. 딸이 가방을 혼자 번쩍 드는 걸 허리 상한다고 극구 말리며 기내용 가방도 마저 차에 실었다. 툭, 소리가 나서 바닥을 봤지만 짐은 다 잘 실었다. 출발!

처음 가보는 집이라 기대가 가득했다. 샌프란시스코 하면 전망 좋은 언덕 위에 촘촘히 들어선 집들이 떠오르는데 애가 운전해 들어가는 길은 평지도 이런 평지가 없다. 지난번은 따로 주차장이 있었는데 이 집은 운이 좌우하는 골목 주차다. 다행히 집 앞에 딱 한 대분의 자리가 있다. 운전 30년 차인 나는 아직도 하지 못하는, 남자들이 한 손을 운전대에 올리고 후진을 할 때 내가 '섹시 주차'라고 부르는 걸 딸은 한 치의 오차도 없이 말쑥하게 해낸다.

태산처럼 높아 보이는 콘크리트 계단으로 짐을 들고 올라 가쁜 숨을 몰아쉬며 집을 둘러보았다. 모두 하나씩인 작은 집. 전세란 훌륭한 시스템이 없는 미국 세입자는 모두 월세를 낸다. 딸이 내는 이 월세라면 애틀랜타에서는 방 세 개, 욕조 두 개, 주차장에 정원까지 구비한 2층 단독주택에서 살 수 있건만 도대체 이 도시는 어떤 사람들이 살고 있단 말인가.

전면이 긴 유리창들로 둘러져 있는 거실에서 짐을 풀다 아직 점심을 안 먹었다기에 새벽부터 설치며 만들어 온 김밥을 뿌듯하게 꺼내놓았더니 애는 두어 개를 집어 먹고 말았다. 그래, 짐이나 정리하자. 다람쥐처럼 부엌과 거실을 왔다 갔다 하며 큰 가방을 비우고 작은 가방을 비울 차례였다.

가방 손잡이에 걸어놓았던 헤드폰을 꺼내는데 툭 소리가 났다. 차에 실을 때 연결 부위가 끊어진 모양이었다. 내 마음의 스트링도 툭 끊어졌다. 아, 저게 어떤 헤드폰인데. 비행기에서 내려 저걸 가방 안에 집어넣을 시간이 차고 넘쳤는데 한 순간의 귀찮음이 이런 변을 가져온 것이다. 땅이 꺼질 듯한 한숨을 최대한 자제하고 책을 읽듯이 말했다.

"헤드폰이 망가졌네."

"그거 오래 쓰지 않았어? 새로 하나 사!"

별거 아니라는 딸의 말에 힘을 얻어 아마존에 검색을 했더니 200달러가 넘었다. 가방에 헤드폰을 챙겨 넣지 않은 나를 무한 자책했다.

"조금만 조심할걸. 엄마가 일명 '후탄김여사'잖아. 내가 잘하는 건 오직 후회와 탄식뿐."

"아직도 그래? 엄마도 회복탄력성 훈련을 해봐."

"회복탄력성 훈련? 그거 요즘 유행이니?"

기분 전환을 위해 딸이 동네 산책을 제안했다. 이른 비행기를 탄 데다 동부와 서부는 세 시간이나 차이가 나서 밖은 아직도 훤했다. 머리에 꽃을 꽂은 사람은 없는 건 그렇다 치더라도 잘 가꿔진 정원을 가진 집이나 하다못해 화분이 놓인 집들도 없었다. 눈에 띄는 사람들도 키 작고 다부진 멕시칸들이고, 이곳은 그들의 땅이라는 듯 거리 이름도 스페인어로 되어 있었다. 실망한 거리 풍경에 김빠진 여행자의 호기심은 다른 곳으로 옮겨 가 물꼬를 틀었다.

"우리 공장 있잖아. 다른 년들이 15분 휴식을 25분 만에 나타나는 건 아무 소리도 안 하는데 내가 15분에서 1분만 늦어도 매니저 년들이 지랄을 해. 내가 뭐라고 따지면……."

"엄마, 그만하면 안 돼? 그런 이야기는 엄마 친구들한테 해. 나한테 하지 말고."

딸의 비수 같은 낮은 목소리가 문장을 토막 냈다.

"저기 들어갈래? 엄마 초콜릿 좋아하잖아."

딸이 건너편 초콜릿 카페를 가리키며 긴 침묵을 깼다.

"……아니."

엄마의 하소연도 들어주지 않는 딸에게 섭섭해서가 절대 아니었다. 애가 돈을 쓰게 해서는 안 된다고, 돈은 내가 쓰는 거라고 작정하고 왔기 때문이다. 고요히 걷다 말을 꺼낸 사람은 이번엔 나였다. 딸을 짝사랑하는 나는 빨간 코의 영원한 피에로.

"너 '에트랑제'란 말 아니?"

"몰라."

딸은 내 질문에 대한 99퍼센트 답 중의 하나인 '몰라'와 '아니' 중에서 이번엔 몰라를 선택했다.

"포리너(foreigner), 이방인이란 말인데 프랑스어니까 에트랑제, 뭐 이렇게 독일어식으로 딱딱하게 소리 내는 게 아니라 콧소리 잔뜩 넣어서 발음하겠지만. 엄마가 대학 다닐 때……"

딸과의 대화에서는 '라떼' 버전이 빠질 수 없다. 애는 기이하게도 내 대학 시절 이야기만큼은 흥미로워했다, 아직까지는.

"어떤 선배가 소설책을 열심히 읽고 있더라. 언뜻 보니까 제목이 '지리산'이었어. 내가 그 책 재밌느냐고 물었지. 그러자 선배 왈, 읽지 마라, 도움이 전혀 안 된다. 그 책의 작가가 이병주였어. 그래서 난 이날 이때까지 이병주 작가의 책을 한 권도 안 읽은 거야. 어쩜 그렇게 사람이 단순하고 몽매할 수 있었을까. 그 작가의 글에서 에트랑제란 단어를 봤어, 아니, 배웠어.

조국을 그리워하기 위해 조국으로부터 멀리 떨어진 이방인의 고독과 위엄에 대해."

모녀는 스산하고 게으르게 샌프란시스코의 어느 오후를 긴 침묵과 짧은 대화 속에서 걸었다.

아침, G사의 본사가 있는 M시로 딸이 차를 몰았다. 내가 그곳에 꼭 한 번 가고 싶다고 내건 명분이란 G사는 해마다 공포의 대량 해고가 휩쓸고 가는 파리 목숨의 회사인지라 목숨이 살아 있을 때 할 수 있는 모든 것을 해보자는 것이었다. M시는 G사의 도시였다. 대학 때 제3세계와 종속이론을 배울 때는 다국적기업의 폐해에 대해 목이 아프도록 성토를 했건만 이제 딸이 그런 회사의 직원이 된 것을 내 생의 축복이라 감히 말할 수 있었다. 말 그대로 다국적기업인지라 거의 모든 나라에 사무실이 있어 세계 곳곳을 여행하면서 일할 수 있는 직장.

〈우리에게 내일은 없다〉 같은 삶을 살던 내가 싱글맘이 되면서 오래 살게 해달라고 기도하기 시작했다. '오래'란 말은 너무 떼를 쓰는 것 같으니 아이가 서른이 되는 환갑까지 제발 살게 해달라고. 딸이 G사의 직원이 되고 난 환갑을 맞은 날, 이제 당장 죽어도 여한이 없으니 언제든 내키실 때 데려가도 감사할 따름이라고 두 손을 맞잡았다.

빨강, 노랑, 초록, 파랑, 회사 로고인 네 가지 색깔로 만든 커다란 G 앞에서 모녀는 서로를 끌어안고 머리 위로 V자를 만들며 기념사진부터 찍고 투어에 들어갔다. 본사라 역시 스케일이 달랐다. 식당이 몇 개나 있고, 식당마다 그날그날 메뉴가 달라 딸은 휴대전화를 들이대며 갈 식당을 정하라고 했다. 먹는 것에 관한 모든 것이 언제나 구비되어 있고 또한 무료인 곳. 우리 공장에서 1년에 서너 번 하는 회식의 음식은 고작 치킨에 감자칩이었다. 그런 걸 주고도 매니저는 경고했다. 닭은 두 조각, 칩은 한 컵씩만. 그리하여 내가 부르는 G사의 또 다른 이름은 천국.

천국에서 돌아오는 차에서 딸에게 말했다.

"넌 내가 숨을 쉴 수 있게 해주는 벤트(vent)야. 고마워."

"나만 엄마한테 벤트잖아. 난 엄마를 벤트로 활용 못 해. 엄마는 엄마 이야기만 하잖아. 전화로 통화할 때도 그렇고. 만나선 더 그렇고."

고맙다고 하면 나도 고마워, 같은 말을 할 거라 기대했는데 가슴이 철렁 내려앉았다.

"……엄마도 너의 벤트가 되고 싶어. 어떻게 하면 너의 벤트가 될 수 있을까?"

"엄마는 내가 전화하면 늘 첫마디로 '잘 지내니' 하고 묻잖아. 그럼 답은 'Yes' 아니면 'No'야. 주관식 답이 나오게 물어야지. 'How are you'로. 어떻게 지내느냐고 물어야 어떻게 지내는지 이야길 하지."

공장에서 하루 수백 번 손님에게 하는 첫마디가 How are you인데 난 그걸 딸에게만 못 하고 있었다. 남이 아닌 딸이니까. 난 안간힘으로 딸에게 전화를 걸지 않는다. 딸은 어쩌다 전화를 거는 은전을 베푸신다. 그럼 나는 걱정부터 앞서 그렇게 물어왔던 것이다. 뭘 묻고, 뭘 묻지 말아야 할지도 어려워 내가 변사처럼 혼자서 떠들긴 했었다. 엄마 노릇을 흉내라도 내려면 죽을 때까지 배워야 하는 거구나.

단잠에 빠져 있는 딸을 깨우지 않으려 소리를 죽인 채 거실로 나와 테이블에 앉았다. 노트북을 켜고 이메일을 검색했다. 예상했던 바이지만 모두 쓸데없는 중에 단 하나가 눈에 콕 와서 박혔다. 흥분으로 손까지 떨며 클릭했다. '한겨레문학상 30주년 앤솔러지 원고 청탁'. 원, 고, 청, 탁! 이 네 글자보다 더 가슴 뛰는 말이 작가에게 있을까. 청탁이 쏟아지는 작가라면 예외겠지만 한순간의 영광 후 산화하지도 못하고 무명작가로 남은 나는 헛것을 본 건 아닌지 눈을 부릅뜨고 다시 읽었다. 내 생일날에, 반만년 만에 원고 청탁이라니! 이보다 더한 생일 선물이 있을까.

한겨레문학상 당선작에 쓴 것처럼 나는 사상적, 정치적 소신으로 하여 자식은 절대 낳을 수 없다는 남편과 자식 중에 내 자궁 속의 생명을 선택했고, 소설 속 주인공 수민처럼 딸을 낳았으며, 수민이 딸을 희민이라 이름 지었듯 나도 내 이름을 딸에게 물려주었다. 수민처럼 나도 자식을 낳고 기른 게 세상에 태어나 제일 잘한 일이라 생각하고 있다. 내가 한겨레문학상을 받은 건 내 글이 문학적으로 훌륭해서가 아니라 나도 소설 속 '아리랑 고개의 여인'들 중 하나로 살아온 삶에 대한 상이라고, 그때도 지금도 여전히 그렇게 생각하고 있다. 좋은 글을 쓰는 것도 애국이라며 너무나 부족한 후배를 응원해주시던 소설가 윤흥길 선생에게 늘 빚진 심정으로 살고 있기도 했다.

소설에서 수민은 이혼했지만 난 이혼하지 않았었다. 내가 끝까지 애를 선택하겠노라고 하자 그는 내가 양육에 관한 모든 책임을 지겠다고 약속하면 애를 낳는 것을 '허락'하겠노라고 했다. 물론 난 양육만이 아니라 학원 강사로 중학생들에게 기초 영문법을 가르치며 돈도 벌어야 했다. 그리고 숨어서 글을 썼다.

한겨레문학상 시상식 날, 글에 도움은커녕 되레 여자가 글이나 읽고 있으면 안 된다며 읽고 있던 책을 빼앗았던 시모는 내가 초대하지도 않았는데 상경해 우리 집에 머물다 기세등등하게 식장에 출연했고 혼자로는 부족하다 여겼는지 작고한 시부 대신 풍채 좋은 사업가 시숙부까지 등장하도록 연출했다. 딸에게 재능은 물론 작가가 될 수 있는 넉넉한 토양을 제공해주었던 친정 부모는 광주에서 당일로 올라오느라 식이 시작되고 난 후에야 허겁지겁 도착했고 서슬 푸른 시댁의 기세에 눌려 초라하기 그지없었다.

평생 잊지 못할 생일이 될 듯했다. 원고 청탁에 생일 선물로 딸이 와이너리 투어를 두어 달 전에 예약해놨다. 살다 보니 이런 생일도 맞는구나. 정성 들여 화장을 하고 거울 앞에 서니 환갑 넘어서도 이 정도면 봐줄 만했다. 잘 늙었다, 김연! 평소 세수만 하고 출근하길래 넌 화장 같은 거 안 하느냐고 의문을 표하자, 그럼 시리어스하게 안 보여서 안 한다던 딸도 오늘은 곱게 화장하고 성장을 했다. 우리 모녀가 이렇게 길을 나서면 천하에 대적할 자 누가 있을쏘냐.

집을 나서면서 딸은 신발장 위, 집배원이 놓고 간 티켓을 잠시 고민하더니 집어 들며 말했다.

"이거 가는 길에 픽업해야겠어."

그 큰 우체국에 주차장이 없어 주위를 빙빙 돌다 애는 결국 장애인 주차 구역에 차를 세우더니 날 더러 운전석에 앉으라고 했다. 오늘같이 좋은 날 주차요원이 설마 딱 이 시간 이곳에 나타날 리는 없겠지만 혹시 몰라 '위반 시 최대 벌금 800달러'라고 적힌 안내판을 초조하게 지켜보고 있는데 좀처럼 애는 나타나질 않았다.

설마가 사람을 잡았다. 푸른 제복의 남자가 나타나더니 차에 장애인 인증이 없다며 차를 빼라고 했다. 그래, 얼른 차를 빼자. 차를 빼기만 하면 되었다. 하지만 나는 무슨 차든지 타기만 하면 신나서 이것저것 좀 만지다 그 자리에서 차를 출발시킬 수 있는 '공대녀' 딸을 둔 기계치 엄마였다. 후진 기어를 넣었는데 제복 남자가 차를 바짝 대어 공간이 넉넉지 않았다. 차를 박고 싶지 않아 차 빼는 걸 포기하고 동서고금에 통할 것 같은 읍소 작전에 나섰다.

"오늘이 내 생일이다. 진짜다. 내 운전면허증을 보여주겠다. 딸이 오면 얼른 빠질 테니 좀 봐주시면 안 되나요?"

이 한 몸 누일 곳을 찾아 아름다운 대학 도시 노스캐롤라이나의 채플힐에서 조지아의 애틀랜타로 떠밀려 내려와야 했을 때 세상에 나보다 더 불행한 사람이 있으면 나와보라고 외치고 싶을 정도였다. 차량 등록을 하러 갔더니 차량검사증이 있어야 한다며 그곳의 흑인 여성이 가까운 검사소를 가르쳐주었다. 큰 도시에서의 운전은 처음이라 바짝 긴장해 길을 나섰는데 생각보다 쉽게 찾아갔고 검사도 별것 없었다. 왔으니 돌아가는 건 쉬었다. 내 앞에 6차선 도로가 있었다. 난 우회전을 했다. 좌회전이 어렵지 세상에 우회전이 안 되는 도로가 어디 있겠어? 득의에 차서 우회전을 한 순간 어디서 나타났는지 바로 눈앞에 경찰차가 요란한 소리와 함께 내 앞을 가로막았다. 미국에 와서 운전하다 경찰에 잡힌 건 처음이었지만 난 잘못한 게 없으니 글러브박스에 손만 안 가져가면 총 맞을 일은 없다며 스스로를 안심시켰다.

건장한 체구에 선글라스와 긴 가죽부츠 차림의 흑인 경찰이 한마디 말도 없이 마임 배우처럼 몸짓만으로 설명해주었다. 다른 차들은 다 저 방향인데 너만 이 방향으로 가고 있다! 그 넓은 6차선 도로가 일방통행이었던 것이다! 그만 실소가 나왔다. 그에게 오늘 막 받은 뜨끈뜨끈한 내 임시 운전면허증을 가리켰다. 티켓 끊으시라고. 그는 티켓 대신 경찰차로 날 호위해 제대로 된 길을 찾아가게 해주었다. 경황이 없어 고맙다는 인사조차 할 수 없었다. 그를 향해 손을 흔들었지만 과연 보기나 했을까? 그날이 애틀랜타에 대한 내 인상과 삶의 방향마저 바꾼 날이었다. 누구보다도 불행했지만 이곳에서는 누구보다도 운 좋은 사람이 되리라.

그날의 입성은 꾀죄죄했지만 오늘은 화장에 성장까지 했고 더구나 여기는 자유의 성지 샌프란시스코가 아닌가. 주차요원은 내 말을 듣다 말곤 가지고 있는 카메라로 차 번호판을 찍었다. 위기에 약한 나는 어쩔 줄 모르고 발만 동동 구르고 있는데 근처에 있던 중국인 노인네가 내가 걸린 것을 보고 신이 나서 오두방정을 떨었다. 어차피 걸린 것 그대로 있자 하는 마음과 그래도 떠나는 시늉이라도 하자 사이에서 갈등하다 후진 기어를 넣었더니 세상에 후진하기에 충분한 공간이 이제야 펼쳐지는 게 아닌가.

일단 차는 출발시켰는데 어디가 어디인지 내가 어떻게 알 것인가. 애한테 알려야 할 것 같아 한 손은 운전을 하면서 다른 손은 곡예하듯 전화를 걸었다. 딸의 목소리가 들리자마자 죽었다 살아난 반가움으로, 죽을죄를 진 미안함으로 큰 소리로 울먹였다.

"련아! 엄마 티, 티켓, 주차 티켓 끊겼어! 벌금이 8, 800달러래! 어떡하니! 차 뺐는데도 기어이 끊었어!"

딸의 목소리가 들리지 않았다. 전화가 끊긴 줄 알았다. "여기는 도대체 어디인 거야?" 나는 혼잣말처럼 중얼거렸다.

"알았어. 우체국 앞에 있을게." 딸의 가라앉은 목소리를 끝으로 전화가 툭 끊어졌다.

길 건너편에 상자 하나를 애지중지 가슴에 품고 딸이 서 있었다. 상자는 내 고향 남도 말로 '오살나게' 크기도 했다. 저놈의 것 때문에 이렇게 좋은 날 모든 사달이 났다. 우리 모녀의 행복한 순간을 방해하려고 서울에서 날아온 밀사. 저 누런 상자의 발신인을 난 잘 알고 있다. 나의 전남편이자 딸의 생부. 혼자

서 애면글면 딸을 키울 때는 양육비 한 푼 변변히 보태주지 않더니 힘든 시절 다 지나고 나자 눈물겨운 부성을 시현하는 게 울 엄니 말로 '빈정 상했다'. 오랜 세월이 지나 미움 따위는 닳아진 줄 알았는데 당사자에게 한 번도 제대로 퍼붓지 못한 독설이 아래로 아래로 침잠해 있다 이렇게 불쑥 튀어나오는 모양이다.

딸과의 만남은 늘상 감격과 희열이고 이번엔 더욱더 그러한데 애는 표정이 밝지 않다.

"내가 벌금 낼게. 미안하다. 후진 공간이 없는 줄 알았……."
"내가 낼 거야. 나 돈 많이 벌어."
"난 좀 봐줄 줄 알았지. 애틀랜타에서는……."

딸의 기분을 풀어주려고 수다를 떨려는데 애가 또 불쑥 치고 들어왔다.

"엄마, 엄마도 제대로 된 어른 노릇 하고 싶다며? 어른은 그렇게 소리 안 질러. 일을 다 해결하고 감정이 다 진정된 다음에 차분하게 말을 하는 거야. 그거 알고 있었어? ……나는 엄마의 감정 쓰레기통이었어. 엄마는 친구한테나 할 이야기를 어린 나한테 다 했어. 난 그걸 다 들어줘야 했다고……."

우리는 신이 허락한 최고의 소울메이트이자 길동무였고 난 딸과 모든 일상과 정서를 공유하는 친구 같은 엄마였을 뿐인데……. 딸의 운전에 달라지는 캘리포니아 풍경처럼 지난 세월이 스쳐 지나갔다. 도대체 난 어떤 엄마였나? 엄마만이 유일한 하늘인 어린 딸에게, 반항의 특권을 가진 사춘기 소녀에게, 공부하느라 힘든 대학생에게 넌 나의 유일한 말동무이자 친구라며 온갖 말, 말, 말들을 쏟아놓았다. 물론 말하고 속으로 후회한 적은 있었지만 내 딸이니까, 내 딸만은 날 이해할 수 있을 거라 믿었다. 네가 없었으면 난 이미 죽었을 거야, 라는 말도 서슴지 않으면서.

"난 엄마를 늘 케어하고 위로하는 존재여서 우리 둘 사이에는 바운더리가 없어. 부모는 부모, 자식은 자식이라는 그 경계가 있어야 하잖아. 미국 심리학에서 이렇게 부모 노릇하는 아이를 뭐라고 하는 줄 알아? 페어런티파이드 차일드(parentified child). 오늘도 갈 때는 엄마가 운전하기로 했잖아. 그런데 지금 내가 운전하고 있잖아."

사춘기에도 반항은 제대로 못 해보고 엄마의 반항을 뒤치다꺼리하느라, 싱글맘의 유일한 희망인 딸로 사느라 얼마나 그 어깨가 무거웠을꼬. 애는 그동안 저 말을 얼마나 하고 싶었을까. 지금까지 가슴에 꼭꼭 묻어 두었다 이제야 실토하는 내 가여운 딸아.

와이너리에 도착하자 우리 모녀는 약속이나 한 듯 기어를 빠르게 전환했다. 눈앞의 탁 트인 포도밭을 바라보며 잘생긴 웨이터가 설명과 함께 따라주는 와인과 이에 곁들여 나오는 음식들을 우아하게 먹었다. 모멸의 호사만 누리던 내가 이런 호사도 맛보는구나 싶었는데 가슴은 고슴도치가 훑는 듯 에였다. 운전을 해야 하는 딸은 와인 시음을 제대로 할 수 없었고 애가 못 마시는 술에 추가 주문 와인까지 마시며 나는 시나브로 취해갔다.

명정(酩酊). 찰칵, 뇌에 다시 불이 켜졌을 때 딸은 주유소로 차를 끌고 가고, 난 거기 거대한 화분으로 달려가 거름을 주고 있었다. 딸이 바람 좀 쐬겠느냐면서 작은 타운의 공원 어귀에 차를 세웠다. 마트에서 내 손이 습관적으로 술로 향하자 "술 사지 마!"라고 소리치던 여덟 살 소녀는 환갑이 넘어 블랙아웃이 온 엄마를 이렇게 세심하게 보살피고 있었다. 처음으로 난 평생 엄마를 케어해왔다고 절규한 날에, 이런 관계가 다른 사람과 지속됐다면 이미 '손절'했을 거라고 선언한 날에.

기념비적 생일을 보낸 다음 날 나의 천국에 출근하기 위해 딸과 함께 버스를 탔다. 그렇게 많은 돈을 버는데도 소위 명품 가방 하나 없고 옷은 중고 가게에서 사고 지린내 나는 버스를 애용하는 딸이었다. 우리는 나란히 앉았다. 술에서 깨자 어제 딸이 했던 말이 귓전에 스쳤다. "엄마는 내가 이런 얘기를 하면 그냥 듣고만 있어. 리액션이 없어." 언젠가 딸이 엄마는 '고맙다'란 말만 한다던 것도 떠오르더니 여기 오자마자 들었던 회복탄력성이란 단어가 번개처럼 뇌리를 때렸다. 회복탄력성(回復彈力性). 후탄김여사에서 변신해야 했다. 회탄(回彈)김여사로.

"런아, 너를 감정 쓰레기통으로 엄마가 이용한 것, 진심으로 사과할게. 말해줘서 너무 고마워.《역사를 위한 변명》이란 책도 있고 하니 엄마가 변명을 하자면, 이런 말 들어봤니? 기쁨을 나누면 배가 되고 슬픔을 나누면 반이 된다. 그런데 이 말이 요즘엔 이렇게 됐어. 기쁨을 나누면 질투가 되고 슬픔을 나누면 약점이 된다. 젊은 너는 잘 모르겠지만, 잘 몰라야 하고, 살다 보니까 이 말이 진리더라고. 그래서 엄마는 친구가 없어. 너한테 말하지 말고 친구에게 말하라고 넌 내게 말해왔었지. 엄마는 친구가 없고 앞으로도 없을 거야. 그렇지만 너를 붙잡고 다시는 삶의 원망을 토로하지 않을게. 어차피 내 조국을 떠나 에트랑제로 사는데 더 고독에 침잠하면 그뿐. 존엄을 잃지 않고서."

"……거실 탁자에 '알렉산드리아' 뭐 그런 소설책이 있대. 그 작가 책이야? 《지리산》 썼다는?"

"그걸 네가 어떻게 알아?"

"엄마가 이야기했잖아."

"그랬던가? 지난번에 왔을 때 엄마가 가져온 김치가 아직까지 있더라. 못 버리고 이사하면서 그걸 또 끌고 온 거야? 네 취향도 몰라서 다크초콜릿 선물한 것도 그대로 있고. 이제 엄마가 한 말, 엄마가 준 것 다 버리고 다 잊어버려. 그래도 괜찮아. 엄마가 너무 많이 미안하다."

"……고마워, 엄마."

버스가 스피어(spear) 거리로 접어들었다. 내겐 과분한 딸이 일하는 곳이었다. 해맑은 어린 시절을 향유할 수 없었던 딸아, 스피어, 그 의미처럼 꺾여버렸던 너의 어린 가지가 이곳에서 새로 뻗을 수 있길 엄마가 기도할게.

서른 번의 힌트

ⓒ 하승민 김희재 강성봉 김유원 서수진 박서련 강화길 한은형 강태식 장강명
최진영 주원규 서진 조영아 조두진 권리 심윤경 박정애 한창훈 김연 2025

초판 1쇄 인쇄 2025년 6월 25일
초판 1쇄 발행 2025년 6월 30일

지은이 하승민 김희재 강성봉 김유원 서수진 박서련 강화길 한은형 강태식 장강명
최진영 주원규 서진 조영아 조두진 권리 심윤경 박정애 한창훈 김연
펴낸이 유강문
문학팀 박선우 최해경 박지호
마케팅 김한성 조재성 박신영 김애린 오민정

펴낸곳 ㈜한겨레엔 www.hanibook.co.kr
등록 2006년 1월 4일 제313-2006-00003호
주소 서울시 마포구 창전로 70 (신수동) 화수목빌딩 5층
전화 02-6383-1602~3 **팩스** 02-6383-1610
대표메일 munhak@hanien.co.kr

ISBN 979-11-7213-271-2   03810

• 값은 뒤표지에 있습니다.
• 파본은 구입하신 서점에서 바꾸어 드립니다.
• 이 책의 내용 일부 또는 전부를 재사용하려면 반드시 저작권자와 ㈜한겨레엔 양측의 동의를 얻어야 합니다.